fv *Fehnland-Verlag*

Der Roman „Hamburg – Deine Morde. Der Spion ohne Vaterland. Harald Hansens 3. Fall" ist der dritte Teil der Trilogie. Teil 1 „Hamburg – Deine Morde. Die Moral eines Killers. Harald Hansens 1. Fall" erschien erstmalig im August 2011, der zweite Teil „Hamburg – Deine Morde. Der Lippennäher. Harald Hansens 2. Fall" im September 2011.

Alle Handlungen und Personen, ausgenommen Ereignisse und Personen der Zeitgeschichte, sind frei erfunden. Ähnlichkeiten mit lebenden oder toten Personen sind rein zufällig. Der in einer Szene auftretende General-major Markus Wolf (* 19.01.1923, † 09.11.2006) war tatsächlich von 1952 bis 1986 der Leiter der Hauptabteilung Aufklärung. Sein Auftritt in diesem Roman ist aber ein Teil der Fiktion und hat so nie stattgefunden.
Die Nennung von Markennamen dient lediglich der Beschreibung.

Im Glossar finden Sie Erklärungen zu zeitgeschichtlichen Begriffen und Abkürzungen, die im Roman genannt werden.

Behm, Andreas: Hamburg – Deine Morde. Der Spion ohne Vaterland. Harald Hansens 3. Fall. Hamburg, Fehnland Verlag 2021

1. überarbeitete Neuauflage
ISBN: 978-3-96971-052-4

Dieses Buch ist auch als eBook erhältlich und kann über den Handel oder den Verlag bezogen werden.
ePub-eBook: ISBN 978-3-86282-197-6

Lektorat: Lara Felsch, acabus Verlag
Umschlaggestaltung: ds, acabus Verlag
Umschlagmotiv: © Wilm Ihlenfeld - Fotolia.com

Bibliografische Information der Deutschen Nationalbibliothek: Die Deutsche Nationalbibliothek verzeichnet diese Publikation in der Deutschen Nationalbibliografie; detaillierte bibliografische Daten sind im Internet über https://dnb.d-nb.de abrufbar.

Der Fehnland Verlag ist ein Imprint der Bedey & Thoms Media GmbH, Hermannstal 119k, 22119 Hamburg.

Andreas Behm

Hamburg – Deine Morde

Der Spion
ohne Vaterland

Harald Hansens 3. Fall

Prolog

Der alte Mann stöhnte, während er sich vorsichtig auf die Sitzfläche des Ohrensessels hinab ließ. Wie in Zeitlupe hob er die Beine auf den Fußhocker und lehnte sich zurück. Er legte sich eine Wolldecke über die Beine, nahm mit zittrigen Fingern eine filigrane Tasse von dem antiken Beistelltisch neben sich und schlürfte den heißen Tee. Bald würde die Wirkung des Schmerzpflasters einsetzen, das er sich soeben auf die Haut geklebt hatte. Dann würde es erträglich werden.

Erträglich! Eine Besserung war nicht mehr zu erwarten. Der alte Mann wusste, dass er in wenigen Wochen sterben würde. »Austherapiert«, hatte der Arzt im Krankenhaus mit professionellem Bedauern gesagt. Ein unscheinbares Wort für eine gewaltige Wahrheit.

Er würde sterben, damit hatte er sich abgefunden. Ein erfülltes, sechsundsiebzig Jahre währendes Leben lag hinter ihm. Und der Ballast falscher Taten drückte ihn nieder. Die Zeit der Befreiung war gekommen. Er würde alles offenlegen, schonungslos gegen sich selbst und die anderen. Wenigstens einmal in seinem Leben wollte er das Gefühl genießen, wahrhaftig zu sein. Den anderen würde es nicht gefallen. Und wenn schon, er schuldete ihnen nichts.

Die wenigen Tage, die ihm bei klarem Verstand blieben, würde er nutzen, um sein Vorhaben zu vollenden. Die Öffentlichkeit sollte alles erfahren. Einen großen Teil seiner Arbeit hatte er bereits geschafft, es bedurfte nur noch der mediengerechten Aufarbeitung der Informationen, um das Erdbeben in Gang zu setzen, das er sich erhoffte und leider nicht mehr erleben würde. Denn am Ende dieser Arbeit stand sein Tod, rechtzeitig herbeigeführt, bevor das Siechtum begänne.

Die Türklingel holte ihn in die Gegenwart zurück. Er schaute auf die Zeiger der Standuhr. Es war kurz vor sieben Uhr am Abend. Wer klingelte so spät an seiner Tür? Er bekam selten Besuch und so gut wie nie unangekündigt.

Verärgert und mühevoll stand er auf, schlurfte zur Wohnungstür und öffnete sie. Auf der Fußmatte stand ein etwa vierzigjähriger Mann, der mit seiner sandfarbenen Bundfaltenhose und dem dunkelgrünen Sakko wie ein mäßig erfolgreicher Vertreter aussah.

»Guten Abend, Herr Friedemann, entschuldigen Sie die Störung«, begann der Besucher das Gespräch.

»Ich kaufe nichts, verschwinden Sie!«, schimpfte der alte Mann.

»Das ist ein Missverständnis, ich will Ihnen nichts verkaufen. Ich habe nur eine Frage.«

»Dann fragen Sie, junger Mann, aber zackig!«

Der Besucher straffte die Schultern und holte Luft. »Könnte es sein, dass Sie mein Vater sind?«

Der alte Mann funkelte ihn böse an. »Ach, versuchen Sie hier eine neue Variante des Enkeltricks? Der verlorene Sohn, unverschuldet in Not geraten, braucht dringend eine größere Summe Geld? Jetzt hören Sie mal zu: Ich bin alt und gebrechlich, aber nicht senil. Verschwinden Sie oder ich rufe die Polizei!«

Friedemann trat einen Schritt zurück, um die Tür schließen zu können.

»Warten Sie, ich möchte Ihnen etwas zeigen«, flehte der Besucher, holte ein vergilbtes Foto aus seiner Sakkotasche und hielt es dem alten Mann unter die Nase. »Links, das ist meine Mutter. Und daneben – ich glaube, das sind Sie.«

Friedemann setzte die Lesebrille auf, die er seit einiger Zeit an einem Lederbändchen um seinen Hals trug, weil er sie vorher zu oft verlegt hatte. Er nahm dem Besucher das Foto aus der Hand und betrachtete es sehr gründlich.»Oh mein Gott, das ist Margot!«, entfuhr es ihm schließlich. »Bitte, kommen Sie herein.«

Kapitel 1

Harald Hansen hockte auf der Ecke einer Armlehne seines schäbigen Sofas – in der linken Hand einen Becher Kaffee, in der rechten eine Zigarette – und betrachtete ratlos das Chaos, das sein Vorhaben ›Umzug‹ verursacht hatte. Der Aschenbecher stand auf einem dieser praktischen Faltkartons, die ihm die Möbelspedition massenweise zur Verfügung gestellt hatte. Er würde nur einen Bruchteil davon brauchen, denn der größte Teil seiner Besitztümer gehörte auf den Müll.

Der Hauptkommissar der Hamburger Mordkommission löste mit dem Umzug ein Versprechen ein, das er seiner zwanzig Jahre jüngeren Lebensgefährtin Nadja Kunze vor zwei Jahren gegeben hatte. Wenn ihre Beziehung bis zu seiner Pensionierung noch intakt sein sollte, würde er zu ihr und ihrer Tochter Mareike ziehen.

Das hatte er versprochen. Nun war es soweit. In drei Wochen dürfte er sich nur noch Hauptkommissar a. D. nennen. Kein Dienstausweis, kein Diensthandy, keine Dienstwaffe und kein Dienstwagen. Hansen hatte keinen blassen Schimmer, wie sein Dasein dann funktionieren sollte, es lag außerhalb seiner Vorstellungskraft.

Ja, er hatte seine Einstellung zum Leben allgemein und zu seinem eigenen im Besonderen geändert, seitdem er vor zwei Jahren beinahe in der Elbe vor Brunsbüttel ertrunken wäre und später im Krankenhaus erfahren hatte, dass sein Herz schwächelte. Inzwischen lebte er mit zwei Stents, die man ihm eingesetzt hatte, um verengte Gefäße zu erweitern und Hansen hatte begonnen, den Raubbau an sich selbst zu reduzieren.

Wirklich konsequent war ihm das nicht gelungen. Er hätte das Rauchen ganz aufgeben sollen, zurzeit kam er mit fünf bis zehn Stück aus. Er hätte fünfzehn bis zwanzig Kilo abnehmen sollen, geschafft hatte er fünf. Die Ärzte rieten ihm, den Alkohol generell zu meiden, er vermied lieber den Rat der Ärzte.

Natürlich gab es Auseinandersetzungen mit Nadja. Sie reagierte meistens tolerant und versuchte, ihn so wenig wie möglich zu maßregeln. Andererseits war sie eine ausgebildete OP-Schwester und kannte die Risiken. Für Nadja war es nicht leicht, den Drahtseilakt zwischen Sorge und Bevormundung zu meistern. Dass sie es geschafft hatte, war ein Grund mehr, das Wagnis einer gemeinsamen Wohnung einzugehen.

Hansen war in den letzten zwei Jahren zu der Erkenntnis gelangt, dass sein Leben aus mehr bestehen könnte und müsste als der Jagd nach Mördern. Er hatte alte Leidenschaften wiederentdeckt, die in Vergessenheit geraten waren. Er las Bücher, nicht nur die Geschichten der Kinderbücher, denen die inzwischen achtjährige Mareike atemlos lauschte, sondern auch solche, die seinen Gehirnzellen einen kräftigen Schub gaben. Er kramte seine alten Vinylscheiben aus dem Keller hervor, wunderte sich, dass man Plattenspieler noch als Neuware erwerben konnte, schritt zur Tat und kaufte sich eine komplette HiFi-Anlage mit Verstärker, Lautsprechern und Plattenspieler. Er brauchte einen halben Tag, um alle Bedienungsanleitungen zu lesen, die Geräte aufzubauen und alle Kabel korrekt zu verbinden. Dann legte er erwartungsvoll die erste Scheibe auf, Heinz Rudolf Kunze – Live! Das Anheben des Tonabnehmers, das Führen an die richtige Stelle und das Umlegen des Hebels zum Absenken des Tonabnehmerarms empfand Hansen wie eine bedeutsame rituelle Handlung. Die Nadel des Tonabnehmers nahm sanft Kontakt zur Oberfläche der Vinylscheibe auf. Hansen lauschte gebannt dem anfänglichen Knistern und die ersten Töne genügten, um Erinnerungen in ihm hervorzurufen, die zu einer rasanten Zeitreise führten.

Hansen war im Grunde einer aus der 68er-Generation, also einer von denen, die Polizisten als Bullen beschimpften und mit Pflastersteinen bewarfen. Diese Leute waren Ende der sechziger und Anfang der siebziger Jahre der Schrecken der gutbürgerlichen Schichten, die sich damals nie hätten träumen lassen, dass einer von denen später einmal als Außenminister Deutschlands eine souveräne Figur abgeben würde.

Hansen gehörte in seiner Jugendzeit nicht zu den Steinewerfern. Er war nie ein Freund von Massenaufläufen und gehörte schon im Alter von zwanzig Jahren eher zu den Sonderlingen. Nichtsdestotrotz begeisterte auch ihn die Vorstellung von mehr Freiheit, mehr Gerechtigkeit und mehr Erotik.

Im Rückblick fiel es ihm schwer, ein Argument dafür zu finden, warum er zur Polizei gegangen war. Er hatte die Entscheidung nie bereut, obwohl es merkwürdig anmutete, dass er Anfang der Achtziger auf dem Weg zum Dienst oft den Song ›Polizisten‹ der deutschen Rockband ›Extrabreit‹ laut im Auto mitsang, der bei seinen Kollegen nicht sonderlich beliebt war.

Der Song von Heinz Rudolf Kunze, den Hansen sich anhörte, hieß ›Bestandsaufnahme‹ und obwohl er in einer anderen Zeit für eine andere Altersgruppe gemacht worden war, traf er bei Hansen ins Schwarze, denn er hatte sich mittendrin befunden – in der Bestandsaufnahme.

Nun galt es, eine neue Form des Lebens anzunehmen! Alternativ konnte man zunächst auf das Klingeln des Handys reagieren.

»Lausen hier. Na, Hansen, wie läuft's mit den Pensionsvorbereitungen?«

Hauptkommissar Jörg Lausen war der Erste Hauptkommissar der Dienststelle LKA 41 und damit der Stellvertreter bei Abwesenheit des Leiters der Mordkommission, Kriminaloberrat Thorwald. Lausens Hauptaufgabe bestand aber in der Führung der eigenen Mordbereitschaft mit im Regelfall vier Mitarbeitern. Er befand sich ständig unter einem subjektiven Zeitdruck, weshalb er oft in unvollständigen Sätzen sprach.

»Ich stecke mitten in den Umzugsvorbereitungen und würde lieber wieder zur Arbeit kommen«, gab Hansen offen zu.

Lausen lachte. »Umzug ist Horror. Will nicht lange stören, habe nur eine kurze Frage. In meiner Truppe herrscht Personalnot, Ihr Nachfolger kommt am nächsten Ersten, würde gerne bis dahin Ihre Ressourcen nutzen. Schätze, Sie kommen nicht wieder, oder?«

Hansen war überrascht. Er hatte seinen Resturlaub genommen, um den Umzug auf die Reihe zu kriegen. Er würde eine Abschiedsfeier geben und Schluss! Im Grunde befand er sich schon im Zustand des Pensionärs. Der Erste Hauptkommissar hätte Hansens Mitarbeiter Thomas Bernstein und Vera Becker ohne Rücksprache neu einteilen können. Es passte zu Lausen, der als absolut fairer Kollege galt, dass er Hansen nicht übergehen wollte, der nominell immer noch der Teamleiter von Bernstein und Becker war.

»Nein, ich gebe noch meinen Abschied, dann bin ich weg. Und danke, ich weiß Ihre Anfrage zu schätzen. Natürlich können Sie meine Mitarbeiter einsetzen, wie Sie es für richtig halten. Aber seien Sie nett zu den beiden, das sind unsere größten Talente.«

»Das weiß ich, Hansen. Hab' Sie immer darum beneidet, dass Sie die beiden in Ihrem Team hatten. Wir sehen uns bei der Abschiedsfeier, bis dann.«

Hansen legte das Handy beiseite und verzog das Gesicht, als hätte er plötzlich Zahnschmerzen. Das Wort Abschiedsfeier tat weh und erstaunt über sich selbst stellte Hansen fest, dass er vor allem den schwulen Lulatsch Bernstein und die wehrhafte Becker vermissen würde.

Er grinste, während er an Vera Becker dachte. Manche Kollegen der Dienststelle Mordkommission nannten sie inzwischen ›Female Harry‹ und meinten damit die weibliche Form des ›Dirty Harry‹. Diesen Spitznamen hatte man Harald Hansen in Anlehnung an Filme mit Clint Eastwood verpasst, was sich allerdings eher auf seine Methoden denn auf sein Aussehen bezog.

Vera Becker wurde Hansens Team vor zwei Jahren zunächst befristet zugeteilt, als es darum ging, den Lippennäher zu fassen, der reihenweise ältere Hamburger Frauen umbrachte. Im Verlauf der Ermittlungen hatte sie üble Erfahrungen sammeln müssen. Danach bemerkte Hansen zum ersten Mal gewisse Ähnlichkeiten zu seiner eigenen Persönlichkeit. Stur wie ein alter Maulesel hatte Becker jegliche psychologische Hilfe zur Verarbeitung der Erlebnisse abgelehnt. Stattdessen bewarb sie sich auf die frei gewordene Stelle des Kollegen Albrecht in Hansens Mordbereitschaft. Der alte Hauptkommissar hatte Gefallen an der nassforschen, jungen Kollegin gefunden und befürwortete ihren Antrag. Der Rest war Formsache. Vera Becker hatte sich als gelehrige Schülerin erwiesen und ging inzwischen bei Ermittlungen gern mal ihre eigenen Wege, so wie es Hansen jahrzehntelang praktiziert hatte. Diese Eigenart und ihre Dickköpfigkeit hatten ihr den Spitznamen eingebracht. In einem Punkt eiferte sie

Hansen zum Glück nicht nach: Sie war nicht annähernd so muffelig wie er.

Oberkommissar Thomas Bernstein, selbst erst seit knapp drei Jahren in der Dienststelle tätig, verstand sich gut mit Becker. Ihre Alleingänge brachten ihn aber regelmäßig auf die Palme. Bernstein war der einzige Teamplayer im Team Hansen. Normalerweise bestand eine Mordbereitschaft aus vier Mitarbeitern und einem Hauptkommissar, dem Leiter der Gruppe. Bei Hansens Team hatte man darauf verzichtet, die beiden offenen Stellen für die letzten zwei Dienstjahre von ›Dirty Harry‹ zu besetzen. Das war kaum aufgefallen, denn Hansen hatte jahrelang als eine Art Sonderermittler ohne feste Mitarbeiter fungiert.

Er würde sich daran gewöhnen müssen, dass all das in Zukunft nicht mehr zu seinem Leben gehörte. Stattdessen mutierte er zum Familienmenschen. Der alte Eremit in ihm hatte Bedenken und seufzte leise.

Es lag noch viel Arbeit vor ihm. Er drückte die Zigarette im Aschenbecher aus, verfluchte sich dafür, dass er diese Sucht wohl nie ganz besiegen würde und setzte das Packen fort.

Kapitel 2

Lausen quetschte seinen Dienstwagen quer in eine enge Lücke zwischen dem Stamm einer Kastanie und dem Heck eines Streifenwagens, wodurch er den halben Gehweg blockierte. In Harvestehude, einem der vornehmsten Stadtteile Hamburgs, war es zu keiner Tageszeit leicht, einen Parkplatz zu finden. Kaum ausgestiegen, hörte er hinter sich eine unfreundliche Frauenstimme: »Schlechter konnten Sie wohl nicht einparken, nicht wahr?«

Lausen drehte sich um. Die Frau hinter ihm war elegant gekleidet, mit Goldschmuck behangen und mindestens siebzig Jahre alt.

»Sie haben recht«, sagte der Hauptkommissar. »Bin wirklich nicht gut im Schlechteinparken. Und jetzt entschuldigen Sie mich bitte, eine Leiche wartet.«

Die Frau verstummte und ihr Gesichtsausdruck wechselte innerhalb von Sekunden von empört über erstaunt zu sensationslüstern. Ihre Blicke folgten nun aufmerksam dem Kommissar, der kurz an der Fassade eines gepflegten, dreistöckigen Jugendstilhauses hinaufschaute und dann auf den Eingang zuging. Ein uniformierter Polizist grüßte mit einem Kopfnicken und hielt Lausen die Tür auf.

Die weiße Fassade des Hauses mit den grau abgesetzten Ornamenten hatte Lausen gefallen, das Treppenhaus beeindruckte ihn. Auf Hochglanz polierte Marmortreppen, detailreiche Stuckverzierungen an den Wänden und der hohen Decke, handgeschmiedete Briefkästen und die kronleuchterartige Treppenhausbeleuchtung zeigten eine einschüchternde Wirkung auf Normalverdiener. Graffiti an den Wänden oder leere Bierdosen in den Ecken – so etwas war hier unvorstellbar.

Lausen, der mehrmals pro Woche durch den Stadtpark joggte, nahm die sechs Stufen bis zum Hochparterre in drei Schritten. Er betrat die Wohnung, sein kurzfristig neu formiertes Team war bereits vor Ort. Er traf die Kollegen auf dem zehn Meter langen Flur.

Oberkommissar Konrad Schwanitz begrüßte seinen Vorgesetzten mit einem Kopfnicken und zeigte auf eine Türöffnung hinter sich.

»Das Opfer liegt dort in der Bibliothek. Die Spusi und Doktor Peters sind gleich soweit. Dann können wir rein.«

Fast versteckt hinter Schwanitz' massigem Körper stand Kommissar Ulf Reisberg, der auch zu Lausens regulärem Team gehörte. Die hellrote Mähne von Thomas Bernstein überragte alle und Vera Becker verschwand hinter dieser Männerwand.

»Bisschen eng hier auf dem Flur«, sagte Lausen und blickte sich um. »Gehen wir doch hier rein«, beschloss er und führte die Gruppe in ein geräumiges Wohnzimmer mit offenem Kamin, das ein gediegenes, altenglisch anmutendes Ambiente zeigte. Viel dunkles Holz, eine mächtige burgunderfarbene Ledergarnitur, schmiedeeiserne Kerzenleuchter, dicke Orientteppiche und großformatige Ölgemälde – der Hauptkommissar wähnte sich für einen Moment in einem traditionsreichen Adelshaus. Er schüttelte den Kopf und wandte sich den profanen Dingen zu.

»Wie sieht's aus, schon Fakten?«, fragte er in die Runde.

Die beiden jungen Kommissare Reisberg und Becker hielten sich zurück. Die Oberkommissare Schwanitz und Bernstein suchten mittels Blickkontakt eine Übereinkunft. Konrad Schwanitz war ein besonnener Mensch, für den Harmonie im Team einen hohen Stellenwert hatte. Er war deutlich älter als Bernstein und seit Jahren in Lausens Team. Somit hatte er jedes Recht, sich als zweiter Mann hinter Lausen zu sehen. Trotzdem suchte er das stillschweigende Einverständnis des neuen Mannes in der Gruppe, der den gleichen Rang wie er hatte. Bernstein nickte fast unsichtbar und Schwanitz berichtete:

»Das Opfer ist wahrscheinlich Rudolf Friedemann, der Bewohner. Eine sichere Identifizierung war noch nicht möglich. Ich konnte einen Blick auf den Leichnam werfen. Der ist übel zugerichtet, das Gesicht ist kaum zu erkennen.«

»Wer hat die Leiche gefunden?«, fragte Lausen.

»Die Haushaltshilfe, eine Frau Ilse Tornow. Sie kommt jeden Montag um acht Uhr und hat einen eigenen Schlüssel. Sie sitzt in der Küche, hat einen Schock. Der Notarzt kümmert sich um sie.«

»Irgendwelche Erkenntnisse über Herrn Friedemann?«

»Laut Personalausweis wurde er am 17. März 1934 in Münster geboren. Mehr haben wir nicht. Wir sind erst seit ein paar Minuten hier.«

Lausen nickte. »Okay, dann mal los. Kollege Reisberg, ab ins Büro, alles recherchieren, was es über Friedemann gibt.«

Reisberg guckte verärgert, er mochte die Büroarbeit nicht. »Muss ich? Kann das nicht Frau Becker machen?«

Lausen schaute genervt gen Zimmerdecke. Es gab bessere Mitarbeiter als diesen Reisberg mit seinen blöden Sprüchen und dem ewigen Gemecker über die Aufgaben, die er bekam. Reisberg würde lange darauf warten können, von ihm das ›Du‹ angeboten zu bekommen. Bei Konrad Schwanitz sah die Sache anders aus. Und die beiden Neuen in seinem Team würde er vorerst siezen und abwarten, wie sich die Zusammenarbeit entwickelte.

»Es ist Montagmorgen, kurz nach neun. Keine gute Zeit für sinnlose Diskussionen. In zwei Stunden will ich Ergebnisse haben.«

Reisberg grummelte ein »Immer ich« und trollte sich.

»Konrad und Kollege Bernstein klappern die Nachbarn ab. Frau Becker, Sie bleiben bei mir«, beendete Lausen seine kurze Ansprache.

Schwanitz und Bernstein verließen den Raum, zeitgleich tauchte der Rechtsmediziner Doktor Heinrich Peters auf.

»Moin, Herr Lausen. Wie geht's?«

»Moin, Doktor Peters. Wie soll's schon gehen, wenn die Woche gleich mit einem brutalen Mord beginnt?«

»Brutal ist das richtige Stichwort. Die Frage, ob Fremdverschulden vorliegt, ist hier eindeutig mit ja zu beantworten. So etwas habe ich lange nicht mehr gesehen.«

»Was haben Sie lange nicht mehr gesehen?«

Peters strich sich mit der Hand über seinen kahlen Kopf. »Folgen Sie mir. Ich zeige es Ihnen.«

Lausen und Becker zogen die übliche weiße Schutzkleidung an, um den Tatort nicht zu kontaminieren, dann führte Peters sie in die Bibliothek, deren Einrichtungsstil zum Wohnzimmer passte. Friedemann hatte die altbautypische Deckenhöhe von mindestens drei Metern genutzt, um riesige Bücherregale an den Wänden aufzustellen. Auch hier dominierten dunkles Holz, dicke Orientteppiche und antike Möbel. Helle Farben suchte der Betrachter vergebens, einzig die Morgensonne brachte ein wenig Freundlichkeit in den Raum.

Der Leichnam lag auf dem Boden zwischen einem Ohrensessel und einem niedrigen Mahagonitisch. Um ihn herum waren kleine dunkle Flecken auf dem Teppich zu erkennen, eingetrocknetes Blut. Der alte Mann war halbnackt, der Morgenmantel geöffnet, das Oberteil des Schlafanzugs aufgerissen. Der entblößte Oberkörper zeigte zahlreiche Hämatome und Schnittverletzungen. Die Schlafanzughose war bis zu den Kniekehlen heruntergezogen, die Hoden und das Glied mit einem Kupferdraht eng verschnürt und dunkelblau verfärbt. Das Gesicht war kaum noch zu erkennen. Aufgeplatzte Lippen, halb versunken in dem geöffneten, zahnlosen Mund, eine völlig verformte Nase und zugeschwollene Augen – Lausen verstand nun, warum Schwanitz keine sichere Identifizierung vermelden konnte. Eine unglaubliche Welle der Gewalt musste über den alten Mann hinweggerollt sein.

»Mein Gott, wie viel Hass muss vorhanden sein, um so etwas auszulösen?«

Die Frage kam von Kommissarin Becker, die mit starrem Blick neben Lausen stand. In dem Hauptkommissar erwachte der Beschützerinstinkt.

»Frau Becker, Sie sollten vielleicht …«

»Nein, nein«, wehrte sie ab. »Ich bin Polizistin, ich muss da durch.«

Es folgte ein unangenehmes Schweigen.

Doktor Peters löste die Situation. »Ich denke nicht, dass Hass hier die treibende Kraft war. Das wird mit Sicherheit eine zeitaufwändige Obduktion. Die Verletzungsspuren sind unglaublich zahlreich. Aber einige Informationen kann ich schon geben«, versuchte der Rechtsmediziner, die Aufmerksamkeit auf sich zu lenken.

»Dann mal los.« Lausen kam es gelegen, sich den Fakten widmen zu können.

»Die Art der Verletzungen lässt auf systematisch durchgeführte Misshandlungen schließen. Mit anderen Worten: Der alte Mann wurde gefoltert.«

Ein Kollege der Spurensicherung, der an einem Aktenschrank stand, mischte sich ein. »Ich glaube, Doktor Peters hat recht. Wahrscheinlich wollte man dem Alten die Kombination für den Safe entlocken, der hier offen steht und leer ist. An der Wohnungstür gibt es übrigens keine Einbruchsspuren. Wie es aussieht, hat er den oder die Täter selbst reingelassen.«

Peters fuhr fort. »Auf jeden Fall musste das Opfer lange leiden, bevor es zum Finale kam. Bei einem der zahlreichen Schläge ins Gesicht ist wohl das Gebiss rausgeflogen. Es liegt da hinten am Rande des Teppichs. Die weiteren unschönen Details können Sie morgen in meinem Bericht lesen. Am Ende wurde der Mann mit einer Drahtschlinge, vielleicht einer Garotte, erdrosselt.«

Peters trat an den Leichnam heran und deutete mit dem Zeigefinger auf den Hals. »Sehen Sie hier, die Furche. Sie verläuft rund um den Hals. Das war kein normales Seil, es hat sich in die Haut geschnitten, muss ein Draht oder etwas ähnlich Dünnes und Reißfestes gewesen sein.«

»Und wann ist der Mann letztendlich gestorben?«, fragte Becker.

»Gestern Abend zwischen zweiundzwanzig und null Uhr, genauer kann ich es noch nicht sagen.«

Lausen bedankte sich bei Peters. Er schwitzte. In der Bibliothek war es stickig. Ein heißer Tag kündigte sich an und die Schutzkleidung tat ein Übriges. Oder lag es daran, dass er in die Wechseljahre kam? Hormonumstellung, das passierte auch Männern jenseits der Vierzig.

Lausen und Becker entledigten sich der weißen Overalls und gingen den Flur entlang zur Küche, um Frau Tornow, die Haushälterin, zu befragen.

»Machen Sie das mal«, raunte Lausen Becker zu, während sie die Küche betraten.

Der Notarzt verabschiedete sich mit einem knappen Kopfnicken. Er hatte der Haushälterin ein Beruhigungsmittel gegeben. Sie war vernehmungsfähig. Frau Tornow saß an einem kleinen, weiß lackierten Küchentisch. Ihre grauen Haare umrahmten ein Gesicht mit vielen Falten und müden Augen. Sie trug eine geblümte Bluse und darüber eine Schürze.

Mit einem Papiertaschentuch wischte sie sich die geröteten Augen trocken.

»Er war so ein feiner Mann«, sagte sie mit heiserer Stimme, ohne die Kommissare anzusehen. »Wer, um Gottes Willen, tut so etwas?«

»Das wissen wir leider nicht – noch nicht«, antwortete Becker.

»Wissen Sie, ich arbeite seit neun Jahren für Herrn Friedemann, dreimal die Woche, immer vormittags. Von ihm hörte man nie ein böses Wort. Herr Friedemann hat sich immer korrekt verhalten. Ein kultivierter Mann mit Charakter, so was gibt's doch heute kaum noch. Warum schlägt jemand diesen Mann tot?«

Kommissarin Becker wollte eine Frage stellen, doch Frau Tornow redete weiter, die Augen auf den Boden gerichtet.

»Wissen Sie, ich bin jetzt neunundsechzig Jahre alt. Meine Rente ist mickrig. Der Friedemann hat keinen Druck gemacht. Ich hätte das hier noch Jahre machen können, trotz meines Alters. Wie soll ich denn jetzt klarkommen, ohne das Geld von ihm? Mich nimmt doch keiner mehr.«

»Frau Tornow, ich müsste Ihnen ein paar Fragen stellen.«

»Nur zu, junge Frau, wenn ich helfen kann.«

»Was können Sie mir über Herrn Friedemann erzählen, außer dass er ein feiner Mann war?«

»Naja, viel weiß ich nicht über ihn. Er muss vermögend sein, denn immerhin gehört ihm das Haus.«

»Ihm gehörte das ganze Haus?«

»Ja. Zumindest hat er das mal erzählt.«

»Dann war er vermögend«, meldete sich Lausen aus dem Hintergrund. Ilse Tornow sprach weiter. »Er ist gebildet. Er liest viel, aber das kann man sich ja denken, wenn man die Bibliothek sieht. Und er hört gern Musik, das klassische Zeugs, Mozart und so. Ich mag ja mehr den Howard Carpendale und solche Sachen. Oder von früher den Freddy Quinn, hach, das waren schöne Lieder.«

»Wie sieht es mit Angehörigen aus? Wissen Sie darüber etwas?«

Frau Tornow schüttelte den Kopf. »Soweit ich weiß, hat der Herr Friedemann keine Verwandten mehr. Ich habe nie welche gesehen. Und erzählt hat er auch nie was. Naja, sehr gesprächig ist … ich meine, war er nicht.«

Vera Becker hatte sich inzwischen an den Tisch gesetzt und streichelte beruhigend die Hand von Frau Tornow.

»Können Sie mir sagen, ob er Besuch bekam, vielleicht regelmäßig?«, fragte sie.

»Besuch? Nein, dazu kann ich nichts sagen, ich war ja immer nur vormittags da und da kam höchstens der Postbote mal an die Tür, oder der Pflegedienst. Aber …«

Frau Tornow machte eine bedeutungsschwangere Pause. Becker nickte ihr aufmunternd zu und die Haushälterin beugte sich zu ihr herüber.

»Manchmal, wenn ich morgens kam«, flüsterte sie, »fand ich in der Küche mehrere Weingläser und die kleinen für Schnaps. Da habe ich mich schon gewundert, denn der Friedemann benutzte ja nicht mehrere Gläser an einem Abend. Gesagt hat er aber nichts und ich mochte ihn nicht fragen. Ging mich im Grunde auch nichts an.«

»War Herr Friedemann in letzter Zeit anders als sonst, vielleicht nervös oder besorgt? Hatte er womöglich Angst vor jemandem?«

Tornow schüttelte energisch den Kopf. »Nein, da war nichts, alles ganz normal.«

»Danke, Frau Tornow.« Becker drückte die raue, alte Hand. »Sie haben uns sehr geholfen.«

In den Augen der alten Frau blitzte etwas auf. »Sie kriegen den Kerl, stimmt's? Und dann geben Sie's ihm ordentlich, mir zuliebe.«

Es dauerte eine Weile, bis die Tür im ersten Stock geöffnet wurde. Der Mann, der nun vor Oberkommissar Schwanitz stand, trug nichts außer karierten Boxershorts. Seine kurzen blonden Haare machten einen zerwühlten Eindruck und die leicht geröteten Augen blinzelten in das Tageslicht. Schwanitz zeigte seinen Dienstausweis.

»Guten Morgen. Oberkommissar Schwanitz, Kripo Hamburg. Sind Sie …«, Schwanitz schaute auf das Namensschild neben der Tür, »… Herr Lowrider?«

Der junge Mann gähnte. »Mann, das ist Englisch. *Loreider* spricht man das. Ist sozusagen mein Künstlername. Aber das Wortspiel funktioniert natürlich nur mit dem vollen Namen: Dijay Loreider.«

Schwanitz guckte verständnislos. »Welches Wortspiel?«

Der Halbnackte machte eine genervte Geste. »Na gut, einmal zum Mitschreiben für Beamte: DJ steht für Discjockey, meine Berufsbezeichnung. Und ich bin momentan der Angesagteste meiner Branche in dieser Stadt. Der Witz ist aber: Wenn man das Jay von DJ und dazu das Lo von Lowrider nimmt, erhält man … na, was?«

»Keine Ahnung, und es ist …«

»Mann, Alter, JayLo! Jennifer Lopez, you know? Ich bin der JayLo-Rider, hehe. Kapiert?«

Der übernächtigte Discjockey machte eine Kopulationsgeste und grinste selbstgefällig. Schwanitz hätte ihm gerne Manieren beigebracht, aber es gab Wichtigeres.

»Schluss mit lustig! Wie lautet Ihr richtiger Name?«

»Ich habe keine Drogen im Haus, ich schwöre!«

»Bitte!«

»Okay, in meinem Personalausweis steht Detlef Ringelbauer.«

»Na fein, Herr Ringelbauer, dann können wir ja endlich zur Sache kommen. Letzte Nacht wurde Ihr Nachbar, Herr Friedemann, ermordet.«

»Der Friedemann ist tot? Das ist ja voll krass!«

»Ist Ihnen etwas Ungewöhnliches aufgefallen, fremde Leute im Haus, laute Geräusche?«

»Ey, Mann, das ist hier nicht versteckte Kamera, oder so, näh? Der wurde ermordet, so ganz in echt?«

Schwanitz war kurz davor, diesem Idioten Handschellen anzulegen und ihn wegen Behinderung der Ermittlungen vorläufig festzunehmen.

»Ja, so ganz in echt und in Farbe! Hätten Sie die Güte, meine Frage zu beantworten?«

Der Discjockey Detlef rieb sich die Augen. »Sorry, dazu kann ich nichts sagen. Ich arbeite nachts, das bringt der Beruf so mit sich. Ich bin erst gegen vier Uhr nach Hause gekommen, da war hier im Haus alles ruhig. Übrigens, der Friedemann ist nicht bloß ein Nachbar, der ist mein

Vermieter. Fairer Typ, kann man nicht anders sagen. Die Miete hat der seit drei Jahren nicht erhöht.«

Schwanitz gab auf. Er ließ sich die Adresse des Clubs geben, in dem der DJ letzte Nacht gearbeitet hatte, dann verabschiedete er sich und klingelte an der nächsten Tür. Harvestehude war auch nicht mehr das, was es mal war.

Thomas Bernstein stand vor der Wohnungstür gegenüber von Friedemann. Er hatte gerade den Finger vom Klingelknopf genommen, da wurde die Tür schon geöffnet. Eine alte Frau mit zahlreichen Falten um Augen und Mund schaute ihn erwartungsvoll an. Bernstein stellte sich vor und wurde sofort herein gebeten. Frau von Langenau führte den Oberkommissar mit bedächtigen Schritten in das Wohnzimmer und ließ ihn in einem voluminösen Polstersessel Platz nehmen. Sie selbst setzte sich auf die Vorderkante eines zweiten Sessels.

»Da ist was Schlimmes passiert, da drüben bei Friedemann, nicht wahr?«, fragte sie mit neugierig vorgerecktem Kinn.

Bernstein nickte. »Ihr Nachbar, Herr Friedemann, wurde letzte Nacht ermordet. Frau von Langenau, vielleicht können Sie uns bei der Aufklärung des Verbrechens helfen. Sie wohnen ja direkt gegenüber. Da kriegt man sicher einiges mit.«

»Der Friedemann ist tot? Das ist ja furchtbar. Man ist wirklich nirgendwo mehr seines Lebens sicher.«

»Ja, Gewaltverbrechen finden auch in den besten Kreisen statt. Aber nun machen Sie sich bitte keine übertriebenen Sorgen. Ist Ihnen in der vergangenen Nacht etwas aufgefallen?«

»Ach, junger Mann, ich werde in drei Wochen neunzig Jahre alt. Da wollen die Augen und Ohren nicht mehr so wie früher.«

»Sie haben nicht zufällig einen Blick durch Ihren Türspion geworfen und jemanden im Treppenhaus gesehen, der nicht hier wohnt?« Bernstein lächelte sie an. »Sie waren sehr schnell an der Tür, als ich klingelte.«

Frau von Langenau zupfte verlegen ihre Strickjacke glatt. »Also, wenn ich mein Hörgerät drin habe, so wie jetzt, dann geht es ganz gut. Aber das trage ich nachts im Bett nicht. Da könnte man mir die Wohnung ausräumen und ich würde es verschlafen.«

»Wann sind Sie denn gestern ins Bett gegangen?«

»Das war … etwa viertel nach zehn … Moment, da war doch was. Kurz vor den Heute-Nachrichten im Fernsehen, also so gegen sieben Uhr. Ich stand auf dem Flur und hörte draußen die Stimme von Herrn Friedemann. Er klang verärgert, deshalb habe ich mal kurz geguckt, was da los war. Friedemann sprach mit einem Mann und auf einmal war er nicht mehr verärgert und ließ den Mann in seine Wohnung.«

»Können Sie den Besucher beschreiben?«

Frau von Langenau strich sich nachdenklich eine Strähne ihrer grauen Haare hinter das Ohr. »Ich weiß nicht, ich habe ihn nur von hinten gesehen. Der sah ganz normal aus.«

Bernstein stand auf. Er musste der alten Dame beim Erinnern behilflich sein. »War er so groß wie ich oder kleiner?«

Der Vergleich half. »Nein, viel kleiner als Sie, aber größer als ich.«

Bernstein zeigte mit der flachen Hand die Höhe seiner Schulter an.

»Ungefähr so groß?«

»Ja, das kommt hin.«

Das ergab eine Körpergröße von einssiebzig bis einsfünfundsiebzig.

»Und die Haarfarbe?«

Frau von Langenau grinste schelmisch. »So ein Boris-Becker-Rot wie Sie es haben, war es nicht. Hellbraun oder dunkelblond würde ich sagen, so eine Straßenköterfarbe.«

»Na sehen Sie, es läuft doch. Erinnern Sie sich an die Kleidung?«

»Er trug eine helle Hose. Ach ja, und ein Sakko in so einem hässlichen Grünton. Mehr fällt mir nicht ein.«

»Frau von Langenau, ich danke Ihnen, das war weit mehr, als die meisten Zeugen zusammenbringen. Und was können Sie mir über Herrn Friedemann sagen?«

Die alte Frau schaute betroffen. »Nicht viel, ehrlich gesagt. Und das, obwohl ich seit zweiundfünfzig Jahren hier wohne. Herr Friedemann hat das Haus Anfang der neunziger Jahre gekauft. Er kam damals aus dem Ausland zurück nach Deutschland. Er hat viel Geld in die Hand genommen und alles renovieren lassen. Trotzdem blieben die Mieten erschwinglich. Ich kann nichts Schlechtes über ihn sagen. Allerdings lebte er sehr zurückgezogen und beschränkte den Kontakt zu den Mietern auf das Nötigste.«

»Bekam er ab und zu Besuch?«

»Kaum. Seine Haushälterin, dann seit ein paar Monaten der Pflegedienst des DRK und einmal im Monat hatte er so eine Art Herrenrunde bei sich. Das waren drei oder vier Männer, alle im gesetzten Alter, gepflegte Erscheinungen. Die habe ich aber seit Wochen nicht mehr gesehen.« Sie seufzte. »Ich hoffe nur, der Herr Friedemann hat nicht allzu sehr gelitten.«

Bernstein zog es vor zu schweigen.

»Es gibt nur eine Sache, die ich dem guten Mann übel nehme«, fügte die fast Neunzigjährige hinzu. »Er hätte diesem hirnamputierten Schnösel da oben im ersten Stock nicht die Wohnung überlassen sollen, nachdem Frau Diestel gestorben war. Der Schnösel ist ihr Neffe und er passt überhaupt nicht in unsere Hausgemeinschaft. Ich frage mich, was nun mit dem Haus geschieht. Gibt es Erben?«

»Darüber weiß ich leider nichts«, sagte Bernstein.

»Wenn ich hier raus muss, ist das mein Ende. Ich lasse mich nicht mehr verpflanzen!«

Der Kommissar legte der alten Frau beruhigend die Hand auf den Unterarm. »So leicht kann man Sie nicht rausschmeißen, Frau von Langenau. Nun muss ich aber weiter. Vielen Dank noch, Sie haben uns sehr geholfen.«

Sie gingen gemeinsam zur Tür. Frau von Langenau zupfte an Bernsteins Ärmel. »Ich weiß nicht, ob es von Bedeutung ist. Als ich gestern ins Bett gehen wollte, so gegen viertel nach zehn, wie ich schon sagte, da hat der Friedemann seine klassische Musik ziemlich laut aufgedreht, irgendwas von Bach oder Mozart. Das hat er öfters getan, aber eigentlich nie so spät am Abend.«

Lausen und Becker unterstützten die beiden Oberkommissare bei den Befragungen der Nachbarn, doch es ergaben sich keine wesentlichen neuen Erkenntnisse. Der Hauptkommissar beschloss, im Büro weiterzuarbeiten. Als das Team vor die Haustür trat, wartete schon ein halbes Dutzend

Reporter auf Neuigkeiten. Lausen verwies auf die Pressestelle der Polizei und bahnte sich den Weg zum Auto.

Kapitel 3

Jörg Lausen hätte ein zufriedener Mensch sein können. Mit Anfang vierzig hatte er vor gut zwei Jahren den Posten des Ersten Hauptkommissars der Dienststelle LKA 41 bekommen und damit sein Wunschziel erreicht. Höher aufsteigen wollte er nicht, denn er fühlte sich in der praktischen Arbeit wohl. Der Arbeitsalltag seines direkten Vorgesetzten, Kriminaloberrat Michael Thorwald, war von Verwaltungsarbeit geprägt, für die Ermittlungen waren Leute wie Lausen zuständig.

Der Hauptkommissar wurde von den Kollegen respektiert, seine Fachkompetenz war unbestritten. Er arbeitete gern im Team und versuchte, jeden Mitarbeiter seinen Fähigkeiten entsprechend sinnvoll einzusetzen.

Erstaunlicherweise konnte Lausen trotz seines Berufes ein intaktes Familienleben vorweisen. Er war seit zwölf Jahren glücklich verheiratet und sehr stolz auf seinen achtjährigen Sohn Jonas, der als hochbegabt galt.

Eigentlich war alles in Ordnung. Erfolg im Beruf, ein erfülltes Privatleben und eine stabile Gesundheit: Mehr konnte sich ein bescheidener Mensch kaum wünschen.

Aber Lausen war ein Getriebener. Keiner, der dem Geld oder den Frauen hinterherjagte. Keiner, dem Macht oder Prestige wichtig waren. Er war getrieben von der nicht enden wollenden Flut der Gewalttaten, die einzudämmen er zu seiner Lebensaufgabe gemacht hatte. Zu jeder Zeit gab es einen Fall. Wenn kein aktueller vorhanden war, dann gab es einen ungelösten aus dem letzten Jahr, aus der letzten Dekade, aus dem letzten Jahrhundert.

Lausen schaffte es nicht, zur Ruhe zu kommen. Er glaubte ständig, dem Zeitplan hinterherzuhinken, wessen Zeitplan das auch immer war. Die Kollegen mochten ihn, weil er ehrlich und fair mit ihnen umging. Seine nervöse Unruhe stresste aber fast jeden, der längere Zeit mit Lausen zusammenarbeiten musste. Der einzige, der immun dagegen zu sein schien, war Oberkommissar Konrad Schwanitz, dem man im Kollegenkreis das Gemüt (und die Statur) eines Moschusochsen nachsagte.

Um Zeit zu sparen, hatte Lausen die Mitglieder seines Teams gebeten, die Mittagspause zusammen zu verbringen und mit der Besprechung der Fakten des neuen Falls zu verbinden. Folglich saß er gemeinsam mit Schwanitz, Bernstein, Reisberg und Becker beim Essen in der Kantine.

Vera Becker strich sich eine Strähne ihrer dunkelrot gefärbten Haare aus dem Gesicht und machte sich mit Appetit über ihren Matjes her. Ihr Wunsch, bei der Mordkommission arbeiten zu können, hatte sich unerwartet schnell erfüllt. Vor zwei Jahren, im Alter von sechsundzwanzig Jahren, hatte sie das Glück, vorübergehend Hansens Team zugeteilt zu werden. Später hatte sich Hansen für sie eingesetzt und sie bekam die offene Stelle. Der mürrische, alte Querkopf Harry Hansen hatte viel von ihr gefordert, aber sie hatte auch viel von ihm gelernt. Sie mochte ihn und würde ihn vermissen. Er war am Ende seiner Laufbahn gar nicht mehr so grantig, wie ihn die meisten Kollegen immer noch einschätzten.

Nun begann eine neue Zeit mit einem frisch zusammengestellten Team. Neugierig studierte Becker die Essgewohnheiten ihrer Kollegen. Dass Thomas Bernstein unglaubliche Mengen vertilgen konnte und trotzdem rank und schlank blieb, wusste sie bereits aus den letzten zwei Jahren der Zusammenarbeit. Der neben ihr sitzende Ulf Reisberg aß mit aufgestützten Ellenbogen und erzählte zwischen zwei Bissen einen flachen Blondinenwitz, der allen anderen am Tisch nur ein müdes Lächeln entlockte. Oberkommissar Schwanitz sezierte sein Kotelett in aller Ruhe. Mengenmäßig konnte er mit Bernstein mithalten, sein Körper verzieh die Kalorienzufuhr allerdings nicht so folgenlos. Ihr neuer Chef, Hauptkommissar Jörg Lausen, schien die Aufnahme von Nahrung für Zeitverschwendung zu halten. Er hatte sich eine kleine Portion auffüllen lassen und diese hastig, mit kaum wahrnehmbaren Kaubewegungen, in kurzer Zeit verschlungen. Direkt nach dem letzten Bissen begann er die Fallbesprechung. Alle anderen aßen noch.

»Herr Reisberg, was haben die Recherchen bezüglich Friedemann ergeben?«

Reisberg legte seine Gabel auf den Teller. »Tja, das war jetzt nicht so viel, in der kurzen Zeit. Also, der Friedemann war wohl längere Zeit im Ausland, in Venezuela. Er soll dort mit dem Handel von Eisenerz ein Vermögen gemacht haben und ist dann 1991 nach Deutschland zurückgekehrt. In dem Jahr hat er das Haus in Harvestehude gekauft. Die Infos sind aber nicht sicher, ich habe sie von dem Makler, der ihm damals das Haus vermittelt hat. Eine Anfrage an die venezu… also, an die Behörden von Venezuela läuft.«

»Er ist aber gebürtiger Deutscher?«, fragte Lausen.

Reisberg guckte verdutzt. »Ja, wieso? Er hat doch einen deutschen Pass.«

»Gut, ich wollt's nur wissen, er hätte ja Venezolaner sein können. Was hat er gemacht, bevor er ausgewandert ist?«

Reisberg streichelte mit Daumen und Zeigefinger die Ausläufer seines Mongolenbartes. Überhaupt schien er sich in einer Retro-Look-Phase zu befinden. Er trug Cowboystiefel mit extra langen Spitzen, Röhrenjeans, ein blau-weiß kariertes Flanellhemd und eine Lederweste. So liefen sonst nur die Undercover-Drogenfahnder rum.

Mit der Zunge benetzte er seine Lippen. »Ich sach mal, da wird es ein bisschen schwierig. Ich habe bisher nichts über ihn gefunden aus der Zeit vor einundneunzig.«

»Dann klemmen Sie sich dahinter. Gibt es Verwandte?«

»Keine Ahnung. Ich kümmere mich drum.« Reisberg aß weiter.

Schwanitz schob den sauber vom Fleisch getrennten Knochen an den Rand seines Tellers und sprach mit halbvollem Mund.

»Ohne dem Obduktionsergebnis vorgreifen zu wollen, denke ich, dass wir den Todeszeitpunkt recht gut eingrenzen können.«

»Wie kommst du darauf?«, fragte Lausen.

»Die Zeugenaussagen der Nachbarn. Gegen zweiundzwanzig Uhr soll die Musik in Friedemanns Wohnung laut gedreht worden sein. Im ersten Stock, neben diesem überkandidelten Discjockey, wohnt ein pensionierter Oberstudienrat. Der meinte, dass es kurz vor dreiundzwanzig Uhr wieder leise wurde in Friedemanns Wohnung. Da war dann wohl die Folter beendet.«

»Das muss aber nicht heißen, dass Friedemann in der Zeit auch getötet wurde«, widersprach Bernstein, »theoretisch könnte er später umgebracht worden sein.«

»Naja, theoretisch …«, begann Schwanitz.

Lausen unterbrach ihn. »Warten wir mal die Obduktion ab, die ist für vierzehn Uhr angesetzt.«

»Wer soll da hin?«, fragte Reisberg mit dem sicheren Gefühl, dass es ihn treffen würde. Die Vorschrift besagte, dass bei einer Obduktion ein Beamter der Dienststelle und ein Vertreter der Staatsanwaltschaft anwesend sein mussten.

»Das macht ein Kollege des Teams von Schneider, der sowieso heute vor Ort ist«, erklärte Lausen. »Irgendwelche Thesen zur Tat?«

Reisberg freute sich, nicht bei der Obduktion anwesend sein zu müssen und vermutete aufgrund des offenen und leeren Tresors einen Raubmord. Schwanitz irritierte die brutale Art der Folter, weshalb er persönliche Motive und starke Hassgefühle als Triebfeder sah.

»Frau Becker, wie denken Sie darüber?«, fragte Lausen, der wusste, dass Becker vor ihrer Ausbildung bei der Polizei ein paar Semester Psychologie studiert hatte. Er hoffte auf eine psychologische Interpretation des Tathergangs.

»Ich habe noch keine Meinung«, antwortete die junge Kommissarin. »Vielleicht ist es eine Mischung aus beiden Ansätzen. An einen normalen Raubmord glaube ich allerdings nicht. Auf dem kleinen Beistelltisch neben dem Ohrensessel lag eine Armbanduhr. Wenn ich mich nicht getäuscht habe, war das eine Breitling. Das sind Luxusuhren, die kosten normalerweise ein paar tausend Euro. So was lässt kein Raubmörder liegen.«

»Ja, die Uhr ist mir auch aufgefallen, gutes Argument.«

»Was ist mit dem Typen im grünen Sakko?«, fragte Reisberg. »Sollen wir den zur Fahndung ausschreiben?«

Lausen stand auf. »Nein, wir haben nichts gegen die Person in der Hand. Ein Zeugenaufruf in den Medien reicht für den Anfang. Unwahrscheinlich, dass dieser Mann unser Täter ist, der Zeitablauf passt nicht. Der Besucher kam um neunzehn Uhr. Er hätte sich drei Stunden mit Friedemann unterhalten müssen, bevor er mit der Folter anfing. Schwer vorstellbar. Beenden wir die Spekulationen. Herr Reisberg, Sie wissen, was zu tun ist. Kollege Bernstein kann Ihnen bei den Nachforschungen über Friedemann helfen. Frau Becker, Sie kümmern sich um die Ergebnisse der Spusi. Konrad, du versuchst, den Mann im grünen Sakko aufzutreiben und ich werde die Staatsanwaltschaft informieren. Neues Treffen um sechzehn Uhr im Büro.«

Während Hauptkommissar Lausen mit seinem Team zu Mittag aß, war der fast im Ruhestand befindliche Hauptkommissar Hansen bereits auf dem Weg zu seiner neuen Bleibe. Er fuhr in seinem vor wenigen Tagen gekauften, zehn Jahre alten Opel Astra Caravan hinter dem Wagen des Umzugsunternehmens her. Früher war er ohne eigenes Auto ausgekommen, hatte entweder den Dienstwagen oder Bus und Bahn benutzt. Der Dienstwagen war weg und die Kleinfamilie wollte in Zukunft durch die Gegend kutschiert werden. Somit war ein preiswerter Kombi die richtige Wahl, fand Hansen.

Die Möbelpacker hatten zügig gearbeitet und Hansens Hab und Gut nach einer Stunde in ihrem LKW verstaut. Er hatte ihnen am Schluss ein Bier angeboten, weil er glaubte, das sei so üblich. Die drei kräftigen Männer hatten dankend abgelehnt.
Bier gab es bei ihnen erst nach Feierabend. Moderne Zeiten, andere Sitten. Hansens letzter Umzug lag über zwanzig Jahre zurück. Damals wäre das Bier gut angekommen. Die in der Wohnung verbliebenen Reste sollte die städtische Sperrmüllabfuhr in ein paar Tagen abholen.

Nadja und ihre Tochter wohnten schon seit einem Jahr in der Vier-Zimmer-Wohnung, die nun das gemeinsame Domizil werden sollte. Hansen zahlte von Beginn an einen Teil der Miete. Nadja hätte die Kosten allein nicht tragen können, obwohl sie einen neuen, gut bezahlten Teilzeitjob im Krankenhaus Barmbek gefunden hatte. Eigentlich lief alles gut. Mareike profitierte von dem Konzept der integrierten Gesamtschule, die sie seit einem Jahr besuchte. Hier wurde sie gezielt gefördert und konnte trotz ihrer Lernschwäche mithalten.

Nadja hatte Hansen ein eigenes Zimmer zugestanden, das groß genug war, um darin neben dem Bett und dem Kleiderschrank einen Schreibtisch, ein Regal und einen bequemen Sessel unterzubringen. Sie musste ihn nicht stören, wenn sie wegen des Schichtdienstes in aller Frühe aufstehen musste und er konnte sie mit seinem Schnarchen nicht in den Wahnsinn treiben. Sie hatten alles im Voraus vernünftig geregelt. Trotzdem hatte er Angst, dass es schiefgehen könnte. Den Altersunterschied von zwanzig Jahren konnte man nicht wegregeln.

Hansen schreckte aus seinen Gedanken hoch. Der Möbelwagenfahrer vor ihm wollte einen falschen Abzweig nehmen. Hansen hupte und setzte sich mittels eines riskanten Überholmanövers vor den LKW, um die Führung zu übernehmen. Er kannte den Weg in sein neues Heim, war schon oft genug dort gewesen. Er hätte sich freuen müssen. Ein Leben ohne Nachtbereitschaft, ohne dutzende Überstunden, ohne Blutlachen, Lügen, psychisch Gestörte und Verwesungsgeruch. Das hätte ihn fröhlich stimmen sollen. Aber Hansen wusste, dass er all das vermissen würde.

Nadja stand wartend vor der Haustür, als der kleine Umzugstross sein Ziel erreichte. Ihre große Nase zeigte leicht gerötet einen beginnenden Sonnenbrand an.
Sie hatte sich diesen Tag freigenommen, um Harry helfen zu können. Mareike war in der Schule. Er ging zu Nadja, schaute wieder einmal fasziniert in ihre klaren, blauen Augen und umarmte sie.

Sie gab ihm einen Kuss. »Willkommen im neuen Zuhause. Vor dem Auspacken gibt es was zu essen. Ich habe Gulasch mit Nudeln gekocht.«

Sie winkte den Möbelpackern zu. Die freuten sich und folgten ihr bereitwillig. Hansen bewunderte ihr Organisationstalent und Zeitgefühl. Sie wusste, wer wann was brauchte und zauberte es genau dann hervor.

Nach dem Essen ging Hansen zusammen mit einem der Möbelpacker auf den Balkon, um eine Zigarette zu schmöken. In der Wohnung durfte er nicht rauchen. Der Möbelpacker stützte seine kräftigen Arme auf das Geländer. Da er ein halbärmeliges T-Shirt trug, konnte Hansen zahlreiche Tätowierungen auf den Unterarmen sehen.

»Schön haben Sie es hier«, sagte der Mann, während er den Ausblick prüfte. »Und Ihre Freundin macht ein klasse Gulasch. Sie sind zu beneiden.«

Bin ich das?, fragte sich Hansen zweifelnd und glücklich zugleich.

»Sie sind ein Bulle … tschuldigung, Polizist, nä?«, fragte der Mann freundlich.

»So gerade noch«, antwortete Hansen, »in drei Wochen nicht mehr. Wie kommen Sie darauf?«

»Hab' Sie mal gesehen, im Polizeipräsidium, vor ungefähr drei Jahren. Ich wurde dort vernommen.«

»Sie waren im Knast.« Hansen stellte keine Frage, es war eine Feststellung.

Der Möbelpacker schaute ihn offen an.

Hansen deutete auf die tätowierten Unterarme. »Das sind doch Knast-Tattoos, oder? Man sieht es an der schlechten Qualität.«

»Ja, so ist das. Hab' in meinem Leben viel Mist gebaut. Das ist Vergangenheit, seit einem Jahr bin ich solide. Mein Chef weiß Bescheid, der hat 'ne soziale Ader. Ich bin echt froh, die Kurve gekriegt zu haben. Für einen Vorbestraften ist es nicht leicht, an einen Job zu kommen.«

Hansen schüttelte verwundert den Kopf. »Nehmen Sie es mir nicht übel, aber ihr Knackis seid manchmal echt blöd. Jeder hat eine zweite Chance verdient, keine Frage. Naja, fast jeder. Ihr sehnt euch nach einem Neuanfang, wollt nicht als Kriminelle abgestempelt werden. Aber im Knast lasst ihr euch mit den Tätowierungen genau den Stempel auf ewig in die Haut ritzen. Das verstehe ich nicht.«

Der Ex-Knacki betrachtete nachdenklich seine Arme. »So habe ich das noch nie gesehen. Sie haben recht, die Tattoos sind wie ein Ausweis. Zum Glück habe ich den Absprung trotzdem geschafft.«

Hansen gab dem Mann die Hand. »Ich wünsche Ihnen, dass es so bleibt.«

»Danke, Ihnen auch alles Gute für das neue Leben. Na, dann wollen wir mal Ihre paar Klamotten hier rauf bringen.«

Das Büro hatte eine Fläche von mindestens sechzig Quadratmetern und war das einzige, das durch gemauerte Wände von den anderen Räumen abgetrennt war. Die Firma hatte eine komplette Etage des modernisierten Speichers nahe der neuen Hafencity angemietet. Die anderen Büros wurden durch Glaswände voneinander getrennt und hatten zwischen zehn und zwanzig Quadratmetern. Bei der Renovierung blieb die massive Holzstützenkonstruktion mit den mächtigen Querbalken an der Decke erhalten. Die ursprünglichen Fenster mit oberen Halbbögen und die Ladeluken mit Schiebetüren waren behutsam mit modernen Materialien den Anforderungen der Zeit angepasst worden. Der rustikale Charme des alten Speicherhauses blieb so erhalten.

Der Mann hinter dem drei Meter breiten Schreibtisch hatte trotz seines Alters volles, schwarzes Haar. Er wirkte sehr gepflegt und seine Kleidung sehr teuer. Die weiße Schiebetür in seinem Rücken stand halb offen. Früher wurden durch diese Lücke in der Außenwand die Kaffeesäcke aus den Schuten unten im Fleet in das Lager im dritten Stock gehievt. Heute schützte ein schmiedeeisernes Gitter vor einem unbeabsichtigten Fehltritt mit Folgen.

Der Raum kannte nur zwei Farben: schwarz und weiß. Glänzend weiß lackierte Fronten der Schränke vor weiß getünchten Wänden standen in scharfem Kontrast zu schwarzen Sitzmöbeln und Tischen. Sogar das zwei Meter breite und einen Meter hohe abstrakte Gemälde an einer Seitenwand zeigte Karos in schwarz, weiß und ein wenig grau. Nur der Fußboden mit seinen dunkelbraun gebeizten Holzdielen wich von diesem Schema ab. Der Raum gestattete keine unklaren Äußerungen oder Zwischentöne, er symbolisierte ein Konzept: Einschüchterung.

Der Chef legte seinen Hinterkopf an die hohe Lehne des Lederstuhls. In gebührendem Abstand vor dem Schreibtisch standen breitbeinig, die Hände an den Rücken gelegt, zwei passenderweise schwarz gekleidete Gestalten. Der Mann hatte eine Figur wie ein durchtrainierter Schwimmer, mit breiten Schultern und schmalen Hüften. Mit seinem Bizeps wäre auch ein Arnold Schwarzenegger zufrieden gewesen. Die Frau neben ihm trug eine blonde Punkerfrisur und diverse Piercings. Sie war schlank und ihre Haltung strahlte absolute Körperbeherrschung aus.

»Haben Sie das Problem gelöst?«, sprach der Chef die Frau an.

»Zum Teil«, antwortete die Blonde.

Der Chef verzog das Gesicht, Antworten dieser Art mochte er nicht.

»Was soll das heißen?«, fragte er scharf.

Die Punkerin holte hinter dem Rücken eine Aktenmappe hervor und warf sie auf den Schreibtisch. Die Mappe rutschte über die glatt polierte Fläche, bis der Chef sie mit seiner Hand stoppte.

»Die Unterlagen, die Sie angefordert hatten. Den Laptop haben wir auch.«

Sie gab dem Schwimmer ein Zeichen, der daraufhin eine Laptoptasche von seiner Schulter nahm und sie vorsichtig auf die Schreibtischplatte legte.

»Die Dateien?«

»Sind auf dem Laptop«, sagte die Blonde.

Der Chef zupfte seine Krawatte gerade und beugte sich vor. »Wunderbar. Wo ist das Problem?«

»Die Dateien sind verschlüsselt. Ohne den Entschlüsselungscode kann man die nicht öffnen.«

»Ach was! Sie müssen mir nicht erklären, welche Bedeutung eine Verschlüsselung hat! Sie sollten die Dateien gar nicht öffnen, nur nachsehen, ob sie vorhanden sind.«

Er nahm den Laptop aus der Tasche und startete ihn. Dann durchsuchte er verschiedene Verzeichnisse. Die Blonde und der Schwimmer warteten schweigend ab. Abrupt stand der Chef auf, lief um den Schreibtisch herum und stellte sich dicht vor die Blonde.

»Da haben wir das Problem. Der Mistkerl hat den Schlüsselcode exportiert. Hat der alte Knacker etwas von einem USB-Stick oder einer Speicherkarte erzählt?«

»Nein.«

»Das begreife ich nicht. Sie haben alles aus ihm herausgekriegt, aber den Code hat er Ihnen nicht gegeben?«

Die Blonde änderte ihre Körperhaltung um keinen Millimeter. Er fixierte ihre dunklen Augen. Normalerweise konnte er in den Augen seiner

Gesprächspartner lesen wie in einem offenen Buch. Bei dieser Frau versagten seine Künste.

»Nein. Er war weitaus widerstandsfähiger, als ich erwartet hätte. Wir sind wirklich an die Grenzen gegangen. Am Ende stand nur noch die Frage, wie er stirbt. Gesagt hätte er so oder so nichts mehr. Im Tresor waren nur die Akten.«

Der Chef massierte sich mit zwei Fingern die linke Schläfe als hätte er Kopfschmerzen.

»Der alte Mann muss einen Helfer gehabt haben. Von alleine wäre er nie auf die Idee gekommen. So gut waren seine Computerkenntnisse nicht. Was ist mit dem Typ in dem grünen Jackett, den die Polizei sucht? Ich hörte es im Radio. Könnte er den Code haben?«

»An den habe ich gerade gedacht«, sagte die Blonde. »Er war bei unserem Zielobjekt. Wir mussten vor der Tür warten, bis er endlich ging.«

»Sie wissen nicht, wer er ist?«

»Wir mussten Prioritäten setzen. Unser Ziel war Friedemann, nicht das grüne Jackett.«

»Können Sie ihn aufspüren?«

»Das sollte kein Problem sein. Ich sah, wie er in seinen Wagen stieg, ein blauer VW Passat Kombi.«

»Davon gibt's aber viele.«

Die Blonde lächelte siegesgewiss. »Es war ein Firmenwagen und ich habe mir die Firma gemerkt.«

Nun lächelte der Chef auch und setzte sich wieder. »Ich mag fähige Mitarbeiter. Na gut, dann suchen Sie mal.«

Die Blonde und der Schwimmer gingen zur Tür. Der Chef holte die Blonde mit einem Räuspern und einem Wink zurück. Sie trat dicht an seinen Schreibtisch. Der Schwimmer stand acht Meter entfernt an der Bürotür.

»Eine Frage«, flüsterte er. »Wir kennen uns jetzt schon eine Weile, aber ich habe Ihren Kompagnon nie sprechen hören. Ist der Mann stumm?«

Die Blonde zeigte blitzsaubere, weiße Schneidezähne. »Ronny? Der spricht nur, wenn ich es ihm erlaube.«

»Das gefällt mir.«

Als der Chef allein im Büro war, nahm er das Telefon zur Hand.

»Fritsche, kommen Sie mal in mein Büro.«

Fritsche kam und der Chef übergab ihm den Laptop.

»Versuchen Sie mal, ob Sie die Verschlüsselung der Dateien knacken können. Ich glaube es zwar nicht, aber man soll ja nichts unversucht lassen. Wenn es klappt, geben Sie mir sofort Bescheid.«

»Das sollte kein Problem sein.«

»Bei einer 256-Bit-Verschlüsselung?«

»In Friedemanns Laptop steckt ein kleiner, hässlicher Trojaner, der jedes Passwort aufzeichnet. Den habe ich selbst installiert. Mit dem richtigen Passwort können wir die Schlüsseldatei öffnen und das Problem ist gelöst«, antwortete Fritsche stolz.

»Gut gemacht, Fritsche. Nur leider nicht zu Ende gedacht. Der Schlüssel befindet sich auf einem externen Speicher. Da nützt uns der Trojaner zurzeit gar nichts. Aber wenn wir den Speicher finden, könnte er noch nützlich werden.«

Fritsche lief rot an, sein erwarteter Triumph hatte sich als Rohrkrepierer erwiesen.

Die Kommissare Bernstein und Reisberg saßen frustriert vor ihren Monitoren. Sie hatten Datenbanken und Melderegister durchsucht, bei Finanzämtern und Amtsgerichten nachgefragt und sogar die Flensburger mit ihrer Verkehrssünderdatei eingeschaltet. Nirgendwo gab es Informationen über Rudolf Friedemann aus der Zeit vor 1991. Familienangehörige konnten sie ebenfalls nicht ausfindig machen.

Ulf Reisberg war besonders schlecht gelaunt. Der erfolglose Nachmittag war nicht sein einziges Problem. Reisberg hatte in Bezug auf Menschen eine sehr schlichte Einstellung. Mit heterosexuellen, weißhäutigen Männern aus dem westeuropäischen Raum, die Fußball liebten und Bier tranken, kam er klar. Mit Frauen, die ihre von der Natur vorgegebene Rolle als Mutter, Hausfrau und Sexgespielin akzeptierten, hatte er keine Probleme. Zumindest glaubte er das. Er war erst zweiunddreißig Jahre alt, aber im Geiste lebte er in den fünfziger Jahren, einer Zeit, in der die Rollen klar verteilt waren, junge Frauen Petticoats trugen, Männer wie James Dean sein wollten und Ehefrauen ihre Gatten um Erlaubnis bitten mussten, wenn sie einen Beruf ausüben und eigenes Geld verdienen wollten. Offen zugegeben hätte er das so deutlich nie. Reisberg fühlte sich in ein falsches Zeitalter hineingeboren.

Und nun musste er mit einem schwulen Kollegen und einem emanzipierten Mannweib zusammen in einem Team arbeiten! Wo sollte das noch hinführen? Überhaupt, wieso war der Schwule eigentlich schon Oberkommissar, obwohl er ein Jahr jünger als Reisberg war? Der hatte bestimmt Beziehungen nach oben.

»Wieso finden wir rein gar nichts über Friedemann?«, fragte Bernstein ratlos. »Der hatte vor 1991 anscheinend nicht mal ein Auto angemeldet.«

»Apropos Auto«, nahm Reisberg dankbar den Faden auf, »fährst du eigentlich immer noch diesen alten Schrottbulli, die Dreckschleuder? Kannst ja froh sein, dass Hamburg bisher keine Umweltzonen eingeführt hat. Mit der Kiste dürftest du dann nicht mehr fahren.«

Reisberg war selbst ein Fan von alten Autos, leider waren die gut erhaltenen Ami-Schlitten aus den Fünfzigern bei seinem Gehalt unerschwinglich. Trotzdem nutzte er gerne jede Gelegenheit, um dem schwulen Kollegen einen beizupulen.

Bernstein reagierte zunächst nicht. Er bereute zutiefst, in seiner Anfangszeit in der Abteilung fast jedem jungen Kollegen von gleichem Rang das ›Du‹ angeboten zu haben. Er hätte besser selektieren sollen.

»Der Schrottbulli, wie du ihn nennst, ist ein gut erhaltener VW Bus T3 mit seltener Westfalia-Ausstattung. In einem Jahr wird er dreißig, dann kriegt er ein H-Kennzeichen und darf in Umweltzonen gefahren werden.«

»Trotzdem ist das ’ne Umweltsünde«, ließ Reisberg nicht locker.

Bei diesem Thema kam Bernstein in Rage. Er hasste es, wenn Leute mit oberflächlichem Halbwissen argumentierten und ihr Horizont dabei an der eigenen Nasenspitze endete.

»Du hast keine Ahnung, Ulf. Erstens wurden die Umweltzonen eingeführt, um den Feinstaubgehalt in der Luft zu reduzieren. Benzinmotoren erzeugen gar keinen Feinstaub in ihren Abgasen. Das schaffen nur Dieselmotoren. Fährst du nicht einen alten Golf Diesel?«

Reisberg merkte, dass er ein Eigentor geschossen hatte.

»Zweitens«, setzte Bernstein seinen Vortrag fort, »werden historische Fahrzeuge, also die mit dem H-Kennzeichen, in der Regel nur wenige tausend Kilometer im Jahr gefahren, fallen somit gar nicht ins Gewicht. Und drittens sollte man mal auf die komplette Öko-Bilanz eines Autos schauen. Wusstest du, dass vierzig Prozent der gesamten Co2-Menge, die ein Auto während eines durchschnittlich langen Lebens verursacht, bei der Produktion anfallen? Es macht durchaus Sinn, ein Auto möglichst lange zu fahren, um Ressourcen zu schonen.«

Die beiden Hitzköpfe hatten nicht bemerkt, dass ihr Chef Lausen seit geraumer Zeit hinter ihnen stand. Sie zuckten erschreckt zusammen, als sie seine Stimme hörten.

»Leute, könntet ihr eure Diskussion auf den Feierabend verlegen? Was ist nun mit Friedemann? Habt ihr was rausgefunden?«

»Nee, das … das ist echt schwierig«, stotterte Reisberg.

Bernstein stand auf. Schlechte Nachrichten verkündete man im Stehen leichter, vor allem, wenn man hundertneunzig Zentimeter groß war. Er schaute auf Lausen herab.

»Sorry, wir haben leider nichts gefunden. Wir sind alle Datenbanken und Register durchgegangen. Jetzt können wir nur noch auf Antworten der Bundesbehörden hoffen.«

»Das gibt's doch nicht«, schimpfte Lausen. »Irgendeine Spur seines Lebens muss es geben! Der Mann ist kein Phantom, immerhin haben wir seine Leiche.«

»Für mich gibt es nur eine logische Erklärung«, meinte Bernstein. »Der Mann, der als Rudolf Friedemann seit fast zwanzig Jahren in Harvestehude gelebt hat, ist in Wahrheit jemand anderes.«

»Gut möglich«, stimmte Lausen zu. »Wir sollten seine Papiere einer gründlichen Überprüfung unterziehen lassen. Vielleicht sind sie gefälscht. So, und jetzt ab in den Besprechungsraum, Ergebnisse zusammentragen.«

Lausen hatte Kaffee, Mineralwasser und Kekse in den Besprechungsraum bringen lassen. Nachdem alle Mitarbeiter versorgt waren, bat er zunächst Vera Becker um ihren Bericht.

»Unsere Kollegen von der Kriminaltechnik haben die Untersuchung des Tatorts abgeschlossen«, begann die Kommissarin. »Der vorläufige Bericht ist ziemlich kurz. Eine Reihe von Untersuchungen zu den sichergestellten Spuren steht noch aus. Von der Spurenlage her muss Friedemann auf einem Polsterstuhl mit Holzarmlehnen gesessen haben, während er gefoltert wurde. Es ist davon auszugehen, dass er gefesselt und geknebelt war. Material zur Fesselung wurde komischerweise nicht gefunden, das muss vom Täter beseitigt worden sein. Geknebelt wurde das Opfer anscheinend mit einem Waschlappen aus dem eigenen Haushalt. Der Waschlappen lag unter dem Stuhl, neben der Leiche. Die deutlich sichtbaren Speichelanhaftungen werden gerade im Labor untersucht. Die Analyse der zahlreichen kleinen Blutspritzer auf dem Teppich läuft ebenfalls noch. Vermutlich stammen sie alle vom Opfer. Die Kollegen fanden diverse Stofffasern, an deren Zuordnung wird gearbeitet. Am interessantesten dürfte die Lage bei den Fingerabdrücken sein. In der Bibliothek, also im Tatraum, gibt es an den üblichen Stellen – Tresor, Türklinken, Tischkante und so weiter – keine oder nur verwischte Fingerabdrücke, gleiches gilt für die Wohnungstür und den Klingelknopf. Aber in der Küche standen mehrere benutzte Gläser und auf einem sind Abdrücke, die nicht vom Opfer stammen. Die Haushälterin hat das Glas nicht angefasst, die habe ich befragt. Es könnte gut sein, dass diese Abdrücke von dem unbekannten Besucher mit dem grünen Sakko stammen. Wenn wir Glück haben, ist der in unserer Datenbank. Das war's für den Anfang.«

»Danke, Frau Becker«, sagte Lausen. »Dann ergänze ich das mit dem ebenfalls vorläufigen Obduktionsbericht von Doktor Peters. Die zeitliche Abfolge der unappetitlichen Details kann der Doktor nicht festlegen. Die Liste ist lang: Faustschläge ins Gesicht und in den Bauch, teilweise vielleicht mit einem Schlagring ausgeführt, oberflächliche Schnittwunden an den Armen und im Brustbereich, Schläge mit einem unbekannten Gegenstand auf die Finger, die Genitalien wurden mittels eines Kupferdrahtes mit Stromschlägen malträtiert. Die Liste der Verletzungen ist unglaublich lang: Jochbeinbruch, Unterkieferbruch, gebrochene Rippen, Milzriss, Nierenquetschung, verbrannte Haut an den Genitalien und so weiter. Am Ende wurde der arme Mann mit einer Drahtschlinge erdrosselt. So schrecklich das klingt, aber das muss eine Erlösung gewesen sein. Peters meint, dass hier jemand zu Werke ging, der wusste, wie weit man gehen kann, ohne dass das Opfer zu früh stirbt. Er geht von mindestens zwei Tätern aus. Die Schläge ins Gesicht wurden von links und von rechts mit gleicher Kraft ausgeübt. Entweder haben wir es mit einem durchtrainierten Boxer zu tun, der beidhändig annähernd gleich gut zuschlagen kann oder eben mit einem Rechts- und einem Linkshänder. In den Bartstoppeln des Opfers, das sich wohl zwei oder drei Tage nicht rasiert hatte, fand unser guter Doktor kleine schwarze Partikel, die im Labor bereits untersucht wurden. Es handelt sich um gefärbtes Leder. Die Täter trugen Lederhandschuhe.«

»Dann müssen wir nur die Handschuhe und ihre Besitzer finden, das ist ja einfach«, stellte Reisberg fest.

Lausen warf ihm einen genervten Blick zu. »Zum Schluss sei noch erwähnt, dass Rudolf Friedemann schwer krank war. Peters fand ein Fentanylpflaster auf seinem Oberarm.«

»Fentanyl? Ist das nicht eine Art Opiat, das man bei starken Tumorschmerzen verschreibt?«, fragte Bernstein.

»Ja, Peters hat daraufhin den Leichnam entsprechend untersucht und diverse Metastasen in den Organen gefunden. Nach seiner Einschätzung lag Friedemanns Lebenserwartung bei höchsten drei Monaten.«

»Vielleicht wurde er so ausgiebig gefoltert, weil das Schmerzmittel ihm half, länger durchzuhalten«, spekulierte Becker. »Und irgendjemand war mächtig unter Zeitdruck, er konnte Friedemanns natürlichen Tod nicht abwarten.«

»Oder der Zeitdruck entstand durch das bevorstehende Ableben Friedemanns«, sagte Schwanitz, der bisher geschwiegen hatte.

»Zeitdruck ist ein gutes Stichwort.« Lausen schaute auf seine Armbanduhr. »Muss gleich los, meinen Sohn vom Fußballtraining abholen. Konrad, gibt's was Neues in Sachen grünes Sakko?«

Schwanitz zog die Schultern hoch. »Noch nicht. Der Aufruf läuft im Radio bei NDR, RSH, Radio Hamburg und Alster-Radio. Die Zeitungen bringen die Meldung morgen früh, Hamburger Express, BILD, Mopo und so weiter.«

»Okay, die Geschichte mit Friedemanns ominösem Vorleben kann der Kollege Bernstein erzählen. Schreibt eure Berichte, dann ist Feierabend. Wie gesagt, ich muss los, tschüss.«

Lausen hob grüßend die Hand und verschwand.

Bernstein setzte sich auf die Kante von Beckers Schreibtisch.

»Na, wie sieht's aus?«, fragte er. »Bist du fertig?«

Beckers Finger huschten über die Tastatur. Schließlich vollführte ihr rechter Zeigefinger eine Pirouette in der Luft und landete auf der Enter-Taste.

»Ja, fertig!«, jubilierte sie. »Berichte schreiben, ich hasse es. Wie spät ist es?«

»Kurz vor sieben«, maulte Reisberg zwei Tische weiter. »Regelarbeitszeit bis 16.30 Uhr, dass ich nicht lache!«

»Lustig ist das Polizistenleben, faria, faria, hoo!«, trällerte Bernstein.

Er beugte sich zu Beckers Ohr hinab und flüsterte, damit Reisberg nichts mitbekam. »Gehen wir was essen? Ich habe einen Bärenhunger.«

Vera Becker nickte, schnappte sich ihre Jeansjacke und zog Bernstein mit sich fort. Als Reisberg von seiner Tastatur aufschaute, saß er allein im Büro.

Sie einigten sich auf den Spanier in der Alsterdorfer Straße und bestellten sich Tapas und Wein.

»Wir sind lange nicht mehr nach Feierabend zusammen essen gegangen«, stellte Becker fest. Ihre Hand ergriff Bernsteins Unterarm und drückte ihn freundschaftlich. »Schön, dass es mal wieder geklappt hat. Aber was ist mit Jan? Wartet der nicht auf dich?«

»Mein hoffentlich treuer Lebenspartner weilt in Köln.«

»Machst du dir Sorgen?«

»Hat Köln nicht nach Berlin die zweitgrößte Ansammlung von Schwulen in Deutschland?«

Becker lachte. »Da darfst du mich nicht fragen. Du bist doch der Schwule von uns beiden.«

»Nein, war nur ein Joke. Jan hat da einen großen Auftrag an Land gezogen, das könnte für ihn der Durchbruch werden. Bisher war das ja nicht so doll mit seiner Selbstständigkeit als Innenarchitekt.«

»Ist bestimmt nicht einfach, sich inmitten der Finanzkrise selbstständig zu machen.«

»Wohl wahr. In den letzten Monaten haben wir ausschließlich von meinem Beamtengehalt gelebt. Und bei dir? Wie läuft es mit Erik?«

Becker verzog ihr Gesicht. »Erik ist passé. Er hatte wenig Verständnis für meine wechselnden Arbeitszeiten und mir ging es ebenso mit seiner Vorliebe für Blondinen. Können wir das Thema wechseln?«

Sie strich sich mit einer Hand durch das rotbraune Haar, als wollte sie betonen, wie weit sie davon entfernt war, blond zu sein.

Bernstein guckte betreten. »Sorry, ich wollte nicht …«

»Schon gut. Neues Thema: Wie findest du unser Übergangsteam? Lange werden wir in dieser Zusammensetzung ja nicht arbeiten.«

»Nö, wenn zum nächsten Ersten der neue Hauptkommissar seinen Dienst antritt, wird alles neu gemischt. Hauptsache, wir müssen dann nicht mit Reisberg in einer Gruppe zusammenarbeiten.«

»Der hat was gegen Schwule, stimmt's?«

»Ja, seine Sprüche sind nervig. Außerdem ist er meiner Meinung nach geistig ziemlich beschränkt. Pass bloß auf, für den sind Frauen Freiwild!«

Becker grinste schelmisch. »Der soll nur kommen. Aber Schwanitz ist ein Netter, oder?«

»Das ist der Ausgleichende in der Truppe, der hat die Ruhe weg. Im Gegensatz zu unserem Chef Lausen, der ist in Ordnung, aber seine Hibbeligkeit kann einem auf Dauer zu schaffen machen.«

»Was Harry wohl gerade macht?«, fragte Becker unvermittelt.

Da die Kellnerin mit dem Essen kam, wurde dieses Thema vertagt.

Besagter Harry Hansen genoss zur selben Zeit den lauen Sommerabend. Er hatte auf dem Balkon mit Rücksicht auf die Nachbarn einen Elektrogrill aufgebaut, obwohl er das Grillen mit Holzkohle bevorzugte. Hansen spielte den Grillmeister und Nadja servierte dazu Salat, Pellkartoffeln mit Sourcream und Knobi-Brot. Nach dem Essen bestand Mareike darauf, von Onkel Harry ins Bett gebracht zu werden. Dieser Pflicht kam er gerne nach.

»Erzähl mir eine Geschichte, eine mit Polizei und Räubern«, verlangte die Achtjährige.

Hansen grübelte. »Habe ich dir schon die Geschichte von den dummen Bankräubern erzählt?«

»Nein, die kenne ich nicht, nun fang endlich an!«

Hansen erzählte von den Bankräubern, die von einem Nebengebäude der Bank aus über viele Tage einen Tunnel durch die Erde gruben. Sie wollten am Wochenende von unten her in den Tresorraum gelangen und richtig fette Beute machen. Hansen schilderte mit zahlreichen Ausschmückungen, wie sie buddelten und schufteten. Sie merkten nicht, dass ihr Tunnel viel zu lang wurde und sie sich unter der Bank hindurch bis zum nächsten Gebäude gebuddelt hatten. Sie gruben sich nach oben, bohrten ein großes Loch in den Fußboden, streckten die Köpfe heraus und wurden von brüllendem Gelächter empfangen. Der Ausgang ihres Tunnels befand sich mitten in einem Polizeirevier.

Hansen machte die Gesichter der verblüfften Bankräuber nach und Mareike kicherte vor Vergnügen.

»Und was lernen wir daraus?«, fragte er zum Schluss.

Mareike guckte ihn ratlos an.

»Man sollte im Unterricht beim Rechnen gut aufpassen. Wenn die Räuber in der Schule besser aufgepasst hätten, dann hätten sie sich bei der Länge des Tunnels nicht verrechnet.«

»Ich will gar keine Banken ausrauben«, entgegnete Mareike entrüstet.

Eins zu null für das Kind, dachte Hansen. Meine pädagogisch wertvollen Geschichten sind noch verbesserungsfähig.

Auf den Balkon zurückgekehrt, schenkte er sich einen Korn ein.

»Willst du auch einen?«, fragte er Nadja.

»Lieber nicht, nach dem Genuss von Hochprozentigem werde ich hemmungslos.«

»Dann solltest du einen nehmen«. Hansen machte sich Hoffnungen.

»Auf meinem vollgefutterten Bauch turnt heute keiner mehr rum«, klärte sie die Fronten.

Hansen streichelte den eigenen Bauch. »Hast recht, ich schaffe auch keine Turnübungen mehr.«

Er streckte sich genüsslich und betrachtete das kitschige Rot der untergehenden Sonne. Nadja nippte an ihrem Weinglas.

»Na, alter Mann, hast du schon Pläne für deinen Ruhestand?«

»Ist das eine Berufskrankheit von Krankenschwestern? In offenen Wunden wühlen zu müssen? Alter Mann! Ruhestand! Ich fühle mich nicht wie ein Rentner.«

»Du bist aber einer.« Sie grinste ihn schelmisch an.

»Noch bin ich Hauptkommissar im Dienst. Ich habe nur Urlaub und den werde ich genießen.«

»Das sollst du ja. Trotzdem, was willst du in Zukunft machen?«

Hansen zündete sich eine Zigarette an. »Ich werde all die Bücher lesen, die ich in den letzten Jahren gern gelesen hätte, ich werde meine alten Schallplatten hören und ich werde schön lange ausschlafen, ohne dass mitten in der Nacht mein Handy klingelt.«

Nadja schüttelte bedauernd den Kopf. »Morgen wirst du nicht ausschlafen, Harry. Ich habe Frühdienst, du musst Mareike zur Schule bringen. Das hatte ich dir vor ein paar Tagen gesagt.«

»Oh, na schön. Ich werde übermorgen mit dem Ausschlafen anfangen.«

Nadja ließ nicht locker, sie konnte auf ihre Art genauso beharrlich sein wie er.

»Nun sag' schon«, forderte sie. »Bücher lesen und Schallplatten hören, das füllt wohl kaum den Tag aus.«

Wie machen die Frauen das?, fragte sich Hansen im Stillen. Mit zwei, drei Sätzen treiben sie einen Mann mühelos in die Enge. Die haben eine natürliche Begabung für Verhöre.

»Du musst arbeiten«, sagte er. »Also werde ich dich unterstützen, mit Mareike und im Haushalt.«

Nadja lachte laut. »Bitte nicht, Harry! Erinnerst du dich? Du hast mir mindestens ein halbes Jahr lang deine Wohnung vorenthalten, und als ich sie dann sehen durfte, verstand ich auch, warum. Du hast viele Qualitäten, aber Hausarbeit gehört sicher nicht dazu.«

»Ich bin lernfähig«, maulte er.

Sie beugte sich vor und ergriff seine Hand.

»Harry, ich will dir nur helfen. Du brauchst eine sinnvolle Beschäftigung, sonst wirst du unleidlich.«

»Ja, ich weiß. Ich denk' drüber nach.«

»An dem Punkt waren wir schon mehrmals in den letzten Wochen.«

Joachim Dickel hatte Mühe, die Schlüsselkarte in den Schlitz des elektronischen Türschlosses zu stecken. Er hatte an der Hotelbar zwei Bier und einen Longdrink getrunken, er hatte vorher nichts gegessen und er war das Trinken von Alkohol nicht gewöhnt. Leicht schwankend betrat er sein Hotelzimmer. Er hängte seine braune Sommerjacke an den Garderobenhaken. Das grüne Sakko hatte er vorsorglich in seinen Koffer gepackt. Die Polizei suchte ihn. Für eine Zeugenaussage, sagten sie im Radio.

Sie werden mich in die Mangel nehmen, dachte er. Stundenlang, immer wieder dieselben Fragen. Ich bin ein Tatverdächtiger.

Aus der Minibar entnahm er eine Flasche Mineralwasser und, nach kurzem Zögern, ein kleines Wodkafläschchen. Er schüttete den Wodka in sich hinein und ließ das Wasser hinterherlaufen. Danach legte er sich rücklings auf das Bett. Das Deckenlicht blendete. Er schaltete die Nachttischlampe ein, das Deckenlicht aus und legte sich wieder hin.

Er verteidigte seinen Alkoholkonsum vor sich selbst. Wenn einer heute Grund hatte, sich zu betrinken, dann jawohl er. Dickel starrte die Zimmerdecke an und versuchte, im Nebel des Alkohols klare Gedanken zu finden.

Von einem Tag auf den anderen war er Teil einer Geschichte geworden, deren Inhalt er nur ansatzweise begriff. Das war nicht gut, denn diese Geschichte hatte das Potenzial, sein gewohntes Leben komplett auf den Kopf zu stellen. Womöglich war das bereits geschehen und er würde der Letzte sein, der es kapierte.

Vor vier Jahren war Dickels Mutter schwer krank geworden. Zunächst hatte ihn ihre Einweisung in das Kreiskrankenhaus nicht allzu sehr beunruhigt. Ihre Nieren funktionierten schon länger nicht mehr einwandfrei, sie war Dialyse-Patientin und musste immer wieder kurze Krankenhausaufenthalte hinter sich bringen.

Der Anruf des behandelnden Arztes kam spät am Abend.

»Sie sollten sich sofort auf den Weg machen«, sagte der Arzt, »wenn Sie Ihre Mutter noch lebend antreffen wollen.«

Dickel konnte sich genau erinnern, an alles. Er würde es nie vergessen.

Er gab seiner Frau eine knappe Erklärung, stieg in sein Auto und raste los, von Barsinghausen nach Südhessen. Er kam rechtzeitig an, seine Mutter schlug die Augen auf, als er ihre Hand ergriff.

»Mein Sohn, ich bin so froh, dich zu sehen«, sagte sie. »Der Herrgott will mich zu sich holen, ich spüre das.«

Die Religiosität seiner Mutter war ihm schon häufig auf die Nerven gegangen. Der Herrgott schert sich einen Dreck um dich, Mama, hätte er gern geschrien, der hat sich nie um dich gekümmert! Er sagte nichts, streichelte sanft ihren knöchernen Handrücken. Wenn es das Sterben leichter macht, ist es gut, dachte er.

»Ich will beichten«, sagte sie.

»Natürlich, ich hole einen Priester.«

Sie richtete sich auf, mit einem plötzlich erscheinenden lebendigen Funkeln in ihren Augen, als wäre der Tod weit entfernt.

»Ich brauche keinen Priester, dir muss ich beichten, Jockel!«

Er mochte diesen Kosenamen nicht. Jockel Dickel, wie bescheuert klang das denn? Er schluckte seinen Ärger runter.

»Was willst du mir beichten, Mama? Ich brauche deine Beichte nicht.«

»Du brauchst sie. Du kannst das nicht ahnen, aber du brauchst sie. Und jetzt hör' mir zu. Ich weiß nicht, wie lange meine Kraft noch reicht.«

Er beugte sich vor, küsste ihre eingefallene Wange. »Schon gut, Mama, reg' dich nicht auf, ich höre dir zu.«

Er saß auf einem harten Plastikstuhl, am Sterbebett seiner Mutter und hörte die Wahrheit, die sie ihm jahrzehntelang verschwiegen hatte.

»Dein Vater war kein Seemann, kein Offizier auf einem Stückgutfrachter. Ich habe dich belogen, dein ganzes Leben lang. Ich tat das nicht, um dir zu schaden, sondern um dich zu schützen. Bitte, das musst du mir glauben!«

»Ich verstehe nicht, was erzählst du mir da? Mein Vater ist bei einem Schiffsunglück im Pazifik ums Leben gekommen, bevor er dich heiraten konnte. Deshalb bin ich als uneheliches Kind zur Welt gekommen.«

»Ja, das ist die Geschichte, die ich dir und allen anderen im Dorf erzählt habe. Ich musste das tun. Denk' mal nach! Du wurdest 1971 geboren. Wir lebten in einem kleinen, erzkatholischen Dorf. Was glaubst du, wäre passiert, wenn ich die Wahrheit gesagt hätte?«

Dickel erinnerte sich an das beklemmende Gefühl, das damals im Krankenhaus in ihm hochstieg.

»Welche Wahrheit, Mama?«

»Ich habe deinen Vater geliebt, er war mein Traummann. Und er hat mich geliebt, das musst du wissen. Aber er musste damals fort, Hals über Kopf. Er hat mich ein letztes Mal getroffen, mitten in der Nacht, am Dorfweiher. Er hat geweint, bevor er mich verließ. Ich weiß bis heute nicht, was er damals getan hat, aber er sagte mir, dass er fort müsse, dass er gezwungen würde, zu gehen und keine Wahl hätte. Er hat für irgendeine geheime Organisation gearbeitet, für die hatte er in unserer Gegend etwas erledigen müssen und dann musste er fliehen. Sonst hätte er riskiert, ins Gefängnis zu kommen.«

»Du willst mir also beichten, dass mein Vater in Wahrheit ein Verbrecher war, der dich, schwanger mit mir, hat sitzen lassen, um nicht in den Knast zu müssen?«

»Nein, das verstehst du falsch. Er wusste nicht, dass ich schwanger war. Ich wusste es selbst nicht. Und er war kein Verbrecher, er hat für ein höheres Ziel gearbeitet. Das hat er mir geschworen, und ich habe ihm geglaubt!«

»Ein höheres Ziel! Was soll das denn gewesen sein?«

»Jockel, ich weiß es nicht. Wir hatten nur eine Viertelstunde, um uns zu verabschieden.« Sie lächelte. »Und ein Großteil der Zeit ging beim Küssen drauf.«

»Was ist mit seinem Namen, der in meiner Geburtsurkunde steht? Stimmt der wenigstens?«

Sie schaute beschämt zur Seite. »Nein. Erinnerst du dich an Karl, unseren damaligen Bürgermeister? Ihm hatte ich mich anvertraut, als mir klar wurde, dass ich schwanger war. Er hat das alles für mich geregelt – Gott sei seiner Seele gnädig. Der Name gehört zu einem Seemann, der tatsächlich zu der Zeit mit seinem Schiff unterging und ledig war. Karl kannte einen Standesbeamten, der mitgespielt hat. Ich stellte keine Ansprüche, es ging nur darum, meinen Ruf zu wahren, dich zu schützen und Schaden vom Dorf abzuwenden. Dein richtiger Vater wohnte ja nur ein paar Wochen in unserem Gasthof. Deshalb wussten die Leute im Dorf praktisch nichts über ihn und wir kamen mit unserer Geschichte durch.«

Dickel saß fassungslos auf dem harten Krankenhausstuhl, starrte die Wand an und versuchte verzweifelt, die aufkommenden widerstrebenden Gefühle in den Griff zu kriegen.

»Wie ist der richtige Name meines Vaters?«, fragte er mit heiserer Stimme.

»Johannes Zietlow. Zuhause in meinem Schlafzimmer, in der Nachttischschublade findest du ein Bild von ihm, das einzige, das ich habe.«

Minutenlang saß er schweigend neben ihr.

»Jockel?«

»Ja, Mama?«

»Verzeihst du mir?«

»Ja, Mama. Du hast mich schützen wollen, dafür musst du dich nicht entschuldigen.«

»Dann ist es gut. Nun kann ich beruhigt einschlafen.«

Dass sie gestorben war, merkte er erst zwei Stunden später. Ihre Hand, die er streichelte, war erkaltet.

Am frühen Morgen betrat er die Wohnung seiner Mutter. Sein Weg führte ihn direkt in das Schlafzimmer zum Nachttisch. Er fand das Bild und betrachtete es eingehend. Sein Vater umarmte seine Mutter und lächelte charmant in die Kamera, ein hochgewachsener, schlanker und gut aussehender Mann mit dem Ansatz von Geheimratsecken. Er konnte verstehen, dass sie sich in ihn verliebt hatte. Er ging zu einem Spiegel auf dem Flur und untersuchte den eigenen Haaransatz.

Er nahm sich eine Woche Urlaub, löste den Hausstand auf und kümmerte sich um die Beerdigung. Dabei lernte er die Vorzüge eines verlässlichen Bestattungsunternehmens kennen, das ihm viele Behördengänge ersparte. Diese Leute wussten, was man nach dem Tod eines Menschen zu erledigen hatte und wie man vorgehen musste. Er wäre damit völlig überfordert gewesen.

Am Tage der Rückkehr nach Barsinghausen begann er die Suche nach Johannes Zietlow, seinem Vater.

Joachim Dickel lag noch immer auf dem Rücken auf seinem Hotelbett, die Knie am Bettrand angewinkelt, die Füße auf dem Boden. Er raffte sich auf, zog Schuhe, Strümpfe und Hose aus, dann ging er ins Bad, um zu pinkeln.

Er hatte vier Jahre lang alles versucht, Anfragen an Behörden gestellt, Suchdienste informiert, zu Selbsthilfegruppen von Angehörigen vermisster Menschen Kontakt aufgenommen und eine eigene Homepage kreiert, auf der er um Hinweise über den Verbleib seines Vaters bat. Menschen meldeten sich, die glaubten, diesen Johannes Zietlow zu kennen oder gesehen zu haben. Alle Anhaltspunkte liefen ins Leere. Mit der Zeit wuchs in Dickel das Gefühl heran, einem Phantom nachzujagen, oder einem Menschen, der womöglich längst nicht mehr existierte. Seine Hoffnung schwand. Seine Ehe geriet in Gefahr, weil er jede freie Minute für die Suche opferte. Schließlich, vor einem Jahr, entschloss er sich, aufzugeben. Es machte keinen Sinn, für die Suche nach einem Mann, den er gar nicht kannte und der seit fast vierzig Jahren verschwunden war, das Glück der Gegenwart aufs Spiel zu setzen.

Dann, vor einer Woche, geschah es. Er hockte nach Feierabend in diesem trostlosen Hotelzimmer. Im dritten Fernsehprogramm lief das Hamburg-Journal. Es zeigte einen Bericht über einen Autounfall in der Hochallee. Eine junge Frau war einem Hund ausgewichen, der über die Fahrbahn gelaufen war. Ein stattlicher Baum stoppte ihre Fahrt. Frau und Hund blieben unverletzt, ein banales Ereignis. Die Kamera zeigte das zerbeulte Auto, im Hintergrund waren einige Gaffer zu sehen. Ein alter Mann schlurfte desinteressiert vorbei, er drängelte sich durch die Menge. Dickel sah das Gesicht des Mannes nur für eine Sekunde, doch in seinem Kopf tauchte sofort das Foto auf, das er im Nachttisch seiner Mutter gefunden hatte. Ein merkwürdiges Gefühl machte sich in ihm breit, so unerwartet wie eine Mischung aus Autounfall und Lottogewinn. Minutenlang glotzte er fassungslos den Monitor an, obwohl dort schon längst andere Beiträge liefen.

Er rief in der Redaktion des NDR an, er blieb hartnäckig, ließ sich nicht abwimmeln, bettelte fast um Hilfe. Ein mitfühlender oder entnervter Redakteur willigte endlich ein, ihm einen Mitschnitt des Beitrages per E-Mail zu schicken.

Auf seinem Laptop schaute er sich die Szene wieder und wieder an. Mit jedem Mal wurde sein Glaube fester und seine Stimmung euphorischer. Er wählte das beste Standbild, vergrößerte es und speicherte es auf einem USB-Stick. Am nächsten Morgen suchte er eine Druckerei in der Nähe auf und ließ sich das Bild mehrmals ausdrucken. Nach vier Tagen, in denen er die Straßen von Harvestehude auf und ab gelaufen war und jedem Passanten, der ihm begegnete, das Bild gezeigt hatte, bekam er den entscheidenden Hinweis. Fünf Stunden später wusste er, wo der Mann wohnte, der wie sein Vater aussah. Er brauchte weitere zwei Tage, um den Mut zu sammeln, an der Tür seines Vaters zu klingeln.

Dickel erhob sich von der Toilette, legte sich, bekleidet mit Slip und Oberhemd, in das Bett, zog die Decke bis zum Kinn hoch, den Blick erneut auf die Zimmerdecke gerichtet. Er war jetzt neununddreißig. Seit mindestens fünfunddreißig Jahren vermisste er seinen Vater. Seit vier Jahren suchte er nach ihm. Gestern hatte er knapp drei Stunden mit seinem Vater reden können. Und heute war sein Vater tot.

Tränen bildeten sich, liefen aus den äußeren Augenwinkeln seitlich an den Schläfen herab bis in seine Ohrmuscheln und verursachten ein Kitzeln.

Kapitel 4

Es war ein herrlicher Morgen. Obwohl der Balkon im Schatten lag, hatte die Luft sich bereits so erwärmt, dass Harry Hansen entspannt im kurzärmeligen T-Shirt draußen sitzen und seinen zweiten Kaffee genießen konnte. Er hatte Mareike zur Schule gebracht, auf dem Rückweg eine Tageszeitung gekauft und es sich dann gemütlich gemacht. Einen Meter von ihm entfernt erfreute sich eine Hummel am Frühstücksbüfett der Balkonblumen.

Der Artikel über den Mord in Harvestehude und der Zeugenaufruf seiner Kollegen entfachte die Neugier in ihm, doch er beherrschte sich und rief nicht im Präsidium an. Er fühlte sich wohl, es gab keinen Anlass, rückfällig zu werden.

Die Kollegen saßen zur gleichen Zeit im Besprechungsraum und trugen Fakten zusammen.

Vera Becker gab die neuen Erkenntnisse der Kriminaltechnik bekannt.

»Die Fingerabdrücke an dem Glas, das in der Küche gefunden wurde, stammen von einem Menschen, der bisher nicht erkennungsdienstlich behandelt wurde. Kurz gesagt: Wir wissen nicht, wer die Abdrücke hinterlassen hat. Aber es gibt Hoffnung. An dem Glas fanden sich auch Speichelreste. Das Labor arbeitet daran, vielleicht ist eine DNA-Bestimmung möglich. Der Polstersessel, auf dem Friedemann gefoltert wurde, ist ebenfalls interessant. Dort wurden grüne Stofffasern gefunden. Der unbekannte Besucher mit dem grünen Sakko muss auf dem Sessel gesessen haben, wahrscheinlich bevor Friedemann dort gefoltert wurde. Der Lederabrieb, den Doktor Peters in den Bartstoppeln des Opfers fand, stammt von zwei verschiedenen Arten Leder. Wie Peters schon vermutete: Wir haben es mit zwei Tätern zu tun.«

Lausen nickte zufrieden. »Gut, wir kommen langsam voran. Der Zeugenaufruf?«

»Der Zeuge selbst hat sich nicht gemeldet«, sagte Schwanitz, »aber ich bekam eben eine Nachricht. Eine Nachbarin, die im Haus gegenüber von Friedemann wohnt, will den Mann im grünen Sakko gesehen haben. Ich fahre gleich hin, um sie zu befragen.«

»Was haben wir noch?«

Reisberg meldete sich zu Wort. »Die Haushälterin, diese Frau Tornow, ist sich sicher, dass Friedemann einen Laptop hatte. Sie nannte ihn Klapp-Computer«. Er lachte. Als Einziger. »Naja, jedenfalls hat die Spusi keinen Laptop gefunden. Laut einer abgelegten Rechnung aus dem Jahr 2008 müsste es ein Acer sein. Typ und Seriennummer habe ich schon in unsere Datenbank eingegeben. Die Kollegen von Einbruch und Raub klappern die bekannten Hehler ab und halten die Augen offen.«

Lausen kaute auf dem Ende seines Kugelschreibers herum. Zum Sprechen unterbrach er das Kauen. »Der Obduktionsbericht liefert leider keine neuen Fakten, die uns weiterbringen könnten. Hat noch jemand was?«

»Die Telefongesellschaft hat uns den Einzelverbindungsnachweis von Friedemann geschickt«, sagte Bernstein. »Viel telefoniert hat er nicht, meistens mit dem Pflegedienst, dem Essenslieferservice oder seiner Haushälterin. Da taucht allerdings eine Nummer regelmäßig mindestens einmal pro Woche auf. Der Anschluss gehört einem Axel Rogowski, wohnhaft in Wismar. Ich hab's schon versucht, der ist momentan nicht zu erreichen. Und von den Bundesbehörden ist bisher auch nichts gekommen.«

Lausen hatte den Druckknopf des Kugelschreibers fast kleingekriegt.

»Okay«, sagte er, »ist nicht viel, was wir haben. Dranbleiben, wir müssen mehr über Friedemann erfahren.«

Das Erwachen wurde schnell zur schmerzhaften Angelegenheit. Es war bereits 9.35 Uhr. Kaum hatte Dickel das Bett verlassen, meldeten sich heftige Katersymptome. Er vertrug einfach keinen Alkohol. Er nahm zwei Aspirin, wusch sich, zog sich an und zwang sich, ein Frühstück einzunehmen. Beim zweiten Kaffee ging es ihm besser. Er konnte endlich klar denken. Gestern Vormittag hatte er seinen Vater erneut besuchen wollen, als er jedoch die Polizeiwagen, den Leichenwagen und die Schaulustigen gesehen hatte, war er in Panik abgehauen.

Plötzlich fiel ihm etwas ein. Er stürzte den Rest Kaffee hinunter und rannte zu seinem Zimmer. Hektisch wühlte er in den Taschen seines grünen Sakkos. Dann hielt er den schmalen SD-Speicherchip zwischen Daumen und Zeigefinger und atmete erleichtert auf. Suchend blickte er sich um. Wohin mit dem Ding? Wo war es sicher?

Er öffnete den Kleiderschrank, zog die Reisetasche hervor und nahm seine Digitalkamera heraus. Die hatte er auf Reisen ständig dabei, weil er ein begeisterter Hobbyfotograf war. Er zog die Speicherkarte aus der Kamera. Sie hatte das gleiche Format wie der Chip, den er von seinem Vater bekommen hatte. Den steckte er nun in die Kamera. Er öffnete das Fenster und knipste ein halbes Dutzend banale Fotos der Aussicht. Der freie Platz auf dem Speicher reichte dafür allemal. Wenn jemand die Kamera überprüfen sollte, würde er nichtssagende Bilder eines Hobbyfotografen finden. Die Datei mit dem Entschlüsselungscode zeigte die Kamera nicht an. Dickel war zufrieden. Den Speicher aus der Kamera steckte er in ein Seitenfach der Reisetasche, die er zurück in den Schrank stellte. Er ging ins Bad und wusch sich die Hände, als hätte er soeben unhygienische Dinge berührt.

Noch spürte er den Restalkohol, doch langsam dämmerte ihm, dass er womöglich in Lebensgefahr schwebte. Dickel wusste nicht viel über die Sache, in die sein Vater verwickelt gewesen war. Sie hatten zu wenig Zeit und zuviel zu klären gehabt. Johannes Zietlow alias Rudolf Friedemann hatte ihm zum Schluss die Speicherkarte in die Hand gedrückt und gesagt:

»Pass gut darauf auf. Das ist meine Lebensversicherung. Ich kenne dich zwar erst seit drei Stunden, doch du bist mein Sohn. Das sehe und spüre ich. Wem soll ich vertrauen, wenn nicht dir?«

Er hatte die Arme ausgebreitet und seinen Sohn an sich gepresst.

»Dass ich dich noch kennenlernen durfte, das ist das größte Geschenk meines Lebens«, hatte der alte Mann unter Tränen geflüstert. »Hätte ich bloß früher erfahren, dass es dich gibt, dann …«

Dickel kehrte in die Wirklichkeit des Hotelzimmers zurück. Sein Vater war vorgestern brutal ermordet worden, trotz dieser Lebensversicherung.

Was würden die Leute, die das getan hatten, mit ihm machen, wenn sie ihn erwischten? Er musste handeln, bevor er zum Spielball der Anderen werden würde. Er wählte die Rezeption an und ließ sich die Nummer des Polizeipräsidiums geben.

Dass vor seinem Hotel ein schwarzer Audi parkte, dessen Insassen großes Interesse an ihm hatten, ahnte er nicht.

Oberkommissar Schwanitz kehrte von der Befragung der Zeugin zurück, lief grußlos an den Kollegen vorbei zu seinem Arbeitsplatz und startete den Internetbrowser. Reisberg näherte sich von hinten und schaute ihm neugierig über die Schulter.

»Was machst du da?«

»Moment, ich muss kurz was googeln. Lass' mich in Ruhe!«

»Okay, okay.« Reisberg trollte sich.

Nach zwei Minuten nahm Schwanitz den Telefonhörer zur Hand und führte ein kurzes Gespräch, bei dem er sich Notizen machte. Er stand auf und ging an Reisberg vorbei zu Bernstein und Becker, deren Schreibtische aneinandergrenzten.

»Kollegen, ich habe ihn«, sagte er, ohne dabei die Stimme zu erheben.

»Wen?«, fragte Bernstein.

»Den Mann im grünen Sakko. Ich weiß, wer er ist.«

Reisberg trat von hinten heran. »Nun komm' in die Hufe! Wer ist der Kerl?«

Becker stand auf. »Ich hole den Chef dazu, der sollte dabei sein.«

»Gute Idee«, fand Schwanitz, »dann muss ich nicht alles zweimal erzählen.«

Becker kam mit Lausen zurück und Schwanitz durfte berichten.

»Also, ich war bei dieser Zeugin, die sich nach unserem Aufruf gemeldet hatte. Sie hat ausgesagt, an dem Tatabend einen Mann im grünen Sakko kurz vor zweiundzwanzig Uhr gesehen zu haben, der in seinen Wagen stieg, einen dunkelblauen Kombi.«

Reisberg stöhnte. »Toll, davon gibt es ja nur eine Handvoll.«

»Wart's ab«, antwortete Schwanitz ruhig. »Die Frau ist eine Zeugin der seltenen Art. Sie hat sich die Firmenbeschriftung des Autos gemerkt:

MWB, das steht für: Maschinen und Werkzeuge Brüderle. Die Firma hat ihren Sitz in Stuttgart und beliefert freie Autowerkstätten in ganz Deutschland.«

»Brüderle? Verwandt mit unserem Wirtschaftsminister?«, unterbrach Reisberg erneut.

Schwanitz warf ihm einen verärgerten Blick zu. »Keine Ahnung, interessiert mich nicht. Ich habe mit der Firma telefoniert. Der Außendienstmitarbeiter für Norddeutschland heißt Joachim Dickel und er hat sich seit zwei Tagen nicht gemeldet, geht nicht an sein Handy und hat mehrere Kundentermine unentschuldigt verpasst. Die Leiterin der Personalabteilung hat sich gewundert, der Mann ist normalerweise sehr zuverlässig.«

Jörg Lausen hatte die ganze Zeit erstaunlich ruhig mit vor der Brust gekreuzten Armen dagestanden und zugehört. Nun meldete er sich zu Wort.

»Fein, dann weiß ich jetzt, mit wem ich mich nachher treffen werde.«
Vier Augenpaare guckten ihn erstaunt an.

Lausen zuckte mit den Achseln. »Ihr lasst einen ja nicht zu Wort kommen. Vor fünf Minuten bekam ich einen anonymen Anruf. Der Anrufer sagte, er sei der Zeuge, den wir suchen. Er versicherte, dass er Friedemann nicht ermordet habe und meinte, wenn ich seine Geschichte hören würde, dann würde ich ihm bestimmt glauben. Natürlich habe ich ihn aufgefordert, zu uns ins Präsidium zu kommen und eine Aussage zu machen. Das hat er strikt verweigert. Er wirkte auf mich sehr nervös. Man könnte es auch ängstlich nennen. Er bestand darauf, mich allein zu treffen, vor dem Eingang zur Freilichtbühne im Stadtpark, heute um vierzehn Uhr.«

Becker kannte die Freilichtbühne. Sie hatte rechtzeitig im Vorverkauf zwei Karten für das Konzert von Reamonn ergattert, das in rund acht Wochen stattfinden sollte. Sie wusste allerdings noch nicht, wen sie dann mitnehmen würde.

»Vor welchem der zwei Eingänge?«, fragte sie.
»Er meinte den Eingang im Stadtpark, nicht den Haupteingang am Ring 2«, antwortete Lausen.

»Du willst da allein hingehen? Das kommt nicht in Frage!«, protestierte Schwanitz.

»Natürlich nicht, Konrad. Du und Reisberg, ihr werdet mich begleiten. Aber ihr müsst Abstand wahren, euch im Hintergrund halten. Ich will den Mann nicht verscheuchen. Ich habe das Gefühl, dass wir mit seinen Informationen einen großen Schritt vorwärtskommen könnten. Konrad, ich brauche alles, was du in der Kürze der Zeit über den Mann rausfinden kannst.«

»Die Personalchefin schickt uns einen Lebenslauf. Das Fax müsste jeden Moment hier eintreffen.«

»Sehr gut. Jagt den Namen trotzdem durch alle Datenbanken.«

Bernstein suchte derweil im Internet nach Informationen über den Stadtpark und einen Wegeplan. Er wurde schnell fündig.

»Da haben wir ihn«, rief er und las halblaut vor. »Der Stadtpark … ab 1901 … hmm … hundertfünfzig Hektar groß …«

»Ha, der Central Park ist dreihundertfünfzig Hektar groß«, bemerkte Reisberg, der Rock ’n’ Roll- und Amerika-Fan.

»Ja ja, ich weiß«, antwortete Bernstein gereizt, »in den USA ist sowieso alles besser und größer. Warum gehst du nicht nach New York zur berittenen Polizei? Da kannst du den ganzen Tag Cowboy spielen und durch den Central Park reiten. Aber Vorsicht! In New York gibt’s auch Schwule.«

Bevor Reisberg einen Satz aussprechen konnte, der mit ›Du Arschloch‹ beginnen sollte, erhob Becker ihre Stimme:

»Der Ohlsdorfer Friedhof ist dreihundertneunzig Hektar groß, also größer als der Central Park. Können wir zum Wesentlichen zurückkehren?«

»Danke, Frau Becker«, sagte Lausen. »Manchmal wünsche ich mir ein reines Frauenteam.«

Die Personalchefin hielt Wort. Nun hatten sie wenigstens ein paar Informationen über den Mann im grünen Sakko. Joachim Dickel war neununddreißig Jahre alt, hundertachtzig Zentimeter groß, seit zehn Jahren verheiratet und Vater einer sieben Jahre alten Tochter. Er stammte aus Mörlenbach, einem kleinen Ort in der Nähe von Heppenheim, Südhessen.

Nach der mittleren Reife machte er eine Ausbildung zum Groß- und Außenhandelskaufmann. Seit fünf Jahren arbeitete er im Außendienst für MWB. Er galt als fleißig und zuverlässig. Das Foto der Personalakte zeigte einen Mann mit wohlgeordneter Scheitelfrisur ohne besondere Merkmale.

Der Stadtpark dehnte sich von Westen nach Osten über knapp zwei Kilometer und von Norden nach Süden bis zu einem Kilometer aus. Die Freilichtbühne für die Open-Air-Konzerte befand sich im nordöstlichen Eck des Parks, begrenzt von Jahnring und Saarlandstraße, und sie war Luftlinie nur anderthalb Kilometer vom Polizeipräsidium entfernt. Die beiden Eingänge waren von der Saarlandstraße und, über einen schmalen Waldweg, vom Jahnring aus erreichbar. Das Gelände der Freilichtbühne war durch Zäune und eiserne Tore an den Eingängen gesichert.

Lausen beschloss, um 13.50 Uhr zu starten und mit zwei Wagen zur Saarlandstraße zu fahren. Dort gab es Parkbuchten, die in der Woche kaum besetzt waren. Am Jahnring gab es keine Parkmöglichkeiten. Im ersten Wagen würde er selbst sitzen, im zweiten sollten Schwanitz und Reisberg folgen. Sie würden zu Fuß bis zum Waldweg am Jahnring gehen. Von dort müssten sie nur rund fünfzig Meter zurücklegen, bis zu dem Platz vor dem hinteren Eingang zur Freilichtbühne, der das Ende der breiten und imposanten Platanenallee bildete, die nach historischen Plänen erst im Jahr 2002 neu angelegt worden war und über mehrere hundert Meter bis an den Stadtparksee heranreichte.

Zunächst lief alles nach Plan. Lausen bog vom Jahnring aus in den Waldweg ein. Schwanitz und Reisberg folgten in einem Abstand von dreißig Metern. Am Rande des Waldstreifens, neben einem Toilettenhaus, das zur Freilichtbühne gehörte, blieb Lausen im Schatten der Bäume stehen und sondierte die Lage. Er hatte den von der Sonne hell bestrahlten Platz vor sich, der das Ende der zwanzig Meter breiten Platanenallee bildete. Zwei parallel verlaufende, fast weiße Sandwege, in der Mitte von Rasenbanketten getrennt, wurden von den langen Platanenreihen links und rechts umrahmt. Die jungen Bäume spendeten nur wenig Schatten.

Links vor Lausen befand sich der Eingang zur Freilichtbühne, abgeriegelt durch knapp mannshohe Gitter. Zur Rechten zweigten zwei schmale Wege ab, die durch den dicht bewachsenen Laubwald führten. Schwanitz und Reisberg verbargen sich hinter zwei Baumstämmen und warteten ab.

Der Mann im grünen Sakko stand wie verabredet in der Mitte des Platzes, nur zwanzig Meter von Lausen entfernt und schaute in die andere Richtung, in der man weit entfernt das Glitzern des Stadtparksees erkennen konnte.

Der Hauptkommissar machte ein paar Schritte nach vorn. Doch bevor er nahe genug war, um den Mann anzusprechen, preschten plötzlich zwei Gestalten von rechts aus einem der schmalen Wege im Sprinttempo hervor. Beide trugen weiße Turnschuhe, schwarze Jeans und Kapuzenshirts. Trotz des warmen Wetters hatten sie die Kapuzen weit über die Köpfe gezogen, so dass ihre Gesichter kaum zu erkennen waren. Sie rannten zu dem Mann im grünen Sakko und packten ihn von beiden Seiten an den Armen. Joachim Dickel versuchte sofort, sich loszureißen und drehte sich dabei um hundertachtzig Grad. Nun erst sah er Hauptkommissar Lausen und er hörte dessen Stimme.

»Polizei! Lassen Sie sofort den Mann los!«

Die halb vermummten Typen reagierten. Der eine, muskulös gebaute, zerrte Dickel nach rechts, während der andere, schlank und drahtig, einen Satz nach links machte. Beide zogen Waffen aus den Taschen ihrer Shirts. Lausen schrie »Waffen fallen lassen!« und griff nach seiner Dienstwaffe, die er in einem Holster hinten rechts am Hosengürtel trug.

Die Angreifer hatten geschickt agiert. Mit ihren Bewegungen in entgegengesetzte Richtungen hatten sie das Bedrohungsfeld für Lausen vergrößert. Er konnte seine Aufmerksamkeit nicht mehr beiden Angreifern gleichzeitig widmen. Schwanitz und Reisberg konnten von ihren Standpunkten aus die gezogenen Waffen nicht sehen, da Lausen und diverse Bäume in ihrem Blickfeld standen. Sie hörten Lausens Warnruf und rannten vorwärts, um ihre Position zu verbessern.

Möglicherweise hatte das Sonnenlicht Lausen geblendet.

Möglicherweise war er noch nicht vertraut genug mit seiner neuen Dienstwaffe und dem passenden Holster. Die Hamburger Polizei hatte vor

Kurzem mit der Beschaffung neuer Dienstwaffen begonnen, da die bisherigen SIG Sauer P6 schon bis zu dreißig Jahre alt waren. Die Walther P99 sollte in einem Zeitraum von drei Jahren für alle Polizisten Hamburgs beschafft werden. Lausen hatte als einer der ersten Beamten seine Waffe vor wenigen Tagen bekommen.

Möglicherweise eskalierte die Situation zu schnell und zu unerwartet.

Möglicherweise war Lausen einfach nur einen Tick langsamer als seine Gegner.

Ein Doppelknall übertönte den Gesang der Vögel im Stadtpark, das Lachen zweier Spaziergänger, den Straßenlärm und alles andere. Die beiden Angreifer hatten fast zeitgleich gefeuert. Lausen hatte zu diesem Zeitpunkt seine Waffe aus dem Holster gezogen, der Lauf der Waffe zeigte auf den Boden. Die erste Kugel traf Lausen in die Brust und wurde von der schusssicheren Weste, die er vor dem Einsatz angelegt hatte, aufgehalten. Die Wucht des Aufpralls brachte ihn ins Wanken, doch das spielte keine Rolle mehr. Die zweite Kugel bohrte sich mit einer Geschwindigkeit von mehreren hundert Metern pro Sekunde oberhalb der Weste durch seinen Hals und zerfetzte die Hauptschlagader. Der Hauptkommissar fiel rücklings auf den sandigen Platz, Fontänen feinster Staubpartikel stoben seitlich an seinem Körper hoch wie Nebelschwaden. Lausen zeigte keine Abfangreaktion, sein Kopf knallte ungebremst auf den trockenen, harten Boden.

Joachim Dickel nutzte den Moment, riss sich von dem Muskelpaket los und rannte nach rechts in einen der schmalen Waldwege, den sogenannten Ententeichweg.

Schwanitz und Reisberg, die sich zehn Meter hinter Lausen befanden, hatten im Laufen ihre Dienstwaffen gezogen und feuerten auf die schwarz gekleideten Gestalten. Das Muskelpaket jagte Dickel hinterher und gab in der Bewegung zwei Schüsse auf Reisberg ab, ohne ihn zu treffen. Dann verschwand er hinter Bäumen und Sträuchern.

Der zweite Angreifer feuerte nur noch einmal, die Kugel streifte einen Baumstamm direkt neben Schwanitz' Kopf. Danach stürmte er auf das geschlossene Tor der Freilichtbühne zu und überwand es mit einer akro-

batischen Sprung- und Abrollbewegung. Schwanitz gab einen weiteren
Schuss ab, der eine der Metallstreben des Tores traf. Der drahtige Angreifer sprang auf und sprintete quer durch das Gelände der Freilichtbühne
zum Ausgang an der Saarlandstraße. In Sekundenschnelle kletterte er
über das dortige Tor und lief weg.

Schwanitz rannte zu Lausen, kniete sich nieder und presste zwei Finger
in die Halswunde, um die pulsierende Blutung zu stoppen.

»Ulf!«, schrie er. »Ruf einen Notarzt! Jörg verblutet uns hier!«

Ulf Reisberg reagierte nicht. Er schaute entgeistert nach links und
rechts.

»Ich hätte ihn treffen müssen«, murmelte er. »Wieso habe ich nicht getroffen?«

Dann stand er nur da, im Schock erstarrt. Schwanitz musste ihn dreimal anschreien, bevor Reisberg sein Handy in die Hand nahm und den
Notruf wählte.

Jörg Lausen spürte im wahrsten Sinne des Wortes, wie das Leben aus ihm
herausfloss. Er wusste, dass er sterben würde. Da war nichts Tröstliches.
Kein gleißendes Licht, das ihn auf die andere Seite lockte, keine Last, die
von ihm abfiel. Nur Schmerz, Entsetzen, Kummer und Wut. Er wollte
nach Hause, zu Frau und Kind, nichts anderes mehr, nur bei ihnen sein.

Viele Fragen, keine Antworten.

Warum ich?

Warum jetzt und hier?

Warum haben die sofort geschossen?

Was wird aus meiner Familie?

Das muss ein böser Traum sein, das passiert mir nicht wirklich.

Hilf mir bitte, du darfst mich nicht sterben lassen, wollte er Schwanitz
anflehen, weil er der Einzige war. Der Einzige, der ihm in dieser beschissenen Minute nah war. Kein Buddha, kein Allah, kein Jehova, kein Gott.
Einzig der gute Schwanitz, den eigentlich nichts aus der Ruhe bringen
konnte, auf den man sich immer verlassen konnte und der plötzlich hilflos
wie ein Neugeborenes zu sein schien. Lausen wollte reden, es gab noch so
viel zu sagen, doch er brachte kein Wort mehr hervor.

Hauptkommissar Jörg Lausen – dreiundvierzig Jahre alt, verheiratet, Vater eines acht Jahre alten Sohnes – verstarb um 14.08 Uhr.

Dickel rannte um sein Leben. Das Geräusch der schweren Schritte des Muskelmannes hinter sich, befürchtete er, jeden Moment den Knall eines Schusses zu hören. Der Knall blieb aus.

Nein, dachte er dann, der schießt nicht. Die brauchen mich lebend.

Er konzentrierte sich auf das Laufen. Er musste anders laufen, als er es vom Marathontraining her gewohnt war. Eigentlich hatte er am Hamburg-Marathon teilnehmen wollen, doch eine Leistenzerrung hinderte ihn daran. Der Hamburg-Marathon hatte in diesem Jahr ohne ihn stattgefunden, und nun lief Joachim Dickel ein ganz besonderes Rennen. Es war ein Sprintrennen von Ost nach West. Der Ententeichweg mit seinem leicht geschwungenen Verlauf parallel zum Jahnring traf am Ende auf den bogenförmigen Linne-Ring. Über den Butenkamp würde er die Ohlsdorfer Straße erreichen, an der er seinen Wagen abgestellt hatte. Dickel schätzte, dass er bis zu seinem Auto etwa zwei Kilometer Weg vor sich haben müsste.

Die ersten hundert Meter hatte er in scharfem Tempo zurückgelegt, um einen Abstand zwischen sich und dem Verfolger zu schaffen. Danach drosselte er die Geschwindigkeit auf ein Niveau, das er beim Marathon kurzzeitig laufen konnte, wenn er eine Lücke zu vorauslaufenden Konkurrenten schließen wollte. Zum Problem konnte nur die Hindenburgstraße werden, die einzige Autostraße, die den Stadtpark in Nord-Süd-Richtung durchschnitt, und die er überqueren musste. Wenn dort viel Verkehr herrschte, müsste er seinen Lauf unterbrechen und der Verfolger könnte aufholen.

Er horchte auf den Klang der Schritte hinter sich. Wurde das Geräusch leiser? Er traute sich nicht, sich umzusehen. Sein Atmen wurde laut, er hörte nichts anderes mehr. Einatmen, ausatmen, laufen, laufen.

Die Hindenburgstraße konnte er ohne Verzögerung überqueren, jetzt war es nicht mehr weit. Dickel beschleunigte noch einmal, dann erreichte er die Ohlsdorfer Straße. Er lief nach rechts den Gehweg entlang, fingerte den Autoschlüssel aus der Hosentasche und stand endlich an der Fahrertür. Er drückte den Knopf der Fernbedienung, nichts passierte. Er drückte ihn erneut, ohne Erfolg. In seinem Stresszustand dauerte es eine Weile, bis der Groschen fiel. Die Fernbedienung funktionierte schon seit Tagen nicht mehr, weil die Batterie leer war. Keuchend und mit zitternden Fingern versuchte er, den Schlüssel in den vorgesehenen Schlitz zu stecken. Sekunden wurden zur Ewigkeit. Endlich klappte es irgendwie. Er saß auf dem Fahrersitz und schob den Schlüssel in das Zündschloss.

Welch' ein Wahnsinn! Vor zwei Tagen hatte er seinen Vater gefunden. Den Mann, den er rund dreißig Jahre lang so schmerzlich vermisst hatte. Er war so glücklich gewesen, trotz allem. Gut vierzig Stunden später wurde er Zeuge einer Schießerei und furchterregende Typen jagten ihn.

Dickel schaute in den Rückspiegel und sah den Muskelmann aus dem Stadtpark kommen. Er startete den Motor und scherte ohne zu gucken in den fließenden Verkehr ein. Wütendes Hupen des Autofahrers hinter ihm begleitete seine Aktion.

Der Verfolger sah den Passat davonrasen, beugte sich vor und stützte atemlos die Hände auf die Knie.

An der nächsten roten Ampel kam Dickel zur Besinnung. Wo wollte er eigentlich hin? Zurück ins Hotel? Wie hatten diese Leute ihn gefunden? Über die Firma? Vielleicht hatten sie sich als Kunden ausgegeben. Vielleicht hatte der Vertriebsleiter ihnen das Hotel genannt, in dem er dieses Mal abgestiegen war. Hatte er mit dem Vertriebsleiter darüber gesprochen? Dickel konnte sich nicht erinnern. Hatten die Typen sein Handy geortet? Waren die dazu in der Lage?

Er hatte keine Wahl, er musste ins Hotel zurück. Dort, im Kleiderschrank, lag die Kamera mit der Speicherkarte. Und ein Schließfachschlüssel, den er separat versteckt hatte.

Die Ampel sprang auf Grün um und Dickel gab Gas. Er musste unbedingt schneller in seinem Hotel in Eidelstedt sein als die Verfolger.

Kapitel 5

Während im Stadtpark ein Kollege verblutete, lernte Hansen die Pflichten eines Hausmannes kennen. Er hatte Mareike von der Schule abgeholt, sich mit einem Besuch bei McDonalds noch beliebter bei ihr gemacht und war dann zu einem Supermarkt gefahren. Mareike wollte lieber im Auto sitzen bleiben und in einem Comic-Heft lesen üben. Das hätte sich Hansen vor einiger Zeit nicht träumen lassen. Sein Kombi, ausgestattet mit Kindersitz auf der Rückbank, stand an einem normalen Wochentag auf dem Parkplatz eines Supermarktes und eine Achtjährige saß darin und las Comics.

Die Kundin an der Kasse vor Hansen versorgte anscheinend eine Großfamilie. Auf dem Laufband türmten sich dutzende Artikel.

Hansen hatte eine neue Fachsprache lernen müssen, die Einkaufszettelsprache von Nadja.

›Toi‹ bedeutete Toilettenpapier. Das war leicht.

›Küpa‹ stand für Küchenpapier, nicht zu verwechseln mit

›Kapü‹, dem Kartoffelpüree aus der Tüte, oder

›Cappu‹, dem Instant-Cappuccino aus der Dose.

›Komi‹ und ›Fistä‹ gehörten bereits in den Kurs für Fortgeschrittene, obwohl Kondensmilch und Fischstäbchen keine ungewöhnlichen Produkte waren.

Den höchsten Schwierigkeitsgrad erreichte Mann bei den sogenannten Hygieneartikeln der Frau. In dem Bereich bevorzugte Nadja die ausführliche Variante, wie zum Beispiel:

›o.b. Pro comfort für leichte Tage mit SilkTouch-Oberfläche‹ oder

›always Ultra luftdurchlässig normal, die mit den drei Tröpfchen‹.

Hätte man Hansen vor ein Regal in einem chinesischen Supermarkt gestellt, er wäre kaum ratloser gewesen.

Von dem angepriesenen neuen 72-Stunden-Deo für Männer ließ er die Finger und überlegte, wer so etwas brauchen könnte. Obdachlose, die sich nur alle drei Tage waschen konnten?

Die Kassiererin war so dick, dass Hansen sich fragte, ob sie das schmale Kabuff, in dem sie saß, je wieder verlassen könnte. Ihr pausbäckiges Gesicht mit der rosafarbenen Haut erinnerte ihn an Fleischerei-Fachverkäuferinnen. Mit stoischer Ruhe zog sie einen Artikel nach dem anderen über die Glasfläche des Kassenscanners, der jeden Vorgang mit einem ›Biep‹ quittierte. Biep, biep und noch mal biep. Sie nahm eine Tüte Pistazien, zog sie über den Scanner und es erklang das Biep. Die zweite Tüte Pistazien, biep.

Plötzlich schrie die Kassiererin mit heller Stimme auf. »Huch! Die lassen sich ja scannen.«

Die Kundin zuckte erschreckt zusammen und starrte die Kassiererin verständnislos an, die ihr daraufhin in aller Ausführlichkeit erklärte, dass sie an diesem Tag schon einige Pistazientüten gehabt hätte, die sich ausnahmslos geweigert hätten, sich scannen zu lassen.

Jeder lebt in seinem eigenen Universum mit seinen speziellen Problemen, dachte Hansen und war froh, dass er keine Pistazien eingepackt hatte.

Eine halbe Stunde später stand er in der Küche und packte die Einkäufe aus. Nadja kam heim und gab ihm einen Kuss.

»Na, wie war dein Tag?«, fragte sie.

»Ich bin einer merkwürdigen Sache auf die Spur gekommen«, antwortete Hansen. »Mysteriöse Pistazienpackungen scheinen sich in deutschen Supermärkten einzunisten.«

»Muss ich das verstehen?«

Hansen schilderte ihr die Episode, die er an der Kasse erlebt hatte. Am Ende der Geschichte lachten beide herzhaft und Hansen machte sich an der Kaffeemaschine zu schaffen. Kaffee und Kekse auf der Terrasse, danach stand ihm der Sinn. Das Telefon klingelte. Hansen war schneller als Nadja und schaute auf das Display. Die Nummer kannte er gut.

»Es ist Kriminaloberrat Thorwald. Was will der denn von mir?«

»Lass' dich auf nichts ein, du hast Urlaub.«

Der Stimmungsumbruch war brutal. Die Nachricht von Thorwald hatte alles verändert. Der gemütliche Nachmittag auf der Terrasse war abgesagt und Nadja wusste, dass Hansens Ruhestand vorerst beendet wäre.

Es war 15.08 Uhr. Jörg Lausen war seit einer Stunde tot.

Ohne Blaulicht und Martinshorn kämpfte sich Hansen mit seinem Opel Astra durch den Stadtverkehr. Ungeduldig fluchte er hinter dem Lenkrad auf die anderen Autofahrer.

»Nun fahr' schon, du Idiot!«

»Grüner wird's nicht!«

»Verschwinde, du Schleicher!«

Trauer und Wut erzeugten einen Überdruck in ihm, für den er ein Ventil brauchte. Er fuhr aggressiv, drängelte und wechselte oft die Spur. Trotzdem kam er nicht schneller voran. Von der Saarlandstraße aus erreichte er endlich den sechsspurigen Jahnring, befand sich aber auf der falschen Straßenseite. Gegenüber sah er am Fahrbahnrand ein knappes Dutzend Fahrzeuge. Mehrere Streifenwagen, Mannschaftsbusse der Bereitschaftspolizei, Kombis und Transporter der Kriminaltechnik und ein schwarzes Bestattungsfahrzeug standen aufgereiht auf der rechten Spur der Gegenrichtung, die mit rot-weißen Pylonen abgesperrt worden war. Er fuhr bis zur nächsten Kreuzung, umrundete den begrünten Mittelstreifen, zwängte sich zwischen zwei Absperrhütchen hindurch und parkte den Astra am Ende der Fahrzeugreihe. Vor der Absperrung des Gehwegs mit rot-weißem Flatterband hatten sich Gaffer, Fernsehteams und Reporter versammelt, die auf spektakuläre Einblicke hofften. Ein uniformierter Polizist kam wütend mit rudernden Armen auf Hansen zu.

»Hier können Sie nicht parken! Sehen Sie zu, dass Sie wegkommen!«

Hansen stieg aus und zeigte seinen Dienstausweis, den er zum Glück bei sich hatte. Der Streifenpolizist entschuldigte sich. Hansen winkte ab. Er durchquerte abseits des Weges den Waldstreifen und blieb am Rande des Vorplatzes zur Freilichtbühne stehen. Er wollte ohne Schutzkleidung den Tatort nicht kontaminieren. Die Bestatter trugen gerade den Zinksarg weg. Dann sah er Thomas Bernstein, der zehn Meter von ihm entfernt stand und die Kieselsteine auf dem Boden zu zählen schien.

»Thomas!«

Bernstein guckte erstaunt in Hansens Richtung und näherte sich. »Harry, was machst du denn hier? Weißt du schon Bescheid?«

»Ja, Thorwald rief mich an. Es ist furchtbar.«

»Wir sind alle geschockt.« Bernstein schluckte schwer.

Der erfahrene Hauptkommissar hatte seine Emotionen besser im Griff. »Umso wichtiger, dass wir jetzt all unsere Sinne beisammen haben«, mahnte er und schaute sich um. Die Kollegen der Spurensicherung in ihrer weißen Schutzkleidung suchten konzentriert das Terrain ab. Kleine, aufrecht stehende Karten mit Ziffern zeigten an, wo sie Material sichergestellt hatten. Markierungen auf dem Boden bildeten eine Körpersilhouette um einen ausgedehnten Blutfleck herum.

»Wie ist es passiert?«, fragte Hansen.

Bernstein riss sich zusammen und berichtete, was er bisher erfahren hatte. Er zeigte Hansen, von wo Lausen mit Schwanitz und Reisberg gekommen war, wo der Zeuge gestanden hatte, den sie treffen wollten und aus welcher Richtung die Angreifer auf den Platz gestürmt waren. Sie hatten mehrere Patronenhülsen gefunden und zwei Projektile in Baumstämmen sichergestellt. Sie würden weitersuchen und alles genau vermessen.

Hansen hatte konzentriert zugehört. Er besaß nun eine Vorstellung des Ablaufs, prägte sich ein dreidimensionales Bild ein und speicherte Gerüche, Geräusche, Farben und vieles andere ab. Das war wichtig, er brauchte diese realen Eindrücke. Fotos, Berichte und grafische Darstellungen gaben nur die halbe Wahrheit wieder.

Ein Spurensicherer beschwerte sich bei Bernstein. »Wo bleibt denn der Typ, der den Schlüssel für das Tor hat?«

»Der muss jede Minute hier eintreffen, immer mit der Ruhe.«

»Nix mit der Ruhe! Schaut mal dahin.« Der Kollege der Dienststelle LKA 31 zeigte in Richtung Westen gen Himmel. Bernstein und Hansen hoben die Köpfe. Eine dunkelgraue Wolkenwand bewegte sich auf ihren Standort zu. Aus der Ferne war das erste drohende Grollen zu hören.

»Was soll's, dann klettere ich eben über das Tor«, beschloss der Mann im weißen Overall. »Das Gewitter, das da anrollt, wird alle möglichen Spuren fortspülen.«

Hansen tippte Bernstein an.

»Ich muss ins Präsidium, zu Thorwald. Ich bin wohl gerade reaktiviert worden.«

Bernstein nickte. »Das ist gut, wir brauchen dich. Ich bin hier gleich fertig und komme dann nach.«

Bevor er das Präsidium betrat, gönnte sich Hansen eine Auszeit, setzte sich auf eine der Stufen der breiten Freitreppe und rauchte eine Zigarette.

Beim Betreten der Eingangshalle glaubte er, die Ausläufer der Schockwelle, die das Gebäude erschüttert hatte, mit den Händen greifen zu können. Er wehrte sich dagegen, indem er die Hände in den Hosentaschen vergrub. Doch das änderte nichts. In jedem Blick, in jeder Körperhaltung, in jeder hilflosen Geste und jedem leise gesprochenen Wort war die Fassungslosigkeit der Kollegen zu spüren. Hansen vermied weitere Blickkontakte und beeilte sich, Thorwalds Büro zu erreichen.

Der Kriminaloberrat stand mit dem Rücken zur Tür am Fenster und haderte mit Gott. Hansen machte sich durch ein Räuspern bemerkbar. Thorwald drehte sich ruckartig herum. Seine äußere Erscheinung war perfekt wie immer.

»Herr Hansen, Entschuldigung, ich war in Gedanken.«

»Dafür habe ich volles Verständnis.«

Thorwald zupfte an seiner Krawatte. »Wir sind Profis, wir packen das«, sagte er. Es klang hohl.

Sie nahmen am Schreibtisch Platz.

»Gut, dass Sie da sind, Hansen. Gehen wir gleich in medias res.«

Das war Hansen recht. Trauerreden sollten andere halten, er war Ermittler. Er wollte jagen gehen und den Mistkerl von Polizistenmörder zur Strecke bringen.

»Bevor ich herkam, war ich am Tatort und habe mir einen ersten Eindruck verschafft.«

»Und was denken Sie?«, fragte Thorwald.

»Dass Lausen wahrscheinlich keine Chance hatte. Es muss alles sehr schnell gegangen sein und die Lage war unklar. Für uns Polizisten ist die Situation immer schwierig, wenn ein Angreifer ohne vorherige Eskalation anfängt zu schießen. Aber das ist nur eine erste Einschätzung, ich muss erst alle Fakten haben.«

»Klar.« Thorwald stützte die Ellenbogen auf die Tischplatte und faltete die Hände. »Ich denke, ein organisatorisches Problem kann ich aus dem Weg räumen.«

Hansen hatte keinen Schimmer, wovon der Kriminaloberrat sprach.

»Welches Problem?«

»Naja, Hansen, Sie werden sich vorstellen können, welchen Wirbel der …« Thorwald zögerte, es fiel ihm schwer, den Tod des Kollegen als ›Fall‹ zu bezeichnen, »… ähm, das schreckliche Ereignis im Stadtpark erzeugen wird. Diese Geschichte wird sich sehr schnell zum Politikum ausweiten und jeder Idiot mit Profilierungssucht wird in die Medien drängen. Der Polizeipräsident hat schon angerufen. Wir müssten nun Stärke zeigen, meinte er, wir dürften die ausufernde Gewalt gegen Polizisten nicht länger hinnehmen.«

»Was soll das?«, fragte Hansen. »Wir haben die Gewalt gegen Kollegen nie hingenommen. Aber was sollen wir denn anders machen? Amok laufen?«

»Ach, Hansen. Sie wissen doch, wie das läuft. Da werden markige Sprüche abgesondert, die niemandem helfen und am Ende bleibt alles, wie es ist.«

»Ich verstehe nicht. Von welchem Problem sprachen Sie dann?«

»Wie ich schon sagte, die Führungsetage will Stärke zeigen. Das heißt, große Sonderkommission und alles, was dazu gehört. Dafür sind Sie nicht der richtige Mann. Das weiß ich seit dem Lippennäher-Fall. Deshalb habe ich mir Folgendes überlegt: Hauptkommissar Schneider übernimmt die Leitung der Sonderkommission, die den Mord an Lausen untersucht. Und Sie kümmern sich mit einem eigens dafür zusammengestellten Team um den Fall Friedemann.«

»Ich glaube, ich bin gerade nicht auf der Höhe. Friedemann? Ist das der Fall, um den es bei dem Treffen mit dem Zeugen im Stadtpark gehen sollte? Die beiden Fälle gehören doch zusammen.«

»Ja, der Meinung bin ich auch, obwohl es rein theoretisch auch andere Möglichkeiten gibt. Hier geht's um Politik und Diplomatie, Hansen – nicht unbedingt Ihre starke Seite. Das ist mein Job! Ich muss die Politik zufriedenstellen, diplomatisch vorgehen und gleichzeitig dafür sorgen, dass meine Leute die besten Voraussetzungen für effektive Ermittlungsarbeit haben. Ihre Fähigkeiten liegen in der konzentrierten Arbeit mit einem kleinen, kompetenten Team. Für die Soko kann ich Sie, offen gesagt, nicht gebrauchen. Offiziell leitet Schneider die Soko ›Lausen‹ und Ihr Team arbeitet ihm zu. Inoffiziell kriegen Sie Einblick in alle Ergebnisse der Soko und jede Ressource, die Sie brauchen. Mit Schneider habe ich gesprochen, der hat kein Problem damit.

Der Schlüssel zur Aufklärung beider Morde liegt im Fall Friedemann verborgen, davon bin ich überzeugt. Sie sind quasi meine heimliche Speerspitze in dieser Geschichte.«

»Wenn das so ist, sollte ich rasch an die Arbeit gehen. Wer soll in meinem Team arbeiten?«

»Tja, Schwanitz und Reisberg sind draußen, da sie direkt beteiligt waren. Ich gehe davon aus, dass Sie Bernstein und Becker wollen.«

Hansen nickte. »Und wer noch? Ich brauche vier Leute.«

»Anstandshalber sollten Sie die beiden verbleibenden Kollegen aus Lausens Team nehmen, Förster und Wolter. Ich habe mit denen bereits telefoniert. Herr Förster ist eigentlich mit einem Bänderriss krankgeschrieben, lässt sich aber gesundschreiben und könnte den Innendienst übernehmen. Und Wolter war sofort bereit, seinen Urlaub abzubrechen. Er wird morgen früh hier auftauchen.«

»Das klingt vernünftig. Kann ich Schwanitz und Reisberg befragen?«

»Reisberg nicht, der ist mit einem Schock ins Krankenhaus Barmbek gebracht worden. Schwanitz müsste zusammen mit Frau Becker in einem der Vernehmungsräume sein.«

»Gut, dann rede ich zuerst mit Schwanitz und danach lese ich die Akten zum Fall Friedemann.«

Thorwald stand auf und reichte Hansen die Hand. »Knapp drei Wochen noch, dann muss ich Sie in den Ruhestand schicken. Ich hoffe, Sie schaffen es bis dahin.«

»Wenn nicht, werde ich bestimmt nicht die Hände in den Schoß legen«, versprach Hansen.

Thorwald hatte bis dahin sehr professionell und gefasst gewirkt. Plötzlich bröckelte die Fassade und die Kraft schien aus ihm herauszufließen.

»Ich muss jetzt zu Jörgs Frau und ihr sagen, dass ihr Mann heute Abend nicht nach Hause kommen wird. Meine Frau und ich, wir waren vor zwei Wochen bei den Lausens zum Grillen eingeladen. Sehr schöner Abend, wirklich nette Familie … Mein Gott, wie soll ich ihr das sagen?«

Darauf wusste Hansen keine Antwort. Er ließ Thorwald allein.

Schwanitz kauerte mit gesenktem Kopf auf einem Stuhl. Er stützte seine Ellenbogen auf den Oberschenkeln ab und verbarg sein Gesicht in den großen Handflächen. Der kräftige Mann bebte und zitterte. Kommissarin Becker stand neben ihm und hatte eine Hand auf seinen gekrümmten Rücken gelegt. Sie redete beruhigend auf ihn ein. Die Worte konnte Hansen nicht verstehen.

»Hallo«, sagte er leise.

Becker hob den Kopf. »Harry! Was machst du hier? Du kommst wie gerufen.«

Es war das dritte Mal innerhalb einer Stunde, dass Hansen begrüßt wurde, als sei er der Heiland persönlich. Die Sache wurde ihm langsam unheimlich. Glaubten seine Kollegen und Vorgesetzten, er müsse nur mit den Fingern schnipsen, um den Täter zu fassen?

»Kann ich mit dem Kollegen sprechen?«, fragte er Becker mit einem Fingerzeig auf Schwanitz.

»Übernimmst du den Fall?«, antwortete Becker mit einer Gegenfrage.

»Das klären wir später in meinem Büro. Was ist nun?«

Schwanitz richtete den Oberkörper auf. »Ich bin anwesend und durchaus in der Lage, selbst zu sprechen!«

»Entschuldigung«, sagte Hansen. »Können Sie mir irgendwelche Hinweise auf die Täter geben?«

»Ich weiß nicht. Die ganze Geschichte dauerte nur Sekunden. Diese Typen tauchten aus dem Nichts auf, Jörg schrie ›Polizei! Waffen fallen lassen‹ oder so ähnlich, dann fielen zwei Schüsse, wir stürmten nach vorn, um Jörg zu helfen, der sank zu Boden, der Zeuge rannte davon, der eine Typ verfolgte ihn, der andere lief in entgegengesetzter Richtung weg, wir feuerten, die schossen auch, dann waren sie weg und alles vorbei.«

»Konnte der Kollege Lausen noch etwas sagen, bevor er …«

Aus den geröteten Augen des Oberkommissars flossen Tränen.

»Nein, er hat's versucht. Aber ich konnte ihn nicht verstehen.«

»Ich habe Schwanitz' Aussage schon aufgenommen, soweit es ging«, sagte Becker.

Hansen sah ein, dass er Geduld mit dem Kollegen haben musste.

»Okay, lassen wir das für den Moment. Vera, tipp mir bitte die Aussage des Kollegen ab. Und ich brauche alles, was ihr über den Fall Friedemann habt.«

»Ja, ich komme gleich rüber in dein Büro.«

»Danke.«

»Moment, Herr Hansen!«, rief Schwanitz. »Der zweite Typ, der schlanke, der über das Gelände der Freilichtbühne abgehauen ist … Diese Person war sehr athletisch, fast schon artistisch in den Bewegungsabläufen … und trotzdem irgendwie anders. Ich weiß nicht, wie ich es begründen soll, aber ich glaube, das war eine Frau.«

»Wir werden das bei unseren Ermittlungen berücksichtigen. Danke, Kollege, das kann uns helfen.«

»Es ist aber kein Fakt, nur so ein Gefühl«, betonte Schwanitz.

Hansen nickte. »Das habe ich verstanden. Wir werden sehen, was dabei rauskommt.«

Joachim Dickel öffnete mit der Schlüsselkarte die Hotelzimmertür. Ängstlich suchten seine Augen das Zimmer ab, in der Erwartung, triumphierend grinsende Verfolger vorzufinden. Seine Befürchtung erfüllte sich nicht, das Zimmer war leer. Dickel war kein Mensch, der zum Heldentum neigte. Es wäre vernünftig gewesen, nicht hierher zurückzukehren. Kleidungsstücke hätte man neu kaufen können, sogar der Verlust des

Firmenlaptops wäre zu verschmerzen gewesen. Er hätte sich absetzen, schnurstracks nach Hause fahren können. In jedem anderen Fall hätte Dickel genau das getan. Er wäre vor den Problemen davongelaufen. Das hatte er schon oft mit Erfolg geschafft. Dickel war ein Meister der Ausweichmanöver.

Der Tod seines Vaters versperrte diesen Weg. Wahrscheinlich hatten dieselben Kerle, die ihn jetzt jagten, seinen Vater getötet. Wenn er den Medienberichten Glauben schenken durfte, hatten sie ihn nicht bloß getötet, sondern vorher grausam gefoltert. Hatte sein Vater das Leid ertragen, um ihn, seinen Sohn, nicht verraten zu müssen?

Dickel hatte allenfalls eine blasse Ahnung von dem, was sich auf der Speicherkarte befand. Sein Vater hatte sich auf Andeutungen beschränkt. Aber die winzige Karte und der Schlüssel zum Bankschließfach bildeten das an ihn gerichtete Vermächtnis seines Vaters. Mehr war ihm nicht geblieben, nach über dreißig Jahren ohne den Vater und zweieinhalb gemeinsamen Stunden.

Dickel raffte seine Sachen zusammen, schmiss sie in die Reisetasche, packte den Laptop ein und wollte gerade die Zahlenkombination eingeben, um den kleinen Zimmersafe zu öffnen, da hörte er ein Klopfen an der Tür. Unwillkürlich sah er sich um, als gäbe es einen Notausgang, den er nur finden müsste. Doch der existierte nicht. Dickel blieben zwei Möglichkeiten: Er konnte sich aus dem Fenster stürzen – im dritten Stock keine gute Idee. Oder er konnte die Tür öffnen und hoffen, dass das Zimmermädchen davor stand. Er ließ den Safe geschlossen und entschied sich für die zweite Wahl.

Vor der Tür stand nicht das Zimmermädchen, sondern der breitschultrige Kerl aus dem Stadtpark. Dickel erkannte den würfelförmigen Kopf mit den Schweinsaugen sofort. Unter der platten Nase versuchte der schmallippige Mund des Muskelpaketes eine Art Lächeln zu produzieren, was gründlich misslang. Sein linker Arm schnellte nach vorn und gab Dickel einen Stoß, der ihn mehrere Schritte rückwärts taumeln ließ. Der Muskelmann betrat das Zimmer, eine weitere, sehr viel schlankere Person folgte ihm. Die zweite Person hatte strubbeliges, hellblond gefärbtes Haar, dunkle Augenbrauen mit Piercingstäbchen nah bei den Schläfen und ein weiteres Piercing in Ringform im rechten Nasenflügel. Trotz der herben Gesichtszüge und des durchtrainierten Körpers mit schwach ausgeprägten weiblichen Rundungen erkannte Dickel nun, dass es sich bei dem zweiten Kerl aus dem Stadtpark um eine Frau handelte. Der Muskelmann sagte kein Wort und zwang Dickel, sich auf das Bett zu setzen.

Die blonde Frau führte offensichtlich das Kommando und fragte ohne Umschweife: »Wo ist der Speicherchip?«

Dickel gab keine Antwort. Ohne ihn eines weiteren Blickes zu würdigen begann die Blonde mit der Durchsuchung des Zimmers. Beiläufig machte sie ihn mit den Konsequenzen seines Schweigens bekannt.

»Du kannst den einfachen Weg gehen und plaudern. Dann wird es kaum weh tun. Oder du kannst den Helden spielen und beharrlich schweigen. Dann werde ich meinen Spaß mit dir haben. Du wirst dabei keinen haben, das verspreche ich dir.«

Sie wirkte sehr überzeugend. Dickel glaubte ihr jedes Wort. Doch was konnte sie tun? Ihn hier im Hotel foltern? So, wie sie seinen Vater gefoltert hatte? Das würde schnell einen Aufruhr geben. Nein, so leicht wollte er sich nicht einschüchtern lassen. Er unterdrückte das aufkommende Zittern seiner Muskeln, verschränkte trotzig die Arme und hielt ihrem Blick stand. Dabei stellte er fest, dass er noch nie in so ausdruckslose Augen gesehen hatte. Er senkte den Blick zu Boden.

Sie schüttete den Inhalt seiner Reisetasche auf dem Boden aus und untersuchte die wenigen Teile. Dann durchsuchte sie die Kleidung, die Dickel am Leib trug. Anschließend überprüfte sie den Inhalt seines Laptops, was etwas mehr Zeit in Anspruch nahm. Währenddessen stand ihr Partner mit gespreizten Beinen vor Dickel, hielt ihn in Schach, sagte kein Wort und verzog keine Miene.

Dickel versuchte, seine Angst zu bändigen, indem er an die Bibel dachte, an die Geschichte von Sodom und Gomorrha, an die Frau, die verbotenerweise zurückblickte. Der Muskelmann stand kaum eine Armlänge von ihm entfernt, starr wie eine Salzsäule. Wenn er ihm mit dem ausgestreckten Zeigefinger in den Bauch pieksen würde, würde der Mann dann zerrieseln und nur ein Häufchen Salz von ihm übrigbleiben? Die Stimme der Frau unterbrach Dickels Gedankenspiele.

»Auf dem Laptop ist die Datei auch nicht. Wir werden wohl zu härteren Mitteln greifen müssen, Ronny.«

Der Muskelmann, der also Ronny hieß, streckte stumm den Arm aus und zeigte auf den Safe im geöffneten Kleiderschrank.

Die Blonde nickte. »Ja, das ist die letzte Möglichkeit. Fragt sich nur, ob unser Held hier bereit ist, uns die Kombination zu sagen. Was denkst du, Ronny? Ist er klug genug, klein beizugeben?«

Dickel ging in die Offensive. »Auf keinen Fall. Von mir erfahren Sie gar nichts! Es reicht! Ich werde das ganze Hotel zusammenschreien.«

Der Schlag von Ronny war heftig, traf den auf dem Bett sitzenden Dickel an der rechten Schläfe und schickte ihn augenblicklich ins Land der Besinnungslosigkeit. Sein Oberkörper sackte zur Seite auf die Matratze.

Die Blonde kratzte sich nachdenklich hinter dem Ohr.

»Wir könnten den Safe aus seiner Halterung herausbrechen«, überlegte sie laut. »Aber dafür bräuchten wir Werkzeug und außerdem dürfte es zuviel Lärm machen. Und unser Möchtegern-Held hier«, sie zeigte auf den bewusstlosen Dickel, »schreit uns womöglich wirklich das ganze Hotel zusammen, wenn wir die Kombination aus ihm herauskitzeln wollen.«

Ronny sagte nichts, er schaute sie nur fragend an. Sie rieb sich das Ohrläppchen.

»Wir müssen vorsichtig sein, Ronny. Der Chef wird sowieso stinksauer werden, wenn er von der Schießerei mit den Bullen erfährt. Ich glaube, wir haben bereits mehr als genug für Aufsehen gesorgt. Das Beste ist, wir nehmen den Schlaffsack einfach mit zu unserer Schlachterei, das ist von hier aus höchstens eine Viertelstunde Fahrzeit. Da können wir ihn ganz in Ruhe ausquetschen. Dann komme ich hierher zurück und hole die Speicherkarte aus dem Safe. Und wenn wir mit ihm fertig sind, ist die Entsorgung in der Schlachterei leicht zu erledigen.«

Aus einer Tasche ihres Kapuzenshirts holte sie ein schwarzes Kabelbinderband und gab es Ronny.

»Fessel' ihm die Hände auf den Rücken und weck' ihn auf. Ich fahre unseren Wagen in die Tiefgarage. Dort laden wir ihn ein.«

Drei Minuten später kam sie zurück. Ronny hatte Dickel inzwischen mithilfe eines nasskalten Handtuchs in die Wirklichkeit zurückgeholt. Die Blonde beugte sich zu Dickel herab, der wieder aufrecht saß.

»Hör' zu, du kleiner Querkopf. Du kommst jetzt brav mit uns oder es wird dir sehr, sehr leid tun.«

Dickel brummte der Schädel, er spürte pochendes Blut in seiner Schläfe. Aber er wollte seinen Widerstand noch immer nicht aufgeben.

»Was wollen Sie denn machen?«, fragte er provozierend. »Mich erschießen? Dann erfahren Sie nie, wo die Speicherkarte ist!«

»Dich erschießen? Nein, wir sind ja nicht blöd. Wir nehmen stattdessen den erstbesten Menschen, der uns über den Weg läuft, egal ob es ein Hotelgast, ein Zimmermädchen oder der Direktor persönlich ist. Und du wirst Schuld sein am Tod dieses Menschen.«

Dickel merkte, dass die blonde Punkerin es ernst meinte. Mit so viel Skrupellosigkeit hatte er nicht gerechnet. Er kapitulierte.

Sie legten ihm seine Jacke über die Schultern, damit die auf den Rücken gefesselten Hände nicht zu sehen waren, brachten ihn mit dem Lift in die Tiefgarage, stopften ihm einen Knebel in den Mund und packten ihn in den Kofferraum ihres Audi.

Fünfzehn Minuten später merkte Dickel, dass der Audi über einen holperigen Untergrund fuhr. Nach einem kurzen Stopp wurde der Wagen anscheinend in eine Halle gefahren, denn das Motorgeräusch veränderte sich. Die Kofferraumklappe wurde geöffnet und Ronny zerrte Dickel unsanft heraus. Nun konnte er sehen, dass sie sich tatsächlich in einer Art Fahrzeughalle befanden, die Platz für drei bis vier Autos bot. Sie führten ihn durch die halbe Halle zu einer Brandschutztür, einen breiten Gang entlang, bogen nach links in einen weiteren Gang ab und durchquerten zwei riesige Räume, die bis auf ein paar Paletten, Pappkartons und anderen Müll leer waren. Schließlich blieben sie vor einer Wand mit einem Aktenschrank stehen. Die Gänge und Räume waren verdreckt, dunkel und feucht. Alles wirkte moderig und verlassen. Ronny schob den Schrank zwei Meter nach links. Dahinter kam eine Tür aus blankpoliertem Edelstahl mit großem Griff zum Vorschein, die mit mehreren Schlössern und einer Eisenkette gesichert war. Die Blonde hantierte mit verschiedenen Schlüsseln herum und öffnete endlich die Tür, indem sie den massiven Riegel nach unten drückte. Dabei entstand ein schmatzendes Geräusch. Dickel sah die Dickwandigkeit der Tür und begriff, dass er in einen alten Kühlraum gebracht wurde.

Die Blonde betätigte einen Schalter. Ein halbes Dutzend Neonröhren flackerte auf und erleuchtete mit grellem Licht den rund dreißig Quadratmeter großen, fensterlosen Raum. Der hellbraun gefliese Boden hatte zwei abgesenkte, rechteckige Abläufe, durch die wohl früher das Blut der geschlachteten Tiere abgeflossen war. Die Wände waren bis unter die Decke weiß gekachelt. An der Decke sah Dickel lange Metallschienen, von denen vereinzelte Fleischerhaken herabhingen. Die Einrichtung bestand aus einem Wandregal, einem großen Tisch und einem Stuhl, die allesamt aus Edelstahl gefertigt waren – sehr praktisch, leicht zu reinigen. An einer Wand standen zwei grau lackierte Spinde. Auf dem Tisch lagen diverse Werkzeuge, die erschreckende Bilder ausgeweideter Tiere bei Dickel hervorriefen. Der Raum war trotz der draußen herrschenden Schwüle kühl, doch Dickel schwitzte. Es roch nach Verzweiflung und Tod. Ihm wurde klar, dass er sich an einem einsamen Ort befand und ihm hier niemand zu Hilfe kommen würde.

Als hätte sie seine Gedanken gelesen, sagte die Punkerin: »Hier sind wir ganz unter uns. Du kannst schreien, so laut du willst. Außer Ronny und mir wird dich niemand hören. Und ich werde deine Schreie genießen.«

Sie stellte seine Reisetasche und den Laptop auf den Tisch, stellte sich dicht vor ihn und riss mit einem Ruck sein Hemd auf. Einige Knöpfe flogen davon und machten niedliche Pling-Geräusche auf den Bodenfliesen.

Dickel war zu keiner Reaktion fähig, eine Überdosis Angst lähmte ihn. Sie griff in seinen Hosenbund, öffnete Gürtel und Reißverschluss, zog ihm die Hose bis zu den Kniekehlen herunter. Sie befreite seine Handgelenke vom Kabelbinder und drängte ihn auf den Stuhl aus Metall, fesselte seine Unterarme an die Armlehnen und die Fußknöchel an die Stuhlbeine.

Für die Fesselung benutzte sie erneut die praktischen Kabelbinder. Sie trat einen Schritt zurück, betrachtete ihr Werk und war zufrieden.

»Jetzt beginnt der nette Teil des Tages«, sagte sie.

Ronny stand nur breitbeinig da und schwieg. Die Blonde ging zu dem Metalltisch, schüttete aus einem Plastiktütchen weißes Pulver auf die polierte Tischplatte, formte mit Dickels Hotelkarte eine Linie und sog die Substanz durch ein Röhrchen in die Nase. Ronny schaute missbilligend zu und Dickel bekam Zweifel. Er hätte besser im Hotel alles sagen sollen. Sein Vorsatz, sich standhaft und mutig zu verhalten, schmolz angesichts einer koksenden Sadistin dahin wie Speiseeis in der Mikrowelle. Doch er musste an seinen Vater denken, der die Folter ertragen hatte. Er hatte es bestimmt für ihn, seinen Sohn, getan. Sollte er jetzt nach ein paar Psychospielchen kneifen? Nein, so leicht würde er sich nicht beeindrucken lassen.

»Eigentlich möchte ich dich nicht in diese Sache hineinziehen«, hatte sein Vater gesagt. »Das ist eine Sache zwischen mir und diesen Leuten, ein Krieg aus der Vergangenheit. Die Organisation ist sehr gefährlich, sehr einflussreich, und sie wird sich mit allen Mitteln wehren. Andererseits bist du hier aufgetaucht wie ein Zeichen Gottes.«

»Bist du religiös?«, hatte Dickel verwundert gefragt.

»Nein, aber es ist eine schöne Metapher, nicht wahr?«

Dickel kehrte gezwungenermaßen in die Gegenwart zurück, denn die blonde Frau näherte sich ihm mit langsamen, geschmeidigen Schritten, wie eine Raubkatze, die sich an das ausgewählte Opfer heranpirscht. Sie brachte ihr Gesicht dicht an das seine und lächelte. Zum ersten Mal konnte Dickel in ihren Augen, die bis dahin wie schwarze Knöpfe gewirkt hatten, eine Emotion entdecken. Er sah die pure Vorfreude auf das, was nun geschehen würde.

Sie bohrte ihre schwarz lackierten Fingernägel in seine Brustwarzen und steigerte den Druck stetig. Dickel riss sich zusammen und hielt es aus. Sie lockerte den Griff, trat einen Schritt zurück und grinste.

»Brav, mein Kleiner. Wir wollen ja nicht, dass das Spiel allzu schnell beendet ist.«

Sie ging zum Tisch zurück, nahm sich eine Zigarre und zündete sie an.

Sie sog daran, bis die Zigarre kräftig glühte. Blitzschnell war sie bei Dickel und drückte ihm das glühende Ende der Zigarre auf den rechten Unterarm. Der Schmerz kam mit einer Sekunde Verzögerung und er kam gewaltig. Dickel schrie sein Leid heraus. Der Geruch von verbrannten Haaren und angeschmorter Haut stieg ihm in die Nase. Seine Haare, seine Haut!

Ronny hatte sich abgewendet. Es schien, als teile er die Leidenschaft seiner Partnerin nicht.

Die Blonde holte eine Schere, schnitt Dickels Unterhose in zwei Teile und zog sie unter seinem Hintern hervor. Sie knüllte die Teile zusammen, schob ihm den Ballen in den Mund und sorgte mit einem Stück Klebeband dafür, dass er den Knebel nicht ausspucken konnte.

In den nächsten zwanzig Minuten lernte Dickel die unterschiedlichsten Arten von Schmerz kennen. Den stechenden, sekundenschnellen Schmerz, den allmählich anschwellenden, immer bedrohlicher werdenden Schmerz, den nachhaltigen brennenden und den stetig pochenden Schmerz. Die blonde Teufelin ließ ihm jedes Mal genug Zeit, den Schmerz zu verinnerlichen und durch die Nasenlöcher Luft zu holen, bevor sie den nächsten Angriff auf seine Widerstandsfähigkeit startete. Allmählich verstand Dickel, dass sie ihn nicht geknebelt hatte, um seine Schreie zu dämpfen, die an diesem gottverlassenen Ort von niemandem gehört werden konnten. Sie wollte verhindern, dass er zu früh aufgab. Ohne den Knebel hätte er sagen können, was sie von ihm wissen wollte, aber dann wäre das ›Spiel‹, wie sie es nannte, zu Ende gewesen.

Das Klingeln ihres Handys schenkte ihm eine Erholungspause. Sie redete nicht, hörte ihrem Gesprächspartner nur zu und sagte am Ende: »Verstanden.« Dann sprach sie leise ein paar Worte mit Ronny.

Dickel war am Ende. Sein Hirn konnte die unterschiedlichen Schmerzen kaum noch den Quellen zuordnen. Aus der Nase tropfendes Blut erschwerte seine Atmung, das linke Auge war fast zugeschwollen, sein Unterkiefer pochte, der Hodensack war rot und fühlte sich prall an, die Brandwunden quälten ihn und die Blase hatte sich irgendwann unwillkürlich entleert, sodass er in einer Pfütze eigenen Urins saß. Dickel hatte den Punkt erreicht, an dem der Überlebenswille eines Menschen in den Hintergrund tritt, weil der Wunsch nach dem Ende des Leidens alles Denken beherrscht.

Aber bevor er mitteilen konnte, dass er bereit war, alles zu sagen, hatte die Frau den Knebel entfernt, danach mit Daumen und Zeigefinger in seine Wangen gegriffen, ihn so gezwungen, den Mund zu öffnen und eine eigentümlich geformte, metallene Klammer eingeführt, die seinen Mund aufspreizte und gleichzeitig die Lippen nach oben und unten zwängte, wodurch seine Zähne blank lagen.

Sie nahm eine Mini-Bohrmaschine vom Tisch und verkündete, dass sie die Geschichte nun abkürzen müsse.

»Ich brauche Antworten. Keine Zeit mehr für Spiele«, sagte sie und steckte einen Bohrer mit einem Durchmesser von einem Millimeter in das Bohrfutter. Sie schaltete das Gerät ein.

Dickel hörte das Motorgeräusch und augenblicklich wurde ihm klar, was sie vorhatte. Sie wollte Zahnarzt spielen, an gesunden Zähnen mit intakten Nerven, ohne Betäubung.

Er schrie mit aufgesperrtem Mund, so laut er konnte: »Ih lede! Ih ouill lede!«

Sie beugte sich zu ihm herab. »Was sagst du? Ich verstehe dich nicht.«

Die Bohrmaschine sang derweil mit hoher Drehzahl ihr Lied.

»Ih lede!«, schrie Dickel verzweifelt. Deutlicher konnte er es nicht hervorbringen.

»Du willst reden?«, fragte sie und schaltete die Bohrmaschine aus.

Dickel nickte heftig. Sämtliche Poren seines Körpers schütteten Schweiß aus.

Sie streichelte den Bohrer.

»Schade. Ich hätte das Ding gerne an dir ausprobiert. Aber ich will fair bleiben. Wenn du redest und die Wahrheit sagst, bleibt dir diese Erfahrung erspart.«

Sie entfernte die Klammer aus seinem Mund.

»Wo ist die Speicherkarte, die du von Friedemann bekommen hast?«

»Sie steckt in meiner Kamera. Und die ist in dem Zimmersafe, im Hotel.«

»Na also, geht doch. Die Kombination für den Safe?«

»Mein Geburtstag, achter Februar. Null – acht – null – zwei.«

Sie lachte höhnisch. »Ich glaub's nicht! Ich dachte, so blöd ist heute kein Mensch mehr. Da hätte ich ja bloß in deinen Ausweis gucken und es ausprobieren müssen. Das hätte dir eine Menge Leid erspart. Naja, so hatte ich wenigstens meinen Spaß.«

Sie wandte sich an Ronny. »Hör zu. Ich fahre ins Hotel und hole die Speicherkarte. Ich nehme den Laptop mit, damit ich die Karte überprüfen kann. Wenn alles in Ordnung ist, rufe ich dich an. Du kannst ihn dann erlösen.«

Sie warf Ronny einen siebzig Zentimeter langen Metalldraht zu, an dessen Enden runde Holzgriffe befestigt waren. Ronny fing die Garotte lässig mit der linken Hand auf.

»Schmeiß' ihn in einen der Müllcontainer auf dem Hinterhof. Es wird eine Weile dauern, bis dort jemand seine Überreste findet. Ich bringe unserem Auftraggeber die Karte, danach hauen wir ab.«

Ronny tat das Übliche. Er nickte stumm.

Die Blonde ging zu einem der Spinde, holte einen Schminkspiegel und diverse andere Sachen heraus und stellte den Spiegel auf den Tisch.

»Ist wohl besser, wenn ich mein Outfit verändere«, sagte sie und entfernte vor dem Spiegel ihre Piercings. Anschließend zog sie das schwarze Kapuzenshirt aus, streifte sich ein rotes T-Shirt über und setzte eine mittellange, braune Perücke auf. Die Punkerin hatte sich in eine normale junge Frau verwandelt.

»Ich nehme das Motorrad, du kommst mit dem Audi später nach«, sagte sie noch, schnappte sich eine Lederjacke und einen Sturzhelm, dann verschwand sie.

Hansen brauchte eine halbe Stunde, um die Akte zum Fall Friedemann zu lesen und die Tatortfotos zu studieren. Becker brachte ihm die Aussage von Schwanitz. Bernstein kam dazu und sie setzten sich an den Schreibtisch. Becker raffte ihre rote Haarpracht am Hinterkopf zusammen, zauberte ein Zopfgummi hervor und fädelte die Haare mit geschickten Fingern ein.

»Die Luft hier ist stickig«, meckerte sie.

»Stimmt«, sagte Hansen. »Die Klimaanlage funktioniert mal wieder nicht richtig.« Er wischte sich mit einem Papiertaschentuch den Schweiß von der Stirn und schaute aus dem Fenster. »Das Gewitter scheint an uns vorbeigezogen zu sein.«

Bernstein sagte nichts, er krempelte seine Hemdsärmel hoch und er tat dies sehr sorgfältig.

Hansen erläuterte seinen Mitarbeitern Thorwalds Konstrukt für die Verteilung der Ermittlungsaufgaben.

»Ich glaube, ich verstehe das nicht«, sagte Bernstein, nachdem Hansen seine Ausführungen beendet hatte. »Ermitteln wir nun im Fall Friedemann oder suchen wir den Mörder von Lausen?«

»Beides«, antwortete Hansen und beobachtete die beiden vor ihm sitzenden Kommissare. Vera Becker wirkte nach außen erstaunlich gefasst. Sie ließ nicht erkennen, wie es in ihrem Inneren aussah.

Bernstein zeigte ein gerötetes Gesicht, das mochte von der Hitze kommen. Aber er hatte seine Hände zwischen die leicht geöffneten Beine gelegt und knetete intensiv seine Finger durch, einen nach dem anderen.

»Thomas, du bist doch sonst nicht so begriffsstutzig«, sagte Hansen. »Objektiv betrachtet gibt es keinen Anhaltspunkt dafür, dass die beiden Fälle zusammenhängen, außer der Tatsache, dass ein möglicherweise wichtiger Zeuge in unserem Fall dabei war, als es zu der tödlichen Schießerei im Stadtpark kam.«

»Harry, das kann nicht dein Ernst sein!«, protestierte Bernstein.

Hansen zog die Augenbrauen hoch. »Darum geht's doch gar nicht. Hauptsache, die Staatsanwaltschaft akzeptiert unser Vorgehen. Dann muss sich der Kollege Schneider mit der aufgeblähten Soko und der Presse herumschlagen und wir können in aller Ruhe ermitteln.«

»Du meinst, du kannst in aller Ruhe auf deine Art ermitteln.«

»Wenn du es so siehst, von mir aus. Können wir das Thema jetzt beenden und uns den Fakten zuwenden?«

»Genau«, schaltete sich Becker ein, »ich habe nämlich Neuigkeiten für euch. Schwanitz ist etwas eingefallen. Er meint, dass der schlanke Täter, der eine Frau gewesen sein könnte, ein Piercing an der Augenbraue trug. Schwanitz sah für einen Moment eine Reflexion des Sonnenlichtes, ein

Aufblitzen oberhalb des linken Auges. Außerdem war Grunwald von der Kriminaltechnik eben bei mir.«

»Der taucht immer öfter hier auf«, bemerkte Hansen. »Ich vermute, der würde am liebsten mitermitteln.«

Mathias Grunwald, ein kleiner Mann Anfang vierzig, mit Bierbauch, spärlichem Haarkranz und großer Brille, der als studierter Biologe bei der Kriminaltechnik arbeitete, war bekannt dafür, dass er Untersuchungsergebnisse gern persönlich brachte. Dass er dabei häufig gegen übliche Vorgehensweisen und Regeln verstieß, störte ihn nicht. DNA-Analysen zum Beispiel wurden vom Labor anonymisiert vorgenommen. Das verwendete Material hatte eine neutrale – nicht namentliche – Kennzeichnung und der Mitarbeiter, der die Untersuchung vornahm, wusste nicht, zu welchem Fall es gehörte. Grunwald schaffte es immer wieder, die Untersuchungen zuzuordnen und tauchte dann oft voller Neugier bei dem jeweiligen Ermittler auf. Gerüchten zufolge, die im Polizeipräsidium kursierten, beschäftigte sich der ledige Mann in seiner Freizeit mit berühmten ungelösten oder seiner Meinung nach nur vermeintlich gelösten Mordfällen, wie dem Mord an J. F. Kennedy oder dem angeblichen Selbstmord von Uwe Barschel. Allerdings mussten sogar die größten Lästerer zugeben, dass er seinen Job akribisch und gut erledigte.

»Ja, der Grunwald ist unser eifrigster Hobby-Ermittler«, stimmte Becker zu. »Aber wollen wir nun über Grunwald oder über die Ergebnisse reden?«

Hansen machte eine einladende Handbewegung. »Ergebnisse, bitte.«

»Na fein. Also, die Blutflecken auf dem Orientteppich von Friedemann stammen alle vom Opfer. Da kommen wir nicht weiter. Die Spusi hat den Teppich gründlich abgesaugt und es fand sich ein Haar, hellblond gefärbt, mit Wurzel. Grunwald macht nun eine DNA-Analyse und untersucht das Haar auf weitere Stoffe. Wie ihr wisst, kann man ja in Haaren so einiges finden.«

»Wissen wir, weiter im Text«, forderte Hansen ungeduldig.

Becker sah Hansen erstaunt an. »Mensch, Harry, das ist doch schon was! Schwanitz meinte, er hätte im Stadtpark vielleicht eine Frau gesehen. Ein blond gefärbtes Haar deutet auch auf eine Frau hin, denn die Zeiten von David Bowie sind ja wohl schon lange vorbei.«

»Da täuschst du dich aber«, warf Bernstein ein. »Die Anzahl der Männer, die sich die Haare färben lassen, steigt stetig. Und das sind keineswegs nur Schwule.«

»Aber Platinblond?«

»Auch das.«

»Leute, meine Haare sind auch gefärbt«, sagte Hansen. »Der Farbton nennt sich platingrau.«

»Schon verstanden«, versicherte Becker.

»Was ist mit dem Glas, das in der Küche gefunden wurde?«

»Das Ergebnis der DNA-Analyse sollen wir morgen früh auf dem Schreibtisch haben, hat Grunwald versprochen.«

»Eine Sache verstehe ich nicht«, sagte Hansen und kratzte sich die Bartstoppel. »Lausen hat heute Vormittag einen Anruf gekriegt, von dem Mann, der gestern Abend Friedemann besucht hat, bevor der ermordet wurde. Inzwischen hattet ihr herausbekommen, wer der Mann ist. Ein Außendienstler, der regelmäßig in Hamburg zu tun hat. Da hätte es doch möglich sein müssen, das Hotel ausfindig zu machen, in dem er normalerweise übernachtet. Wieso habt ihr euch den Kerl nicht gegriffen?«

»Das kann ich erklären«, sagte Bernstein. »Dazu muss ich sowieso was erzählen.«

»Dann mal los.«

»Schwanitz hatte mit der Personalchefin der Firma MWB telefoniert. Die hatte schon versucht, den Joachim Dickel zu erreichen. Erfolglos, denn er war in keinem der gewohnten Hotels abgestiegen. Erst vor zehn Minuten konnte ich den Verkaufsleiter von MWB erreichen. Der war mit Geschäftspartnern unterwegs und hatte sein Handy ausgeschaltet. Er konnte mir sagen, dass Dickel diesmal im Nova in Eidelstedt ein Zimmer gebucht hat, weil er in den üblichen, billigeren Hotels keines mehr bekommen hat.«

Hansen wurde wütend. »Warum sagst du das nicht gleich? Das ist doch eine Chance, den Kerl zu kriegen!«

»Komm' wieder runter, Harry. Was glaubst du denn? Ich bin nicht blöd, ein Streifenwagen ist auf dem Weg. Ich warte auf deren Anruf.«

»Okay, entschuldige, Thomas.«

Bernstein machte eine wegwerfende Handbewegung. »Geschenkt. Viel interessanter ist die Frage, was wir mit diesem Dickel machen, wenn wir ihn haben. Übergeben wir ihn der Soko? Er war dabei, als Lausen erschossen wurde.«

»Da sehe ich kein Problem«, antwortete Hansen. »Die Soko wird in diesen Minuten zusammengestellt, ist also noch gar nicht einsatzfähig. Wir verhören Dickel, dann geben wir ihn weiter.«

»Ich glaube nicht, dass der Mann in sein Hotel zurückkehrt«, meinte Becker. »Der muss eine Heidenangst vor irgendwem oder irgendwas haben, sonst wäre er einfach zu uns ins Präsidium gekommen, um seine Aussage zu machen. Nach dem Erlebnis im Stadtpark fährt der bestimmt nicht ins Hotel. Bevor ich es vergesse: Zwei niedersächsische Kollegen sind auf dem Weg zu Dickels Frau in Barsinghausen. Vielleicht weiß sie, wo wir ihn finden können.«

Hansen reckte einen Finger in die Luft. »Da stellt sich eine weitere Frage: Warum wollte Dickel nicht hierherkommen? Misstraut er der Polizei?

Kapitel 6

Dickel fragte sich, ob er sich vielleicht bei der blonden Frau freikaufen könnte, wenn er ihr von dem Schlüssel für das Bankschließfach erzählen würde. Offenbar wusste sie nichts von dem Schlüssel, sonst hätte sie mit Sicherheit danach gefragt. Er kam zu dem Schluss, dass er sein Leben damit auch nicht mehr retten konnte, deshalb verschwieg er den Schlüssel, der im Hotelzimmer an der Unterseite einer Schublade mit Klebeband befestigt war. Möglicherweise hatte dieser Schlüssel das Potential, zu seiner späten Rache zu werden, wenn die richtigen Leute ihn fanden.

Ronny spielte mit der Garotte in seinen Händen. Er straffte den Draht und ließ locker. Diese Bewegung wiederholte er mehrfach. Bei jedem ruckhaften Straffen gab der Draht ein ›Zing‹ von sich, ein unangenehmes Geräusch, das Dickel durch Mark und Bein ging.

Ronny langweilte sich. Er schlenderte zu dem großen Tisch und durchwühlte Dickels Habseligkeiten. Aus der Brieftasche entnahm er die Geldscheine, rollte sie zusammen und steckte sie in die Tasche seiner Jeans. In einem anderen Fach entdeckte er ein Foto, das er interessiert betrachtete. Es zeigte eine blonde Frau und ein ebenso blondes Mädchen, die lächelten und ihre Köpfe aneinanderschmiegten. Ronny zeigte Dickel das Foto, deutete mit dem Zeigefinger auf das Mädchen.

»Das ist Nadine, meine Tochter. Sie wird in einem Monat acht«, erklärte Dickel. Seine Beinmuskeln zitterten, Tränen liefen über seine Wangen.

Ronny zeigte auf die Frau.

»Marion, meine Frau.« Jetzt war Dickel alles egal, er heulte hemmungslos. Er schniefte, seine Trauer und Angst verwandelten sich in Wut.

»Sie hat ALS, Amyotrophe Lateralsklerose! Das ist eine Krankheit, die das motorische Nervensystem angreift und die bis heute nicht heilbar ist. Meine Frau wird sterben, sie hat vielleicht noch drei oder vier Jahre! Und ihr Schweine wollt mich töten, obwohl ich euch nie etwas getan habe. Ich hasse euch!«

Er hätte sich niemals auf diese Sache einlassen dürfen! Die verdammte, ungestillte Sehnsucht nach dem Vater hatte ihn dazu verleitet – und die Aussicht auf das Geld, das sein reicher Vater ihm versprochen hatte. Das Erbe, das es Dickel ermöglicht hätte, seiner Frau die beste Behandlung zukommen zu lassen, die es gab.

Ronny starrte ihn an. Er tat etwas, das er seit vielen Jahren nicht mehr getan hatte. Er sprach mit einem anderen Menschen. Seit dem Tod seiner Eltern hatte er mit niemandem gesprochen, außer mit Kati.

»Was wird aus dem Mädchen, wenn keiner von euch mehr da ist?«

»Was soll schon werden?«, schrie Dickel. »Sie wird zur Vollwaise. Sie wird in ein Heim kommen.«

Das Wort ›Heim‹ löste in Ronny eine Sturmflut der Gefühle aus. Wie ein Wahnsinniger hüpfte er herum und schrie immer wieder: »Das darf nicht sein! Nein, nein, nein! Das darf nicht sein!«

Er tobte, schlug mit den Handflächen gegen den eigenen Kopf als wäre er eine Trommel, räumte mit einer einzigen Armbewegung den halben Tisch leer, nahm wahllos Gegenstände in die Hände und schmetterte sie gegen die Wände des Kühlraums.

Dickel konnte nicht verstehen, was in dem Kraftpaket mit den Schweinsäuglein vor sich ging. Er hatte, ohne es zu wissen, mitten in den verletzlichsten Teil von Ronnys Seele getroffen.

Ronny verließ panikartig den Raum. Nach fünf Minuten kehrte er mit einem aufgeklappten Taschenmesser in der linken Hand zurück. Mit weit ausholenden Schritten näherte er sich Dickel, der noch immer hilflos gefesselt auf dem Stuhl saß. Es schien, als hätte Ronny einen endgültigen Entschluss gefasst. Er blieb vor Dickel stehen, sah auf ihn herab und Dickel hoffte nur noch, dass es schnell gehen möge.

»Du musst verschwinden«, sagte Ronny und schnitt die Kabelbinder durch. »Nimm deine Frau und dein Kind und hau ab. Du darfst nie wieder auftauchen. Denn ich habe dich getötet und deine Leiche entsorgt. Verstehst du das?«

Dickel nickte und stand stöhnend auf. Jeder Quadratzentimeter seines Körpers schmerzte. Ronny befreite Dickel von den Fetzen des Oberhemdes und half ihm, in ein frisches Hemd aus der Reisetasche zu schlüpfen. Dickel zog vorsichtig die Hose hoch.

»Wenn du aus dem Haus kommst, gehst du nach rechts«, erklärte Ronny. »Nach etwa einem Kilometer findest du eine Bushaltestelle. Wenn du ein Motorrad hörst, versteck' dich. Kati wird dich nicht verschonen.«

Er holte das Bündel Geld aus der Hosentasche, das er aus Dickels Brieftasche genommen hatte und drückte es ihm in die Hand.

»Verschwinde und fang irgendwo weit weg ein neues Leben an. Ich werde hier aufräumen.«

Dickel gab Ronny die Hand. »Danke.«

Er irrte durch die Gänge und leeren Räume. Endlich fand er den Ausgang und bog nach rechts ab.

Ein Kilometer kann verdammt lang sein, wenn jeder Schritt höllisch weh tut, dachte er. Egal, ich schaffe das. Ich lebe und ich darf meine Familie wiedersehen! Ich schaffe das!

Der Weg wurde lang. Dickel schlurfte im Schneckentempo, die Beine wollten des Öfteren ihren Dienst versagen, aber er biss sich durch. Der Bus kam nach einer Viertelstunde Wartezeit und der Fahrer sah ihn entsetzt an, als er den Fahrschein löste. Dickel wusste nicht, wo er war und welches Ziel der Bus hatte. Er verlangte einfach eine Tageskarte und wollte nur weg von diesem grausamen Ort, egal wohin.

Die verkleidete Punkerin parkte das Motorrad in einer Nebenstraße und zog vorsichtig den Helm vom Kopf, darauf achtend, dass die Perücke an ihrem Platz blieb. Sie betrat das Hotel durch die Tiefgarage und benutzte den Treppenaufgang. Im dritten Stock wollte sie den Gang betreten, der zu Dickels Zimmer führte. Sie hörte Stimmen und spähte vorsichtig durch die Glastür des Treppenhauses in den Gang. Zwei Polizisten in Uniform standen gemeinsam mit einem Hotelangestellten vor Dickels Zimmertür. Einer der Polizisten hielt ein Handfunkgerät vor seinen Mund. Sie versteckte sich hinter einem Wandvorsprung und lauschte.

»Peter 27/3 Anton an Michel 2, bitte kommen. Hallo! Hört ihr mich?«

Zur Antwort bekam er nur ein Rauschen. Er versuchte es ein zweites Mal, erfolglos.

»Komm’, das hat hier keinen Sinn«, sagte sein Kollege. »Wir gehen runter zum Wagen, da haben wir Empfang.«

Der Kollege mit dem Funkgerät stimmte zu. »Hast recht. Bin ich froh, wenn wir endlich die digitalen Funkgeräte kriegen und die alten Kästen verschrotten können.«

Die Polizisten verschwanden Richtung Fahrstuhl, der Hotelangestellte folgte ihnen.

Katharina Müller hatte endlich freie Bahn. Einzig Ronny durfte sie Kati nennen. Ihr Spitzname in gewissen Kreisen war ›die Katze‹. Wer sie in Aktion erlebt hatte, wusste, was damit gemeint war. Sie war ebenso respektiert wie gefürchtet. Ihren Auftraggebern stellte sie sich meist mit ›Frau Müller‹ vor. Das war praktisch, denn niemand glaubte daran, dass das ihr richtiger Name sei. Außerdem gab es hunderte Katharina Müllers in Deutschland. Die Adresse in ihrem Personalausweis stammte aus einer Zeit, in der sie zusammen mit Ronny in Ostberlin in einer Wohngemeinschaft gelebt hatte. Vor fünf Jahren war sie dort ausgezogen und hatte sich nie wieder irgendwo neu angemeldet.

Mit der Schlüsselkarte von Dickel öffnete sie die Zimmertür. Der spießige Vertreter hatte sich mutig gezeigt. So viel Mumm hätte sie ihm nicht zugetraut. Im Kühlraum der alten Schlachterei hatte sie ihm keine Chance gelassen, das aufregende Spiel vorzeitig zu beenden, aber er hätte vorher reden können, hier im Hotel. Bei dem Gedanken an die Session im Kühlraum floss das Blut in ihren Schoss und wärmte ihn. Sie hätte es gern zu Ende gebracht und sich Befriedigung verschafft, aber bis zum Ende ging sie nur, wenn Ronny nicht dabei war.

Zwischen Ronny und ihr spielte Sex keine Rolle. Obwohl drei Jahre älter, war er wie ein kleiner Bruder für sie. Außerdem war es besser, Geschäftliches von Privatem zu trennen. Die Behandlung von Dickel hatte rein geschäftlichen Charakter.

Sie tippte die Zahlenkombination auf der Tastatur des Zimmersafes ein und fand die Digitalkamera. Sie fingerte den Speicherchip heraus, steckte ihn in den entsprechenden Schlitz am Laptop und überprüfte die vorhandenen Dateien. Zwischen den aufgelisteten Bilddateien sah sie die nur ein Kilobyte große Datei mit dem Verschlüsselungscode sofort.

»Ja!«, frohlockte sie und ballte die Faust. Mit dem Chip in ihrer Jackentasche verließ sie das Hotelzimmer. Kamera und Laptop blieben zurück. Die Kamera war schon mehrere Jahre alt und für den Laptop hatte sie ebenfalls keine Verwendung. Sollten sich die Bullen damit vergnügen, sie hatte keine Fingerabdrücke hinterlassen.

Neben dem Motorrad stehend rief sie Ronny an.

»Ich habe den Chip. Ich fahre jetzt in die Hafencity und übergebe ihn. Du kannst den Vertreter entsorgen und aufräumen. Unser Auftrag ist erledigt, wir können endlich verschwinden. Du nimmst den Audi und wir treffen uns auf dem Bauernhof.«

Ronny antwortete mit einem knappen »Okay«, mehr sagte er fast nie, wenn sie miteinander telefonierten. Sie vermutete, dass er den Telefonen und Handys nicht traute und sich nicht sicher war, ob er wirklich mit ihr sprach. Denn sprechen wollte er nur mit ihr. Die meisten Menschen, mit denen sie zu tun gehabt hatten, glaubten, Ronny sei stumm.

Joachim Dickel schaute aus dem Busfenster in die Landschaft, die er aber kaum wahrnahm. Mit der rechten Hand umklammerte er die Finger der linken, damit er den gebrochenen kleinen Finger nicht aus Versehen bewegte. Durch seinen ganzen Körper flutete der Schmerz. Er verstand nicht, warum er noch am Leben war. Dieser Ronny hatte sich aufgeführt wie ein Irrer, er schleppte wahrscheinlich ein gewaltiges Trauma mit sich herum. Dickel konnte das egal sein. Wichtig war, dass er lebte. Allerdings hatte er keine Vorstellung, wie es nun weitergehen sollte. Er hatte vierundfünfzig Euro in der Tasche und ansonsten nichts. Keinen Ausweis, keinen Führerschein, keine Kreditkarte. Sein Auto stand in der Nähe des Hotels, der Schlüssel dazu lag auf dem Metalltisch des Kühlraums. Wie sollte er nach Hause kommen? Reichten die 54 Euro für eine Bahnfahrkarte? Und wenn er nach Hause käme, wie sollte er seine Familie in Sicherheit bringen? Wie sollte er denn mit seiner schwerkranken Frau und der Tochter untertauchen? Ohne Geld, ohne Job. Wie sah die Alternative aus?

Er könnte sich an die Polizei wenden, doch die hatte es schon im Stadtpark nicht geschafft, ihn zu schützen. Sein Vater hatte ihn gewarnt: Die Organisation hat Verbindungen nach ganz oben. Wer oder was war ganz oben? Wem konnte man vertrauen? Er wusste viel zu wenig über die Sache, in der er mittendrin steckte.

Der Schlüssel zum Bankschließfach. Konnte der hilfreich sein? Gab es in dem Schließfach Informationen, mit denen er sich freikaufen könnte? Und wie sollte er da rankommen?

Es wurden zu viele Fragen, insbesondere für einen Kopf, in dem ein kleiner Mann saß, der mit einem Hammer unentwegt auf einen Amboss schlug.

Der Bus hielt und Dickel stellte überrascht fest, dass er am Busbahnhof Eidelstedter Platz angekommen war, nicht weit entfernt von seinem Hotel. Er stieg aus und sah sich um. Das Einkaufszentrum ›Eidelstedt Center‹ lag direkt vor ihm. Er humpelte hinein und entschied sich für das Schnellrestaurant mit dem geschwungenen gelben M. Auf der Toilette des Restaurants wusch er sich das Blut aus dem Gesicht. Bei jeder unbedachten Bewegung schoss ein Schmerz vom gebrochenen Finger bis in den Oberarm. Er presste seinen linken Arm an den Bauch, befeuchtete seine Haare und ordnete sie mit den gespreizten Fingern der rechten Hand. Mit notdürftig wiederhergestelltem Äußeren bestellte er sich am Tresen ein Menü mit Burger, Pommes und großer Cola zum Mitnehmen. In einer nahegelegenen Apotheke besorgte er sich Schmerztabletten, von denen er sofort zwei Stück mit Cola herunterspülte. Dann suchte er sich vor dem Center eine Sitzgelegenheit und verspeiste den Burger und die Pommes. Die Energiezufuhr tat ihm gut. Eine halbe Stunde später spürte er die Wirkung der Tabletten und fühlte sich besser, obwohl sein Geldbestand auf einundvierzig Euro geschrumpft war und er keine Antworten auf die zahlreichen Fragen gefunden hatte.

Der Chef klang nicht erfreut, als er per Telefon die Nachricht von der ›Katze‹ erhielt. Er verweigerte ein Treffen im Büro und beorderte sie zur Übergabe des Chips an die Brooksbrücke, die seit 1888 den Zollkanal überspannte und die Altstadt mit der Speicherstadt verband. Er ging zu Fuß dorthin, er brauchte Zeit zum Nachdenken.

Eine Frau mit mittellangen, braunen Haaren kam zielstrebig auf ihn zu. Zunächst erkannte er die ›Katze‹ nicht. Nur ihre besondere Art, sich zu bewegen, verriet sie. Sie trafen in der Mitte der stählernen Brücke aufeinander, lehnten sich beide an das Geländer und schauten auf das Wasser des Zollkanals herab. Eine offene Barkasse, vollgestopft mit Touristen, fuhr unter ihnen hindurch und die ›Katze‹ überlegte einen Moment, ob sie denen auf die Köpfe spucken sollte. Die Barkasse entfernte sich in Richtung Landungsbrücken und die ›Katze‹ zog den Chip aus ihrer Jackentasche.

»Da ist sie drauf, die Datei mit dem Code.«

Der Chef nahm den Chip und fragte: »Wart ihr das im Stadtpark?«

Die ›Katze‹ sah ihn mit ihren emotionslosen, dunklen Augen an.

»Was meinen Sie?«

»Was ich meine? Den toten Polizisten meine ich! Habt ihr den erschossen?«

»Der ist tot? Das wusste ich nicht«, antwortete die ›Katze‹ kalt.

Der Chef konnte seine Wut kaum beherrschen. »Seid ihr wahnsinnig geworden? Friedemann – das musste sein. Dieser Dickel oder wie der heißt – auch okay. Aber einen Bullen umlegen, das war unglaublich dumm!«

Die ›Katze‹ zuckte gleichgültig mit den Achseln. »Der Idiot hat zur Waffe gegriffen. Was sollten wir denn machen? Uns verhaften lassen?«

»Abhauen wäre eine Möglichkeit gewesen. Soweit mir bekannt ist, schießen die Bullen in diesem Land keinem Fliehenden in den Rücken.«

»Dann hätten wir Dickel an die Bullen verloren und der Chip wäre jetzt nicht in Ihren Händen. Der Auftrag wurde ausgeführt, was kümmern Sie die Umstände?«

»Die Umstände kümmern mich, weil ab heute eine ganze Meute von Polizisten den Mörder ihres Kollegen jagen wird und dabei auf mich stoßen könnte.«

»Keine Sorge, von Ronny und mir erfahren die Bullen nichts.«

»Ja, ich weiß, aber …«

»Nur die Ruhe! Was sollen die denn rauskriegen? Friedemann kann nichts mehr sagen, den Dickel dürfte Ronny inzwischen entsorgt haben und es gibt keine Spur, die auf Sie oder Ihre Freunde hinweist.«

Der Chef teilte den Optimismus der ›Katze‹ nicht, aber es war ohnehin zu spät für eine Umkehr.

»Na schön«, sagte er. »Belassen wir es dabei. Sie sollten besser aus Hamburg verschwinden.«

»Das haben wir vor. Dieter hat uns einen Unterschlupf besorgt. Melden Sie sich, wenn Sie uns brauchen.«

Die ›Katze‹ drehte sich um und bewegte sich wie auf Samtpfoten Richtung Altstadt.

Den Rückweg nutzte der Chef, um von seinem Smartphone aus Axel Rogowski anzurufen und eine Krisensitzung des Vereinsvorstandes einzuberufen. Man einigte sich auf ein Treffen am nächsten Tag um zwölf Uhr am üblichen Ort. Rogowski versprach, die anderen zu informieren.

»Schöne Grüße von Hauptkommissar Schneider. Ich soll dir ausrichten, dass er sich morgen um zehn Uhr mit dir treffen will«, berichtete Becker und reichte Hansen eine Aktenmappe.

»Danke, und was ist das?«

»Post aus Venezuela.«

Hansen schlug die Akte auf und sah Becker verärgert an.

»Vera, ich kann kein Spanisch.«

»Die Übersetzung ist auf der nächsten Seite. Ich kann es in einem Satz zusammenfassen: Die venezolanischen Behörden haben nichts über einen Rudolf Friedemann. Allerdings weiß ich nicht, ob deren Akten vollständig sind und zwanzig Jahre zurückreichen. Allein 1992 gab es in dem Land zwei Putschversuche, die politischen Verhältnisse waren bis zur Wahl von Hugo Chávez zum Präsidenten 1998 ziemlich labil.«

»Es ist zwar schön, dass du so viel über Venezuela weißt, aber ich sehe nicht, wie uns das weiterbringen könnte.«

Vera lächelte siegessicher. »Weil ich den Verhältnissen dort nicht getraut habe, habe ich parallel eine Anfrage an die deutsche Botschaft in Caracas abgeschickt. Deren Antwort kam vor wenigen Minuten herein.

Rudolf Friedemann hat im März 1991 einen Reisepass beantragt und nach Vorlage einer deutschen Geburtsurkunde bekommen. Angeblich war ihm sein Pass gestohlen worden. Mit dem von der Botschaft ausgestellten Pass flog er nach Deutschland und hat dann hier in Hamburg einen neuen Personalausweis erhalten. Seit Oktober 1991 ist er ordnungsgemäß in der Hochallee in Harvestehude gemeldet.«

Hansen hob den Daumen. »Gut gemacht, Vera. Holst du Thomas mal dazu?«

Nachdem Bernstein sich zu Becker und Hansen gesellt und die Kollegin ihm die neuen Informationen mitgeteilt hatte, begann Hansen, laut zu denken.

»Überlegen wir doch mal. Friedemann wurde laut seinem Ausweis 1934 geboren. Wir haben nichts, was seine Existenz vor seiner Einreise aus Venezuela 1991 beweist. Was ist wohl leichter zu fälschen? Ein Personalausweis aus den Neunzigern oder eine Geburtsurkunde aus den dreißiger Jahren?«

Bernstein kapierte, worauf Hansen hinauswollte. »Du meinst, Friedemann ist unter seinem richtigen Namen nach Südamerika geflogen, hat sich dort eine Weile aufgehalten und dann in der Botschaft in Caracas behauptet, ihm seien seine Papiere gestohlen worden. Nach Vorlage einer gefälschten Geburtsurkunde bekam er einen neuen Pass und schließlich hier in Deutschland einen echten Ausweis mit neuer Identität.«

»Das ist zumindest eine Möglichkeit, der wir nachgehen sollten. Hat die Spusi Friedemanns Geburtsurkunde sichergestellt?«

»Nicht, dass ich wüsste. Dafür gab es keinen Anlass.«

Hansen sah auf die Uhr. Die übliche Feierabendzeit war längst vorbei.

»Wir brauchen dieses Dokument«, sagte er. »Vielleicht können unsere Techniker nachweisen, dass es eine Fälschung ist. Dann können wir wenigstens beweisen, dass Friedemann nicht Friedemann ist. Ich fahre in seine Wohnung. Kommst du mit, Thomas?«

»Warum nicht? Zu Hause wartet niemand auf mich.«

Hansen guckte erstaunt. »Hat Jan dich verlassen?«

»Quatsch, der ist beruflich in Köln. Einem Hetero hättest du nie so eine Frage gestellt.«

Hansen machte eine entschuldigende Geste. »Tut mir leid. So wollte ich das gar nicht sagen.«

Bernstein grinste. »Ich komme trotzdem mit.«

»Bevor ihr abhaut«, mischte sich Becker ein, »habe ich noch eine Info für euch. Die niedersächsischen Kollegen waren bei der Ehefrau von Joachim Dickel. Sie war sehr verzweifelt, seit zwei Tagen kann sie ihren Mann nicht erreichen. Sie wollte schon eine Vermisstenanzeige aufgeben. Leider konnte sie uns keinen Tipp geben, wo ihr Mann sich aufhalten könnte.«

»Schade. Was ist eigentlich mit der Streife, die zu Dickels Hotel gefahren ist?«, fragte Hansen.

Jetzt war es an Bernstein, sich zu entschuldigen. »Sorry, ich habe vergessen, dir das zu sagen. Das Hotelzimmer war leer geräumt. Dickel ist anscheinend abgehauen, ohne seine Rechnung zu bezahlen.«

»Hast du die Spusi hingeschickt?«

»Ähm, nö.«

»Dann mach’ es, zackig! Ich gehe vor die Tür. Wir treffen uns am Auto.«

Bernstein benutzte Hansens Telefon, um die Spurensicherung zu benachrichtigen.

Hansen wandte sich an Becker. »Und du machst Feierabend.«

»Ich wollte eigentlich abwarten, ob das Labor …«

»Das hat Zeit bis morgen früh. Wenn du rechtzeitig da bist, kannst du die nötigen Maßnahmen in die Wege leiten. Ich komme etwas später.«

»Soso, du kommst also später«, stellte Becker süffisant fest.

Hansen drückte den Rücken durch, wie jemand, der sich wichtig machen will. »Ja, denn ich muss ein Kind zur Schule bringen!«

Fünf Minuten später warf Hansen Bernstein seinen Autoschlüssel zu.

»Fahr’ du, ich muss telefonieren.«

Bernstein stieg in den Astra ein und schob den Sitz nach hinten, um Platz für seine langen Beine zu bekommen. Hansen rief Nadja an, um ihr mitzuteilen, dass er später nach Hause kommen würde. Danach verfiel er in Schweigen.

»Harry, ich hätte nie gedacht, einmal in einem Auto zu sitzen, das dir gehört, eine Familienkutsche ist und auf der Rückbank einen Kindersitz hat.«

Hansen antwortete nicht. Bernstein kannte das schon. Wenn sein Chef anfing, sich in einen neuen Fall zu verbeißen, ließ man ihn besser in Ruhe. Sie quälten sich schweigend durch den dichten Verkehr am Winterhuder Marktplatz.

»Ich habe den Lausen gemocht«, beendete Hansen überraschend das Schweigen. »Der war in Ordnung, korrekt und fair. Gesagt habe ich ihm das nie. Ich habe überhaupt nie über private Dinge mit ihm geredet. Ich kenne den Mann seit vielen Jahren, habe quasi Tür an Tür mit ihm gearbeitet. Aber ich habe ihn kein einziges Mal gefragt, wie es seiner Familie geht. Ich bin nie nach Feierabend mit ihm ein Bier trinken gegangen.« Hansen schnipste mit den Fingern. »Und zack, ist es zu spät, ohne Chance auf Korrektur.«

»Mit welchen Kollegen, außer mit Vera und mir, bist du denn in all den Jahren mal privat unterwegs gewesen?«

Eine unangenehme Frage. Hansen versuchte, sich rauszuwinden.

»Mit den meisten wollte ich gar keinen privaten Kontakt, aber mit dem Lausen hätte ich mich verstanden, glaube ich.«

»Harry, sei ehrlich, du hast über Jahre soziale Kontakte eher vermieden als gesucht. Ich denke, Nadja hat einen großen Anteil daran, dass es heute nicht mehr so schlimm ist.«

Hansen zog die Stirn in Falten. »Du weißt schon noch, dass du mit deinem Vorgesetzten redest, oder?«

Bernstein genoss seinen Punktsieg schweigend.

Wenig später bestaunte Hansen das Treppenhaus mit dem hochglanzpolierten Marmorboden, den Stuckornamenten und den vergoldeten Verzierungen am Treppengeländer. Die Bezeichnung Treppenhaus wirkte unpassend, vor allem, wenn er es mit dem Haus verglich, in dem er wohnte, wo hellgraues Linoleum auf ockerfarbene Wandkacheln traf.

»Da wären wir«, sagte der Oberkommissar, nachdem er das Siegel an der Tür zu Friedemanns Wohnung entfernt hatte. Er führte Hansen direkt in die Bibliothek und zeigte auf eine Stelle am Boden.

»Dort lag er. Der Teppich, auf dem er lag und der Stuhl, auf dem er saß, sind im Labor.«

»Such' du bitte nach der Geburtsurkunde«, sagte Hansen. »Ich sehe mich in der Wohnung um.«

Bernstein wusste Bescheid. Sein Chef würde nun jeden Raum der Wohnung inspizieren, seine Nase in jede Ecke stecken und Sinneseindrücke sammeln wie andere Leute Briefmarken.

Er ging mit raumgreifenden Schritten ans Ende des langgestreckten Flurs zu einem kleinen Zimmer, das Friedemann als Arbeitszimmer genutzt hatte und begann seine Suche nach der Geburtsurkunde.

Hansen folgte ihm zunächst, bog dann in das Schlafzimmer ab. Ein breites Bett mit verschnörkeltem, schmiedeeisernem Gestell und ein hoher, antik anmutender Kleiderschrank beherrschten den Raum. Hansen öffnete Schranktüren und Schubladen, er tauchte ein in Friedemanns Welt.

Schlafzimmer, Küche und Esszimmer hatte er schnell abgehakt. Bernstein rief etwas. Hansen betrat das Arbeitszimmer und blieb verdutzt am Türrahmen stehen.

»Was ist das?«, fragte er in den Raum hinein. »Dieses Zimmer passt überhaupt nicht zum Rest der Wohnung. Keine Antiquitäten, kein englischer Kolonialstil, keine Wärme. Stattdessen nüchterne Büroatmosphäre, alles auf Zweckmäßigkeit ausgerichtet, fast stillos.«

»Es ist eben ein Büro«, meinte Bernstein trocken.

»Ja, aber auch ein Büro kann man auf unterschiedliche Art einrichten, und man hätte es an den Stil der gesamten Wohnung anpassen können.

Das hier ist ein Fremdkörper im Vergleich zu allem anderen, wie ein Raum aus einem anderen Leben. In den anderen Räumen wurden überall warme, dunkle Farben verwendet, Möbel und Teppiche wirken stilvoll, elegant und teuer. Sieh' dich um, Thomas. Weiße Wände, Ikea-Regale, ein moderner Bürostuhl, ein Schreibtisch mit Ahornfurnier und Standard-Auslegeware. Das Arbeitszimmer könnte ich eingerichtet haben.«

»Und was schließt du daraus?«, fragte Bernstein, der am Schreibtisch saß und einen aufgeschlagenen Aktenordner vor sich liegen hatte.

»Dass dies für Friedemann ein ungeliebter Raum war.«

»Das Arbeitszimmer von Jan und mir ist ähnlich eingerichtet. Ich würde es nicht als ungeliebten Raum bezeichnen.«

»Bei euch ist der Unterschied zum Rest der Wohnung nicht so krass, stimmt's? Was wolltest du eigentlich von mir?«

»Ich habe die Geburtsurkunde gefunden. Friedemanns Eltern sind danach ein Johann Friedemann, von Beruf Kaufmann und seine Frau Else, geborene Löwinger. Ich werde morgen im Büro nachforschen, ob ich über die Eltern etwas erfahren kann. Vielleicht kommen wir auf dem Weg weiter.«

Hansen zeigte auf den Aktenordner. »Und was studierst du da?«

»Das ist interessant. Der Ordner enthält Unterlagen zu einem ›Verein für ostdeutsches Kulturgut‹, abgekürzt VoK e.V., Friedemann war der Schatzmeister des Vereins.«

»Ja, und?«

»Zum Vorstand des Vereins gehört ein gewisser Axel Rogowski. Du erinnerst dich? Das ist der Mann, mit dem Friedemann laut Einzelverbindungsnachweis mindestens einmal pro Woche telefoniert hat.«

»Das könnte in der Tat hilfreich sein. Vielleicht weiß Herr Rogowski mehr über Friedemanns Leben, als wir bisher rauskriegen konnten. Da gibt es bestimmt weitere Namen.«

»Klar, allein der Vorstand besteht aus fünf Leuten. Dazu kommen zweiundzwanzig Vereinsmitglieder und ein halbes Dutzend Förderer.«

»Die werden wir uns alle vorknöpfen. Und ich schaue mich jetzt in der Bibliothek und dem Wohnzimmer um.«

Hansen verschwand und Bernstein wandte sich wieder den Akten zu.

Mit zur Seite geneigtem Kopf schritt der Hauptkommissar die Reihen der Bücherrücken in der Bibliothek ab. Die Wände der Bibliothek waren fast vollständig von Bücherregalen verdeckt. Die Regale reichten bis unter die Zimmerdecke, Friedemann hatte die Raumhöhe von drei Metern voll ausgenutzt. Die Sammlung war beeindruckend. Hansen konnte die Anzahl der Bücher nicht schätzen, es mussten tausende sein. Friedemann hatte die Bücher systematisch geordnet. Es gab Abschnitte mit Klassikern, mit moderner Belletristik, Biographien, mehrere Sachbuchbereiche, Lexika und anderes. In jedem Gebiet waren die Autoren alphabetisch geordnet. Für den Zugriff auf die oberen Regale gab es eine anstellbare Leiter. Da Hansen sich nicht traute, rief er Bernstein.

»Krabbel' mal da hoch und erzähl mir, welche Literatur dort zu finden ist. Ich brauche keine einzelnen Titel, nur die Oberbegriffe.«

Bernstein musste die Leiter sechsmal umstellen, bis er die Buchreihen durch hatte. Am Ende nickte Hansen zufrieden.

Er öffnete die breite Doppelschiebetür aus Mahagoni, die Bibliothek und Wohnzimmer trennte. Er schaltete das Licht ein und sah einen großen, offenen Kamin, wie man ihn aufgrund von Emissionsschutzgesetzen längst nicht mehr bauen durfte. Hansen umrundete die Sitzgarnitur mit edlem Lederbezug und strebte auf ein niedriges Sideboard zu, das aus schwarzgrauen Marmorsteinen gefertigt war. Er beugte sich vor und schrie plötzlich freudig auf.

»Das gibt's ja gar nicht! Thomas, komm' schnell her!«

Bernstein eilte zu ihm und schaute ihm über die Schulter.

»Was ist los?«, fragte er. »Ich sehe nur einen hässlichen Plattenspieler.«

Hansen reagierte entrüstet. »Hässlicher Plattenspieler? So was kann nur einer aus der Generation von sich geben, die Musik über erdnussgroße Ohrstöpsel in einem Format hört, das die Hälfte des oberen Frequenzgangs einfach wegschneidet. Was ihr euch heute reinzieht, hat mit HiFi nichts zu tun und mit High End schon gar nicht.«

Bernstein wunderte sich über seinen Chef. »Wovon redest du?«

Hansen zeigte mit Ehrfurcht auf das merkwürdig anmutende Gerät, dessen glatte Flächen dunkelgrün lackiert waren, einen wuchtigen Plattenteller besaß, an den vier Ecken von vergoldeten Säulen getragen wurde und kaum eine Handvoll Regler und Schalter hatte. Auf Bernstein wirkte es wie ein grob zusammengeschusterter Eigenbau.

»Das ist ein Thorens Reference, wahrscheinlich der beste und teuerste Plattenspieler, der je gebaut wurde. Von dem wurden nur einhundert Stück gebaut, ausschließlich auf Bestellung. Man konnte ihn mit bis zu drei Tonarmen bekommen und allein der Plattenteller wiegt über sechs Kilo. Er hat einen elektronisch geregelten Riemenantrieb und ein Subchassis aus gegossenem Aluminium. Die Hohlräume wurden mit Eisenschrot gefüllt. Das Subchassis hängt an vier Kegelfedern. Jeder Reference wurde von Hand gefertigt und auf den individuellen Geschmack des Käufers abgestimmt. Ich habe in den Achtzigern davon geträumt, mangels Masse ging der Traum nie in Erfüllung. Zwölf- bis fünfzehntausend Mark waren einfach zu viel für einen Kriminalbeamten.«

Bernstein erkannte seinen Chef nicht wieder. Diese Euphorie war ihm unheimlich und die Tatsache, dass Harry mit Fachausdrücken in englischer Sprache um sich warf, verblüffte ihn. Hansen freute sich diebisch, endlich einen technischen Bereich gefunden zu haben, in dem er gegenüber Bernstein die Nase vorn hatte. In punkto moderner Technologie hatte er allzu oft wie ein Idiot dagestanden. Vor zwei Monaten hatte Bernstein mit einem flachen Gerät telefoniert, das nur aus einem Bildschirm und einem Rahmen zu bestehen schien.

»Wieso hat dein Handy keine Tasten?«, hatte Hansen naiv gefragt.

»Das ist ein Smartphone«, hatte Bernstein geantwortet und ihm genüsslich alle Funktionen des kleinen Gerätes erklärt. Hansen war froh, sein Handy bedienen zu können und hatte sich nach wenigen Sekunden geistig aus Bernsteins Vortrag verabschiedet.

»Am liebsten würde ich den klauen«, gab Hansen mit einem sehnsüchtigen Blick auf den Thorens zu.

Bernstein zuckte mit den Achseln. »Mach' doch. Wie es aussieht, gibt es weder Erben noch Testament und Friedemanns Vermögen fällt an den Staat.«

»Dann müsstest du mit anpacken. Der Thorens wiegt neunzig Kilo, deshalb ist das Bord, auf dem er steht, so massiv.«

»Nee nee, beim Klauen bin ich nicht dabei.«

»Schade, dann muss ich ihn wohl hierlassen. Es ist spät, wir sollten zum Ende kommen. Hast du in den Akten noch was gefunden?«

»Ich werde vier Ordner mitnehmen, zwei betreffen den Verein, im dritten hat der alte Herr wichtige Dokumente abgelegt und der vierte betrifft seine Finanzen.«

»Morgen sind Förster und Wolter da, die können dir bei der Durchsicht helfen«, sagte Hansen, setzte seine Lesebrille auf und beugte sich erneut über den Plattenspieler.

Er las laut den Aufdruck der Vinylscheibe, die auf dem Plattenteller lag. »Schostakowitsch, die 7. Sinfonie. Die kenne ich, sie wurde die Leningrader Sinfonie genannt. Schostakowitsch schrieb sie zur Zeit der Belagerung Leningrads durch die Wehrmacht im Zweiten Weltkrieg.«

»Ich wusste nicht, dass du dich für klassische Musik interessierst.«

»Tu ich nicht. Mein Vater hat die Sinfonie immer gehört, wenn seine Erinnerungen an die Kriegsgefangenschaft in Russland hochkamen. Und das war ziemlich oft der Fall. Die Musik ist teilweise sehr kraftvoll. Hatten die Nachbarn nicht gesagt, dass an dem Abend von Friedemanns Tod laute Musik zu hören war?«

»Ja, zwischen zweiundzwanzig und dreiundzwanzig Uhr.«

»Dann war das wohl die Musik, zu der Friedemann litt und starb.«

Hansen schloss für einen Moment die Augen, um die in ihm aufkeimenden Erinnerungen an seinen Vater zu verdrängen, der vor sechs Jahren einen quälend langen Kampf gegen den Krebs verloren hatte.

»Welchen Eindruck hast du von der Wohnung? Und warum hast du die Büchersammlung so gründlich unter die Lupe genommen?«, fragte Bernstein.

»Man erfährt viel über einen Menschen, wenn man sich anguckt, was er liest. Friedemann muss ein sehr gebildeter Mensch mit vielfältigen Interessen gewesen sein. Er beschäftigte sich mit Philosophie, Geschichte, Politik, gesellschaftlichen Entwicklungen und vielem mehr. Aber egal, was wir noch über ihn herausfinden werden, er hat mit Sicherheit nie in Venezuela gelebt. Es gibt hier kein einziges Buch über das Land, in dem er angeblich viele Jahre verbracht haben soll. Übrigens findest du auch keines über die Förderung von oder den Handel mit Eisenerzen. Da frage ich mich: Woher stammt das Vermögen, mit dem er unter anderem dieses Haus gekauft hat? Erinnerungsstücke fehlen ebenso wie Fotoalben. Die Persönlichkeit Friedemanns, die wir hier sehen, ist eine künstlich geschaffene, die auf Wunschdenken beruht. Der Mann hat einen großen Abschnitt seines Lebens komplett ausgeblendet. Da liegt der Verdacht nahe, dass er in irgendeiner Form Schuld auf sich geladen hat. Ich denke, wir finden den Schlüssel zu Friedemanns gewaltsamem Tod in seiner Vergangenheit.«

»Von der wir leider bisher gar nichts wissen«, stellte Bernstein fest.

In der Abenddämmerung verließen sie die Wohnung und Hansen bekam von Bernstein seinen Autoschlüssel zurück.

»Kannst du mich nach Hause fahren?«, fragte der Oberkommissar.

»Wieso? Steht dein VW Bus nicht beim Präsidium?«

»Nein, den hat Jan. Er übernachtet darin, die Hotels in Köln sind verdammt teuer.«

»Na dann.« Hansen öffnete die Autotür und plumpste unbeholfen in den Fahrersitz. Er hatte nicht daran gedacht, dass sein Kollege den Sitz ganz nach hinten verstellt hatte. Die beiden Kommissare brachen in ein Lachen aus, das dem kleinen Missgeschick nicht gerecht wurde, es war zu laut und währte zu lange.

Seit einer Stunde kauerte Joachim Dickel auf der Bank vor dem Einkaufszentrum. In seinem Kopf rotierte eine Trommel, die alle Gedanken durcheinanderwirbelte. Er hatte versucht, Passanten zu überreden, ihm ihr Handy für einen Anruf zu überlassen, um seine Frau benachrichtigen zu können. Doch die Menschen trauten dem Mann mit dem zerschundenen Gesicht nicht und machten einen großen Bogen um ihn. Die einzige Telefonzelle in der Nähe half ihm nicht, sie funktionierte nur mit Telefonkarten. Sein Geist war zu erschöpft, um das Problem zu lösen.

Mit gesenktem Kopf starrte er auf die Trennfugen der Gehwegplatten zu seinen Füßen. Seine Augen folgten den klaren Linien. Die einfache Struktur wirkte beruhigend auf ihn.

Plötzlich traten zwei ramponierte Stiefel in sein Blickfeld. Dickels Augen tasteten sich über eine dunkelbraune Cordhose mit fast durchgescheuerten Knien und einen schmutzig-blauen Troyer bis zum Gesicht eines Mannes hoch, der sehr dicht vor ihm stand. Er sah aus wie ein Waldschrat. Ein langer, grauer Vollbart bedeckte die untere Hälfte des Gesichts, die Augenbrauen glichen schmalen Urwaldstreifen und verschatteten die tiefliegenden, braunen Augen. Haare sprossen aus der Nase und den Ohrmuscheln. Mit einer Hand klammerte sich der Mann an ein schwer beladenes altes Postfahrrad mit Lastenanhänger, mit dem er seine sämtlichen Habseligkeiten zu transportieren schien.

»Probleme?«, fragte der Waldschrat.

»Es so zu nennen, wäre eine Verharmlosung«, nuschelte Dickel. Seine Unterlippe war geschwollen.

»Du siehst aus wie einer, der zehn Runden gegen einen der Klitschkos geboxt hat.«

Dickel lachte heiser. »Ein Klitschko hätte wenigstens fair gekämpft.«

Der Waldschrat streckte die Hand aus. »Ich bin Richard. Und du?«

»Jockel«, antwortete Dickel und fragte sich im selben Moment, warum er den Kosenamen genannt hatte, den er eigentlich nicht mochte. Irgendwie passte Jockel besser in die Situation als Joachim oder Herr Dickel.

»Willst du reden? Ich bin ein guter Zuhörer und ich weiß, wie es sich anfühlt, wenn man ganz unten angekommen ist.«

Dickel musterte sein Gegenüber skeptisch. Wer war der Mann? Der barmherzige Samariter, als Penner verkleidet? Im Grunde war es Dickel egal, die Fürsorge des alten Mannes tat ihm gut und er brauchte dringend jemanden, dem er sein Leid klagen konnte.

»Ich wollte meine Frau anrufen, aber niemand leiht mir sein Handy.«

»Die denken alle, du willst ihnen die Brieftasche klauen. Hier, nimm meins. Aber quatsch' nicht so lang.«

»Du hast ein Handy? Du bist doch ein …«

»Penner, Tippelbruder, Obdachloser. Sag's ruhig, es stimmt ja. Das ist ein Prepaid, mein Sohn sorgt dafür, dass ständig ein Guthaben drauf ist. Damit ich ihn anrufen und er mich erreichen kann. Und wenn ich in Schwierigkeiten gerate, kann ich damit die Bullen rufen. Nun mach' schon.«

Dickel wollte eine Frage stellen, entschied sich aber anders. Er wählte die Nummer in Barsinghausen.

»Hallo Schatz, ich bin's.«

»Mein Gott, Achim! Wo hast du gesteckt? Ich werde bald wahnsinnig vor Sorge. Die Polizei war hier. Die suchen dich.«

»Schatz, ich habe meinen Vater gefunden. Es ist schrecklich, er wurde gleich nach meinem Besuch bei ihm umgebracht. Ich bin da in eine Geschichte hineingeraten, die ich selbst nicht durchblicke. Die Sache ist zu kompliziert, um sie am Telefon zu klären. Ich verspreche dir, dass ich mich mit der Polizei in Verbindung setze, wenn ich den richtigen Weg gefunden habe.«

»Achim, du …«

»Psst, bitte hör’ mir zu. Ich liebe dich und Nadine. Ihr müsst mir jetzt vertrauen. Ich habe kein Verbrechen begangen, aber ich bin irgendwie in eines verwickelt worden. Ich möchte, dass du mit Nadine für ein paar Tage zu deinen Eltern ziehst. Bitte tu das und bitte sofort!«

Er konnte das Schlucken seiner Frau hören.

»Sind wir in Gefahr?«, fragte sie.

»Ich weiß es nicht. Möglich ist es. Deshalb wäre mir viel wohler, wenn ich euch in Sicherheit wüsste. Ich muss Schluss machen, das Handy ist nur geliehen. Vertrau’ mir!«

Er schmatzte einen Kuss in das Handy und trennte die Verbindung.

Richard, der Waldschrat, ergriff das Gerät und schaltete es aus.

»So, nun ist erst mal Ruhe. Und du kommst mit mir. Ich kenne eine Stelle, wo wir ungestört quatschen können und Proviant ist auch da. Ich bin gespannt wie ein Flitzebogen auf deine Geschichte.«

Er packte den Lenker seines Fahrrads mit beiden Händen und schob los. Dickel folgte ihm wie ein herrenloser Hund, der eine Futterquelle aufgetan hat.

Kapitel 7

Am nächsten Morgen zeigte sich das Hamburger Wetter von seiner Ansichtskartenseite. Die Sonne ging um fünf Uhr auf und erhellte allmählich von Osten her den Himmel.

Richard weckte Dickel um sieben Uhr. Er hatte belegte Brötchen und Kaffee im Pappbecher aus einer Bäckerei geholt.

»So ein gutes Frühstück hätte ich in diesem Etablissement nicht erwartet«, gab Dickel zu.

»Red' nicht, iss'«, drängte Richard. »Wir müssen gleich aufbrechen.«

Sie hatten die Nacht im Hinterhof einer Tischlerwerkstatt in einer Art Verschlag zwischen Holzstapeln und alten Möbeln verbracht. Richard wurde hier als Übernachtungsgast und freiwilliger Nachtwächter geduldet. Es gab zwei Grundregeln: Zum Arbeitsbeginn um 7.30 Uhr musste er mit allem Müll und Hab und Gut verschwunden sein und seine Notdurft musste er woanders verrichten.

Dickel hatte Richard bei einer Flasche Rotwein die komplette Geschichte der vergangenen Tage erzählt und den Obdachlosen am Ende seiner Geschichte fragend angesehen.

»Du willst einen Rat von mir, von einem Penner?«

»Ja, denn du hast einen klugen Kopf, das habe ich an deinen Zwischenfragen gemerkt.«

»Da muss ich drüber schlafen, ich gebe keine leichtfertigen Antworten mehr.«

Sie hatten ihre Gläser geleert, Richard hatte Dickel eine Decke gereicht und dank des Cocktails aus Rotwein und Schmerztabletten war der neue Freund des Penners nach wenigen Minuten eingeschlafen.

Rechtzeitig, bevor die ersten Angestellten kamen, räumten sie das Feld.

»Wo gehen wir hin?«, fragte Dickel den vorangehenden Richard.

»Wart's ab.«

»Wie bist du eigentlich zum Obdachlosen geworden?«

»Wie alle anderen Obdachlosen auch, ich bin mit meinem Leben nicht klargekommen.«

»Komm' Richard, ich habe dir sehr viel erzählt, gestern Abend. Traust du mir nicht?«

Der Waldschrat blieb stehen und musterte Dickel. »Dir trauen? Naja, warum nicht?«

Er steuerte mit seinem vollgepackten Fahrrad auf das Wartehäuschen einer Bushaltestelle zu, stellte das Rad ab und setzte sich auf die Sitzbank des Häuschens. Mit einer Hand klopfte er auf die Sitzfläche.

»Nun mach' schon, setz' dich.«

Dickel nahm neben ihm Platz.

»Du willst unbedingt wissen, wie man es so weit nach unten schafft? Ich verrate dir was. Das ist gar nicht schwer. Ich war mal sehr erfolgreich. Ich hatte ein scheinbar tolles Leben. Stell' dir vor, ich war sogar mal FDP-Wähler!

Scherz beiseite, ich glaubte wirklich, ich hätte es geschafft. Das war Anfang der neunziger Jahre. Ich war Börsenmakler. Nicht so wie heute, wo man Millionen verschiebt, indem man ein paar Knöpfe auf der Tastatur drückt, sondern auf die ursprüngliche Art, auf dem Parkett, wie man es nannte, auf dem Käufer und Verkäufer sich noch von Angesicht zu Angesicht die Kurse zuschrien. An der Hamburger Börse war es allerdings kein Parkett, sondern ein glatter Marmorfußboden. Den ersten richtigen Börsencrash 1987, den Schwarzen Montag, erlebte ich als Angestellter einer großen deutschen Bank, da war ich noch halbwegs abgesichert, war ja nicht mein Geld. Beim zweiten Crash, den man die Dotcom-Blase nannte, war ich selbständig als Makler an der Börse, da hatte der Crash schon eine andere Qualität für mich persönlich. Genaugenommen war es der Beginn meines rasanten Abstiegs. Du musst wissen, unter den an der Börse zugelassenen Händlern war es in den Neunzigern durchaus üblich, nach Feierabend – und das war bei uns um vierzehn Uhr – den Stress des Handels mit Alkohol zu kompensieren. Ich gehörte leider zu denen, die fast immer dabei waren, wenn die Post abging. Heute nennt man so was After-Work-Partys. Platt gesagt, war es Saufen am frühen Nachmittag.

Ich habe nicht gemerkt, wie es zur Gewohnheit und später zum Zwang wurde. Und im Jahre 2000, als die Blase ›Neuer Markt‹ platzte, hatte ich längst die Kontrolle über meinen Alkoholkonsum verloren. Dass ich dann im Stress die falschen Entscheidungen traf und innerhalb weniger Tage ein Vermögen verlor, war im Grunde vorhersehbar. Heute weiß ich das, damals glaubte ich, das Schicksal hätte sich gegen mich verschworen. Meine Frau verließ mich, mein Haus wurde zwangsversteigert und ich habe heute immer noch rund eine halbe Million Euro Schulden. Das Einzige, was mir geblieben ist, ist der regelmäßige Kontakt zu meinem Sohn. Wir sehen uns einmal im Monat und zwischendurch telefonieren wir.«

»Warum lebst du auf der Straße? Kann dein Sohn dich nicht aufnehmen?«

»Seit mindestens zwei Jahren versucht er, mich zu überreden, zu ihm zu ziehen. Das werde ich nicht tun. Lieber verrecke ich in einer saukalten Winternacht.«

»Wie alt bist du, Richard?«

»Achtundfünfzig.«

»Du siehst aus wie siebzig.«

»Weiß ich.«

Sie standen auf und liefen weiter. Nach einer halben Stunde fragte Dickel: »Wie weit ist es denn noch? Willst du mir nicht endlich sagen, wohin wir gehen?«

Richard bog nach rechts ab.

»Wir sind da«, sagte er.

Am Eingang des Gebäudes stand ein Schild: Polizeikommissariat 27.

»Was soll der Mist, Richard?«, schrie Dickel. »Hast du mich gestern Abend nicht verstanden? Ich kann nicht zur Polizei gehen!«

Richard legte ihm beruhigend eine Hand auf die Schulter. »Jockel, mach’ dir nichts vor. Alleine kommst du aus der Scheiße nicht raus. Ich kenne jemanden von diesem Revier, dem Polizeiobermeister Brühl kannst du vertrauen.«

Richard packte Dickel am Oberarm und zog ihn zur Eingangstür.

Hansen betrat kurz vor neun Uhr das Polizeipräsidium. Die Sonne hatte die Luft zu dieser frühen Stunde bereits auf fast zwanzig Grad erwärmt. Die Hamburger freuten sich auf einen traumhaften Sommertag. Auf der Außenalster schipperten bei leichter Brise die ersten Freizeitkapitäne mit ihren Segelbooten herum und kreuzten dabei die Fahrtrouten der weißen Flotte. Die wegen ihrer niedrigen Aufbauten Flachschiffe genannten modernen Motorschiffe der weißen Flotte wurden von der Hamburger Bevölkerung immer noch als Alsterdampfer bezeichnet, obwohl sie schon lange nicht mehr durch Dampfmaschinen angetrieben wurden. Es gab inzwischen sogar ein solarbetriebenes Schiff. Früher fuhr die weiße Flotte im Linienverkehr und diente damit als öffentliches Verkehrsmittel. In der zweiten Hälfte der siebziger Jahre wurde die Konkurrenz von Bussen und Bahnen zu groß und die Menschen wurden zu ungeduldig für gemächliche Fahrten über die Alster und durch die Kanäle. Damit begann der Umschwung hin zu einer Konzentration auf touristisch ausgerichtete Fahrtrouten.

Die meisten Hamburger hatten angesichts des Wetters gute Laune. Allerdings waren einige Autofahrer, die auf der Sierichstraße im Stau standen, schlecht gelaunt. Ein Ortsunkundiger hatte die besondere Verkehrsregelung dieser Straße nicht verstanden und einen Unfall mit Blechschaden verursacht. Er hatte sein Fahrzeug am Abend aus der Stadtmitte kommend geparkt und war am Morgen beim Ausparken dem unerwarteten Gegenverkehr in die Quere gekommen. Die zweispurige Sierichstraße, deren Verlängerung im Süden Herbert-Weichmann-Straße hieß, war die einzige Einbahnstrasse Europas, deren Fahrtrichtung zweimal täglich wechselte. Von morgens um vier Uhr bis zwölf Uhr mittags durfte sie auf beiden Spuren stadteinwärts befahren werden, von zwölf bis vier Uhr dann stadtauswärts. So wurde die vorgeschriebene Fahrtrichtung den Strömen des Berufsverkehrs angepasst.

Harald Hansen war nicht in den Stau auf der Sierichstraße geraten und hatte trotzdem schlechte Laune. Aus seiner Sicht gab es eine Menge guter Gründe für eine extrem schlechte Laune. Am Abend vorher, im Gespräch mit Nadja, hatte er feststellen müssen, dass er nicht dazu in der Lage war, seine Trauer über den Tod von Lausen in Worte zu fassen. Er hätte gern darüber gesprochen, mit welchen Empfindungen er kämpfte. Stattdessen hatte er stumm dagesessen und mit mehreren Schnäpsen die dunklen Gedanken ersoffen. Die Wut auf die Täter konnte er nicht wegsaufen. Aber sie würde ihm bei den Ermittlungen eher im Wege stehen als helfen. Die Tatsache, dass er keine Ahnung hatte, worum es in diesem Fall überhaupt ging und wer Rudolf Friedemann wirklich war, nervte ihn zusätzlich.

Im Büro traf er auf Vera Becker.

»Na, da bist du ja endlich«, stellte sie vorwurfsvoll fest. »Thorwald hat eine ergreifende Rede vor der ganzen Abteilung gehalten. Du warst der Einzige, der fehlte.«

Hansen verspürte keinen Drang, sich zu entschuldigen. »Halt' lieber den Mund, Vera«, giftete er. »Ich bin nicht in der Stimmung, mich zurechtweisen zu lassen! Schöne Reden machen Lausen nicht wieder lebendig.«

»Oh, Alarmstufe Rot«, bemerkte der hinzugekommene Bernstein.

»Genau«, bestätigte Hansen. »Wo sind Förster und Wolter?«

Becker war dankbar, auf die sachliche Ebene wechseln zu können. »Die warten auf uns im Besprechungsraum. Wir können loslegen.«

Kommissar Ralf Förster, dreiunddreißig, war mit Orthese und Krücken angerückt und hatte seinen lädierten Fuß auf einen freien Stuhl neben sich gelegt. Da er kein Auto besaß – er war leidenschaftlicher Rennradfahrer – hatte er sich mühsam mit Bahn und Bus von Altona nach Alsterdorf gequält.

Kommissar Christoph Wolter, Ende dreißig, bevorzugte die Sportarten, die man unter einem Dach in einem beheizten Raum ausüben konnte. Er gehörte zu denen, die mit ihrem Auto möglichst dicht am Fitness-Studio parken, um dann gegen Zahlung eines ordentlichen Monatsbeitrages auf ein Laufband zu steigen und nirgendwohin zu laufen oder an merkwürdigen Geräten Gewichte zu stemmen. Gemessen an seinem Alter hätte er wenigstens Oberkommissar sein müssen, doch eine Verfehlung in seiner Zeit bei der Drogenfahndung verhinderte eine Beförderung für Jahre. Um ihn von weiteren Gefährdungen fernzuhalten, hatte Kriminaldirektor Bergmann ihn vor vier Jahren zur Mordkommission versetzt. Inzwischen hatte Wolter seine Bewährungszeit abgeleistet und war demnächst für eine Beförderung vorgesehen. Er suchte in wechselnden Frauenbekanntschaften einen Ersatz für den Rausch der Drogen, was sich bei seinem Aussehen als erfolgreiche Strategie erwies.

Hansen kannte beide Kommissare von der gemeinsamen Arbeit am ›Lippennäher-Fall‹ her und fand sie in Ordnung.

»Gibt es neue Erkenntnisse?«, eröffnete er ohne große Hoffnung auf befriedigende Antworten die Sitzung.

»Eine ganze Menge«, begann Bernstein und unterdrückte ein Gähnen.

»Schlecht geschlafen?«, fragte Hansen.

»Nein, zu wenig. Ich habe gestern bis Mitternacht im Internet recherchiert und war zusammen mit Vera heute Morgen um sieben Uhr im Büro.«

»Früher Vogel fängt den Wurm«, bemerkte Förster, der in letzter Zeit ein Faible für Sprichwörter und Redewendungen entwickelt hatte.

»Okay, was hast du rausgefunden?«, kehrte Hansen zum Thema zurück.

»Dieser Verein für ostdeutsches Kulturgut wurde 1991 gegründet. Seine Ziele sind die Erhaltung zeitgenössischer Kunst der ehemaligen DDR und die Pflege beziehungsweise der Wiederaufbau von Baudenkmälern im Osten. Der Verein ist als gemeinnützig anerkannt. Friedemann trat ihm Anfang 1992 bei und wurde gleich darauf zum Schatzmeister gewählt. Seitdem leitete er die finanziellen Angelegenheiten des Vereins. Der ist diesbezüglich gut ausgestattet. Einige Fördermitglieder sind millionenschwer und spenden großzügig. In den letzten Jahren nahmen die Aktivitäten des Vereins allerdings stetig ab. Heute hat er nur noch zwei Immobilien, das sind Restaurierungsprojekte, und er betreibt eine Art An- und Verkauf von Bildern und Skulpturen aus der Zeit der DDR, indem er Ausstellungen und Auktionen veranstaltet oder fördert.«

»Ist ein möglicher Zusammenhang zwischen Friedemanns Tod und den Aktivitäten des Vereins erkennbar?«, fragte Wolter.

»Nicht direkt«, antwortete Bernstein. »Friedemann hatte zuletzt kaum Kontakt zur Außenwelt. Nur mit Axel Rogowski hatte er regelmäßigen telefonischen Kontakt, und der sitzt im Vorstand des Vereins. Rogowski konnte ich heute Morgen erreichen. Angeblich wusste er noch nichts von

Friedemanns Ableben, richtig überzeugend klang er nicht. Er ist im Verein für die Planung und Durchführung von Veranstaltungen zuständig und musste deshalb nach eigener Aussage öfters mit Friedemann telefonieren, um die finanziellen Aspekte zu klären.«

»Was hast du über die anderen Vorstandsmitglieder rausgekriegt?«, wollte Hansen wissen.

»Wie sagt man so schön: Alles respektable Persönlichkeiten. Der Vorstand bestand ursprünglich aus acht Personen, von denen in den letzten Jahren drei das Zeitliche gesegnet haben, ohne Friedemann gerechnet. Die Überlebenden könnte man durchaus als Greisenverein bezeichnen. Rogowski ist fast siebzig, Bundeswehroffizier im Ruhestand. Walter Grabow, fünfundsiebzig, Ministerialdirektor im Ruhestand. Hugo Moldenhauer, Physiker und Uniprofessor …«

»Lass' mich raten«, bat Förster. »Im Ruhestand?«

»Treffer! Einzig der Vorstandsvorsitzende, Lothar Thöner, fällt aus dem Rahmen. Er ist erst zweiundsechzig und Inhaber eines IT-Unternehmens. Übrigens hat keiner aus dem Vorstand irgendwelche Vorstrafen.«

»Hast du das alles im Internet recherchiert?«, fragte Hansen.

»Das Meiste. Den Rest konnte ich aus unseren Datenbanken ziehen.«

»Gute Arbeit, Thomas. Allerdings kann ich nicht erkennen, wie uns das weiterbringt.«

»Hör' dir mal an, was Vera zu sagen hat. Da kommen einige Querverbindungen zu Tage.«

Hansen schenkte sich aus einer Thermosflasche Kaffee ein.

»Dann mal los, Vera.«

»Ich traf vorhin den Kollegen Schneider, der mir die aktuellen Infos der Soko gab.« Becker reichte Hansen eine Akte. »Musst du nicht lesen, ich fasse die Ergebnisse zusammen. Ich hatte übrigens den Eindruck, dass Schneider von unseren Parallelermittlungen wenig begeistert ist. Er fügt sich, weil Thorwald es so will. Ich soll dir ausrichten, dass er eine faire Kooperation erwartet und er fände es gut, wenn ich den Kontakt halten würde. Ich glaube, er mag dich nicht besonders.«

»Ich bin nicht auf der Welt, um Schneiders Erwartungen zu erfüllen, und ob er mich mag oder nicht, geht mir am Popo vorbei. Halte du den Kontakt zu ihm, das ist eine gute Idee. Vorerst kriegt er die Infos über den Verein und dann schauen wir mal.« Hansen deutete auf die Akte. »Was steht drin?«

Becker bog den Rücken durch, lehnte sich im Stuhl zurück und schlug die Beine übereinander.

»Ja, das ist spannend. Trotz Fahndung in den Medien konnte der Zeuge Joachim Dickel noch nicht gefunden werden. Merkwürdig ist allerdings, dass die Spusi gestern Abend in Dickels Hotelzimmer eine Digitalkamera und einen Laptop fand. Wie ihr wisst, hatte die Streife, die Thomas vorher hingeschickt hatte, ein leeres Zimmer vorgefunden. Da Laptop und Kamera offen auf dem Bett lagen, können wir ausschließen, dass die Kollegen vom Revier die Sachen übersehen hatten.«

»Gehören die Teile denn Dickel?«, fragte Wolter.

»Anzunehmen. Seine Fingerabdrücke sind jedenfalls in Mengen drauf, andere leider nicht. Der Speicherchip der Kamera fehlt, der Laptop ist in Bearbeitung.«

»Habe ich was verpasst? Woher wisst ihr, dass es sich um Dickels Fingerabdrücke handelt?«, wollte Förster wissen.

»Wir haben Vergleichsabdrücke aus dem Hotelzimmer, aus Dickels Wagen, der in der Nähe des Hotels sichergestellt wurde und von dem Glas aus Friedemanns Küche«, erläuterte Becker. »Aber darauf komme ich gleich noch. Kann ich weitermachen?«

Hansen nickte.

»Die Soko berichtet, dass die Spusi auf dem Gelände der Freilichtbühne einen Sohlenabdruck sicherstellen konnte, Sportschuh von Nike, Größe vierzig. Das Modell wurde tausendfach verkauft, bringt uns also im Moment nicht weiter. Aber nun wird es interessanter. Unser für seinen Arbeitseifer bekannter Kollege Grunwald aus der Kriminaltechnik hat eine Nachtschicht eingelegt. Ihr wisst ja, wie er drauf ist, wenn er einen verzwickten Fall vor der Nase hat.«

»Was hat unser DNA-Spezi denn entdeckt?«, fragte Hansen.

»Das blondierte Haar, das in Friedemanns Wohnung gefunden wurde, stammt von einer Frau«, antwortete Becker. »Und die konsumiert regelmäßig Drogen. Kokain, um genau zu sein.«

»Da sollten wir mal mit den Kollegen der Drogenfahndung sprechen, vielleicht können die uns einen Tipp geben«, regte Bernstein an.

»Das kann ich übernehmen«, meinte Wolter. »Ich kenne die meisten Kollegen aus der Abteilung.«

Becker setzte ihren Vortrag fort. »Grunwald hat noch mehr rausgefunden. Die Fingerabdrücke am Glas, die aller Wahrscheinlichkeit nach von Dickel stammen, habe ich bereits erwähnt. Die Speichelreste am Glasrand hat Grunwald einer DNA-Analyse unterzogen und dabei Erstaunliches festgestellt. Die DNA von Dickel weist eine hohe Ähnlichkeit mit der von Friedemann auf. Grunwald sagt, dass Dickel mit einer Wahrscheinlichkeit von mehr als 99 Prozent Friedemanns Sohn ist.«

Becker machte eine Pause und genoss die Wirkung dieser Nachricht auf Hansen, dessen Unterkiefer nach unten klappte.

»Wow«, rief Förster, »der Apfel fällt nicht weit vom Stamm.«

»Und was soll das bedeuten?«, fragte Wolter.

»Nichts«, gab Förster kleinlaut zu.

»Hast du weitere Neuigkeiten solcher Art im Köcher?«, fragte Hansen, der Mühe hatte, seine galoppierenden Gedanken im Zaum zu halten.

»Eine. Und die ist ebenfalls spannend. Unsere Ballistiker waren ähnlich fleißig wie Grunwald. In aufwändiger Arbeit haben sie den Verlauf der Geschehnisse im Stadtpark und die Flugbahnen der einzelnen Geschosse mithilfe der gefundenen Hülsen und Projektile rekonstruiert. Anhand der üblichen Merkmale – also Züge, Felder und so weiter – konnten unsere Spezialisten bestimmen, dass die Waffen eine alte Makarov, wahrscheinlich aus DDR-Fertigung, und eine Beretta waren. Unser Kollege Jörg Lausen starb durch eine Kugel aus der Makarov und der Täter stand von ihm aus gesehen links. Es war also wohl die Person, von der wir inzwischen annehmen, dass es sich um eine Frau handelt. Die Merkmale wurden in die Datenbank für Schusswaffen eingegeben und es wurde eine hundertprozentige Übereinstimmung gefunden. Mit derselben Makarov wurde vor anderthalb Jahren in Wismar ein Mord verübt. Das Opfer war ein gewisser Matthias Kamphausen, damals achtunddreißig Jahre alt. Der Fall ist bis heute ungeklärt. Die Akte zu dem Fall habe ich angefordert.«

Hansen hatte sich während des Vortrages von Becker Notizen gemacht und betrachtete nun das vor ihm liegende Blatt.

»So viele neue Fakten hatte ich nicht erwartet«, gab er zu. »Ich muss mal kurz meine Gedanken sortieren.«

Er verfiel in Schweigen und malte emsig geheimnisvolle Hieroglyphen auf das Notizblatt. Seine vier Mitarbeiter warteten geduldig ab.

»So!«, sagte Hansen schließlich und legte den Kugelschreiber beiseite.

»Ich sehe zwei Fäden, die wir aufnehmen sollten. Da ist zum Einen die Vater-Sohn-Geschichte zwischen Friedemann und Dickel. Wieso haben wir überhaupt keine Hinweise in den Lebensläufen der beiden darauf gefunden? Und warum interessiert sich jemand so brennend für diesen harmlosen Außendienstler Dickel, dass sogar der Mord an einem Polizisten in Kauf genommen wird, um an den Kerl ranzukommen? Irgendwie sind beide, Friedemann und Dickel, nicht das, was sie zu sein scheinen. Der andere Faden ergibt sich aus diesen drei Pfeilen.«

Hansen drehte sein Notizblatt um 180 Grad, damit die anderen seine Zeichnung nicht über Kopf studieren mussten. Mit dem Zeigefinger deutete er auf die entsprechenden Stellen.

»Hier, hier und hier. Was sieht man da?«

»Pfeile, die nach rechts zeigen«, sagte Bernstein.

»Und was ist auf einer Landkarte rechts?«

»Du sprichst in Rätseln.«

»Osten natürlich! Rechts ist der Osten. Das ist unsere Ermittlungsrichtung. Friedemann ist in einem Verein, der sich mit ostdeutscher Kultur beschäftigt. Sein häufigster Telefonkontakt, Axel Rogowski, wohnt im Osten, in Wismar. Und die Kugel, die Lausen getötet hat, passt zu einem Mord in Wismar. Der Schlüssel zu diesem merkwürdigen Fall liegt dort verborgen, darauf verwette ich meinen alten, schlaffen Beamtenarsch!«

»Wer soll denn bei dem Wetteinsatz dagegen wetten?«, traute sich Becker zu fragen.

»Niemand«, antwortete Hansen. »Das ist ja der Sinn der Sache. Im Ernst, einer von uns muss nach Wismar fahren und mal ordentlich Staub aufwirbeln.«

Bernstein meldete sich. »Okay, ich kann das machen.«

Hansen schaute Becker an. »In dem Fall würde ich Vera vorziehen.«

Becker nickte gleichmütig. »Warum nicht? Eine Dienstreise im Sommer an die Ostsee, es könnte schlimmer kommen. Aber wildern wir da nicht zu sehr im Jagdgebiet der Soko rum?«

»Nein, denn offiziell fährst du nach Wismar, um Herrn Rogowski zu befragen. Bei der Gelegenheit kannst du den Kollegen der Soko zufällig begegnen und ein wenig behilflich sein. Alles klar?«

»Alles klar, Chef.«

Hansen war nicht entgangen, dass Bernstein irritiert die Stirn runzelte.

»Nimm's nicht übel, Thomas, aber in der Angelegenheit ist es womöglich nötig, den Kollegen in Meck-Pomm ein paar kritische Fragen in Bezug auf den ungeklärten Mordfall Kamphausen zu stellen und diesen Rogowski muss man vielleicht ein bisschen unter Druck setzen. Dafür ist Vera besser geeignet. Du bist manchmal zu rücksichtsvoll.«

Bernsteins Verständnis hielt sich in engen Grenzen. Sein Chef wandte sich Kommissar Förster zu.

»Herr Förster, Sie kümmern sich bitte … ach, was soll's. Ich bin in zweieinhalb Wochen in Pension.« Hansen schaute Förster und Wolter an. »Einverstanden, wenn wir uns duzen?«

Beide nickten stumm und verdutzt.

»Ähm, ich bin Ralf«, haspelte Förster.

»Christoph«, ergänzte Wolter.

»Harry. Auf keinen Fall Harald!«, mahnte Hansen. »Also: Ralf, du kümmerst dich bitte um die Lebensläufe der Vereinsmitglieder. Und du, Christoph, übernimmst die Recherchen zu Dickel.«

»Wenn ich nach Wismar fahre, kann ich aber nicht den Kontakt zu Schneider halten«, gab Becker zu bedenken.

»Das übernimmst du, Thomas. Und mit Christoph zusammen suchst du nach der Verbindung zwischen Friedemann und Dickel.«

»Was meinst du damit?«, fragte Bernstein. »Sie sind Vater und Sohn. Nach welcher Verbindung sollen wir suchen?«

»Na, was wohl? Die Mutter! Zu Vater und Sohn muss es immer eine Mutter geben.«

Beinahe wäre Hansen ein saublöder Satz über die Zunge gerutscht, der sich auf Schwule und Fortpflanzung bezogen hätte. Er war froh, den Satz nicht gesagt zu haben, denn er hätte ihn sich selbst kaum verzeihen können und sein gutes Verhältnis zu Bernstein hätte gelitten. Er lenkte sich schnell ab, schickte Vera Becker zu Thorwald, damit sie sich die Dienstreise genehmigen ließe und beendete die Sitzung. Allein im Büro, atmete er tief durch.

Das Telefon klingelte und gleichzeitig tauchte Becker erneut im Büro auf. Hansen gab Becker ein Wartezeichen und nahm das Telefongespräch an.

»Hansen.«

»Polizeiobermeister Brühl, PK 27. Guten Morgen, Herr Hauptkommissar. Ich habe hier auf der Wache jemanden, der mit Ihnen sprechen will. Es ist dringend.«

»Vieles ist dringend, Herr Brühl. Könnten Sie konkreter werden?«

»Es geht um den Mord an einem alten Mann in Harvestehude. Der Mann, der hier bei mir sitzt, hat nicht viel Vertrauen in die Polizei.«

»Ich verstehe, aber ich werde mich bestimmt nicht irgendwo mit diesem Mann alleine treffen. Dem Kollegen Lausen wurde so ein Treffen zum Verhängnis.«

»Der Zeuge würde gerne auf unserer Wache auf Sie warten.«

»Okay, ich komme sofort.« Er legte auf. »Was gibt's, Vera?«

»Ich hatte vergessen, dir zu sagen, dass sich die Staatsanwältin Frau Doktor Dierscheidt für 11.30 Uhr angekündigt hat.«

»Dierscheidt? Kenne ich nicht. Wieso nicht Rude?«

»Rude leitet natürlich die Ermittlungen im Fall Lausen und die Dierscheidt ist im Fall Friedemann zuständig.«

Hansen warf einen Blick auf seine Armbanduhr. »Danke, Vera. Dann müssen wir uns sputen, damit ich rechtzeitig wieder da bin.«

»Du willst weg? Wohin?«

»Erkläre ich dir später.« Er stürmte an Becker vorbei aus seinem Büro und schnappte sich den an seinem Schreibtisch sitzenden Bernstein. »Wir müssen nach Stellingen.«

»Warum?«

»Das erzähle ich dir im Auto.«

POM Brühl war ein Mann mit freundlichen Augen, der Verlässlichkeit ausstrahlte. Er hatte einen kräftigen Körperbau und ein rundes Gesicht mit dem leichten Ansatz eines Doppelkinns. In seiner Funktion als Bünabe (Bürgernaher Beamter) hatte er täglich intensiven Kontakt zu den Menschen in seinem Viertel, vom Geschäftsmann bis zum Obdachlosen. Zu Richard, dem Ex-Börsenmakler, bestand ein besonderes Verhältnis, denn Richard gehörte zu den wenigen, die sich kümmerten, die nicht wegsahen.

Brühl begrüßte die beiden Kommissare mit herzhaftem Händedruck und führte sie in den hinteren Bereich der Wache zu einer geschlossenen Tür. »Ich habe den Mann in unserem Lagerraum untergebracht, damit möglichst wenig Leute mitkriegen, dass er hier ist.«

Hansen blickte Brühl fragend an. Der Polizeiobermeister grinste.

»Ich habe schon kapiert, dass ich gewissermaßen ein heißes Eisen in der Hand halte. Keine Sorge, ich bin nicht geschwätzig.«

»Warum haben Sie mich angerufen und nicht die Soko?«

»Weil Sie dafür bekannt sind, dass Sie es mit den Dienstvorschriften nicht so genau nehmen. Und in diesem Fall könnte das nötig sein.«

Brühl öffnete die Tür und winkte Richard aus dem Raum.

»Komm, dein Job ist getan, jetzt lass’ mal die Profis ran.«

Vor Hansen und Bernstein auf einem Stapel Druckerpapier saß ein Mann mittlerer Größe, mit kurzen, braunen Haaren und dem Gesicht eines hoffnungslos unterlegenen Boxers – nach dem Kampf. Der kleine Lagerraum der Revierwache bot den Kommissaren keine Sitzgelegenheiten, also blieben sie stehen.

Der Mann stellte sich ihnen als Joachim Dickel vor. In geraffter Form berichtete er den beiden Kommissaren von dem schrecklichen Erlebnis im Stadtpark, seiner Entführung aus dem Hotel und dem Alptraum im Kühlraum. Am Ende seiner Erzählung bat er inständig um Schutz und Verschwiegenheit.

»Wir müssen ganz genau erfahren, was passiert ist, bis ins kleinste Detail«, sagte Hansen. »Doch das können wir in diesem Kämmerlein nicht klären. Wir brauchen einen sicheren Ort.«

»Du willst ihn verstecken?«, fragte Bernstein. »Meinst du nicht, wir sollten …«

»Nein, das meine ich nicht! Ich habe eine Idee. Meine alte Wohnung, da können wir ihn für einige Tage verstecken und vor allem: in Ruhe befragen.«

»Harry, das geht so nicht. Die Soko …«

»Bist du dabei, Thomas?«

Es kam, wie es kommen musste. Bernstein hasste diese Situationen. Und er willigte ein, wie jedes Mal.

Dickel hatte das Gespräch gespannt verfolgt und seine Lage begriffen. Die Welt war ein Fußballfeld und er war der Ball, den jeder Spieler in eine andere Richtung treten wollte.

Sie führten Dickel hinaus. Vor der Revierwache verabschiedete er sich von Richard mit einer Umarmung.

Bernstein klemmte sich hinter das Steuer des Dienstwagens und fuhr los. Der erschöpfte Dickel kauerte sich quer auf die Rückbank und zog die Beine an wie ein Embryo. Hansen holte sein Handy hervor und wählte die Nummer von Dr. Peters.

»Heinrich? Wir brauchen deine Hilfe. Hast du Lust, dich zur Abwechslung mal mit einem lebenden Patienten zu beschäftigen?«

»Harry, welches krumme Ding heckst du nun schon wieder aus?«

»Das erkläre ich dir später.«

»Okay, ich kann aber erst ab sechzehn Uhr.«

»Gut, komm' in meine alte Wohnung.«

Hansen trennte die Verbindung und wandte sich an Bernstein.

»So, die ärztliche Versorgung unseres Schützlings ist geregelt. Setz' mich bitte am Präsidium ab. Ich muss mich um die Staatsanwältin kümmern. Du besorgst ein paar Lebensmittel und alles, was der Mensch sonst so braucht. Schlafen kann der Mann auf meiner alten Matratze, die ich in der Wohnung zurückgelassen habe. Wenn ich fertig bin, komme ich zu euch in die Wohnung.« Er kramte ein Schlüsselbund aus seiner Hosentasche und legte es in ein Fach der Mittelkonsole. »Der Wohnungsschlüssel.«

Bernstein schlug mit der flachen Hand auf den Lenkradkranz. »Warum lasse ich mich ständig auf so was ein?«

»Weil du einer von den Guten bist.«

Hansen wartete in seinem Büro auf die Staatsanwältin. Seine Gedanken schweiften ab. Am vorigen Abend hatte er sich mit Nadja gestritten. Nachdem er in raschem Tempo drei Bier und drei Schnäpse getrunken und dabei zu viele Zigaretten geraucht hatte, wollte Nadja ihn bremsen. Er hatte gereizt reagiert und auf stur geschaltet.

Nadja hatte versucht, ihm zu erklären, dass sie bei allem Verständnis für seine Gemütslage nach dem Tod Lausens ihre Sorge um seine Gesundheit nicht verdrängen könne, dass sie es nur gut mit ihm meine. Hansen hatte sich bevormundet gefühlt und sie schroff zurückgewiesen. Nadja war wütend aufgestanden und ins Bett gegangen. Seitdem hatte er nicht mit ihr reden können. Hansen fühlte sich mies. Er würde sich heute Abend entschuldigen müssen, denn Nadja war im Recht.

Durch die Glaswand des Büros sah Hansen die Staatsanwältin auf sich zukommen. Sie war schlank, trug Schuhe mit hohen Absätzen, ein eng geschnittenes graues Kostüm, eine schlichte, weiße Bluse und eine Brille mit ovalen Gläsern. Der Rock endete knapp über den Knien. Die dunkelblonden, mittellangen Haare lagen gestrafft und hinten verknotet an ihrem Kopf. Hansen schätzte ihr Alter auf vierzig. Das Wort ›Fregatte‹ fiel ihm ein. Sie erinnerte ihn an eine Mathematiklehrerin aus seiner weit zurückliegenden Schulzeit.

An die Lehrerin konnte er sich gut erinnern, weil sie zu Beginn jeder Unterrichtsstunde eine rituelle Handlung vollzog. Sie fragte nach den Hausaufgaben und sie fragte nur die Jungen in der Klasse. Die Mädchen blieben verschont. Bei dem ersten Jungen, der zugeben musste, seine Hausaufgaben nicht gemacht zu haben, sagte sie: »Das ist aber eine Fünf!« und holte ihr Notizbuch aus der Handtasche. Bei dem nächsten

Jungen, der die Aufgaben nicht vorlegen konnte, wiederholte sie den Satz »Das ist aber eine Fünf!« und öffnete das Notizbuch. Der dritte Sünder hatte Pech, bei ihm trug sie die Fünf tatsächlich in das Heft ein. Der zwölfjährige Hansen hatte das System schnell begriffen und sich stets rechtzeitig freiwillig zu seiner Sünde bekannt, wenn er die Hausaufgaben vergessen hatte.

Hansen stand geistesabwesend und grinsend hinter seinem Schreibtisch, während die Staatsanwältin ihm die Hand zur Begrüßung hinhielt, sich vorstellte und auf eine Reaktion wartete.

»Oh, Verzeihung! Ich war mit den Gedanken woanders.«

Hansen ergriff die Hand und schüttelte sie ein wenig zu heftig. Ein angenehmer Parfümduft erreichte seine Nase.

»Das war nicht zu übersehen«, sagte die Staatsanwältin.

»Bitte, nehmen Sie Platz, Frau Doktor Dierscheidt.«

»Danke, Herr Hansen. Ich hätte nicht gedacht, dass wir uns noch kennenlernen, bevor Sie in Pension gehen. Übrigens, den Doktortitel können Sie weglassen.«

Hansens in Sekunden entstandenes Vorurteil bekam erste Risse. Er besorgte Kaffee und setzte sich.

»Tja, wir sind uns bis heute nie begegnet«, begann der Kommissar umständlich. »In welchem Bereich waren Sie denn bisher tätig?«

»Hauptsächlich Diebstahl und Raub. Mord ist ein neues Feld für mich. Der Kollege Rude hat beim Oberstaatsanwalt angeregt, dass ich diesen Fall übernehmen soll.« Frau Dierscheidt grinste süffisant. »Somit war er für den publicityträchtigen Fall Ihres ermordeten Kollegen frei. Sicher keine leichte Situation für Sie alle hier.«

»Meinen Sie den Tod von Jörg Lausen oder das Auftauchen von Staatsanwalt Rude?«

Dierscheidt gab ein halb unterdrücktes Lachen von sich. »Ich hörte schon, dass der Kollege Rude und Sie keine Freunde sind. Finden Sie sich damit ab, Herr Hansen. Der Verlobte der Tochter des Innensenators wird die Treppe rauf fallen, so ist das Leben.«

Hansen musste sich korrigieren. Das Auftreten der Staatsanwältin passte überhaupt nicht zu seiner spontanen Einschätzung. Er kannte sie seit fünf Minuten und trotzdem hatte er das Gefühl, mit ihr vertraut zu sein. Frau Doktor Dierscheidt funkte auf der gleichen Wellenlänge wie er.

Der Duft, die herausfordernden Blicke, verborgene Signale der Körpersprache, die offene und gleichzeitig scharfsinnige Art, in der sie mit ihm sprach. Hansen war verwirrt. Selten hatte sich bei ihm ein erster Eindruck so schnell ins Gegenteil verkehrt. Oder war er im Begriff, in eine raffinierte Falle zu tappen? Hatte Rude ihm ein weibliches trojanisches Pferd geschickt, das ihn aushorchen sollte?

Die Dierscheidt öffnete ihren Blazer, nahm ihren Kaffeebecher und lehnte sich entspannt zurück. Die Bluse spannte leicht über ihren Brüsten. Mit Zeige- und Mittelfinger griff sie nach einer aus dem strengen Verbund gelösten Haarsträhne und legte sie in Zeitlupe hinter ihr wohlgeformtes Ohr. »Dann berichten Sie mal, Herr Hansen.«

Er schilderte den Stand der Ermittlungen, unterließ es aber, von der Begegnung mit dem Zeugen Dickel zu erzählen. Während er redete, schaute ihn die Dierscheidt mit pazifikblauen Augen an.

Die Farbe, obwohl einen Tick dunkler, erinnerte ihn an Nadjas Augen, in die er sich bei der ersten Begegnung auf Anhieb verliebt hatte. Unscheinbare, beiläufige Gesten der Staatsanwältin, wie das betont langsame Zurechtrücken der Brille oder das gekonnte Hochziehen einer Augenbraue, irritierten Hansen zusätzlich. Er musste aufpassen, keinen Unsinn zu reden. Er starrte auf ein vor ihm liegendes Blatt Papier, obwohl auf dem nur belangloses Zeug vermerkt war. So hielt er seine Augen im Zaum, die ständig auf die staatsanwaltschaftlichen Brüste starren wollten.

Am Ende seines Vortrages drehte die Dierscheidt den Kopf zur Seite, legte Daumen und Zeigefinger ans Kinn und starrte links an Hansen vorbei die Wand an.

Psychologen behaupten, dass Menschen, die beim Sprechen nach links oben gucken, nicht die Wahrheit sagen, dachte Hansen. Aber Frau Dierscheidt sprach nicht. Sie nahm sich eine Minute Zeit, bevor sie auf seinen Bericht reagierte. Ihr Zeigefinger hatte das Kinn verlassen und streichelte fortwährend den Rand des Kaffeebechers.

Worauf wartet sie?, fragte er sich verunsichert.

»Ich sage Ihnen, wie ich die Sache sehe«, begann sie schließlich und schaute ihn geradeheraus an – nicht nach links oben. »Ihr cleverer Vorgesetzter Herr Thorwald hat diese merkwürdige Konstruktion mit der Trennung der Fälle Lausen und Friedemann geschickt arrangiert. Mein Kollege Rude ist natürlich sofort darauf angesprungen. Wir beide wissen genau, warum. Tatsache dürfte aber sein, dass die Fälle zusammenhängen. Die Frage ist nun, wie wir das Beste daraus machen. Sie haben den Ruf, kein Blatt vor den Mund zu nehmen. Also sollten wir mit offenen Karten spielen. Sie wollen den Mörder Ihres Kollegen finden und sind wahrscheinlich nicht begeistert, dass die Soko in Ihren Ermittlungen mitmischt. Richtig?«

Hansen zog erstaunt die Augenbrauen hoch und nickte.

»Den Täter, der möglicherweise in beiden Fällen identisch ist, möchte ich natürlich auch fassen. Das versteht sich von selbst. Darüber hinaus hätte ich nichts dagegen, dem Kollegen Rude seinen angestrebten Triumph zu stibitzen. Um das schaffen zu können, muss ich unbedingt über jede Entwicklung im Bilde sein.« Sie zeigte ein breites Zahnpastawerbung-Lächeln. »Sind wir uns einig, Herr Hansen?«

Sie schlug die Beine übereinander, der Rock rutschte ein Stück nach oben. Selten hatte Hansen so wohlgeformte Gehwerkzeuge gesehen. Seine Konzentration ging flöten und er spürte, dass er in der Honigfalle saß. Wie sollte er an dieser Frau vorbei in aller Stille ermitteln? Er war drauf und dran, die Geschichte mit Dickel zu verraten. Vera Becker klopfte an die Tür und rettete ihn vorläufig.

»Ja, Frau Dierscheidt, wir sind uns einig. Bin gleich zurück«, sagte er schnell und drängte Becker aus dem Büro, bevor sie ein Wort sagen konnte. Er schob die Kollegin in einen Bereich des Großraums, den man von seinem Büro aus nicht einsehen konnte.

»Meine Güte, das war knapp! Vera, du bist im richtigen Moment gekommen.«

»Harry, wovon sprichst du?«

»Die Staatsanwältin ... diese Frau hat eine Aura ... das ist schwer zu erklären.«

»Ach so, Männergedanken.«

»Was sind denn Männergedanken? Egal, was wolltest du von mir?«

»Dir mitteilen, dass ich gleich losfahre. Nach Hause, Koffer packen und dann nach Wismar. Die Kollegin Jordan von der Soko wird mich begleiten. Sie kümmert sich um den Fall Kamphausen und ich knöpfe mir den Verein vor.«

»Tauscht ihr euch aus?«

»Na klar. Keine Sorge, Harry, das läuft.«

»Wie sollte es anders sein, bei der Frauenquote!«

»Hör' bloß auf, von Quoten zu faseln, Harry. Darauf reagiere ich allergisch. Frauen, die gut in ihrem Job sind, brauchen keine Quote. Wir müssten die männlichen Netzwerke durch eigene ersetzen, daran fehlt's uns.«

»Schon gut, reg' dich ab. Wie kommt ihr nach Wismar?«

»Wir kriegen einen Dienstwagen, einen alten Passat, der Ende des Monats ausrangiert und momentan nicht mehr benutzt wird.«

»Wenn das man gut geht. Die alten Dienstschüsseln sind oft in einem erbärmlichen Zustand. Lass' den vorher einmal von unserer Werkstatt durchchecken. Du weißt schon, Ölstand, Luftdruck und so. Ich will nicht, dass du mit der Kiste liegen bleibst.«

Becker kicherte. »Mach mal halblang, Harry. Du benimmst dich wie mein Vater. Im Übrigen kann ich das selbst. Dafür brauche ich keine Werkstatt.«

»Ich habe es nur gut gemeint, denn ich würde dieses Öldingsbums gar nicht finden.«

Becker klopfte Hansen freundlich den Oberarm. »Kümmere dich lieber um deine Staatsanwältin. Ich melde mich, wenn ich da bin. Tschüss.«

Hansen schaffte es, sich von der Staatsanwältin zu verabschieden, ohne einen kapitalen Fehler zu machen. Nachdem er in der Kantine ein zähes Kotelett mit mehligen Salzkartoffeln vertilgt hatte, machte er sich auf den Weg zu Bernstein und Dickel.

Kapitel 8

Die alte Datsche, seit 1991 das Vereinsheim des VoK e.V., stand abgelegen in einem kleinen Waldstück südlich von Neukloster. Das fünftausend Quadratmeter große Grundstück sah verwildert aus. Gras, Büsche und Unkraut standen meterhoch um die langgestreckte Holzbaracke herum. Nur der Weg zum Haus und ein Streifen vor der Veranda wurden offensichtlich von Bewuchs frei gehalten. Das Haus hatte ein Ausmaß von fünfzehn mal sieben Metern. Die Holzverschalung hätte dringend einen neuen Farbanstrich gebraucht, die Fensterscheiben waren blind vor Dreck. In den Nischen der Dachüberhänge hatten sich zahlreiche Spinnen eingerichtet und unter dem Spitzdach tummelten sich Mäuse-Großfamilien.

Die Inneneinrichtung hatte den Charme von Holzfällerunterkünften. Mit dem Holz der grob gezimmerten Möbelstücke hätte man wochenlang heizen können. Die Hälfte der Baracke nahm ein Raum ein, der an eine Kneipe erinnerte. Die Einrichtung bestand aus mehreren kleinen Tischen und Bänken und einem großen Tisch, an dem mindestens zwölf Personen Platz gefunden hätten. Vor der Rückwand des Hauses erstreckte sich ein sechs Meter langer Tresen. Auf der Arbeitsfläche dahinter brodelte eine Kaffeemaschine. In der anderen Hälfte des Hauses befanden sich drei Schlafzimmer mit Feldbetten und ein karges Bad ohne Toilette. Wer sich erleichtern wollte, musste das Plumpsklo benutzen, das sich zwanzig Meter hinter dem Haus befand.

Der marode Zustand des Vereinsheims passte ebenso wenig zum sozialen Status der versammelten Persönlichkeiten wie der auf dem Grundstück abgestellte Fuhrpark zu der Baracke.

Drei der fünf Männer, die sich an den großen Tisch gesetzt hatten, wirkten wie entflohene Rentner aus einem Altersheim. Die Ausnahmen waren Lothar Thöner, der in seiner Eigenschaft als Vorsitzender wie immer das Kopfende des Tisches für sich beanspruchte und trotz seiner zweiundsechzig Lebensjahre das Äußere eines Fünfzigjährigen besaß, und Dieter Westphal, der mit seinen fünfundfünfzig Jahren der Jüngste im Bunde war. Bis auf Thöner waren alle Männer Brillenträger und bis auf Axel Rogowski hatten alle dampfende Kaffeebecher vor sich stehen. Rogowski bevorzugte Lübzer Pils.

»Diese Hütte ist sogar im Sommer kalt«, schimpfte Walter Grabow, Ministerialdirektor außer Dienst, ein hagerer Mann mit faltigem Hals und mit fünfundsiebzig Jahren der Älteste in der Runde. »Könnten wir uns in Zukunft nicht woanders treffen?«

»Hier ist es sicher«, stellte Thöner kategorisch fest.

Grabow knöpfte das Jackett seines Maßanzuges zu.

»Willst du einen Schnaps zum Aufwärmen, Genosse?«, fragte Rogowski und zog einen Flachmann aus der Innentasche seiner Jacke.

»Nein danke. Und hör' endlich mit deinem beschissenen SED-Jargon auf. Wir sind schon lange keine Genossen mehr.«

»Hört, hört! Unflätige Worte aus dem Mund des feinen Herrn Ministerialdirektors. Warum regst du dich so auf? Die SPD-Leute reden sich auch mit ›Genosse‹ an. Und die Kohle unseres sozialistischen Arbeiter- und Bauernstaates hast du immer gern genommen, nicht wahr?«

»Meine Informationen waren das Geld, das ich dafür bekommen habe, allemal wert!«

Thöner räusperte sich laut. »Schluss mit der Debatte! Ich eröffne hiermit die außerordentliche Sitzung des Vorstandes und stelle zu Beginn fest, dass der Vorstand vollzählig versammelt ist – bis auf unseren verstorbenen Schatzmeister Rudolf Friedemann natürlich. Verschwenden wir keine Zeit und kommen sofort zu Tagespunkt eins. Ich schlage Dieter Westphal als Nachrücker für den vakant gewordenen Vorstandsposten vor. Hat jemand Einwände?«

»Ist das klug?«, fragte Grabow. »Die ›Katze‹ und Ronny arbeiten für Dieter. Wir sollten einen weiten Abstand zwischen uns und die beiden Polizistenmörder bringen. Warum haben die überhaupt geschossen?«

»Das war so nicht geplant. Die ›Katze‹ sagte mir, dass der Bulle zur Waffe gegriffen hätte, sie hätten keine andere Wahl gehabt. Dieter, möchtest du dazu was sagen?«, fragte Thöner.

Westphal nickte. Er war ein muskulöser Mann mit großem Schädel. Der Ansatz seiner braunen Haare war mit den Jahren nach hinten gewichen. Er trug eine modisch-elegante Brille, die nicht zu seiner groben Erscheinung passte.

»Natürlich möchte ich. Ihr müsst euch keine Sorgen machen. Die beiden arbeiten nicht direkt für mich. Ich habe sie über einen polnischen Subunternehmer engagiert. Wen er mir schickt, liegt in seiner Verantwortung, das ist vertraglich festgehalten. Dass die Sache so aus dem Ruder laufen würde, konnten wir nicht ahnen.«

»Wird Dieter damit auch Schatzmeister?«, fragte Hugo Moldenhauer, Physikprofessor im Ruhestand mit der Figur eines Nilpferdes, der im Gegensatz zu Grabow heftig schwitzte.

»Nein«, antwortete Thöner. »Über den Posten des Schatzmeisters wird separat abgestimmt.«

»Dann bin ich dafür.«

»Gegenstimmen? Keine. Damit gehört Dieter ab sofort zum Vorstand des Vereins. Nimmst du die Wahl an?«

»Natürlich nehme ich die Wahl an. Ist mir eine Ehre.«

»Sollten wir nicht langsam zu den wesentlichen Dingen kommen?«, fragte der Ex-Bundeswehroffizier Rogowski gereizt und pulte dabei nervös am Etikett der Lübzer-Flasche.

»Warum so eilig, Axel?«, fragte Thöner provokant. »Hast du Schiss?«

»Quatsch! Aber ich bekomme morgen Besuch von einer Kommissarin aus Hamburg und wüsste gern, was ich der erzählen soll, wenn sie mich nach Friedemann fragt.«

»Gar nichts, Axel.« Thöners Stimme schien direkt aus einem Gefrierfach zu kommen. »Wer nichts weiß, kann nichts Falsches erzählen. Was ist daran so schwer?«

»Wie viel wissen die Bullen denn?«

»So gut wie nichts. Pass auf: Du kennst Friedemann durch den Verein, ihr hattet öfter Kontakt, weil du die Ausstellungen arrangierst und er das Geld verwaltet, das der Verein unterstützend dazugibt. Über sein Vorleben weißt du nichts. Punkt und Ende. Kriegst du das hin?«

»Ja.«

»Na also, dann jammere nicht. Damit wäre Punkt zwei abgehakt. Punkt drei: Neuwahl des Schatzmeisters.«

»Lothar, du rauschst hier durch die Tagesordnung als wäre der Teufel hinter dir her«, kritisierte Moldenhauer. »An diesem Tagesordnungspunkt hängt meiner Meinung nach deutlich mehr. Da geht es nicht bloß um die Besetzung eines Postens. Was ist zum Beispiel mit Rudolfs Vermögen? Erbt der Verein das?«

»Ja, denn Rudolf dürfte keine Zeit mehr gehabt haben sein Testament zu ändern. Und sein plötzlich aufgetauchter Sohn wurde gestern leider das Opfer einer Gewalttat.«

»Welcher Sohn?«, fragte Grabow.

»Der Besucher bei Rudolf am Sonntagabend war ein unehelicher Sohn, von dem Rudolf wohl nichts wusste.«

»Woher hast du diese Information?«

»Ihr wisst doch, ich habe meine Quellen. Die Bullen können kaum etwas unternehmen, ohne dass ich davon erfahre. Entspannt euch, Leute.«

Grabow wurde wütend. »Ich will mich nicht entspannen! Ich habe keine Lust, den Rest meiner Tage in einem Gefängnis zu verbringen und vor meinen Kindern und Enkeln wie ein Verbrecher dazustehen. Wir sollten einen Schlussstrich ziehen. Seht euch um. Wir waren mal zu acht. Drei unserer Mitstreiter haben in den letzten Jahren das Zeitliche gesegnet. Nun auch noch Rudolf, der fast zwanzig Jahre lang unsere Finanzen geregelt hat. Hugo, Axel und ich sind quasi die nächsten auf der Liste. Lasst uns aufhören. Der Verein hat seinen Zweck erfüllt und wir alle haben finanziell ausgesorgt. Wozu noch weitermachen?«

Grabow lehnte sich erschöpft zurück. Er japste nach Luft. Sein verringertes Lungenvolumen machte ihm zu schaffen. Er holte ein Notfallspray heraus und inhalierte einen Aerosolstoß Berotec. Die chronische Lungenerkrankung würde ihn irgendwann in naher Zukunft besiegen. Er hatte nicht vor, zu warten, bis er ständig mit einem Beatmungsgerät durch die Gegend laufen müsste. Er würde sein Ende selbst bestimmen.

»Ihr habt vielleicht ausgesorgt, ich nicht«, widersprach Westphal.

Sein Einwand wurde ignoriert. Alle schauten auf Thöner, der mit vor der Brust verschränkten Armen dasaß und der Reihe nach jeden Einzelnen ansah. Er beugte sich vor und legte die Hände flach auf den Tisch.

»Walters Vorschlag macht Sinn. Auf der Fahrt hierher hatte ich den gleichen Gedanken. Organisatorisch sollte eine Auflösung des Vereins schnell zu erledigen sein. Aber wenn wir es zu schnell machen, könnte das bei den Bullen Verdacht erregen. Wir sollten die laufenden Projekte abwickeln, eine formelle Mitgliederabstimmung durchführen und die Auflösung dann in vier bis sechs Wochen bekannt geben. Ach ja, Dieter, was deinen Einwand angeht: Erstens bist du seit heute als Vorstandsmitglied am Ende an der Ausschüttung des Vereinsvermögens voll beteiligt und zweitens dürfte allein die Erbschaft von Rudolf jedem von uns eine halbe Million bringen. Sind deine Bedenken damit erledigt?«

Westphal senkte verschämt den Blick. »Ja, klar. Aber werden die anderen Mitglieder zustimmen?«

»Die hatten bisher nichts zu melden und werden auch in Zukunft die Klappe halten. Wir sind liquide genug, um denen den Abschied mit einer Bonuszahlung zu versüßen.«

»Welche Projekte sind denn noch offen?«, wollte Moldenhauer wissen, der sich mit einem Taschentuch den Schweiß von der Stirn wischte.

Thöner öffnete eine mitgebrachte Aktentasche und entnahm ihr eine lederne Mappe. Auf einem linierten Blatt hatte er sich im Büro Notizen zu den Projekten gemacht.

»Laut der Datei, die ich auf Rudolfs Laptop fand, besitzt der Verein derzeit zwei Immobilien, ein sanierungsbedürftiges Herrenhaus mit sechstausend Quadratmeter Grundstück an der Müritz und ein renoviertes Stadthaus in der Innenstadt von Rostock. Für das Stadthaus gibt es bereits einen Interessenten. Das Herrenhaus ist aufgrund seiner Lage mit Sicherheit gut zu verkaufen, wenn wir den Preis nicht zu hoch ansetzen. In Axels Lagerhalle in Wismar stehen zehn unrestaurierte Fahrzeuge aus NVA-Beständen herum, die sollten wir einfach abschreiben.«

»Für Null würde ich sie übernehmen«, bot Rogowski an. »Dann muss sich niemand um die Entsorgung kümmern und sie bleiben einfach in meiner Halle stehen.«

Durch allgemeines Kopfnicken wurde das Angebot angenommen. Thöner notierte den Beschluss und fuhr fort.

»Bleiben die Kunstwerke. Da haben wir im letzten halben Jahr fast alles verkaufen können. Die Finanzkrise hat uns nicht geschadet, im Gegenteil. So mancher wohlhabende Mensch zog es vor, sein Geld in Kunst anzulegen anstatt in dubiose Zertifikate. Sechs Gemälde sind übrig. Zwei Kandinskys sind auf dem Weg zu einem Käufer nach Belgien, wie immer getarnt als Staatskunst der DDR.«

Moldenhauer lachte, sein dicker Bauch kam dabei in Wallungen. »Wie gut, dass kein Kunstdieb die ollen Schinken klauen würde. So können wir uns aufwändige Sicherungsmaßnahmen sparen.«

Rogowski haute verärgert mit der flachen Hand auf den Tisch. »Deine unqualifizierten Bemerkungen kannst du für dich behalten, Hugo! Es gab durchaus bedeutende Künstler in der DDR. Manchmal frage ich mich, ob deine ganze sozialistische Gesinnung nur Theater war.«

Moldenhauer zuckte mit den Achseln.

»Wen interessiert das heute noch? Vorbei ist vorbei.«

»Könnt ihr euren Disput bitte später austragen?«, fragte Thöner genervt. »Wie gesagt, die beiden Kandinskys sind praktisch verkauft. Die letzten Bilder aus unserem Bestand sind vier Aquarelle aus der Serie ›Ungemalte Bilder‹ von Emil Nolde. Die würde ich gerne selbst in meine Obhut nehmen, zu einem fairen Preis natürlich.«

»Die solltest du nicht in deinem Büro aufhängen«, empfahl Grabow.

»Natürlich nicht. Seid ihr einverstanden, dass ich die Abwicklung der Verkäufe übernehme? Außerdem schlage ich vor, dass Dieter und ich uns in angemessener Weise um die ›Katze‹ und Ronny kümmern, falls es nötig werden sollte.«

Es gab keine Einwände. Sie diskutierten eine Viertelstunde lang über die Verteilung der Gelder und beendeten die Sitzung gegen dreizehn Uhr.

Hansen erreichte seine alte Wohnung nach zehn Minuten. Bernstein öffnete ihm die Tür.

»Wie geht's unserem Schützling?«, fragte Hansen, den in der fast leeren Wohnung ein merkwürdiges Gefühl beschlich. Obwohl erst vor wenigen Tagen ausgezogen, erschien ihm die Wohnung fremd, wie ein Blick in ein anderes Leben.

»Er schläft«, antwortete Bernstein. »Der ist total erschöpft.«

»Trotzdem müssen wir ihn wecken, wir brauchen Antworten.«

Bernstein ging in das Schlafzimmer und weckte Dickel. Sie setzten sich in die Küche, da dort noch drei Stühle und ein Tisch standen.

»Könnte ich einen Kaffee bekommen?«, fragte Dickel.

Hansen sah sich suchend um. Die alte Kaffeemaschine hatte er entsorgt. Bernstein setzte Wasser in einem Topf auf.

»Kaffee kommt gleich. Ist aber nur Instant-Gesöff.«

»Wie geht's Ihnen?«, fragte Hansen.

»Hab' mich schon besser gefühlt. Wann kommt der Arzt, den Sie vorhin angerufen haben?«

»Am späten Nachmittag, sobald er seinen Dienst beenden kann. Herr Dickel, wir haben ein paar dringende Fragen. Können wir anfangen?«

Der geschundene Mann nickte müde.

»Sie hatten uns auf der Revierwache erzählt, dass Sie Ihren Vater am Sonntagabend erst kennengelernt hatten, weil Sie vorher glaubten, er sei seit Jahren tot. Was hat Ihnen Rudolf Friedemann über sich erzählt? Sie waren immerhin knapp drei Stunden bei ihm und hatten bestimmt viele Fragen.«

»Das ist wahr, mein ganzer Kopf war voller Fragen. Alle konnten wir an dem Abend nicht besprechen, aber wir wollten uns am nächsten Tag wiedersehen.«

Dickel rang um Fassung, er wischte sich eine Träne aus dem Augenwinkel. Dann erzählte er ausschweifend von dem Abend am Sterbebett seiner Mutter und ihrer Beichte. Endlich kam er auf Friedemann zurück.

»Vor allem wollte ich wissen, warum er meine Mutter damals verlassen hat. Das war ein schwieriges Thema. Er wollte nicht darüber reden, hat nur Andeutungen gemacht. Ich konnte ihn verstehen. Da taucht plötzlich ein fast vierzigjähriger Mann vor seiner Tür auf und behauptet, er sei sein Sohn. Aber ich konnte ihm viel von meiner Mutter erzählen und Erinnerungen in ihm wecken. Er hat sie wirklich geliebt, das merkte ich sofort. Und ich erzählte ihm von meinem Leben, von meiner Familie und seinem Enkel. Das hat geholfen. Nach ungefähr einer Stunde taute er auf und dann hat er so eine Art Beichte abgelegt.«

Dickel machte eine Pause und seufzte. Hansen fiel es schwer, ruhig zu bleiben. Er brauchte Fakten, keine rührseligen Lebensgeschichten. Bernstein goss den Instant-Kaffee auf und gab ihn Dickel.

»Danke. Also, das klingt jetzt vielleicht komisch, ist aber die Wahrheit. Mein Vater war ein Spion.«

Dickel schaute die beiden Kommissare an. Er hatte Gelächter erwartet, höhnische Kommentare in der Art von ›Ach, ein James Bond im Taschenformat‹ oder ähnliches. Doch die Polizisten sahen ernst und angespannt aus.

»Für wen hat er spioniert?«, fragte Hansen.

»Für die Stasi, also für die ehemalige DDR. Er hat in einer Gruppe gearbeitet, die Aktionen in der BRD vorbereitete, unterstützte und selbst durchführte. So hat er sich ausgedrückt. Was das für Aktionen waren, hat er mir nicht gesagt. Leider ist ihm ein Arbeitskollege eines Tages auf die Schliche gekommen. Leider aus meiner Sicht, denn wäre das nicht passiert, hätte ich vielleicht eine normale Kindheit mit Vater gehabt. Naja, dieser Kollege war wohl kein lupenreiner Patriot, er wollte meinen Vater erpressen. Ihm ging es um die eigene Karriere, für die er sich einen Aufschwung erhoffte, wenn mein Vater ihm nicht mehr im Wege stünde. Und um meine Mutter, auf die er ein Auge geworfen hatte. Eifersucht und Ehrgeiz waren wohl die treibenden Kräfte. Mein Vater sollte über Nacht verschwinden, im Gegenzug wollte der Kollege darauf verzichten, ihn anzuzeigen und er hätte freie Bahn bei meiner Mutter gehabt. Es war bescheuert. Der Typ hatte bei meiner Mutter nie den Hauch einer Chance. Außerdem war sie, ohne es zu wissen, bereits mit mir schwanger. Mein Vater wollte sich nicht erpressen lassen. Er bat seinen Führungsoffizier um Hilfe. Doch der wollte eine laufende Operation nicht gefährden und außerdem sollte mein Vater nach den Vorstellungen der Stasi sowieso den Wohnort wechseln, um eine Geheimnisträgerin in Bonn anzuwerben, mit der sogenannten Romeo-Methode. Das heißt, er sollte der Frau eine Liebesbeziehung vortäuschen, um an vertrauliche Informationen zu kommen. Da war die Stasi von der echten Liebe zu meiner Mutter natürlich gar nicht begeistert. Der Führungsoffizier hat meinen Vater gezwungen, von einem Tag auf den anderen zu verschwinden. Er hatte keine Wahl, er musste gehorchen. Sonst wäre er womöglich verraten worden und im Gefängnis gelandet.«

Der Kaffee hatte Trinktemperatur erreicht und Dickel nahm einen großen Schluck.

»Ihr Vater hieß aber damals nicht Rudolf Friedemann, oder?«, fragte Hansen.

»Nein, sein richtiger Name war Johannes Zietlow. Den hat mir meine Mutter kurz vor ihrem Tod verraten. Nach Rudolf Friedemann habe ich nie gesucht und ohne einen sehr glücklichen Zufall hätte ich ihn nie gefunden.«

»Nach dem Untertauchen, war Ihr Vater da unter dem Namen Johannes Zietlow unterwegs oder hat er sich umbenannt?«

»Er sagte mir, dass er von der Stasi eine neue Identität bekommen habe. Man wollte auf keinen Fall, dass er auffliegt. Andererseits wollte man ihn nicht zurückholen. Er sagte, er wäre Mitglied einer elitären Gruppe gewesen, die für die Stasi sehr wichtig war.«

»Auf welchen Namen lautete die neue Identität?«, fragte Bernstein.

»Tut mir leid, das weiß ich nicht. Es war jedenfalls nicht Friedemann, denn den Namen bekam er erst kurz vor der Wiedervereinigung, das muss irgendwann 1990 gewesen sein.«

»Hat er Ihnen gegenüber seinen Aufenthalt in Venezuela erwähnt?«

»Venezuela? Nein, davon hat er nichts erzählt.«

»Dachte ich mir. Kommen wir nun zu dem Geschehen im Stadtpark«, lenkte Hansen das Gespräch in eine andere Richtung.

»Es tut mir furchtbar leid, was Ihrem Kollegen da passiert ist«, beteuerte Dickel. »Sie müssen mir glauben, ich wusste nicht, dass ich verfolgt wurde.«

»Niemand macht Ihnen einen Vorwurf. Ich wüsste allerdings gern, warum Sie partout nicht ins Polizeipräsidium kommen wollten. Dort hätten wir Sie schützen können.«

»Mein Vater hatte mich ausdrücklich gewarnt. Ich muss das erklären. Wir hatten an dem Abend bereits lange geredet und mein Vater war sichtlich erschöpft. Wissen Sie, dass er todkrank war?«

Hansen und Bernstein nickten.

»Ja, zwei Monate oder so, mehr Zeit wäre uns nicht geblieben. Ich hätte mich um ihn gekümmert, jawohl, das hätte ich, bis zum Ende.«

Dickel starrte einen imaginären Punkt an Hansens fleckiger Küchenwand an. Hansen spürte den Drang, den Mann vor ihm anzutreiben, auf den Punkt zu kommen, doch es wäre die falsche Reaktion gewesen. Der Zeuge Joachim Dickel kämpfte mit extremen Erfahrungen, die er kaum verkraften konnte.

»Nun ja, ich hoffe nur, dass ihm dadurch eine Menge Leid erspart blieb. Er bat mich, ihm seinen Laptop und eine Speicherkarte zu bringen. Er lud eine kleine Datei auf die Karte und gab sie mir. Neben dem Ohrensessel, in dem er saß, stand ein runder Beistelltisch mit einer Messinglampe. Ich musste die Lampe anheben und er holte aus dem Hohlraum des Lampenfußes einen Schlüssel heraus. Für ein Bankschließfach, wie er mir erklärte. Den gab er mir und sagte zu mir, die Datei und der Schlüssel seien gewissermaßen seine Lebensversicherung. Dann lachte er laut. Die Lebensversicherung eines Todkranken, er fand das witzig, ich nicht. Am Ende hat er mich gewarnt. Die Gruppe, für die er gearbeitet habe, sei sehr einflussreich und ich solle genau überlegen, wem ich vertraue, falls ihm etwas zustoßen sollte. Das Polizeipräsidium nannte er ›von Grund auf verseucht‹.«

»Von Grund auf verseucht? Was meinte er damit?«

»Keine Ahnung. Er war, wie gesagt, am Ende seiner Kräfte. Er nahm mich in den Arm, drückte mich an sich und flüsterte mir ins Ohr: »Wenn ich überhaupt jemandem trauen kann, dann meinem eigenen Fleisch und Blut. Enttäusche mich bitte nicht«. Dann hat er mich zu einem späten Frühstück am nächsten Tag eingeladen und mich gebeten zu gehen. Als ich am Montagvormittag in der Hochallee ankam, sah ich die Polizeifahrzeuge, die Absperrungen und den Leichenwagen. Ich bekam Panik und haute ab.«

»Hat er Ihnen gesagt, was sich in dem Bankschließfach befindet?«, fragte Bernstein, der inzwischen drei Seiten seines Notizblocks vollgeschrieben hatte.

»Nein. Wo ist das Problem? Sie können doch hingehen und nachgucken.«

»So einfach ist das nicht, Herr Dickel. Um ein Bankschließfach einsehen zu können, braucht man einen Schlüssel und in der Regel eine Vollmacht. Oder, in unserem Fall, eine richterliche Genehmigung.«

Zum ersten Mal lächelte Dickel. Es war ein schiefes, von Schmerz verzerrtes Lächeln. »Ich kann Sie beruhigen. Das Schließfach ist bei einer diskreten, kleinen Privatbank. Für dieses Schließfach benötigen Sie nur den Schlüssel und ein Passwort. Mein Vater hat das bewusst so eingerichtet. Er wollte alles offenlegen und nach Fertigstellung der Unterlagen diese einem vertrauenswürdigen Journalisten zur Verfügung stellen.«

»Hat er den Namen des Journalisten genannt?«, fragte Bernstein.

»Und den Schlüssel haben jetzt Ihre Entführer, ebenso wie den Speicherchip?«, fragte Hansen fast gleichzeitig.

»Den Chip haben die, den Schlüssel nicht. Von dem wussten die gar nichts, sonst hätten sie mich bei der Folterung sicher danach gefragt. Der Schlüssel müsste noch immer im Hotelzimmer sein. Sie finden ihn im Nachttisch auf der linken Seite des Bettes. An der Unterseite der oberen Schublade hatte ich ihn mit Klebeband befestigt. Den Namen des Journalisten hat mein Vater nicht genannt.«

»Wie lautet das Passwort?«, fragte Hansen.

»Das Passwort lautet ›Stiller‹. Mein Vater sagte, es sei der Titel eines Romans von Max Frisch.«

Hansen legte die Stirn in Falten. »Ich erinnere mich dunkel. Ich habe das Buch vor Jahren gelesen. Es geht um Identitäten. Ein Mann wird verhaftet, weil man annimmt, er sei ein Typ namens Stiller. Der Mann bestreitet das und beharrt darauf, er sei nicht Stiller.«

Bernstein guckte seinen Chef an. »Harry, du überraschst mich. Du liest anspruchsvolle Literatur?«

»Dachtest du etwa, bei mir langt es nur für die Tageszeitung, oder was?«

»Ehrlich gesagt, ich dachte, du liest nur Untersuchungsberichte und Fachliteratur.«

»Ich habe es nicht nötig, mit meiner Bildung hausieren zu gehen. Das Passwort wirft ein interessantes Licht auf Friedemann. Offenbar hatte er ein Problem mit seiner Identität.«

»Genauso habe ich es empfunden, Herr Kommissar«, bestätigte Dickel. »Ich glaube, mein Vater war ein innerlich zerrissener Mensch.«

Bernstein notierte den Namen der Bank und Hansen befragte Dickel zu den beiden Entführern. Dickel beschrieb die Personen, nannte die Namen Kati und Ronny, schilderte den Ort, an dem er gefoltert wurde und erwähnte den Audi und das Motorrad. Die Kennzeichen der Fahrzeuge wusste er nicht.

»Würden Sie das Haus, in dem sich der Kühlraum befindet, wiedererkennen, wenn wir die Strecken der Buslinien abfahren, die am Eidelstedter Bahnhof verkehren?«, fragte Bernstein.

»Darin sehe ich keinen Sinn«, sagte Hansen, bevor Dickel antworten konnte. »Die Typen hatten Zeit ohne Ende, um aufzuräumen. Wir werden dort nichts finden.«

»Einen Versuch wäre es wert.«

»Du willst also mit Herrn Dickel, nach dem in ganz Hamburg intensiv gefahndet wird, durch die Gegend kutschieren und riskieren, dabei entdeckt zu werden?«

»Sorry, daran hatte ich nicht gedacht.«

»Schon gut.« Hansen sah auf seine Uhr. »Wird Zeit, dass wir ins Präsidium zurückkehren, bevor die Kollegen eine Fahndung nach uns rausgeben. Kommen Sie alleine klar, Herr Dickel?«

»Ja, das geht schon.«

Hansen gab Anweisungen. »Sie bleiben auf jeden Fall in der Wohnung, Sie lassen niemanden herein, außer Doktor Peters, das ist so ein Kleiner mit Glatze und Brille, und Sie telefonieren mit keinem Menschen, auch nicht mit Ihrer Familie.«

»Ich habe gar kein Telefon.«

»Wunderbar. Der Kollege Bernstein bringt Ihnen nachher ein paar Klamotten, damit Sie was zum Wechseln haben.«

»Ach! So verbringe ich also meinen Feierabend.«

»So ist es, Thomas.«

Sie traten vor die Tür. Hansen zündete sich eine Zigarette an. Bernstein guckte hinauf zu den Fenstern im ersten Stock.

»Wie lange willst du den Dickel hier verstecken?«

»Ich weiß nicht, ein oder zwei Tage. Ich muss herausfinden, warum der Vater den Sohn eindringlich warnte, unser Präsidium sei von Grund auf verseucht.«

»Was ist mit der Soko? Wenn wir die nicht informieren, wird es mächtig Ärger geben.«

»Ich rede persönlich mit Schneider, morgen vielleicht. Die Sache bleibt unter uns, je weniger davon wissen, umso besser.«

»Du ziehst wieder dein Ding durch, ohne Rücksicht auf Verluste.« Bernstein kehrte Hansen den Rücken zu und ging ein paar Schritte.

»Fährst du in das Hotel und besorgst den Schlüssel?«, rief Hansen ihm nach.

Bernstein blieb stehen, drehte sich um. »Meinst du, der ist da noch? Die Spusi hat Dickels Zimmer bestimmt gründlich durchsucht.«

»Und sich die Unterseite von Schubladen angesehen? Das glaube ich nicht. Die waren da, um Spuren zu sichern und nicht, um versteckte Gegenstände zu finden. Fahr' einfach hin und sieh' nach.«

»Sehr wohl, Chef. Glaubst du Dickel die Spionagegeschichte?«

»Ich glaube, der alte Mann, der sein Ende kommen sah, hat seinen plötzlich aufgetauchten Sohn nicht belogen. Wie dem auch sei, auf jeden Fall haben wir durch Dickels Aussage eine Menge neuer Ermittlungsansätze und endlich einen Namen, den wir Friedemann vor 1991 zuordnen können.«

»Und stecken vielleicht mitten in einem Spionagethriller à la ›Der Spion, der aus der Kälte kam‹. Ich kann es kaum glauben!«

»Thomas, mach' dich vom Acker. Wir treffen uns im Präsidium.«

Hansen zog sich in sein Büro zurück. Im Vorbeigehen hatte er an den Schreibtischen von Förster und Wolter einen Zwischenstopp eingelegt und nach dem Stand ihrer Recherchen fragen wollen. Da beide Kommissare mit Telefonaten beschäftigt waren, wurde schnell eine Besprechung um 14.30 Uhr vereinbart. Dann würde auch Bernstein aus dem Hotel zurück sein.

Eine Stunde später klappte Hansen wütend einen Aktendeckel zu. Er hatte Probleme, die Fakten zu sortieren, in seinem Kopf rasten Gedanken ohne Ziel durcheinander. Er brauchte eine Auszeit. Er schnappte sich seine Zigaretten. Auf dem Weg zum Ausgang rief er Förster zu, dass er vor die Tür ginge, um eine zu rauchen. Er bestieg den Fahrstuhl und fuhr ins Erdgeschoss. Zur gleichen Zeit hastete Bernstein die Treppen hinauf, wie er es oft tat, wenn er es eilig hatte.

Mit weit ausholenden Schritten legte er den Weg zu Hansens Büro zurück. Der Schreibtisch war verwaist. Bernstein rannte den Gang entlang zu Förster und Wolter.

»Wo ist Harry?«, fragte er.

»Eben raus, hat eine Besprechung mit einem Feuerzeug und einer Zigarette«, antwortete Förster. »Seid ihr euch nicht begegnet?«

»Nein, ich bin die Treppe rauf, Harry nimmt immer den Fahrstuhl. Sag' mir bitte sofort Bescheid, wenn die drei ihre Besprechung beendet haben.«

Förster dachte nicht schnell genug mit und fiel auf seinen eigenen Witz herein.

»Welche drei?«, fragte er.

»Na, wer wohl? Harry, das Feuerzeug und die Zigarette.«

»Ach so, das meinst du. Geht klar.«

Nach zehn Minuten tauchte Hansen wieder auf.

»Bernstein will dich dringend sprechen«, rief Förster ihm zu, als Hansen dessen Arbeitsplatz passierte.

Der Hauptkommissar winkte mit erhobener Hand und antwortete: »In fünf Minuten sehen wir uns im Besprechungsraum.«

»Jawohl, Chef«, sagte Förster betont beflissentlich und wandte sich Wolter zu, der ihm gegenübersaß. »Bin ich hier der neue Pförtner, oder was?«

Wolter grinste. »Genau, die neue Variante von DSDS. Deutschland sucht den Super-Pförtner.«

Förster bewarf den Kollegen mit einer Hand voll Büroklammern. »Blödmann!«

Bernstein sah Hansen näher kommen und kam mit fuchtelnden Handbewegungen auf ihn zu. Hansen kannte diese Hyperaktivität von Bernstein schon. Immer, wenn er meinte, etwas besonders Wichtiges mitzuteilen zu haben oder aus anderen Gründen aufgeregt war, benahm sich Bernstein wie ein waschechter Italiener, der ohne die Unterstützung seiner Hände nicht reden kann. Ansonsten hatte Bernstein rein gar nichts Italienisches an sich.

»Du hattest recht! Ich habe den Schlüssel gefunden«, schrie Bernstein viel zu laut mitten im Großraumbüro.

»Da bin ich aber froh«, antwortete Hansen schnell, bevor Bernstein weitere Fehler machen konnte, »dann komme ich ja heute Abend zu Hause rein. Nadja hätte mich einen Kopf kürzer gemacht, wenn ich schon wieder meinen Haustürschlüssel verloren hätte.«

Bernstein hielt verdutzt inne, dann fiel der Groschen. »Ähm … ja … das kann ich mir lebhaft vorstellen.«

Hansen zog den Kollegen am Ärmel in sein Büro und schloss die Tür.

»Du Dösbaddel! Gib' doch gleich ein Rundschreiben raus«, schimpfte er.

Bernstein lief rot an. »Entschuldige, ich war nur …«

»Jaja, der euphorische Bernstein. Damit das klar ist: Die Kollegen Förster und Wolter erfahren davon vorerst nichts. Am Besten überlässt du das Reden in der Besprechung mir.«

Bernstein spürte die Wut in sich aufsteigen, auf sich selbst und auf Hansen, der ihn abkanzelte wie einen kleinen Jungen. Er holte tief Luft und schaffte es, die Wut einzupacken und für später aufzubewahren. Stattdessen stellte er eine Frage.

»Willst du nicht doch einen Durchsuchungsbeschluss für das Bankschließfach beantragen? Angesichts des gewaltsamen Todes von Friedemann dürfte es kein Problem sein, einen Beschluss zu bekommen.«

»Das stimmt. Ich will aber wissen, was sich in dem Fach befindet, bevor ich dessen Existenz bekannt mache. Wir kommen früh genug in Erklärungsnot, wenn man uns fragt, woher wir den Schlüssel und das Passwort haben.«

»Naja Harry, die Situation kennen wir. In Erklärungsnot waren wir schon öfter.«

Die Besprechung begann pünktlich um 14.30 Uhr. Die vier Kommissare quetschten sich in Hansens kleines Büro. Förster durfte seinen geschienten Fuß auf einen extra herbeigeschafften Stuhl legen. Die Temperatur im Raum stieg zügig an. Wolter krempelte die Hemdsärmel bis zu den Armbeugen hoch und klappte einen Notizblock auf.

»Soll ich anfangen?«

Hansen nickte.

»Gut. Um die Recherchen zu Dickels Mutter musste ich mich alleine kümmern, denn ihr wart ja plötzlich verschwunden«, sagte Wolter und warf Bernstein einen vorwurfsvollen Blick zu. »Wo musstet ihr eigentlich so schnell hin?«

»Das klären wir später«, bestimmte Hansen. »Was hast du rausgefunden?«

»Die Mutter heißt, oder besser hieß Margot Dickel. Sie verstarb vor vier Jahren. Sie wohnte zeit ihres Lebens in Billigheim, einem kleinen Ort in Südhessen. In der Geburtsurkunde von Joachim Dickel steht, dass sie als Vater einen gewissen …«

»Ja, das wissen wir schon«, unterbrach Hansen ungeduldig. »Gibt es in dem Ort noch lebende Personen, die Margot Dickel aus der Zeit Anfang der siebziger Jahre kennen?«

Wolter sah ihn verständnislos an. »Woher wisst ihr das schon?«

Hansen wollte keine Erklärungen abliefern, er wollte vorankommen.

»Das spielt jetzt keine Rolle. Du hast also niemanden gefunden, der Frau Dickel aus der Zeit kennt?«

»Nein, aber ich habe auch nicht danach gesucht.«

»Dann tu’ das. Such’ nach dem damaligen Bürgermeister oder dem Pfarrer. Der in der Geburtsurkunde genannte Name ist falsch. Haben deine Kontakte zur Drogenfahndung was ergeben?«

Wolter hätte eine Menge Fragen an Hansen gehabt, doch er traute sich nicht, sie zu stellen.

»Die Kollegen kümmern sich drum, sie befragen ihre Informanten«, sagte er. »Wenn die Frau bei einem der einschlägig bekannten Dealer Koks gekauft hat, finden die das raus. Mit den Piercings und der blonden Frisur ist sie ja nicht gerade unauffällig.«

Hansen drückte aufs Tempo. »Ralf, was hast du?«

Förster wirkte eingeschüchtert. Sein Kollege war soeben vorgeführt worden und er befürchtete das gleiche Schicksal. Er flüchtete in die Offensive.

»Ohne Fleiß kein Preis. Und ich war fleißig.«

Diese Bemerkung brachte ihm einen bösen Blick von Wolter ein, der plötzlich das Gefühl hatte, als fauler Depp dazustehen.

Hansen wurde laut. »Ich möchte keine Selbstbeweihräucherung hören, sondern Fakten. Wie steht's damit, Herr Förster?«

»Gut, Herr Hansen«, wehrte sich Förster. »Sehr gut sogar. Darf ich?«

»Bitte.«

Thomas Bernstein saß zwischen den Gift versprühenden Kollegen, die plötzlich zum ›Sie‹ zurückgekehrt waren und fragte sich, wohin das führen sollte. Am liebsten wäre er aufgestanden und gegangen, um seinem Protest Ausdruck zu verleihen. Das hätte nichts geändert. Er vermisste Vera Beckers resolute, ordnende Hand.

Förster begann seinen Vortrag.

»Also, ich habe mir die Vorstandsmitglieder dieses Vereins für ostdeutsche Kultur vorgenommen und bin dabei auf interessante Verbindungen gestoßen. Der Verein wurde 1991 gegründet. Zu Beginn hatte er zwanzig Mitglieder und der Vorstand bestand aus sieben Personen. 1992 wurde Friedemann zusätzlich in den Vorstand aufgenommen. Die Besetzung blieb über die Jahre immer gleich. In den letzten Jahren starben altersbedingt drei Vorstandsmitglieder, deren Posten nicht wieder besetzt wurden. Durch den Tod von Friedemann sind nun nur noch vier Leute im Vorstand. Ich habe mich bei den Nachforschungen auf die Lebenden konzentriert. Da hätten wir zuerst Walter Grabow, mit fünfundsiebzig Jahren der Älteste der vier. Er war bis zu seiner Pensionierung im Verteidigungsministerium als Ministerialdirektor tätig. Seine Abteilung arbeitete eng mit dem Bundesamt für Wehrtechnik und Beschaffung zusammen. Das BWB ist für alles zuständig, was mit der Beschaffung von Wehrtechnik zu tun hat, also auch für die Entwicklung und Erprobung neuer Technik.«

»Schön und gut, Ralf. Bitte beschränke dich auf die für uns wesentlichen Details«, forderte Hansen.

»Das gehört zu den wesentlichen Dingen. Ihr werdet es gleich verstehen. Das BWB ist somit auch bei der Erteilung von Forschungsaufträgen und deren Finanzierung involviert.

Der nächste im Bunde ist Hugo Moldenhauer, dreiundsiebzig Jahre alt und Physikprofessor im Ruhestand. Er lehrte an den Universitäten in Heidelberg und München. Er betrieb Forschung im Auftrag verschiedener Institute, vor allem im Bereich Lasertechnik und Halbleitertechnik. Christoph hat sich darüber schlau gemacht.«

»Schlau gemacht wäre zuviel gesagt«, schränkte Wolter ein. »Ich habe nur versucht, zu verstehen, worum es bei Moldenhauers Forschung ging. Ich habe die Uni hier in Hamburg angerufen und einen Physik-Professor befragt. Wenn ich den Mann richtig verstanden habe, dann hat Moldenhauer eine Art Grundlagenforschung betrieben, die im Endeffekt dazu diente, lasergestützte Feuerleitsysteme zu entwickeln. Die braucht man für Panzer, Kampfflugzeuge und Hubschrauber. Und für die Auswertung der Lasersignale – Blitze genannt – braucht man wiederum eine leistungsfähige Halbleitertechnik. Moldenhauer hat in beiden Bereichen geforscht.«

»Ich glaube, ich verstehe nur die Hälfte«, gab Bernstein zu.

Wolter zeigte Verständnis. »Die Hälfte ist schon übertrieben. Der Professor, mit dem ich sprach, half mir am Ende mit einem einfachen Fazit: Die Forschungen von Moldenhauer dienten vor allem der Entwicklung neuer Waffen, die schneller und genauer ihre Ziele erfassen konnten.«

»Okay, das habe ich verstanden.«

Förster meldete sich zu Wort. »Kommen wir zu Vorstand Nummer Drei, Axel Rogowski. Der ist neunundsechzig Jahre alt und ein Bundeswehroffizier im Ruhestand. Rogowski war bis zur Wiedervereinigung

Offizier bei der NVA, also der Nationalen Volksarmee der DDR. Dass Rogowski von der Bundeswehr übernommen wurde, verdankte er zwei Umständen. Zum einen lag er knapp unter der Altersgrenze von fünfzig Jahren. Alle NVA-Offiziere, die älter als fünfzig waren, wurden damals in den Ruhestand versetzt. Zum zweiten besaß er profunde Kenntnisse über die Technik der Fahrzeuge, die bei der NVA eingesetzt wurden. Jedenfalls bestand Rogowski die obligatorischen zwei Jahre Probezeit und war bis zu seiner Pensionierung bei der Bundeswehr tätig. Ich weiß ja nicht, wie es euch geht, Kollegen. Aber nachdem ich die drei Lebensläufe recherchiert hatte, dachte ich: Nachtigall, ick hör' dir trapsen.«

»Du dachtest was?«, fragte Bernstein.

»Na Mann! Die Alarmglocken schrillten. Nenn es, wie du willst. Drei Leute aus einem Verein und alle hatten beruflich mit Militärtechnik zu tun. Das stinkt doch geradezu nach Spionage!«

Hansen und Bernstein wechselten erstaunte Blicke.

»Wie kommst du auf Spionage?«, fragte Hansen.

Förster sah ihn verwundert an. »Wer hat denn gesagt, wir müssen gen Osten ermitteln? Und dann dieser Verein für ostdeutsche Kultur! Außerdem stammt der Vorsitzende des Vereins, der Lothar Thöner aus Magdeburg. Er kam 1971 als Übersiedler in die BRD, mehr konnte ich darüber noch nicht rauskriegen.«

»Hatte der auch mit Rüstungstechnologie zu tun?«, wollte Bernstein wissen.

»Nee, ich muss zugeben, der Thöner passt nicht in das Schema. Er kam im Alter von dreiundzwanzig Jahren in den Westen, war vorher in der DDR wegen staatsfeindlicher Hetze im Gefängnis und wurde von der BRD freigekauft.«

»Er war ein politischer Häftling?«, fragte Hansen.

»Ja«, bestätigte Wolter. »Ich habe im Internet ein bisschen nachgeforscht. Der Westen hat damals zig Millionen ausgegeben, um politische Gefangene aus den Gefängnissen herauszukaufen.«

Hansen musterte die drei Kollegen. »Im Internet nachgeforscht! Habt ihr in der Schule im Geschichtsunterricht nicht aufgepasst? Oder wurde das Thema gar nicht behandelt? Ich kann mich jedenfalls gut erinnern, welche Diskussionen diese Freikäufe mit sich brachten.«

»Mensch, Harry! 1971 war ich noch gar nicht auf der Welt«, verteidigte sich Bernstein.

»Ich war im Bauch meiner Mutter«, bemerkte Wolter.

»Okay, ich sehe es ein. Ihr seid zu jung. Anfang der Siebziger, das war die Zeit der neuen Ostpolitik von Kanzler Willy Brandt. Die muss doch später, in der zehnten Klasse oder so, bei euch Thema im Unterricht gewesen sein.«

»Ich glaube nicht. Und wenn es so war, hat es niemanden interessiert. In dem Alter waren Mädchen interessant, nicht die deutsche Geschichte«, gab Förster zu.

»Oder Jungs«, ergänzte Wolter mit einem Seitenblick auf Bernstein, der ihm mit einem ausgestreckten Mittelfinger antwortete.

»Wir vertagen die Nachhilfe in deutscher Geschichte«, beschloss Hansen. »Wie ging es mit Thöner weiter?«

»Er studierte Maschinenbau, später zusätzlich Informatik. Er arbeitete einige Jahre bei verschiedenen Unternehmen, zum Beispiel bei AEG-Telefunken, und 1992 gründete er seine eigene Firma namens SST.«

»Was bedeutet SST?«

»1992 hieß das ›Sicherheitssysteme Thöner‹. Aber deutsch ist ja inzwischen altmodisch, deshalb heißt die Firma heute ›Safety Systems Thöner‹.«

Hansen schüttelte den Kopf. »Das eine klingt für mich so nebulös wie das andere. Was macht diese Firma?«

»Ihr Hauptgeschäftsfeld ist die Einrichtung von Computernetzwerken und deren Absicherung. Eine renommierte Firma, die seit Jahren ordentliche Gewinne ausweist.« Förster verzog das Gesicht. »Scheiß Schiene, es juckt darunter und man kann nicht richtig kratzen.«

»War's das? Was ist mit den anderen Mitgliedern des Vereins?«

»Das war's. Mehr haben wir nicht.«

»Wir bleiben dran«, ergänzte Wolter.

Hansen rieb sich mit Daumen und Zeigefinger die Nasenwurzel. »Gute Arbeit. Was macht die Konkurrenz?«

Wolter grinste. »Du meinst die Soko? Die beschäftigt sich mit etwa hundert Hinweisen aus der Bevölkerung, bisher ergebnislos. Ein Hinweis kam von einem Busfahrer, der glaubt, er habe den Dickel in seinem Bus gehabt und der sei am Eidelstedter Platz ausgestiegen. Leider verliert sich die Spur dort.«

Gut so, dachte Hansen und fragte: »Mit Friedemann seid ihr nicht weitergekommen?«

»Dank unserer Kriminaltechnik wissen wir jetzt, dass Friedemanns Geburtsurkunde eine Fälschung ist, und zwar eine gute. Der Experte für Dokumente ist sich ziemlich sicher, den Hersteller zu kennen. Er entdeckte ein paar Merkmale, die typisch für die Arbeit der Staatsdruckerei der DDR sind. Die in der Urkunde genannten Eltern existierten tatsächlich. Sie sind natürlich längst verstorben und sie waren kinderlos.«

»Interessant, das bestätigt unsere Vermutung. Versucht es mal mit dem Namen Johannes Zietlow, mit o und w am Ende«, empfahl Hansen lapidar.

Die Köpfe der beiden Kommissare zuckten hoch.

»Wieso Zietlow?«, fragte Förster. »Woher hast du den Namen?«

»Von einem Informanten, mehr müsst ihr nicht wissen.«

Förster wollte protestieren, doch Wolter bremste ihn mit einem verstohlenen Handzeichen. Es wurde schlagartig still im Raum. Hansen kratzte sich hinter dem rechten Ohr, Wolter drehte einen Kugelschreiber zwischen den Fingern, bis diesem schwindelig wurde und Förster blätterte ziellos in seinem Aktenordner.

Bernstein lenkte von dem unausgesprochenen Konflikt ab. »Weiß jemand, wie es den Kollegen Schwanitz und Reisberg geht?«

Förster nahm den Faden dankbar auf. »Den Umständen entsprechend gut, wie man so schön sagt. Nach dem, was ich gehört habe, ist Reisberg aus dem Krankenhaus entlassen worden. Unsere Psychologin Frau Doktor Wolff kümmert sich um ihn und um Konrad Schwanitz. Der will am kommenden Montag wieder zum Dienst erscheinen, bei Reisberg könnte das länger dauern.«

Hansen schaute auf die Uhr. »Gut, verteilen wir die Aufgaben. Ralf und Christoph, ihr kümmert euch weiterhin um die Vereinsmitglieder und vor allem um die Identität von Johannes Zietlow. Wo wohnen die Vorstandsmitglieder?«

Förster öffnete seine Mappe. »Grabow und Thöner wohnen hier in Hamburg, Rogowski in Wismar und Moldenhauer in Kiel.«

»An Rogowski ist Vera dran. Thomas, du fährst nach Kiel und ich übernehme Thöner. Wer will Grabow?«

»Den übernehme ich, Ralf fällt ja aus«, sagte Wolter.

»So, ich muss los«, stellte Hansen fest.

»Soll ich nicht mitkommen?«, fragte Bernstein.

»Sorry, Thomas, einer muss den Bericht für die Soko schreiben.«

»Danke, Harry. Es ist ein Vergnügen, mit dir zu arbeiten.«

Hansen trat ins Freie und zündete sich eine Zigarette an. Er nahm sein Handy und wählte die Nummer von Hauptkommissar Schneider, dem Leiter der Soko Lausen.

»Herr Schneider? Hansen hier. Wir müssen uns unterhalten, unter vier Augen.«

»Wo ist das Problem, Herr Hansen? Sie kennen mein Büro.«

»Die Sache ist kompliziert und momentan bin ich unterwegs. Passt es Ihnen morgen früh um neun Uhr?«

»Was soll das Schmierentheater, Hansen? Ich stehe am Fenster und sehe Sie auf der Treppe vor dem Haupteingang stehen. Wenn Sie was von mir wollen, dann kommen Sie rauf in mein Büro!«

Dumm gelaufen, dachte Hansen. Ich hätte vom Auto aus anrufen sollen.

»Kein Theater, Herr Schneider. Ich bin wirklich in Eile.« Um den Wahrheitsgehalt seiner Aussage zu unterstreichen, lief Hansen die Treppe hinab. »Rauchen Sie eigentlich noch?«

»Äh, ja. Was soll die Frage?«

»Morgen früh um neun auf der Treppe. Wir schmöken gemütlich zusammen eine und ich erzähle Ihnen eine Geschichte.«

»Himmel Herrgott! Na schön, wenn es Sie glücklich macht.«

»Es wird eher Sie glücklich machen, Kollege Schneider.«

Hansen trennte die Verbindung und stieg in sein Auto. Er fuhr Richtung Innenstadt, denn die kleine, diskrete Privatbank, von der Joachim Dickel gesprochen hatte, befand sich am Ballindamm, in piekfeiner Lage direkt an der Binnenalster.

Kapitel 9

Bernstein wusste, warum er den Bericht für die Soko schreiben sollte. Es ging um Sorgfalt. Der Bericht sollte alles enthalten, was nötig war, und er sollte so viel verschweigen, wie möglich war. Auf keinen Fall durfte er Hinweise auf Dickels Aufenthaltsort enthalten. Ein typischer Hansen-Bericht eben und Bernstein hatte mittlerweile Routine darin, wie man solche Berichte abfasste.

Er brauchte eine Stunde, um die erforderlichen Dokumente zusammenzustellen und eine weitere, um den erläuternden Text dazu zu schreiben. Er war fast fertig, als sein Telefon klingelte.

»Na, mein Großer, wie läuft's bei euch?«, ertönte die fröhliche Stimme von Vera Becker.

»Vera! Schön, dass du anrufst. Abgesehen davon, dass ich mich gerade mit einem Spezialbericht à la Hansen rumschlage, kommen wir voran. Wie geht's dir?«

»Gut. Die Kollegin Jordan ist eine Nette. Ich glaube, mit der komme ich klar. Unser Hotel ist zumindest praktisch. Es liegt nur zweihundert Meter von dem Ort entfernt, an dem im Januar 2009 die Leiche von Kamphausen gefunden wurde. Da hatten wir Glück, denn es war das einzige Hotel in Wismar, das zur Hochsaison noch ein Zimmer frei hatte.«

»Und wie gefällt dir eure Unterkunft?«

»Wie ich schon sagte: Es ist das einzige Hotel, das im Juli noch Zimmer frei hat. Aber das Restaurant soll gut sein, das werden Anna, Dirk und ich heute Abend testen.«

»Moment! Anna? Dirk? Wer sind die?«

»Machst du dir etwa Sorgen, mein Großer?«

»Vera, nenn' mich nicht immer ›mein Großer‹.«

»Du bist nun mal der Längste in der Dienststelle.«

»Lenk' nicht ab. Wer sind Anna und Dirk?«

»Anna ist Anna Jordan, die Kollegin von der Soko. Und Dirk heißt mit vollem Namen Dirk Mettenbach und ist von der Kripo hier in Wismar. Zufrieden, Großer?«

Bernstein ignorierte die erneute Nennung des ungeliebten Kosenamens. »Sind die Wismarer kooperativ?«

»Dirk ist sehr kooperativ und dazu ein optisches Leckerchen.«

So offen redete Becker nur mit Bernstein über Männer und mögliche Liebschaften. Seitdem sie die Enttäuschung darüber, dass Bernstein schwul war, überwunden hatte, erfreute sie sich an einem Kollegen, dem sie vertrauen konnte. Bernstein rutschte dadurch manchmal unfreiwillig in die Rolle des großen Bruders.

»Vera, du sollst nicht nach attraktiven Männern Ausschau halten, sondern nach Mördern. Ich habe einige Informationen für dich. Förster war fleißig und hat den Verein unter die Lupe genommen. Aber am Telefon wird das zu lang. Kann ich dir ein Fax ins Hotel schicken?«

»Ich habe meinen privaten Laptop dabei, schick' mir einfach eine E-Mail mit Word- oder PDF-Anhang.«

»Das ist super. In ein paar Minuten hast du alles, was du brauchst.«

»Danke, Thomas. Ich melde mich morgen nach dem Gespräch mit Rogowski.«

Die Sierichstraße konnte Hansen am Nachmittag nicht nutzen, sie war nun Einbahnstraße stadtauswärts. Er wählte den Weg über die Dorotheenstraße, dann an der Außenalster entlang, unter der Eisenbahnbrücke hindurch auf den Ballindamm. Wie erwartet, war weit und breit kein freier Parkplatz in Sicht. Hansen fuhr in das Parkhaus in der Rosenstraße. Auf den Wegen mischten sich Büroangestellte nach Feierabend mit Menschen auf Shopping-Tour und Touristen. Er erreichte das feudale Portal der Bank und meldete sich am Empfang. Die Mitarbeiterin, die ihn zu den Schließfächern führte, bemühte sich um vornehme Freundlichkeit. Der skeptische Blick, mit dem sie seine Kleidung musterte, war Hansen jedoch nicht entgangen.

Die verdient wahrscheinlich weniger als ich, dachte er, aber sie weiß, wie man die Nase hoch trägt.

Um die Dame für sich einzunehmen, erwähnte er, dass Herr Friedemann sehr krank sei und ihn beauftragt habe, einige Unterlagen aus dem Schließfach zu kopieren. Ob es wohl möglich sei, einen Kopierer der Bank zu nutzen, oder ob er sich einen Copy-Shop in der Nähe suchen müsse. Nein, das wolle man dem Kunden nicht zumuten, selbstverständlich könne er einen Kopierer der Bank benutzen. Solange es sich nicht um ein ganzes Buch handele, haha.

Hansen lachte notgedrungen mit. Den Zugang zum Schließfach bekam er mit Schlüssel und Passwort problemlos. Er musste allerdings seinen Ausweis zeigen und sich in eine Liste eintragen. Er hoffte, dass später keiner der Kollegen diese Liste zu Gesicht bekommen würde. Der Inhalt des Faches war auf den ersten Blick unspektakulär. Ein halbes Dutzend Versicherungspolicen, der Kaufvertrag für das Haus in Harvestehude und andere Unterlagen, die selten vor, aber immer nach dem Tod eines Menschen gebraucht werden. Ganz unten fand er eine braune, lederne Mappe, in der vierzig bedruckte Seiten lagen. Er überflog den Anfang des Textes, eine Autobiographie, wenig aufregend. Hansen war enttäuscht. Er hatte auf Enthüllungen gehofft, geheime Dokumente, einen Durchbruch für die Ermittlungen. Vielleicht war er voreilig. Vielleicht wurden weiter hinten im Text Geheimnisse gelüftet. Er ließ sich den Kopierer zeigen, kopierte die Seiten, packte sämtliche Unterlagen in den Metallbehälter zurück und bedankte sich bei der Mitarbeiterin. Vor der Tür der Bank schaute er auf die Uhr. Es lohnte nicht, ins Präsidium zu fahren. Offiziell war jetzt Feierabend.

Dann bin ich eben früh zu Hause, beschloss er, da kann ich in Ruhe Friedemanns Lebensbeichte lesen. Er schlenderte in gemütlichem Tempo zum Parkhaus, bezahlte die Gebühren, fuhr sein Auto an die Ausfahrt und stand im Stau. Innerhalb von fünf Minuten schaffte er drei Wagenlängen. Er zündete sich eine Zigarette an, legte eine CD von ›Audioslave‹ ein und wählte den Song ›I am the highway‹.

Schneller voran kam er trotzdem nicht. Es war ihm egal, er fühlte sich seltsam unaufgeregt.

Nadja freute sich über sein frühes Erscheinen. Sie gab ihm einen Begrüßungskuss.

»Wie war dein Tag?«

Hansen winkte ab.

»Ich glaube, wir sind meilenweit von der Lösung des Falles entfernt. Wann gibt's Abendbrot?«

»Ungefähr in einer Stunde.«

Hansen nahm sich ein Bier aus dem Kühlschrank und entfernte den Kronkorken. »Okay, ich setze mich solange auf den Balkon und lese Akten.«

Mareike kam aus ihrem Zimmer, begrüßte Hansen mit einem flüchtigen Winken, ließ sich von ihrer Mutter eine Flasche Saft geben und verschwand so schnell wie sie gekommen war.

»Ist sie sauer auf mich?«, fragte Hansen.

Nadja zwinkerte ihm zu. »Nein, sie hat Herrenbesuch, der ist gerade wichtiger.«

»Herrenbesuch? Im Alter von acht Jahren?«

»Ja, die Jugend heutzutage wird immer früher reif. Er heißt Jonas und ist sieben. Noch spielen sie mit Legobausteinen …«

»Okay, das ist erlaubt.«

Hansen schlich davon. Nadja sah ihm besorgt nach. Der Fall des toten Kollegen ging Harry richtig an die Nieren, das wusste sie, obwohl er kaum ein Wort darüber verlor.

Er machte es sich auf dem Balkon bequem, streckte die Beine unter den Tisch, setzte die Lesebrille auf und begann zu lesen.

Friedemann hatte als Überschrift die interne Parole der Stasi gewählt:

»Ein guter Tschekist hat einen kühlen Verstand, ein heißes Herz und saubere Hände!«

Hansen war sich sicher, dass man für die sauberen Hände bei der Stasi eine große Menge Desinfektionsmittel benötigt hätte.

Rudolf Friedemann wurde 1934 als Johannes Zietlow geboren. Seine Eltern besaßen einen kleinen Bauernhof in der Nähe von Neubrandenburg. Über die Zeit bis 1945 hatte Zietlow nur wenig geschrieben und Hansen las die zwei Seiten flüchtig. Der Vater ging freiwillig zur Wehrmacht und starb später an der Ostfront, die Mutter musste den Hof allein mit zwei Knechten bewirtschaften. Sie war damit bald überfordert und Johannes lebte neben, nicht mit ihr. Es waren harte Zeiten. Nach Kriegsende, mit elf Jahren, lernte er in der Schule den gleichaltrigen Helmut Wittkowski kennen. Sie wurden Freunde und Johannes war häufig zu Gast in Helmuts Elternhaus. Mit der Zeit wurde Helmuts Zuhause das zweite Zuhause von Johannes. Seine Mutter hatte ihre Hilflosigkeit und Überforderung oft an ihrem Sohn ausgelassen. Die Eltern von Helmut hingegen kümmerten sich liebevoll um ihn und er wurde nach und nach zu einer Art Pflegekind für die beiden.

Die DDR existierte noch nicht. Im Westen war der Begriff ›Sowjetische Besatzungszone‹ gebräuchlich. 1946 vereinigten sich die in der SBZ zugelassenen Parteien KPD und SPD auf Druck der Sowjets zur SED. Helmuts Eltern gehörten zu den Parteimitgliedern der ersten Stunde.

Zietlows Mutter lernte einen Mann kennen, der nach drei Monaten auf dem Bauernhof einzog. Dieser Mann wollte nicht mit der ›Brut eines anderen‹ unter einem Dach leben. Zietlow mutmaßte in seinen Aufzeichnungen, dass es zu einem Handel zwischen seiner Mutter und den Eltern von Helmut gekommen sein müsse, mit dem Ergebnis, dass Johannes endgültig in sein zweites Zuhause umzog und zu Helmuts ›Bruder‹ wurde. Er wurde jedoch nicht offiziell adoptiert und behielt seinen Namen. Johannes war froh und dankbar. Endlich hatte er die ersehnte Familie, in der es ihm gut ging. Die Erziehung war eine Mischung aus Zuwendung und Strenge, geprägt von einem sozialistischen Weltbild.

Im Jahre 1949 wurden die Bundesrepublik Deutschland und die Deutsche Demokratische Republik gegründet und damit die Teilung Deutschlands zementiert.

Johannes Zietlow, inzwischen 15 Jahre alt, freute sich, im seiner Meinung nach besseren Teil Deutschlands leben zu dürfen. Die Wittkowskis kümmerten sich weiterhin liebevoll-streng um ihren zweiten Sohn. Dazu gehörte auch die Schulung in marxistisch-leninistischer Doktrin. Es war eine Selbstverständlichkeit, dass Johannes Mitglied der FDJ wurde. Er war intelligent und lernbegierig. Sein Abschlusszeugnis an der Einheitsschule gehörte zu den besten im Land.

Hansen wurde von der Sonne geblendet. Er öffnete den Sonnenschirm, richtete ihn aus, genoss einen Schluck des kühlen Biers und zündete sich eine Zigarette an. Er las weiter.

Die Pflegeeltern sorgten mit ihren guten Verbindungen innerhalb der Partei dafür, dass Johannes an einer der damals noch existierenden Arbeiter- und Bauernfakultäten angenommen wurde, um dort sein Abitur zu machen. Er erfüllte die in ihn gesetzten Erwartungen und schaffte das Abitur problemlos. Der SED gehörte er nun auch an. Jetzt war der Weg frei für ein Studium. Johannes bekam einen Studienplatz an der Juristischen Fakultät der Humboldt-Universität zu Berlin.

Es dauerte nicht lange, bis das Ministerium für Staatssicherheit (MfS) auf den begabten, vorbildlich sozialistisch denkenden Studenten aufmerksam wurde und ihm ein Angebot unterbreitete, das er weder ablehnen konnte noch wollte. Das MfS hatte in den fünfziger Jahren aufgrund der von der Obrigkeit konstatierten Verschärfung des Klassenkampfes einen hohen Bedarf an neuen, ideologisch zuverlässigen Mitarbeitern. 1955 bekam Johannes Zietlow seine Stelle im Ministerium. Vorgesehen war, dass er sein Studium beenden und erst danach seine Tätigkeit im MfS in vollem Umfang aufnehmen sollte.

Ausführlich schilderte Zietlow alias Friedemann in seinen Aufzeichnungen die eigene politische Gesinnung und die aus seiner damaligen Sicht plausiblen Gründe für seine Haltung. Er war stolz, vom MfS auserwählt worden zu sein.

Hansen las diese Passagen nur flüchtig. Er fragte sich, wann es in Bezug auf seinen Fall interessant werden würde.

Nadja brachte ihm sein Handy, das er in der Küche liegengelassen hatte. »Heinrich ist dran.«

»Danke. Hallo Heinrich, was macht unser Patient?«

»N'Abend Harry, der leidet vor sich hin. Nee, alles nicht so schlimm. Ich wollte dir Bescheid geben, dass ich ihn verarztet habe und kein Grund zur Sorge besteht. Den gebrochenen Finger habe ich provisorisch geschient und wegen der üblen Hämatome bekommt er Heparinspritzen, damit keine Thrombose entsteht. Gegen die Schmerzen gibt's Tabletten.

Die seelischen Wunden konnte ich leider nicht verarzten. Da wird die Heilung länger dauern.«

»Heinrich, ich danke dir, bin dir was schuldig.«

»Quatsch! Schönen Abend und tschüß.«

Hansen legte das Handy ab und setzte seine Lektüre fort.

Eines Tages wurde der junge Zietlow in das Büro eines Majors beordert, der ihm mitteilte, dass man ihm eine besondere Aufgabe zukommen lassen wolle. Er solle eine der Speerspitzen werden, die im NSW, dem nichtsozialistischen Wirtschaftsgebiet operativ tätig sein würden. Man wisse natürlich, dass man damit ein großes Opfer von Zietlow verlange, aber es sei eine Ehre, dem Kampf für den Sozialismus auf diese Weise dienen zu können.

In normales Deutsch übersetzt hieß das, Zietlow sollte auf dem Gebiet der BRD als Spion des MfS tätig werden.

Er willigte mit Freude ein. Am nächsten Wochenende fuhr er nach Hause zu den Wittkowskis und erzählte es ihnen, obwohl ihm das verboten worden war. Seine Pflegeeltern waren stolz auf ihn und öffneten zur Feier des Tages eine Flasche Sekt. Helmut, der inzwischen seine Lehre zum Tischler abgeschlossen hatte, war nicht anwesend. Die Eltern und Johannes kamen überein, dem Bruder gegenüber Stillschweigen zu bewahren.

In den folgenden zwölf Monaten wurde Zietlow gründlich ausgebildet, denn er sollte ein Perspektiv-Agent werden, der in der westdeutschen Gesellschaft Karriere machen und dann hoffentlich wertvolle Informationen liefern könnte. Er lernte das Einmaleins der Spionagetätigkeit nach dem Stand der fünfziger Jahre. Er wurde im Umgang mit Mini-Kameras, Verschlüsselungscodes und Funkgeräten geschult. Er lernte den Sinn und die Raffinessen sogenannter Container kennen. Das waren kleine, umfunktionierte Alltagsgegenstände mit geheimen Hohlräumen zum Transport von Nachrichten oder Mikrofilmen.

Zietlow war begeistert von der neuen Welt, die sich ihm darbot. Die Tüfteleien der technischen Abteilungen beeindruckten ihn. Batterieattrappen, innen hohl, die sich aufschrauben ließen, Schachbretter mit doppeltem Boden, Holzschnitzfiguren, deren Sockel Fächer verbargen, die nur mit ausgeklügelten Mechanismen zu öffnen waren.

Ende 1956 war es soweit, Zietlow wurde, als Übersiedler getarnt, in den Westen geschickt. Er landete im Notaufnahmelager Marienfelde in Westberlin. Sein neues Leben, völlig allein in unbekannter Umgebung, begann in der drangvollen Enge des hoffnungslos überbelegten Lagers.

Nadja betrat mit einem Tablett den Balkon.

»Sieh' zu, dass du fertig wirst. Es gibt gleich Abendbrot.«

Hansen legte den Papierstapel auf einen freien Stuhl neben sich, nahm die Lesebrille von der Nase, rieb sich die müden Augen und stand auf. »Ich helfe dir.«

Sie deckten zusammen den Tisch. Mareike brachte ihren neuen Freund an die Tür, dann machte sie sich mit Appetit über den Nudelsalat mit Würstchenscheiben her. Nach dem Essen durfte sie eine halbe Stunde lang einen Zeichentrickfilm gucken. Nadja räumte auf und Hansen wandte sich abermals der Lebensgeschichte des Johannes Zietlow zu.

Der Perspektiv-Agent ließ sich gemäß seines Auftrages in Hessen, in der Nähe von Marburg nieder. Nachdem er zum Bundesbürger geworden war und einige bürokratische Hürden genommen hatte, begann er ein Jurastudium an der Philipps-Universität in Marburg. Nach dem ersten Staatsexamen befasste er sich intensiv mit dem Wirtschafts- und Patentrecht. Die Prüfung zum zweiten Staatsexamen, die er im Alter von neunundzwanzig Jahren ablegte, wurde mit der Note ›gut‹ bewertet, eine Note, die im Studienfach Jura Seltenheitswert hatte.

Während des Studiums unterstützte ihn das MfS mit finanziellen Zuwendungen. Im Gegenzug lieferte er Informationen über Studenten und Professoren, bei denen eine Kontaktaufnahme durch das Ministerium möglicherweise zum Erfolg führen konnte. Darüber hinaus berichtete er von allgemeinen politischen Tendenzen und den Strömungen innerhalb der CDU, der er nach Aufnahme seines Studiums beigetreten war. Die meisten Informationen, die er sammelte und durch einen Kurier gen Osten schickte, waren frei zugänglich und sie erschienen ihm banal. Doch sein Führungsoffizier, mit dem er sich gelegentlich traf, zeigte sich zufrieden. Ihm kam es vor allem darauf an, dass Zietlow sein Studium zügig und erfolgreich beendete und hoffentlich bald in eine Position gelangte, die wichtigere Informationen versprach. Diese Zielsetzung galt natürlich ebenso für Zietlows Engagement in der CDU.

Mit seinem außergewöhnlich guten Abschluss fiel es Zietlow leicht, eine Anstellung bei einer großen Anwaltskanzlei in Frankfurt zu bekommen, in einer Abteilung, die auf Patentrecht spezialisiert war. Nun hatte er Zugriff auf sehr interessante Patentunterlagen und interne Geschäftspapiere wichtiger Firmen.

Alles war gut. Über sein Einstiegsgehalt konnte er nicht klagen, er wohnte am Rande Frankfurts in einer schönen Dreizimmer-Wohnung und fuhr mit einem gebrauchten Mercedes zur Arbeit. Nur die richtige Frau zur Familiengründung hatte er noch nicht gefunden.

Fünf Jahre später, 1968, promovierte er mit ›magna cum laude‹ und durfte sich fortan Doktor jur. Johannes Zietlow nennen.

»1970 wurde mein Jahr der entscheidenden Begegnungen«, schrieb der ›Kundschafter des Friedens‹, wie die Stasi ihre Auslandsagenten nannte.

Eines Tages besuchte ein Kurier außerhalb der turnusmäßigen Treffen den Rechtsanwalt bei sich zu Hause. Zeitpunkt und Ort waren äußerst ungewöhnlich. Der Kurier übergab eine verschlüsselte Nachricht und war Sekunden später verschwunden.

Der entschlüsselte Text war so eindeutig wie nichtssagend. Zietlow sollte sich in drei Tagen um vierzehn Uhr in der Zentrale des MfS in Ostberlin einfinden. Er überlegte, ob er irgendeinen schlimmen Fehler begangen habe und deshalb zum Rapport gerufen wurde. Doch er war sich keiner Schuld bewusst. Unter dem Vorwand, seinen schwer erkrankten Pflegevater besuchen zu müssen, ließ er sich zwei Tage Urlaub genehmigen und fuhr mit dem Zug nach Berlin.

Als er vor dem riesigen Gebäudekomplex in der Normannenstraße stand, beschlich ihn ein ungutes Gefühl, ohne dass er einen Grund dafür gehabt hätte. Er betrat das Haus 15, den Gebäudeteil der Hauptverwaltung Aufklärung an der Ecke Gotlindestraße und wurde nach Anmeldung in das Büro eines Oberst geführt, der eine Art Vorgespräch mit ihm führte. Oberst Hoffmann stellte Fragen zur Befindlichkeit Zietlows, zu seiner beruflichen Situation und zu seinem Einsatzwillen. Zietlow verstand den Sinn der Befragung nicht, antwortete aber bereitwillig.

Nach einer Viertelstunde erhob sich Oberst Hoffmann und führte Zietlow ein Stockwerk höher in einen Sitzungsraum, in dem sechs Männer an einem langen Tisch saßen und Zietlow erwartungsvoll ansahen. Der Oberst forderte ihn auf, Platz zu nehmen, marschierte zum Kopfende des Tisches und verkündete, dass der Genosse Generalmajor Wolf gleich erscheinen werde, um den Anwesenden etwas mitzuteilen. Nachfragen seien nicht gestattet. Die nötigen Einzelheiten würden die Männer nach der Rede des Genossen Generalmajor vom Genossen Oberst selbst erfahren.

Zietlow war fassungslos. Er schaute sich um. Die anderen Männer am Tisch, alle zwischen dreißig und vierzig Jahre alt, wirkten genauso überrascht. Sollten sie heute wirklich den legendären Chef der Hauptverwaltung Aufklärung, Markus Wolf, den ›Mann ohne Gesicht‹, wie er im Westen genannt wurde, kennenlernen?

Wolf betrat den Raum und Zietlow wusste sofort, dass er es war. Der Mann unterschied sich gewaltig von den anderen hochgestellten Persönlichkeiten im MfS, die oft steif und aufgesetzt militärisch daherkamen. Wolf hatte Charisma, seine Körpersprache hatte eine lässige Komponente, die an Arroganz grenzte, seine Kleidung war elegant, hochwertig und modern. Zietlow hätte schwören können, dass sie aus dem Westen stammte.

Der aristokratische Sozialist, wie Zietlow ihn in seinen Aufzeichnungen nannte, hielt eine rhetorisch brillante Rede zur derzeitigen Konstellation in der Weltpolitik und zur besonderen Stellung der DDR im Kampf gegen den Imperialismus. Neue Strategien seien erforderlich, um dem Feind die Stirn bieten zu können. Deshalb habe man beschlossen, die besten Kräfte, die man auf dem Gebiet der BRD habe, zu bündeln. Die sieben im Raum versammelten Männer seien die besten ihrer jeweiligen Fachrichtungen und sie sollten in Zukunft eng verzahnt zusammenarbeiten, um besonders wichtige Operationen durchführen zu können. Diese Strategie könne nur unter höchster Geheimhaltungsstufe erfolgreich sein, weshalb die Zahl der eingeweihten Personen so gering wie möglich gehalten werde. Oberst Hoffmann werde die Führung der Gruppe übernehmen und nur ihm, Wolf, direkt berichten. Die Gruppe werde unter dem schlichten Vorgangsnamen G 7 operieren und jedes Mitglied der Gruppe werde einen neuen Decknamen erhalten, um Rückschlüsse auf ihre bisherigen Tätigkeiten durch andere Abteilungen des MfS zu vermeiden. Oberst Hoffmann werde ihnen nun die Einzelheiten zu ihren neuen Aufgaben erläutern.

Wolf verabschiedete sich und überließ dem Oberst das Feld.

Zietlow bekam den Decknamen ›Falke‹. Er nannte die anderen sechs Decknamen, leider ohne die zugehörigen Identitäten. Es folgte ein Absatz, in dem er schilderte, wie die Begegnung mit Markus Wolf seine Motivation steigerte, sich weiterhin für die sozialistische Ideologie einzusetzen. Die gewaltsame Beendigung des Prager Frühlings durch Truppen des Warschauer Pakts im Jahre 1968 hatte für Risse in seinem bis dahin klaren Weltbild gesorgt. Doch er fand für sich Argumente, die das Eingreifen der sowjetischen Truppen plausibel erscheinen ließen.

Hansen war am Ende des Textes angelangt. Er legte das letzte Blatt auf den Stapel, lehnte den Kopf an das Polster des Gartenstuhls und schloss die Augen, um nachzudenken. Er war frustriert. Er hatte gehofft, durch Zietlows Aufzeichnungen in seinen Ermittlungen einen wesentlichen Schritt weiterzukommen.

Ein Spionagenetzwerk namens G 7. Brachte ihn das weiter? Hatte die Existenz des Netzwerks etwas mit Zietlows Tod zu tun? Existierte es in abgewandelter Form heute noch? Hansen dachte an den Verein für ostdeutsche Kultur. Der Vorstand des VoK bestand ursprünglich aus acht Männern, doch einer von denen, dieser Rogowski, war früher Offizier bei der NVA. Er konnte also kein Auslandsagent gewesen sein. Blieben sieben Leute aus dem Vorstand. Aber dann war da noch Lothar Thöner, der Vorsitzende des Vereins. Hansen rechnete. Der Mann war im Jahr 1970 erst 22 Jahre alt. Zietlow erinnerte sich an sechs Männer im Alter zwischen dreißig und vierzig, das passte nicht.

Alles Spekulation, schimpfte Hansen mit sich selbst, du kriegst ja nicht mal die Anzahl der Leute überzeugend auf einen Nenner. Vielleicht hat die G 7 mit dem Verein gar nichts zu tun, vielleicht gibt es gar keinen Zusammenhang zwischen dem Verein und Zietlow-Friedemann. Warum hat der blöde Kerl die Klarnamen nicht genannt?

Er schlug mit der flachen Hand auf die Tischplatte, öffnete die Augen, sein Bierglas tanzte.

»Mein Gott, hast du mich erschreckt!«, rief Nadja, die ihm gegenüber saß und in einer Zeitschrift geblättert hatte.

»Oh, entschuldige. Ich hatte nicht gemerkt, dass du wieder da bist.«

»Ja, Harry, das habe ich gemerkt! Was ist denn los?«

»Ach, da lese ich vierzig eng beschriebene Seiten und am Ende hört der Text da auf, wo es spannend wird.«

»Ein unvollendetes Krimi-Manuskript?«, fragte sie spöttisch.

»So könnte man es nennen. Den Text hat der Mann geschrieben, dessen Tod ich untersuche. Eigentlich darf ich darüber nicht reden.«

Nadja versteckte demonstrativ ihr Gesicht hinter der Zeitschrift. »Bitte, wenn du nicht willst.«

Hansen kapitulierte überraschend schnell, er wollte reden. Er schielte zum Nachbarbalkon hinüber, auf dem es plötzlich verdächtig still geworden war.

»Na gut, Teile kann ich dir erzählen, aber vorher gehen wir rein.« Lauter fügte er hinzu: »Hier sind mir zu viele große Ohren.«

»Einverstanden. Ich wollte sowieso die Flucht ergreifen, die Mücken kommen.« Nadja, die ein kurzärmeliges T-Shirt trug, kratzte sich den Oberarm. »Die erste hat mich schon erwischt.«

Sie schnappten sich ihre Gläser und wechselten auf das Sofa im Wohnzimmer. Hansen nahm eine bequeme, halb liegende Position ein und Nadja kuschelte sich an ihn. Er legte den Arm um ihre Schultern.

Er erzählte ihr von dem Opfer eines brutalen Mordes, von dem Mann ohne Vergangenheit, der, wie sich nun herausgestellt hatte, ein Spion der DDR gewesen war.

»Wow, eine James-Bond-Geschichte!«, freute sich Nadja.

»Wohl kaum. Die Wirklichkeit sieht anders aus, obwohl manche Dinge, die er beschrieben hat, aus einem frühen James-Bond-Film stammen könnten. Ich habe das Gefühl, es ist eher eine tragische Geschichte.«

Hansen trank sein Glas leer. »Was ich nicht verstehe: Wie konnte ein intelligenter, hochbegabter Mann sich über Jahrzehnte von einer Ideologie so blenden lassen, dass er die Missstände in seiner Heimat nicht wahrnahm?«

»Ich glaube, so einfach ist das nicht, Harry. Stell' dir vor, du wärest im Osten aufgewachsen und hättest Polizist werden wollen, so wie du es jetzt bist. Da hättest du dich auch mit dem Staat arrangieren müssen und wahrscheinlich Dinge getan, die du dir heute hier auf diesem Sofa nicht vorstellen kannst.«

»Aber der Mann hat im Westen gelebt, er war beruflich erfolgreich, hat sozusagen alle angenehmen Seiten des Kapitalismus genießen können. Da muss einem doch irgendwann mal auffallen, dass es den Leuten auf der anderen Seite der Mauer nicht so goldig geht.«

»Klassischer Fall von selektiver Wahrnehmung«, entgegnete Nadja. »Du darfst nicht vergessen, dass der Mann die wichtigen, prägenden Jahre in dem System der DDR verbracht hat. Er ist damit groß geworden, hat die Ideale einer sozialistischen Gesellschaft verinnerlicht. Und so schlecht sind die ja nicht, wenn man die praktische Umsetzung außer Acht lässt. Der war womöglich so sehr darauf konditioniert, dass er nur die negativen Seiten des Lebens im Westen gesehen hat, zum Beispiel den Riesenabstand zwischen den reichen Leuten und denen, die ganz normal ihrer Arbeit nachgehen.«

»Nadja, objektiv gesehen ging es den Arbeitern bei uns bereits in den fünfziger und sechziger Jahren besser als vergleichbaren Leuten in der DDR. Und die Schere ging später immer weiter auseinander.«

Nadja stand auf und ging Richtung Küche. »Willst du noch ein Bier?«

»Gerne.«

Sie kam mit Bier und einer Flasche Mineralwasser zurück. Sie stellte die Flaschen auf den Tisch und hob den Zeigefinger.

»Vielleicht fehlt uns beiden die richtige Perspektive«, sagte sie. »Wir sind unter anderen Umständen aufgewachsen.«

Sie setzte sich neben ihn. Er kratzte sich nachdenklich den Bart.

»Ja, da hast du recht.«

Er küsste sie. Sie erwiderte seinen Kuss leidenschaftlich, ihre Zunge bahnte sich einen Weg in seinen Mundraum.

»So, mein Lieber«, sagte sie schließlich, »nun lass' die Ermittlungen Ermittlungen sein und bring' mich ins Bett.«

»Verstehe ich dich richtig?«, fragte er unsicher.

Ihre Hand glitt in seine Lendengegend.

»Stell' dich nicht dumm, alter Mann. Zeig' mir, was du drauf hast.«

Hansen nahm die Herausforderung an.

Vera Becker nutzte die Gelegenheit und nahm ein erfrischendes Bad im Ostseewasser der Wismarer Bucht. Danach duschte sie in dem Doppelzimmer, das sie gemeinsam mit der Kollegin nutzte, zog sich an und traf sich im Restaurant des Hotels mit Anna Jordan und Dirk Mettenbach, die schon auf sie warteten.

Das Essen wurde dem guten Ruf des Restaurants gerecht. Die beiden Hamburger Polizistinnen und der Wismarer Kollege kämpften sich durch drei Gänge, obwohl das Preisniveau nicht ganz zu dem ihrer Gehälter passte. Während Becker sich bemühte, die letzten Reste der leckeren Crème brûlée aus der Dessertschale auf ihren Löffel zu befördern – am liebsten hätte sie die Schüssel mit langer Zunge ausgeleckt – winkte Anna Jordan die Kellnerin heran.

»Nehmt ihr einen Grappa zum Verdauen?«, fragte sie.

»Unbedingt«, stimmte Mettenbach zu. »Es wird zwar behauptet, dass ein Schnaps nach reichhaltigem Essen nicht helfen soll, aber meine persönliche Erfahrung ist eine andere.«

Becker nickte stumm und löffelte weiter.

»Also drei Grappas?«, fragte die Kellnerin.

»Drei Grappe«, verbesserte Jordan, wobei sie das e am Ende betonte.

Die Kellnerin rang sich ein Lächeln ab und eilte davon. Becker musterte ihre Kollegin. Die Jordan, eine hagere Frau Mitte dreißig mit dunkler Kurzhaarfrisur, schien eigentlich umgänglich zu sein. Sie hatte jedoch manchmal rechthaberische Anwandlungen. Becker verkniff sich eine Bemerkung, sie wollte die bis dahin gute Stimmung nicht verderben. Man war am Anfang des Abends übereingekommen, beim Essen nicht über den Fall zu reden. Mittlerweile war es fast zweiundzwanzig Uhr und Becker hatte keine Lust mehr auf Smalltalk.

Der Verdauungsschnaps wurde serviert und Mettenbach streckte seine Hand mit dem Glas aus. »Auf einen guten Ost-West-Dialog. Sind eigentlich alle weiblichen Polizisten in Hamburg so nett wie ihr zwei?«

»Natürlich nicht. Wir sind die Nettesten«, behauptete Jordan.

»Schleimer!«, kommentierte Becker mit einem Lächeln. »Und nun weg damit. Wird Zeit, dass wir über den Fall reden.«

Sie tranken den Grappa. Mettenbach leckte sich die Lippen. Er sah unverschämt gut aus, blond, blauäugig, wie die nordische Variante des jungen Richard Gere.

Becker beschloss, ihn aus der Reserve zu locken. »Woran hat's gelegen?«, fragte sie. »Warum ist der Mord an Kamphausen bis heute ungeklärt?«

Mettenbach guckte sie verärgert an. »Willst du die Besserwessi-Frau raushängen lassen, Vera?«

Sie lächelte. »Nein. Aber die Frage ist berechtigt, oder?«

Mettenbach faltete die Hände. »Stimmt leider. Dass wir diesen Fall ungelöst zu den Akten legen mussten, wurmt mich heute noch. Mädels, gebt dem Ossi eine Chance! Ich erkläre euch die Faktenlage, danach könnt ihr euer Urteil fällen.«

Er ist nicht beleidigt, das ist gut, dachte Becker.

»Fang' an«, forderte Anna Jordan. »Gutes Essen macht mich müde.«

Mettenbach trank einen Schluck Wasser.

»Okay, also die Kurzfassung. Matthias Kamphausen zog im Jahr 1996 nach Wismar. Vorher hatte er in Frankfurt – am Main, nicht an der Oder – als Investmentbanker gearbeitet. In Wismar gründete er die FCW, Finance Consulting Wismar. Ein Überflieger, gerade mal fünfundzwanzig Jahre jung. Er investierte das Geld seiner Kunden vor allem in die aufstrebenden Internetunternehmen. Die Strategie brachte in den folgenden Jahren phantastische Gewinne, die Kunden waren begeistert. Irgendwie muss der Kamphausen den Zusammenbruch im Jahr 2000, als die Internetblase platzte, vorausgeahnt haben. Die meisten seiner Kunden stiegen rechtzeitig aus und hatten nach dem überstandenen Börsencrash grenzenloses Vertrauen zu ihrem ›Börsen-Guru‹, wie man ihn hier in Wismar nannte.«

Anna Jordan stellte ihren rechten Ellenbogen auf den Tisch, breitete die Hand aus und bettete ihren Kopf in die Handfläche. Ihre Augenlider waren halb geschlossen. Becker vermutete, dass ihrer Kollegin die Kombination aus gutem Essen und mehreren Glas Wein nicht bekam.

»Was ist bei dir die Kurzfassung, Dirk?«, fragte sie. »Anna schläft gleich ein.«

Mettenbach warf einen Seitenblick auf Jordan.

»Ich dachte, ihr solltet die Vorgeschichte kennen. Den Beginn der Finanzkrise und die Pleite von Lehman Brothers hat Kamphausen dann leider nicht mehr vorhergesehen. Vielleicht erinnert ihr euch noch: Der DAX verlor in dem Jahr vierzig Prozent, die meisten Kunden von Kamphausen sogar noch mehr, weil sie Lehman-Zertifikate im Bestand hatten. Im Januar 2009 dürfte der Mann eine Menge Feinde gehabt haben. Am 18. Januar, laut Rechtsmedizin so gegen zwei Uhr in der Nacht, hat ihm irgendjemand das Lebenslicht ausgeblasen. Gefunden wurde er morgens um acht von einem Spaziergänger, da hinten am Strand. Den Fundort habt ihr euch ja angesehen.

Kein Haus und keine Straße in unmittelbarer Nähe, nur ein Minigolfplatz, der im Winter geschlossen ist, und nachts sowieso. Da hat natürlich keiner was gesehen. Er lag auf dem Bauch, splitternackt, mit einem Loch im Hinterkopf. Die Spurenlage ergab, dass er gekniet haben muss, als ihm in den Hinterkopf geschossen wurde. Das war eine Hinrichtung!

Seine Klamotten lagen neben der Leiche. Die Geldbörse und sein Schlüsselbund fehlten. Wir fanden keine Zeugen, nicht mal jemanden, der den Schuss gehört hatte. Später stellten wir fest, dass jemand sein Haus und Büro durchsucht hatte. Wir wissen nicht, ob etwas entwendet wurde. Der Kamphausen war ein Chaot, seine Ablage im Büro eine Katastrophe.«

Jordans Augenlider waren inzwischen weiter abgesackt, sie schien zu schlafen.

Fein, dachte Becker, Kamphausen ist eigentlich ihr Fall und die schlummert hier vor sich hin.

»Wieso war die Leiche nackt?«, fragte sie Mettenbach.

»Da kann ich nur raten. Dass er freiwillig baden gegangen ist, kann man wohl ausschließen. Die Nacht war kalt und stürmisch.«

»Ist er denn baden gegangen, also im Wasser gewesen?«

»Ja. Die Rechtsmedizin hat Rückstände des Ostseewassers auf seiner Haut gefunden, am ganzen Körper. Die Ostsee ist zwar nicht besonders salzhaltig, trotzdem konnte man Salzkristalle sicherstellen. Meine Theorie sieht so aus: Entweder wurde Kamphausen von seinen späteren Mördern gezwungen, ins Wasser zu gehen, weil es wie ein Selbstmord aussehen sollte. Möglich, dass er sich geweigert hat, weiter hinaus zu gehen. Oder es war eine Art Folter, um Informationen von ihm zu bekommen. Das Wasser der Ostsee hatte damals zwei Grad, mit Sicherheit kein Vergnügen.«

»Sagtest du ›die Mörder‹? Mehrzahl?«

»Ja, das ist sicher. Der Sandboden hat wunderbare Sohlenabdrücke konserviert. Die Kriminaltechnik kam zu dem Ergebnis, dass ein Täter mit Schuhgröße vierzig etwa sechzig bis fünfundsechzig Kilo schwer gewesen sein muss und der andere mit Größe fünfundvierzig mindestens neunzig Kilo hatte.«

Die Kollegin Jordan fing an, leise zu schnarchen.

»Das würde grundsätzlich zu der Beschreibung passen, die wir von den Mördern unseres Kollegen Lausen haben«, sagte Becker leise.

Mettenbach musste ein Lachen unterdrücken. »Sollen wir sie wecken?«, fragte er mit einem Fingerzeig auf Jordan.

Becker schüttelte den Kopf. »Reden wir lieber über die Waffe.«

»Es gibt zwei Merkwürdigkeiten in dem Fall. Zur Waffe komme ich gleich. Der Verein, bei dem dein Mordopfer, dieser Friedemann, Schatzmeister war, hatte Geld bei Kamphausen angelegt, rund eine Viertelmillion Euro. Kamphausen hat eine Woche vor seinem Tod fünfzigtausend Euro an den Verein zurückgezahlt. Kein anderer Anleger bekam sein Geld zurück, der Börsen-Guru war pleite. Somit hatten wir zweiundsechzig Verdächtige, von denen die Hälfte für den Todeszeitpunkt kein Alibi vorweisen konnte.«

»Nicht ungewöhnlich bei einer Tatzeit von zwei Uhr in der Nacht«, stellte Becker fest.

»Völlig richtig«, stimmte Mettenbach ihr zu, »komisch ist nur, dass alle Vorstandsmitglieder des VoK absolut sattelfeste Alibis hatten. Als hätten sie geahnt, dass sie eines brauchten.«

Jordans Kopf rutschte vom Handballen, knapp vor der Tischfläche riss die Kommissarin ihn hoch. Sie blinzelte mühsam und Schweißperlen standen auf ihrer Stirn.

»Entschuldigt, Leute. Ich weiß nicht, was mit mir los ist.« Sie fasste sich an die Stirn. »Könnte sein, dass ich Fieber habe. Ich gehe aufs Zimmer. Regelt ihr das mit der Rechnung?«

»Du siehst echt krank aus«, bestätigte Becker. »Wir machen das schon.«

»Danke.« Anna Jordan verließ müden Schrittes das Restaurant.

Becker sah ihr besorgt nach. »War wohl doch nicht der Alkohol. Bringen wir es zu Ende.«

»Ja, die zweite Merkwürdigkeit betrifft die Makarov. Nach drei Monaten intensiver Ermittlungen standen wir praktisch mit leeren Händen da. Wir hatten drei Dutzend Verdächtige, aber konkret hatten wir gar keinen. Die Staatsanwaltschaft hat den Fall auf Eis gelegt und unser Chef übertrug mir einen anderen Fall. Monate später, es muss im Oktober letzten Jahres gewesen sein, bekam ich einen anonymen Anruf. Genauer gesagt war es eine Anruferin mit leichtem Berliner Dialekt. Sie meinte, ich sollte mir bezüglich der Herkunft der Makarov die Stasiakte des Offiziers Klaus Müller besorgen. Womöglich könnte ich darin wichtige Hinweise finden.«

»Und? Hast du wichtige Hinweise gefunden?«

»Nee, ich war ja nicht mehr mit dem Fall Kamphausen betraut. Ich gab die Information an meinen Chef weiter und fragte zwei Wochen später nach. Angeblich stellte sich der Tipp als Sackgasse heraus.«

»Du glaubst nicht daran?«

»Ähm … ich habe schon zuviel gesagt. Ich will meinen Kollegen nicht in den Rücken fallen. Du solltest selbst nachforschen: Klaus Müller, Jahrgang 1947, war in der Hauptabteilung IX des MfS beschäftigt. Fahr' nach Berlin zur BStU, vielleicht findest du dort eine Antwort.«

»BStU?«

»Ja, du weißt schon, diese Behörde mit dem umständlichen Namen, den sich kein Mensch merken kann, besser bekannt als Gauck- oder Birthler-Behörde.«

»Ach so, du meinst die Behörde für die Stasi-Unterlagen.«

»Genau. So, um es mit Trappatoni zu sagen: Ich habe fertig.« Mettenbach streckte sich und lächelte. »Was hältst du von einem kleinen Spaziergang am Hafen und einem Absacker in einer gemütlichen Bar?«

Becker lächelte zurück. »Heute nicht. Ich muss morgen früh raus und jetzt will ich lieber nach Anna sehen, vielleicht ein andermal.«

»Okay.« Mettenbach winkte der Kellnerin. »Die Rechnung bitte.« Er wandte sich an Becker. »Ihr seid eingeladen, Anweisung von meinem Chef.«

Becker bedankte sich, ging zu Mettenbach und gab ihm einen Kuss auf die Wange. »Bis bald, Dirk.« Sie zwinkerte ihm zu und verließ das Restaurant.

Kapitel 10

Harald Hansen erwachte am Donnerstagmorgen mit einem heiteren Gefühl, eine Nachwirkung des Abends mit Nadja. Nach einem kritischen Blick in den Badspiegel schwand die gute Laune.

»Aus dir etwas Ansehnliches zu machen, wird immer schwieriger«, sagte er halblaut zu seinem Spiegelbild. »Bist eben doch kein junger Hengst mehr.«

»Und zum Glück nicht eitel«, antwortete das Spiegelbild.

Um halb neun saß er an seinem Schreibtisch im Büro und öffnete eine E-Mail von Vera Becker, die diese in der Nacht um 0.32 Uhr verschickt hatte. Becker lieferte eine Zusammenfassung des Gesprächs mit dem Wismarer Kollegen Mettenbach. Sie wollte die neue mögliche Spur zur Tatwaffe im Fall Lausen verfolgen und dafür nach Berlin fahren. Vorher würde sie die erkrankte Kollegin Jordan in einen Zug nach Hamburg setzen. Sie bat um einen schnellen Rückruf.

Hansen griff zum Telefon und genehmigte die Verlängerung der Dienstreise auf eigene Faust. Kriminaloberrat Thorwald würde nachträglich sicher zustimmen. Danach rief er Frau Dr. Dierscheidt an und bat sie, den Antrag auf kurzfristige Akteneinsicht bei der BStU für Becker zu stellen. Die Staatsanwältin versprach, sich sofort darum zu kümmern.

Ralf Förster humpelte herein. Er hatte am Vortag bis in den Abend hinein zusammen mit Christoph Wolter Nachforschungen über Johannes Zietlow angestellt. Das Ergebnis war dürftig und stellte nur die Oberfläche der Zietlowschen Existenz dar. Dass Hansens Kenntnisse aus Friedemanns Aufzeichnungen viel tiefer gingen, sagte er Förster nicht. Er wollte weder die Kollegen frustrieren noch kundtun, dass er im Besitz von Dokumenten aus dem Bankschließfach war. Also gab er sich Mühe, scheinbar interessiert zuzuhören.

Am Ende von Försters Rede schaute Hansen auf seine Armbanduhr. Es war fünf Minuten vor neun.

»Sorry, Ralf, ich muss los. Wir reden später«, sagte er, schnappte seine abgewetzte Jeansjacke und verschwand.

Er stellte sich an den Treppenabsatz vor dem Haupteingang des Präsidiums, zündete sich eine Zigarette an und wartete auf Hauptkommissar Schneider. Das herrliche Sommerwetter des Vortags war Vergangenheit. Der Himmel zeigte sich einheitlich grau und die Temperatur war deutlich gesunken. Schneider, ein kleiner Mann mit gedrungenem Körperbau, Doppelkinn und Mopsgesicht, strebte ihm entgegen.

»Moin, Kollege«, grüßte Hansen.

Schneider verzichtete auf eine Begrüßungsfloskel, gab Hansen nicht die Hand.

»Was wird das hier, Hansen?«, polterte er los. »Ein konspiratives Treffen? Glauben Sie ja nicht, dass Sie mich in eines Ihrer krummen Dinger hineinziehen können.«

Hansen zog eine Schachtel aus der Hosentasche. »Zigarette?«

Die freundliche Geste brachte Schneider aus dem Konzept.

»Ähm … ja, danke.«

Hansen gab ihm Feuer.

»Gehen wir ein Stück?«, fragte er und schritt die Treppe hinab, ohne Schneiders Antwort abzuwarten. Der Leiter der Soko Lausen folgte ihm widerwillig.

»Können wir uns darauf verständigen, dass wir beide dasselbe Ziel haben, Herr Schneider? Wir wollen den Mörder oder die Mörderin von Jörg Lausen kriegen. Richtig?«

»Das versteht sich doch von selbst«, grummelte Schneider.

Sie hatten das Ende der Treppe erreicht. Hansen bog nach rechts ab, Schneider schlenderte neben ihm her. Hansen überlegte, wie er auf den kritischen Punkt zusteuern sollte. Er wählte den direkten Weg, wie er es meistens tat.

»Ich weiß, wo sich der Zeuge Joachim Dickel aufhält.«

Schneider war nicht dumm. Er packte Hansen am Oberarm, drehte ihn zu sich herum und stellte sofort die unangenehmste Frage: »Seit wann wissen Sie das?«

»Seit ungefähr zweiundzwanzig Stunden.«

Schneider reckte sich in die Höhe, stand auf den Zehenspitzen und befand sich nun auf Augenhöhe mit Hansen.

»Und Sie hielten es nicht für nötig, mich zu informieren? Den Leiter der Soko Lausen? So geht das nicht, Hansen. Ich glaube es nicht! Seit zwei Tagen suchen fünfundzwanzig Kollegen verzweifelt nach diesem Zeugen, gehen hundert Hinweisen nach, und Sie wissen seit gestern, wo der Kerl sich aufhält! Ich weiß, dass Sie zu Eskapaden neigen und ich weiß auch, dass Sie aus mir unerfindlichen Gründen bei Kriminaloberrat Thorwald einen Stein im Brett haben. Aber mit der Nummer haben Sie eine Grenze überschritten. Das wird Folgen haben!«

Auf Schneiders Wangen zeigten sich rötliche Flecken.

Der sollte mal seinen Blutdruck untersuchen lassen, dachte Hansen. Laut sagte er: »Ich kann Ihre Aufregung verstehen. Ich bitte Sie nur, mich bis zum Ende anzuhören, dann können Sie entscheiden, ob Sie mir einen reinwürgen lassen wollen oder nicht.«

»Raus mit der Sprache!«, forderte Schneider.

Hansen schilderte, wie er Kontakt zu Dickel bekommen hatte, was diesem widerfahren war und dass Friedemann seinen Sohn ausdrücklich vor einer Verseuchung des Polizeipräsidiums gewarnt hatte. Am Schluss machte Hansen Schneider ein Angebot.

»Sie können ihn in seinem Versteck besuchen und vernehmen. Sie kriegen alle Informationen. Ich möchte Sie nur bitten, die Aussagen von Dickel mit Bedacht zu verwenden und vor allem die Quelle zu schützen. Solange wir nicht wissen, was die Warnung Friedemanns zu bedeuten hat, müssen wir sehr vorsichtig agieren.«

Sie waren stehen geblieben. Schneider streichelte mit Zeigefinger und Daumen seinen dicken Hals und begann vor Hansen einen Rundlauf um einen imaginären Baum. Nach drei Kreisläufen hielt er inne und breitete die Arme aus.

»Um Himmels Willen, ja! Ich bin einverstanden. Wann kann ich den Dickel sprechen?«

»Von mir aus sofort. Oberkommissar Bernstein bringt Sie zu ihm.«

»Ach, der ist eingeweiht? Naja, das hätte ich mir denken können. Sie beide sind ja so.« Er kreuzte Zeige- und Mittelfinger. »Manch' ein Kollege kam da schon auf schlüpfrige Gedanken.«

Hansen hob drohend die Hand. »Vorsicht, Schneider! Passen Sie auf, was Sie sagen.«

»Immer mit der Ruhe, Hansen. Was ich sagte, waren weiß Gott nicht meine Gedanken. Man schnappt ja so einiges auf den Fluren auf.«

Hansen winkte verächtlich ab und nahm sein Handy zur Hand.

»Thomas, könntest du bitte den Kollegen Schneider zu Dickel bringen? … Ja, das geht in Ordnung … Nein, er weiß Bescheid … Hör' auf, es nützt doch nichts … Danke dir … Ach, Thomas? Sag' dem Dickel bitte, dass morgen die Sperrmüllabfuhr kommt, um die restlichen Möbel abzuholen. Er möchte die Leute bitte reinlassen … Ja, verflucht, ich erkläre es ihm selbst. Tschüss, Thomas.«

Schneider kicherte. »Das klingt wie ein altes Ehepaar. Wenn ich nicht wüsste, dass Sie eine zwanzig Jahre jüngere Lebensgefährtin haben … Respekt übrigens, hätte ich Ihnen nicht zugetraut.«

»Ach, leckt mich doch alle am …«

Hansen stapfte wütend davon. Es wurde Zeit, dem Vorsitzenden des Vereins für ostdeutsche Kultur e.V. einen Besuch abzustatten.

Nachdem sie Anna Jordan am Bahnhof abgesetzt hatte, fuhr Vera Becker in den Osten Wismars. Die Kollegin würde knapp zwei Stunden mit dem Regionalexpress unterwegs sein, bei einer Körpertemperatur von über 38 Grad kein Vergnügen.

Das Einfamilienhaus im Ortsteil Dargetzow machte einen gepflegten Eindruck. Die schwarze Limousine vor dem Garagentor wirkte in der gutbürgerlichen Wohngegend fast protzig. Vera Becker klingelte, Sekunden später wurde die Tür geöffnet, als hätte der Mann, der nun im Türrahmen stand, im Flur auf das Klingeln gewartet.

»Kommissarin Vera Becker aus Hamburg, wir hatten telefoniert.«

Vor ihr stand ein stämmiger Mann mit einem dünnen Haarkranz und einem groben, fast viereckigen Gesicht. Seine dunklen Augen hinter dicken Brillengläsern musterten Becker abschätzend.

Der Mann streckte die Hand aus. »Axel Rogowski, bitte kommen Sie rein.«

Er führte sie einen breiten Flur entlang, an dessen Wänden zahlreiche Jagdtrophäen hingen. Becker sah Geweihe in unterschiedlichen Größen, ein ausgestopftes Frettchen und einen präparierten Maulwurf auf einem schmalen Brett.

Rogowski bemerkte ihren Blick. »Den habe ich eigenhändig erledigt. Ich weiß, die Viecher stehen unter Naturschutz, aber der war drauf und dran, mir den ganzen Garten umzupflügen. Sie werden mich deswegen wohl nicht gleich verhaften, oder?«

»Nein, deswegen nicht.«

Von der Wand am Flurende glotzte Becker ein Wildschweinkopf an.

Sie kam sich vor wie in einem Gruselkabinett. Der ehemalige NVA-Offizier führte sie ins Wohnzimmer, in dem sich der waidmännische Einrichtungsstil fortsetzte. Tapeten in jägergrün, röhrender Hirsch in Öl, Urkunden und Pokale von Jagd- und Schützenverein. Neben der Schrankwand stand eine Vitrine mit Militärfahrzeugmodellen. An einer Wand, über dem Sofa, hing eine reich verzierte Schrotflinte. Becker betrachtete die Waffe.

»Keine Sorge«, sagte Rogowski, »die ist funktionsuntüchtig, wie es sich gehört. Meine scharfen Waffen lagern vorschriftsmäßig in einem verschlossenen Waffenschrank im Keller. Setzen Sie sich doch.«

Becker ließ sich in einen Polstersessel fallen und sie fiel tief. Auf dem Tisch vor ihr standen Kaffeetassen und eine Kanne aus Porzellan mit Goldrand. Rogowski schenkte ohne zu fragen ein und setzte sich am anderen Ende des Tisches ebenfalls in einen Sessel.

»Schreckliche Sache, das mit Rudolf. Was möchten Sie wissen, Frau Kommissarin? Ich fürchte allerdings, dass ich Ihnen nicht großartig helfen kann.«

»Wir werden sehen«, antwortete Becker kalt. »Sie haben sehr oft mit Herrn Friedemann telefoniert.«

»Sehr oft? Naja, einmal pro Woche vielleicht. Das war nötig, denn er war ja unser Schatzmeister. Ein wirklich guter übrigens, das muss man ihm lassen.«

»Welche Aufgabe haben Sie denn im Verein?«

»Ich kümmere mich meistens um das Organisatorische, also um alles, was im Vorfeld von Veranstaltungen zu regeln ist, die der Verein fördert. Und wenn es um die Zuschüsse ging, die der Verein gewissen Veranstaltern gewährte, musste ich das regelmäßig mit Rudolf absprechen, der dann für die entsprechenden Überweisungen sorgte.«

»Wofür gibt der Verein Zuschüsse?«

»Ach, das sind verschiedene Projekte. Ausstellungen zum Beispiel, in denen Künstler der DDR und ihre Werke präsentiert werden, oder Benefizveranstaltungen für Restaurierungsarbeiten, oder zeitgeschichtliche Dokumentationen, so was eben.«

»Wie war Ihr Verhältnis zu Rudolf Friedemann?«

»Gut, im Sinne der Vereinsarbeit. Privat hatten wir kaum Kontakt.«

Becker dachte an die Zeugenaussage von Friedemanns Nachbarin, die von Besuchen mehrerer älterer Herren berichtet hatte.

»Waren Sie je bei Friedemann zu Hause, in Harvestehude?«

Rogowski faltete die Hände über seinem Kugelbauch und schaute an die Zimmerdecke.

»Jaa«, sagte er zögerlich, »zwei oder drei Mal bin ich wohl bei ihm gewesen, da ging es dann um die Jahresbilanzen und solche Dinge.«

»Und bei der Gelegenheit haben Sie nie über Privates gesprochen?«

»Nein, zumindest kann ich mich nicht erinnern.«

»Dann wissen Sie also nichts über das Vorleben des Herrn Friedemann, bevor er in Ihren Verein eintrat?«

Rogowskis Augen wurden unruhig. »Tut mir leid, darüber haben wir nie gesprochen.«

Becker erhob ihre Stimme. »Sie wollen mir ernsthaft erzählen, dass Sie einen Mann in den Vorstand Ihres Vereins berufen und zum Schatzmeister machen, ohne zu wissen, wem Sie die Herrschaft über die Finanzen anvertrauen?«

Rogowski stemmte die Hände auf die Sessellehnen als wollte er aufspringen. »So habe ich das nicht gesagt! Sie drehen mir die Worte im Mund herum!«

Becker fixierte ihn mit ihrem Blick. »Nicht so laut, Herr Rogowski! Ich bin nicht schwerhörig. Ich habe Ihnen eine logische Frage gestellt. Würden Sie diese bitte beantworten.«

Er rückte seine Brille zurecht, seine Augen wichen ihr aus und starrten den Kronleuchter an der Decke an. Die Hände wanderten in den Schoß.

»Mit der Überprüfung seines Werdegangs hatte ich nichts zu tun. Das hat unser Vorsitzender Lothar Thöner übernommen. Außerdem hat Hartmut Gericke für Friedemann gebürgt.«

»Wer ist Hartmut Gericke?«

»Ein ehemaliges Vorstandsmitglied. Den können Sie leider nicht mehr befragen, er starb im Jahr 2004. Ich weiß nur, dass Friedemann viele Jahre in Venezuela gelebt und dort ein Vermögen gemacht hat.«

Wie praktisch, dachte Becker, ein verstorbener Leumundszeuge dient als Rechtfertigung. »Wir wissen inzwischen, dass Friedemann nie in Venezuela gelebt hat. Er war nur für ein paar Wochen oder Monate dort.«

»Tatsächlich? Das höre ich zum ersten Mal.«

Becker war es leid. »Dann hören Sie den Namen Johannes Zietlow bestimmt auch zum ersten Mal, nicht wahr?«

»Johannes wer?«

»Zietlow.«

»Tut mir wirklich leid, Frau Kommissarin. Nie gehört, den Namen.«

Vera Becker stand auf. Der Offizier im Ruhestand hatte sich schnell gefangen, trotzdem war ihr seine Verunsicherung bei der Nennung des Namens Zietlow nicht entgangen. Ohne Hoffnung auf eine erhellende Antwort fragte sie: »Fällt Ihnen jemand ein, der so wütend auf Friedemann war, dass er ihn umgebracht haben könnte?«

»Nein, ich dachte, es wäre ein Raubmord gewesen. Irgendwelche Junkies oder so.«

»Sogar der blödeste Junkie würde wohl kaum eine offen daliegende Breitling verschmähen, geschweige denn das Bargeld in der Geldbörse. Eine letzte Frage noch: Wo waren Sie am Sonntagabend zwischen zweiundzwanzig und dreiundzwanzig Uhr?«

Rogowski spürte wieder Boden unter den Füßen. Er grinste.

»Glauben Sie, ich hätte den Friedemann umgebracht? Da muss ich Sie enttäuschen. Sie können mein Alibi gern überprüfen. Am Sonntagabend war ich mit einigen Kollegen des Schützenvereins bis ungefähr um Mitternacht in unserem Vereinslokal. Ich gebe Ihnen die Namen der Leute, die dabei waren.«

Becker gab sich keine Blöße und ließ sich die Namen aufschreiben. An der Haustür gab sie ihren letzten Schuss ab. »Ist Ihnen je ein Mann namens Klaus Müller begegnet? Er war bei der Stasi, Hauptabteilung IX.« Sie wartete seine Antwort nicht ab. »Aber nein, mit der Stasi hatten Sie ja nichts zu tun, Sie waren doch nur bei der NVA.«

Fröhlich summend ging sie zu ihrem Dienstwagen. Rogowskis Gesicht hatte ihr die erhoffte Bestätigung gegeben. Es würde sich lohnen, nach Berlin zu fahren und in alten Akten zu wühlen.

Hansen wählte die Route über die Sierichstraße. An der Außenalster staute sich der Verkehr wegen eines Unfalls. Da er das Problem rechtzeitig erkannte, konnte der Hauptkommissar über die Lange Reihe ausweichen, eine von größtenteils sanierten, schönen Altbauten gesäumte Straße. Früher eine beliebte Wohngegend für alternativ angehauchte Menschen, die preiswerte Mietwohnungen suchten, entwickelte sich die Lange Reihe mit ihren Nebenstraßen zu einem teuren Pflaster. Mietwohnungen wurden nach Modernisierungsmaßnahmen in Eigentumswohnungen umgewandelt oder die Mieten so kräftig erhöht, dass sie für die meisten Mieter unbezahlbar wurden. Straßencafés, Boutiquen und Trendrestaurants verdrängten die alteingesessenen Einzelhändler. Hansen kannte den Stadtteil St. Georg von früher als Umschlagplatz für Drogen und billigen Straßenstrich. Am Steindamm gab es immer noch eine bunte Mischung aus Sexshops, türkischen Gemüseläden und Hotels der unteren Kategorien. Doch der Wandel rund um den einstmals berüchtigten Hansaplatz war unübersehbar. Gentrifizierung nannten Soziologen diesen Vorgang, bei dem gewachsene Stadtteile sich radikal veränderten. In St. Georg prallten gegensätzliche Lebensweisen aufeinander. Für Hansen war es die Verdrängung der armen Leute aus lukrativen Innenstadtbezirken durch Investoren und Gutverdienende. Die Vernichtung preiswerten Wohnraums wurde in

Hamburg zu einem wachsenden Problem. Hansen dachte an Vera Becker, die es sich als junge Kommissarin nicht mehr leisten konnte, in ihrer Wohnung auf St. Pauli zu bleiben und quasi gezwungen war, Hansens alte Wohnung in Alsterdorf zu übernehmen. Mit dem Besen der Modernisierung wurden ganze Straßenzüge gekehrt und der Dreck der Probleme einfach in andere Bezirke geschoben, möglichst weit weg von den schicken und angesagten Bereichen.

Über den Steintorwall, am Hauptbahnhof vorbei, die ehemalige Ost-West-Straße hinauf, die seit 2005 Willy-Brandt-Straße hieß, erreichte er den Abzweig zum Rödingsmarkt, stand vor der roten Linksabbiegerampel und stellte fest, dass er einen Umweg gefahren war.

Kein Problem, dachte er, über den Baumwall komme ich auch zur Speicherstadt.

Feiner Nieselregen benetzte die Windschutzscheibe. Hansen hatte das Seitenfenster der Fahrerseite ein Stück geöffnet und blies den Rauch seiner Zigarette durch den Spalt hinaus. Die Außentemperatur betrug zweiundzwanzig Grad, angenehm aus seiner Sicht. Sommertage mit dreißig Grad und mehr mochte er nicht. Wenn hohe Luftfeuchtigkeit dazu kam, merkte er deutlich, dass sein Herz keine hundert Prozent Leistung mehr brachte.

Über sich hörte er das typische Quietschen und Kreischen eines sich nähernden Hochbahnzuges, der sich durch die engen Kurven des Stahlviadukts zwischen den Bahnhöfen Rödingsmarkt und Baumwall quälte.

Minuten später passierte Hansen das ›Miniatur-Wunderland‹, die größte Modelleisenbahn der Welt, seit Jahren eine der Hauptattraktionen der Hansestadt, und er schämte sich, weil er Mareike vor einem halben Jahr versprochen hatte, mit ihr dorthin zu gehen und es bis heute nicht getan hatte.

In zwei Wochen bist du pensioniert und hast Zeit ohne Ende, dann klappt das, beruhigte er sich.

Er erreichte sein Ziel und schaute an der historischen Fassade des Speichers hoch. Die Speicherstadt faszinierte Hansen jedes Mal aufs Neue und wenn er die Ladeluken sah, meinte er, die Gerüche von Kaffee, Tee und allerlei Gewürzen wahrzunehmen.

Die gläsernen Büros der Firma SST in historischem Ambiente beeindruckten Hansen. Ein Mann namens Fritsche, der sich als Assistent der Geschäftsführung vorstellte, holte ihn an dem Fahrstuhl ab, der glücklicherweise modern und geräumig war und seinen Dienst weitgehend geräuschlos versah. Alte, enge und mit knarzenden Geräuschen arbeitende Fahrstühle sorgten bei dem Hauptkommissar für Beklemmungen. Fritsche brachte Hansen zu einem großen Büro mit massiven Wänden am Ende des Korridors und öffnete die Tür.

Thöner erhob sich aus seinem wuchtigen Bürostuhl, umrundete den extrem breiten, hochglanzpolierten, schwarzen Schreibtisch und schritt mit ausgestrecktem Arm auf den Besucher zu.

»Kommissar Hansen, richtig? Kommen Sie herein, nehmen Sie Platz.« Er schüttelte Hansens Hand und deutete auf eine schwarze Ledersitzgruppe. »Möchten Sie etwas trinken? Kaffee, Tee, Cappuccino, Espresso, Latte macchiato, Fruchtsaft oder Wasser?«

Hansen fragte sich, ob er in einem dieser amerikanischen Coffeeshops gelandet sei, in denen man ›Kaffee zum Weglaufen‹ in hundert Varianten kaufen konnte.

»Ganz normalen Kaffee bitte, schwarz.«

Thöner drehte den Kopf seinem Assistenten zu. »Sie haben es gehört, Fritsche. Für mich einen Latte.«

Fritsche nickte und schloss die Tür von draußen. Thöner legte das Jackett seines Nadelstreifenanzugs ab. Darunter trug er eine Weste, ein blendend weißes Hemd und eine marineblaue Krawatte. Hansen betrachtete ihn. Der Mann hatte die Aura eines ehrenwerten hanseatischen Kaufmanns. Er war so alt wie Hansen, wirkte mindestens zehn Jahre jünger und zwanzig Kilo schlanker. Sein volles, dunkles Haar mit Linksscheitel zeigte nur an den Schläfen graue Ansätze, die braunen Augen wichen Hansens Blick nicht aus. Es würde schwer werden, diesen Mann aus der Reserve zu locken.

Hansen wählte eine zweisitzige Couch vor der Querwand. So konnte er das gesamte Büro im Blick behalten. Thöner setzte sich breitbeinig in den nächstgelegenen Sessel. Die beiden Männer saßen nun im Neunzig-Grad-Winkel zueinander und für Hansens Geschmack zu dicht beieinander.

»Rudolf Friedemanns Tod, eine Ironie des Schicksals. Empfinden Sie das auch so, Herr Kommissar?«, begann Thöner das Gespräch.

Er nimmt sofort das Heft in die Hand, dachte Hansen und sagte: »Sie meinen wahrscheinlich seinen bevorstehenden Tod durch den Krebs. Sie wussten also von seiner Krankheit?«

»Ja, allerdings erst seit zwei Wochen. Da rief er mich an und meinte, ich müsste mir einen neuen Schatzmeister für den Verein suchen. Er sei in Zukunft nicht mehr in der Lage, das Amt auszuüben. Ich sprach von Ironie, weil Rudolfs Mörder ihm wohl einen langen Leidensweg erspart hat, ohne es zu ahnen.«

»Das habe ich verstanden. Man muss aber festhalten, dass es eher ein beschleunigter Leidensweg war. Im Übrigen waren es mindestens zwei Täter. Soviel wissen wir bereits.«

»Ist das so? Nun ja, über die Einzelheiten bin ich natürlich nicht informiert.«

»Wie haben Sie denn vom Tod Ihres Freundes erfahren?«

»Axel Rogowski rief mich gestern an. Er ist Mitglied im Vereinsvorstand, wie Sie sicher wissen. Eine Kollegin von Ihnen hatte ihn angerufen und wegen des Todes von Rudolf um einen Termin gebeten.«

Hansen wählte seine Worte mit Bedacht. »Ich stelle fest, Sie haben den von mir gewählten Begriff ›Freund‹ nicht dementiert. Dann können Sie mir bestimmt mit Informationen über Ihren Freund Rudolf helfen.«

Thöner guckte irritiert. Fritsche klopfte an die Tür, öffnete sie eine Sekunde später und servierte mit einem servilen Lächeln im schwammigen Gesicht die Getränke.

Schade, dachte Hansen. Die Unterbrechung kam zur unrechten Zeit.

Fritsche entschwand und Thöner nippte an seinem Latte macchiato, bevor er antwortete.

»Sie sind ein Fallensteller, Herr Hansen. Doch bei mir sind Sie an der falschen Adresse. Ich habe nichts zu verbergen.«

Interessant, dachte Hansen, er geht ohne Zögern zum Angriff über.

»Sie scheinen mich missverstanden zu haben, Herr Thöner. Ich hatte nicht die Absicht, Ihnen eine Falle zu stellen. Ich wüsste nicht mal, warum ich das tun sollte.«

»Weil es das Wesen Ihres Berufes ist, Herr Hansen.«

Hansen trank einen Schluck Kaffee und schüttelte den Kopf.

»Das Wesen meines Berufes ist die Erforschung der Wahrheit, mit Fallenstellerei hat das wenig zu tun. Meine Hoffnung ist, dass Sie mir Informationen über das Leben Ihres Freundes Rudolf Friedemann aus der Zeit vor 1991 geben können. Ganz simpel, ohne Hintergedanken.«

Thöner legte seine Handflächen gegeneinander und spitzte die Lippen.

»Entschuldigen Sie. Es scheint, ich hätte Sie wirklich falsch verstanden. Manchmal spielt einem die Vergangenheit in der Gegenwart einen Streich. Das müssen Sie nicht verstehen. Um auf Ihre Frage zurückzukommen: ja, ich war mit Rudolf befreundet. Trotzdem kann ich Ihnen nicht helfen. Rudolf war sehr verschlossen, was seine Zeit in Venezuela anging.«

»Und vor Venezuela?«

»Was davor war, weiß ich nicht, tut mir leid. Ich habe ihn erst 1991 kennengelernt und ich gehöre nicht zu den neugierigen Menschen, die andere ohne jedes Taktgefühl ausfragen.«

Hansen zog seine Zigarettenschachtel aus der Hosentasche. Sie war eingedellt.

»Stört es Sie, wenn ich rauche?«

»Ich gehöre nicht zu denen, die anderen unnötige Vorschriften machen«, sagte Thöner und brachte Hansen einen Marmoraschenbecher mit wellenförmigem Rand. »Außerdem genehmige ich mir selbst bei passender Gelegenheit gerne einen Zigarillo.«

Hansen zündete die Zigarette an, blies den Rauch aus und kratzte sich mit den Fingern der linken Hand den Nasenrücken, als hätte sich dort ein Floh niedergelassen.

»Immer, wenn etwas nicht zusammenpasst, fängt meine Nase an, wie verrückt zu jucken. Komisch, was? Nehmen Sie es mir nicht übel, aber für mich klingt das unglaubwürdig. Ich versuche ja, es zu verstehen. Leider will es mir nicht gelingen. Da kommt 1991 ein Deutscher zu Ihnen, der vorher jahrelang im Ausland war, will Mitglied in Ihrem Verein werden und wenige Monate später ist der Mann der Schatzmeister des Vereins. Eines Vereins, der über beträchtliche Mittel verfügt. Sie geben selbst an, mit diesem Mann befreundet gewesen zu sein. Und trotzdem behaupten Sie, über den Lebenslauf des Mannes fast nichts zu wissen.«

Thöner öffnete die gekreuzten Beine und legte die Unterarme auf die Oberschenkel. Die aufgesetzte Freundlichkeit verschwand. »Wem ich wann und aus welchem Grund vertraue, ist einzig und allein meine Sache. Ich antworte trotzdem, um der Sache willen. Friedemann hatte einen Leumund, Hartmut Gericke, ein inzwischen verstorbenes Mitglied unseres Vorstands. Er hat dem Verein bei seinem Eintritt eine nicht unbeträchtliche Summe gespendet. Außerdem habe ich damals seine Vermögensverhältnisse persönlich überprüft. Genügt Ihnen das?«

»Kennen Sie Friedemanns richtigen Namen?«, konterte Hansen.

Thöner hatte nach seinem Latte macchiato gegriffen und verharrte mitten in der Bewegung. »Was meinen Sie damit?«

»Rudolf Friedemann kam als Johannes Zietlow auf die Welt.«

»Da muss ich passen, Herr Hansen. Davon weiß ich nichts.«

»Dann will ich Sie mal aufklären. Ihr Freund Rudolf Friedemann wurde unter seinem richtigen Namen Johannes Zietlow in den fünfziger Jahren von der Spionageabteilung des Ministeriums für Staatssicherheit der DDR als sogenannter Perspektiv-Agent in den Westen geschickt.«

Hansen beobachtete seinen Gesprächspartner. Thöner gab sich fast keine Blöße. Nur ein minimales Zucken seiner Kiefermuskeln zeigte die Anspannung.

»Sind Sie sicher?«, fragte er. »Das ist ja … ich kann das nicht glauben!«

»Es gibt Aufzeichnungen, von Friedemann persönlich, in denen er es zugibt. Und nicht nur das.«

Thöner umklammerte sein Latte-Glas, die Knöchel der Finger färbten sich weiß. Er sagte kein Wort.

Hansen ging einen Schritt weiter. »Hatten Sie je mit der Stasi zu tun?«

Thöner stellte das Glas ab. An seinen Schläfen traten die Adern hervor, die Stimme wurde laut. »Mit der Stasi zu tun? Verdammt noch mal, Herr Kommissar! Sind Sie hergekommen, ohne vorher Ihre Hausaufgaben gemacht zu haben? Kennen Sie meinen Lebenslauf? Offensichtlich nicht. Ausgerechnet Sie machen mir Vorwürfe, weil ich Ihrer Meinung nach nicht genug über das Vorleben von Friedemann weiß! Sie machen sich gerade lächerlich. Sie wollen wissen, ob ich was mit der Stasi zu tun hatte? Na schön, dann sperren Sie jetzt bitte Ihre Lauscher auf. Ich erzähle Ihnen, was die Stasi mit mir zu tun hatte!«

Thöners Gefühlsausbruch überraschte Hansen. Er drückte seine Zigarette aus und wartete ab.

Ruhe bewahren, mahnte er sich. Lass' ihn reden.

»Ich saß in einem Stasi-Gefängnis, ich hätte Jahre dort verbracht, wenn die BRD mich nicht freigekauft hätte. Wussten Sie das nicht?«

»Doch, aber das allein besagt ja nichts«, antwortete Hansen.

Thöner war noch immer erregt, trotzdem schien er sich unter Kontrolle zu haben.

»Sie haben keine Ahnung, was das bedeutet, Herr Hansen. Sie kennen vielleicht die Bedingungen in den damaligen westdeutschen Gefängnissen und glauben, sich die Haftbedingungen in der DDR vorstellen zu können. Sie sind wie ein Blinder, der von Farben spricht. Ich muss Ihnen wohl einen Einblick gewähren. Vielleicht begreifen Sie dann, wie absurd Ihre angedeuteten Verdächtigungen sind.

Ich war ein überzeugter Sozialist, kein Gegner des Systems, kein Staatsfeind. Ich wollte bloß, dass einige Dinge besser und fairer laufen sollten, zum Beispiel was die Frage des Studierens anging. Dazu habe ich hier und da mal meine Meinung gesagt, wahrscheinlich an den falschen Orten. Mit anderen Studenten gründete ich eine kleine Interessengemeinschaft. Das gefiel einigen besonders linientreuen Leuten nicht. Ich war jung, ich war aufmüpfig, ich wollte mich nicht in die Schranken weisen lassen. Die Sache lief irgendwie aus dem Ruder und unversehens gerät man in die Maschinerie des Staatsapparates. Man wird frühmorgens von bewaffneten Männern abgeholt, in einen fensterlosen Transporter verfrachtet und irgendwohin gefahren. Man hat keine Ahnung, dass man in Berlin-Hohenschönhausen gelandet ist, in dem Untersuchungsgefängnis der Stasi, und dass man von nun an keinerlei Rechte mehr hat. Können Sie sich vorstellen, wie sich das anfühlt? Allein in einer winzigen Zelle mit Bett, Stuhl, Waschbecken und Klo. Glasbausteine anstatt Fenster, auf das Bett legen darf man sich nur mit Erlaubnis. Es gibt Vorschriften, wie man nachts zu liegen hat. Auf dem Rücken, Hände auf der Bettdecke, alle 15 bis 30 Minuten wurde das grelle Neonlicht eingeschaltet und kontrolliert, ob man in korrekter Stellung im Bett lag. Wehe, wenn nicht. Dann wurde rumgebrüllt, gegen die Tür gebollert oder auf andere Art Lärm gemacht. Für eine halbe Stunde pro Tag durfte man raus, in den sogenannten Tigerkäfig. Ein paar Quadratmeter freier Raum, von meterhohen Betonmauern umgeben, mit einem Drahtgeflecht als Dach. Da sah man nichts außer den Mauern und einem Stück Himmel. Völlige Isolation, man wusste nicht, wo man war, man konnte keinen Kontakt zur Familie aufnehmen, man begegnete nie anderen Häftlingen. Und fast jeden Tag gab es Verhöre. Kennen Sie die Verhörtrakte? Nein, natürlich nicht. Wenn ich Bilder davon sehe, bricht mir heute noch der Schweiß aus. Endlos lange, fensterlose Flure, zig Türen auf beiden Seiten des Ganges, die alle auf der Innenseite dick gepolstert waren, sodass kaum ein Geräusch nach außen dringen konnte. Die haben einen fertig gemacht, die haben einen psychisch demontiert, Stück für Stück und Tag für Tag. Der Vernehmer hatte nur ein Ziel: Er wollte, dass der Häftling ein Geständnis unterschreibt. Für dieses Ziel arbeitete er mit allen Mitteln. Physisch wurde man nicht gefoltert. Diese Leute mussten keine Schläge anwenden, um einem das Rückgrat zu brechen. Sie zermürbten die Inhaftierten auf subtile und ausdauernde Weise, mit falschen Informationen über die Familie, mit angeblich geständigen Freunden, mit ständigem Wechseln zwischen Drohungen und Streicheleinheiten. Ich hatte Glück, weil ich relativ zügig von der BRD freigekauft wurde. Ich vermute, der Grund dafür war schlicht und einfach, dass die DDR damals schon dringend Devisen brauchte. Lange hätte ich das Martyrium nicht mehr durchgehalten. Irgendwann hätte ich alles unterschrieben, was die mir vorgelegt hätten. Und dann wäre ich verurteilt und für Jahre in den Knast gesteckt worden. Das hätte mir den Rest gegeben. Glauben Sie wirklich, dass ein Mensch nach solchen Erlebnissen und Qualen bewusst mit Leuten zusammenarbeiten könnte, die zu derselben Organisation wie die Folterknechte gehörten?«

Hansen ließ sich nicht beirren, er hakte nach. »Es soll Fälle gegeben haben, Menschen, die gebrochen wurden und am Ende für die Stasi als IM arbeiteten.«

Thöner schaute Hansen herausfordernd an. »Ja, die hat es gegeben. Ich gehöre nicht zu denen. Wirke ich auf Sie wie ein gebrochener Mensch?«

»Da ich Sie kaum kenne, traue ich mir eine Beurteilung Ihres seelischen Zustands nicht zu. Warum engagieren Sie sich für die ostdeutsche Kultur, wenn Ihre Erinnerungen an die DDR so schrecklich sind?«

»Weil die Kultur weit mehr umfasst. Die DDR war ein misslungenes sozialistisches Projekt mit einer Laufzeit von vierzig Jahren. Die ostdeutsche Kultur, das ist die erzgebirgische Holzschnitzkunst, das ist das Erbe des alten Preußen, das ist Malerei und Bildhauerei, Architektur und Ingenieurskunst. Ich kann all das sehr gut trennen, von der Politik und von meinem eigenen Schicksal.«

»Na gut, Herr Thöner, kehren wir in die Gegenwart zurück. Wo waren Sie am Sonntagabend zwischen zweiundzwanzig und dreiundzwanzig Uhr?«

Thöner lachte bitter. »Sie können nicht anders, oder? Ermittler und Vernehmer, Ost und West, Sozialismus und Kapitalismus, die Fragen sind immer die gleichen. Ich war mit Geschäftspartnern unterwegs, ein neues Projekt, das meiner Firma einen Umsatz in zweistelliger Millionenhöhe bringen kann. Da lässt man schon mal den freien Sonntag sausen, zumal es ein angenehmer Termin im Le Canard nouveau in Eppendorf war. Gar nicht so einfach, an einem Sonntagabend ein geöffnetes Spitzenrestaurant zu finden. Sowohl das Haerlin im Vierjahreszeiten als auch das Landhaus Scherrer hatten Ruhetag. Wir sind spät auseinander gegangen, nach dreiundzwanzig Uhr.«

Hansen zeigte sich unbeeindruckt. Er hätte Thöner allenfalls einen preiswerten Griechen oder die besten Currywürste Hamburgs empfehlen können. »Ich brauche die Namen der Teilnehmer.«

»Fritsche gibt Ihnen die Kontaktdaten. Wäre nett, wenn Sie Ihre Nachfrage diskret gestalten. Andernfalls müsste ich bei einem Scheitern der Verhandlungen erwägen, ob ich die Stadt Hamburg auf Schadenersatz verklage.«

Hansen schmunzelte. Immer die gleiche Masche, dachte er. Die Oberschicht lässt die Muskeln spielen.

»Ich werde Sie gewiss nicht voreilig als Tatverdächtigen bezeichnen, Herr Thöner. Ich bin Hauptkommissar bei der Mordkommission, kein Boulevard-Journalist.«

»Ich denke, Sie haben mich verstanden, Herr Hansen.« Thöner warf einen Blick auf seine Armbanduhr. »Die Zeit für unsere Unterredung ist abgelaufen. Falls Sie demnächst weitere Fragen an mich haben, vereinbaren Sie bitte einen Termin mit meinem Assistenten.«

Er stand auf und geleitete Hansen zur Tür. Der Händedruck zum Abschied war eine Spur zu fest.

Nachdem Hansen gegangen war, griff Thöner zum Telefon.

»Hallo, Dieter. Lothar hier, wir müssen uns treffen. Heute Abend, um 18.30 Uhr in dem Restaurant am Sandtorkai, in dem wir neulich waren … Doch, das muss sein, verschieb' deinen Termin.«

Auf der Rückfahrt dachte Hansen über das Gespräch mit Thöner nach.

Die emotionale Reaktion des kühlen Geschäftsmannes hatte er nicht erwartet. Konnte es sein, dass er mit seiner Vermutung eines Stasi-Hintergrundes falsch lag? Beweise für Verbindungen zwischen den Vereinsmitgliedern und der Stasi hatte er bisher nicht. Der einzige relevante Hinweis war das schriftliche Geständnis von Friedemann. Wenn Friedemann in der Fortsetzung seiner Lebensbeichte die Namen der Agenten der Gruppe 7 enthüllen wollte – oder enthüllt hatte – lag darin ein plausibles Motiv für den Mord. Wo befand sich die Fortsetzung, wenn sie denn existierte? Wahrscheinlich auf dem gestohlenen Laptop. Dann hatten die Täter sie mit Sicherheit vernichtet. Und wenn es keine Verbindung zwischen den Mitgliedern des VoK und der Stasi gab, wäre die Ermittlungsarbeit in diese Richtung für die Katz' gewesen. Hatte Hansen sich mit seinem Team zu früh auf eine Möglichkeit festgelegt? Fand sich womöglich ein anderes Mordmotiv? Oder waren Personen in den Fall verwickelt, auf die sie bei ihren Ermittlungen noch gar nicht gestoßen waren? Die Zweifel wuchsen und verursachten ihm Magenschmerzen. Aus langjähriger Erfahrung wusste er, dass die Zeit für die Täter arbeitete. Er befürchtete, dass er sein Team in eine Sackgasse geführt haben könnte. »Hätte, wenn und aber, alles nur Gelaber«, fluchte er im Auto vor sich hin.

Kapitel 11

Im Präsidium trommelte Hansen seine Mannschaft zur Besprechung zusammen. Sie setzten sich an einen langen Konferenztisch. Hansen schenkte sich den vierten Kaffee des Vormittags ein und weihte Förster und Wolter in die Geschichte um den versteckten Zeugen Dickel ein. Die beiden Kommissare reagierten unterschiedlich.

Wolter beließ es bei einem ironischen »Toll, dass wir so gut und rasch informiert werden. Das stärkt den Zusammenhalt der Truppe.«

Förster wurde laut. »Sind Christoph und ich hier die Teammitglieder zweiter Klasse? Eine Sauerei ist das! Wenn du uns nicht vertraust, Harry, dann sollten wir die Zusammenarbeit schnellstens beenden. Gehst du selbst zu Thorwald oder soll ich ihm Bescheid sagen?«

Hansen holte tief Luft, doch Bernstein war schneller.

»Ich bin sicher, dass Harry euch nicht brüskieren wollte. Der Dickel hatte einen Riesenschiss und weigerte sich, mit uns ins Präsidium zu kommen. Natürlich hätten wir ihn zwingen können, aber danach hätte er uns kein Wort mehr erzählt.«

»Dass ihr ihn versteckt habt, ist zwar ein Verstoß gegen ungefähr hundert Dienstvorschriften, für mich trotzdem nachvollziehbar. Aber ihr habt uns nicht eingeweiht und damit gezeigt, dass ihr uns nicht vertraut. Könnt ihr euch vorstellen, wie sich das anfühlt?«

»Ja, sehr gut sogar. Ich war mit Harry mal in einer ähnlichen Lage. Wir wurden doch selbst von der Entwicklung überrascht und hatten keinen ausgereiften Plan. Euch nicht zu informieren, war keine Frage des Vertrauens, sondern die Notwendigkeit, den Kreis der Mitwisser so klein wie möglich zu halten, auch wegen der disziplinarrechtlichen Konsequenzen.«

»Ja klar, ihr wolltet uns nur schützen. Tolle Ausrede!«

»Sei ehrlich, Ralf. Wenn du in unserer Situation gewesen wärst und den Kollegen Reisberg hättest informieren müssen, hättest du es getan?«

Förster kam ins Schleudern. Er mochte Reisberg nicht besonders und traute ihm nur bedingt. Andererseits hatten Reisberg und er derselben Mordbereitschaft angehört. Er hätte ihn also informieren müssen.

»Ich weiß nicht«, sagte er. »Kommt ja immer drauf an, wem man etwas anvertrauen soll.«

Hansen erhob sich. »Ich gehe. Wenn der gruppendynamische Teil der Sitzung beendet ist, könnt ihr mich rufen. Bis dahin arbeite ich lieber an dem Fall weiter. Ich möchte nämlich vor allem eines: Den Scheißtypen finden, der unseren Kollegen Lausen abgeknallt hat.«

Die drei Kommissare schauten beschämt weg und schwiegen.

Hansen setzte sich.

»Ich entschuldige mich bei euch. Thomas kann nichts dafür. Ich habe leider ein hohes Grundpotenzial an Misstrauen, liegt vielleicht am Alter. Heute Abend gehen wir ein Bier trinken, auf meine Rechnung. So, können wir uns wieder dem Fall widmen?«

Wolter ergriff das Wort. »Mit der Entschuldigung kann ich leben. Was ist mit dir, Ralf?«

Förster zuckte mit den Achseln. »Ja, okay. Wer vergibt, dem wird vergeben.«

»Die Sache hat einen Haken«, ergänzte Wolter grinsend. »Bierchen heute Abend geht bei mir nicht. Ich habe ein Date.«

»Wer ist es denn diesmal?«, fragte Förster.

»Keine Ahnung, es ist ein Blind Date.«

Das folgende Lachen befreite. Die Atmosphäre entspannte sich. Hansen nahm einen Notizblock zur Hand, auf dem er sich die offenen Fragen notiert hatte.

»Dann legen wir mal los. Thomas, wie lief das Treffen von Schneider und Dickel?«

»Es läuft immer noch. Schneider will jedes Detail von Dickel wissen und er besteht darauf, ein ausführliches Protokoll aufzusetzen.«

»Von mir aus. Der ganze Geheimhaltungsquatsch funktioniert sowieso nicht länger.«

Bernsteins Hände wurden unruhig, untrügliches Zeichen einer ansteigenden Erregung. Sein Zeigefinger schnellte in die Höhe.

»Ich hab's!«, rief er wie ein Schüler, der eine komplizierte Matheaufgabe gelöst hatte. »Wir ändern die Taktik. Wir drehen den Spieß um.«

Er blickte in ratlose Gesichter. »Passt auf! Bis jetzt haben wir uns bemüht, den Dickel zu verstecken, weil die Leute, die den Auftrag zu seiner Folterung gaben, denken sollten, er sei tot. Nachdem er ihnen gegeben hatte, wonach sie suchten, sollte er sterben, um nicht aussagen zu können. Wenn wir nun veröffentlichen, dass er von uns gefunden wurde und eine umfangreiche Aussage gemacht hat, erzielen wir gleich zwei Effekte. Erstens ist Dickel dann nicht mehr gefährdet, weil man seine Aussage nicht mehr verhindern kann. Und zweitens dürften die Typen, die dahinter stecken, ziemlich nervös werden. Vielleicht können wir sie so dazu bringen, aus der Deckung zu kommen und Fehler zu machen.«

»Klingt gut«, meinte Hansen. »Am Besten machen wir das mit viel Tamtam, große Pressekonferenz mit Kriminaloberrat Thorwald, Hauptkommissar Schneider als Leiter der Soko im Rampenlicht und der Verkündung, wir seien in den Ermittlungen einen wichtigen Schritt vorangekommen. Der arme Dickel kann endlich nach Hause fahren und seine Wunden lecken.«

»Seid ihr sicher, dass Dickel danach nicht mehr gefährdet ist?«, fragte Wolter. »Friedemann war reich, die Summe seines Vermögens liegt irgendwo bei zwei bis drei Millionen Euro. Dickel ist nachweislich sein Sohn und somit erbberechtigt. Vom Amtsgericht habe ich vorhin erfahren, dass ein Testament existiert. Es wurde aufgesetzt, bevor Friedemann von der Existenz seines Sohnes wusste. Alleinerbe ist der VoK.«

Hansen kraulte sich nachdenklich das Kinn. »Da ist was dran, Christoph«, sagte er. »Ein leibliches Kind hat das Recht auf einen Pflichtteil des Erbes, soweit ich weiß. Ich schlage vor, du nimmst Kontakt zu den niedersächsischen Kollegen auf, damit die ein Auge auf Dickel und seine Familie haben, wenn er wieder zu Hause ist.«

Wolter schrieb sich eine Notiz und erzählte: »Ich war übrigens heute Morgen bei Walter Grabow. Das Gespräch war nicht sehr ergiebig. Grabow ist arrogant und wenig auskunftsfreudig. Er zeigte mir deutlich, dass mein Besuch für ihn einer Belästigung gleichkam und machte keinen Hehl aus seinem Desinteresse an Friedemann. Als Täter kommt er nicht in Frage. Er leidet an einer Lungenkrankheit, hat schon Mühe, von der Haustür ins Wohnzimmer zu gelangen.«

»Was ist mit Moldenhauer?«

»Den sollte ich übernehmen«, meldete sich Bernstein zu Wort. »Durch den Termin mit Schneider habe ich es nicht geschafft, nach Kiel zu fahren.«

»Kein Problem«, erwiderte Hansen. »Es reicht, wenn du ihn telefonisch befragst. Ich wette, dass der ein einwandfreies Alibi hat.«

»Als Täter scheidet Moldenhauer wohl ebenso sicher aus wie Grabow«, sagte Förster. »Ich fand im Internet ein aktuelles Foto des Herrn Professor. Der ist so dick, dass er wahrscheinlich im Türrahmen von Friedemanns Bibliothek stecken geblieben wäre.«

Hansen nickte. »Diese Leute gehören zu einer Schicht, die Aufträge vergibt und nicht ausführt. Außerdem sind sie zu alt und gebrechlich für so eine Tat.«

Seine Lesebrille war auf der Nase nach unten gerutscht, er schob sie an ihren Platz zurück und studierte seine Notizen.

»Was habe ich noch auf dem Zettel? Ach ja, die Mail von Vera müsstet ihr vorliegen haben, ich habe sie heute Morgen weitergeleitet.«

Drei Kommissare schüttelten die Köpfe.

»Ihr habt die nicht gekriegt?«, fragte Hansen ungläubig.

»Nein!«, erscholl der Männerchor.

»Wo du die wohl hingeschickt hast«, feixte Bernstein. »Harry steht mit moderner Technik auf Kriegsfuß«, erklärte er den Kollegen Förster und Wolter. »Er ist perfekt darin, Mails ins elektronische Niemandsland zu schicken. Einmal verschwunden, tauchen die nie wieder auf. Ich gehe gleich an seinen PC und schicke uns allen die Mail. Einverstanden, Harry?«

»Scheiß Technik«, murmelte Hansen. »Früher gab's Umlaufmappen und Mitarbeiter, die dafür zuständig waren, sie zu verteilen. Wenn etwas verschwand, wusste man, wen man zusammenstauchen konnte. Beim PC funktioniert das nicht, der schämt sich nicht.«

Notgedrungen gab er die Kurzfassung der E-Mail von Becker zum Besten, um die Kollegen ins Bild zu setzen.

»Nächster Punkt: Was habt ihr über die anderen Vereinsmitglieder rausgekriegt?«

Wie von Hansen erwartet, kam Förster seinem Kollegen Wolter zuvor.

Der Hauptkommissar hatte längst registriert, dass Förster derjenige war, der sich gerne in den Vordergrund drängte. Wolter schien kein Problem damit zu haben.

»Wir haben uns durch die Liste der Vereinsmitglieder gearbeitet«, begann Förster. »Wir fanden zwei Galeristen, einen Spediteur, außerdem Bauunternehmer, Architekten, Gutachter, Beamte und so weiter. Christoph – wem sonst? – fiel auf, dass keine einzige Frau in diesem Verein zu finden ist. Was immer das bedeutet. Einer weckte unsere Neugier. Dieter Westphal ist Geschäftsführer eines Sicherheitsunternehmens namens SSP.«

»Was bedeutet die Abkürzung?«, fragte Bernstein.

»Security, Safety and Protection.«

»Das klingt nach Polizeiarbeit.«

»Soll es wohl auch. Laut ihrer Website kümmern die sich um alles, was irgendwie mit Sicherheit zu tun hat. Da geht's um Objektschutz, Personenschutz, Wachdienst, Alarmanlagen, Sicherheitsanalysen und Konzepte für Unternehmen und so weiter. Westphal ist angestellter Geschäftsführer, die Firma gehört zu hundert Prozent einer Holding, die ihren Sitz in Liechtenstein hat. Vorstandsvorsitzender der Holding ist ein gewisser Wilhelm Fritsche, wohnhaft in Winsen/Luhe.«

Hansens Kopf ruckte hoch. »Sagtest du ›Fritsche‹?«

»Ja, wieso? Kennst du den?«

»Ein Herr Fritsche ist der Assistent von Lothar Thöner. Nein, der kann das nicht sein. Wilhelm klingt eher nach einem älteren Menschen. Der Fritsche, den ich kennengelernt habe, ist höchstens dreißig und den Vorstandsvorsitzenden einer Holding stelle ich mir anders vor. Der Fritsche wird von Thöner wie ein Laufbursche behandelt und genauso benimmt er sich auch.«

Bernstein rieb sich den Nasenrücken und guckte skeptisch. »Zufällige Namensgleichheit? Ich denke, wir sollten diesen Wilhelm Fritsche mal unter die Lupe nehmen.«

»Das übernehme ich«, erklärte Wolter. »Was diese Holding sonst so treibt und wie dort die Eigentumsverhältnisse sind, wissen wir leider nicht. Könnte schwierig werden, an die Infos aus Liechtenstein zu kommen.«

»Auf jeden Fall gibt es eine Verbindung zu Thöners Firma SST. Denn auf der Internetseite von SSP wird SST als Spezialist für Netzwerksicherheit empfohlen. Es gibt sogar einen Link auf die SST-Seite«, ergänzte Förster.

Hansen kraulte wieder nachdenklich seinen Bart.

»SSP, SST, VoK, Holding in Liechtenstein, ich verliere langsam den Überblick«, gestand er. »Hat das alles überhaupt mit unserem Fall zu tun? Leute, wir bewegen uns auf dünnem Eis. Wenn unsere Ermittlungen in die falsche Richtung laufen, stehen wir bald mit leeren Händen da und haben eine Menge Zeit und Energie verschwendet. Hat einer von euch alternative Ansätze?«

Es folgte betretenes Schweigen.

»Die Soko hat nicht mehr als wir«, sagte Förster leise.

»Die hoffen inzwischen auch, dass der Tipp, den die Kollegin Becker in Bezug auf die Tatwaffe bekommen hat, zu einer Spur führt«, fügte Wolter hinzu.

»Ihr seid also der Meinung, dass wir in dieser Richtung weitermachen sollten?«, fragte Hansen.

»Auf jeden Fall, wir haben nichts Besseres«, stellte Bernstein fest.

»Okay, Ralf und Christoph, ihr kümmert euch um das Firmengeflecht und den Fritsche. Thomas, wir werden heute Nachmittag Grundlagenforschung betreiben.«

»Bitte was?«

»Grundlagenforschung zu den Themen Stasi, Wiedervereinigung und der damit verbundenen Kriminalität.«

»Und wie fangen wir das an?«

»Wir treffen uns mit einem alten Kollegen von mir, der früher im LKA 5 bei den Wirtschaftsheinis tätig war und ein paar Jahre Dienst in Berlin geschoben hat, bei der ZERV.«

Bernstein guckte wie ein Kandidat in einem Fernsehquiz, der fürchtet, an der Fünfzig-Euro-Frage zu scheitern. Förster und Wolter schauten ebenso ratlos drein. Hansen genoss seinen Wissensvorsprung für ein paar Sekunden, bevor er das Rätsel löste.

»Die ZERV war die ›Zentrale Ermittlungsgruppe für Regierungs- und Vereinigungskriminalität‹. Gegründet nach der Wende als Dienststelle beim Polizeipräsidium Berlin im Jahre 1991 und aufgelöst im Jahr 2000. Der Begriff Gruppe ist allerdings aus meiner Sicht eine Untertreibung. Mit rund siebenhundert Beamten hätte sie eine eigenständige Behörde sein können.«

»Siebenhundert?«, fragte Bernstein ungläubig.

»Ja, und das war noch zu knapp bemessen. Die hatten richtig viel zu tun. Ich glaube, die haben mehr als zwanzigtausend Ermittlungsverfahren durchgeführt.«

Wolter pfiff anerkennend. »Und wie viele waren erfolgreich?«

»Das weiß ich nicht. Da müsste ich den Kollegen Littmann fragen.«

»Littmann? Sagt mir gar nichts«, bekannte Bernstein.

»Das glaube ich«, antwortete Hansen, »denn der ist seit Jahren im Ruhestand. Ende der Sitzung. Oder hat einer von euch noch was?«

Wolter tippte sich an die Stirn. »Mann, hätte ich fast vergessen. Meine alten Kollegen der Drogenfahndung haben was über die blonde Kokserin rausgefunden. Ein Kleindealer, der ihnen ab und zu Informationen zukommen lässt, kennt die Frau, leider nur unter ihrem Szenenamen, ›Frau Müller‹. Er hat ihr mehrmals Koks verkauft.«

»Frau Müller! Das bringt uns weiter«, seufzte Förster. »Wie viele Müllers mag es in Deutschland geben?«

Bernstein lachte. »In etwa so viele wie Schmidts.«

Wolter fuhr fort. »Der Informant hat immerhin gesehen, dass sie ein Motorrad fährt, eine BMW Enduro, Kennzeichen SN, also Schwerin. Mehr wusste er nicht. Ich weiß, das ist jetzt nicht der Durchbruch, aber immerhin ein Anhaltspunkt.«

»Stück für Stück kommt man sich näher, Stück für Stück, Prosit Stück«, flötete Förster.

Hansen erinnerte sich. »Das war doch eine Werbung für Weinbrand oder so. Mein Gott, das muss mindestens zwanzig Jahre her sein. Woher holst du all diese Uraltsprüche, Ralf? Dafür bist du zu jung.«

»Keine Ahnung, Harry. Mein Gehirn speichert ganz eigenständig jeden Blödsinn. Ich habe darauf keinen Einfluss.«

»An der Stelle brechen wir das besser ab. Ihr wisst, was ihr zu tun habt. Thomas, wir treffen uns um vierzehn Uhr auf dem Parkplatz.«

Hauptkommissar Schneider befand sich noch in Hansens alter Wohnung, als dieser ihn auf dem Handy anrief. Er willigte in die neue Taktik ein, verlangte aber, dass man das auf jeden Fall von Thorwald absegnen lassen müsse. Hansen schlug ein Treffen in Thorwalds Büro nach dem Mittagessen vor. Schneider stimmte zu und erklärte sich bereit, die nötige Überzeugungsarbeit bei Dickel zu leisten. Hansen wünschte ihm dafür viel Glück.

In der Kantine standen Labskaus und eine vegetarische Gemüsepfanne zur Wahl. Eine leichte Wahl für Hansen. Er mochte das norddeutsche Traditionsgericht, das von vielen Leuten gemieden wurde, weil die matschige rosafarbene Masse nicht besonders appetitlich aussah. Der Ursprung des Labskaus entstammte der Zeit der Segelschifffahrt. Pökelfleisch gehörte zum üblichen Proviant an Bord. Da viele Seeleute durch Vitamin-C-Mangel an Skorbut erkrankten und in der Folge an Zahnfleischentzündungen und kaputten Zähne litten, wurde das Fleisch gehackt und püriert. Über die richtigen Zutaten für das Labskaus konnte man vortrefflich streiten, je nach Region gehörten Matjes, Rote Beete, Corned Beef statt Pökelfleisch und sogar Graupen unbedingt oder auf keinen Fall dazu. Ob Lette oder Litauer, Norweger oder Däne, Liverpooler oder Hamburger, jeder hatte sein eigenes Rezept. Hansen bevorzugte natürlich die traditionelle Hamburger Variante, wie sie im Old Commercial Room, einem Restaurant in unmittelbarer Nähe zum Michel serviert wurde, ein Brei aus gepökelter Rinderbrust, mehligen Kartoffeln und Zwiebeln mit Spiegeleiern, Roter Beete und Salzgurke. Ein beigelegter Matjes oder Rollmops war akzeptabel, aber nicht zwingend notwendig. Die Kantinenköche kriegten das Gericht recht ordentlich hin.

Gut gestärkt ging Hansen vor die Tür, um eine Zigarette zu rauchen.

Vielleicht sollte ich mal wieder Wolfgang Borcherts ›Draußen vor der Tür‹ lesen, überlegte er, vom Titel her passt es.

Eine halbe Stunde später traf er sich mit Schneider im Büro des Dienststellenleiters. Thorwald zeigte sich erfreut, dass der wichtige Zeuge endlich gefunden worden war. Schneider verschwieg die reale zeitliche Abfolge und die verspätete Benachrichtigung durch Hansen. Er mochte den Kollegen nicht, sah darin aber keinen Grund, ihn zu denunzieren. Hansen bedankte sich mit einem diskreten Augenzwinkern.

»Ist denn der Zeuge nun bereit, hierher zu kommen?«, fragte Thorwald.

Schneider seufzte kurz. »Ja, das war ein hartes Stück Arbeit. Der Mann ist extrem verängstigt, kann ich ihm nicht verdenken, bei dem, was der durchgemacht hat. Mit einer wohldosierten Mischung aus Zuckerbrot und Peitsche konnte ich ihn schließlich überzeugen. Ich habe ihm zugesagt, dass er vorübergehend Polizeischutz bei sich zu Hause bekommt. Damit hatte ich ihn. Ich glaube, der sehnt sich sehr danach, seine Familie wiederzusehen. Jetzt, wo wir drei uns einig sind, kann ich eine Streife losschicken, um ihn abholen zu lassen. Bin gleich zurück.«

Schneider eilte aus dem Büro.

Hansen kam ein unpassender Gedanke: Mist, morgen kommt die Sperrmüllabfuhr und Dickel ist dann nicht mehr in meiner Wohnung.

Zwei Minuten später kehrte Schneider zurück.

Thorwald lockerte seinen Krawattenknoten. »Ich muss eine gewisse Erleichterung zugeben. Der Druck von oben wurde stündlich größer. Endlich haben wir Fakten, die wir den Politikern und der Pressemeute präsentieren können. Ich bin froh, dass das Konzept der zweigleisigen Ermittlungen aufzugehen scheint. Andernfalls hätten wahrscheinlich die Geier über mir gekreist. Meinen Sie, der Herr Dickel wäre in der Lage, bei der Erstellung von Phantombildern mitzuwirken?«

»Das sollte möglich sein«, antwortete Hansen. »Er hat die Gesichter der Täter ausgiebig studieren können, seine Folterung hat ja eine Weile gedauert.«

»Gut. Dann sollten wir keine Zeit verlieren. Heute Abend sind die Bilder im Fernsehen und morgen früh in allen wichtigen Zeitungen. So erhöhen wir den Fahndungsdruck immens.«

Schneider lächelte selbstgefällig. »Schon alles in die Wege geleitet, Herr Thorwald. Ich war so frei.«

»Hervorragend.« Thorwald erhob sich. »Kompliment, meine Herren, Ihre Kooperation funktioniert besser als ich dachte.«

Bei diesen Worten schaute er Hansen an und konnte deshalb nicht sehen, wie Schneider die Augenbrauen hochzog. Hansen versuchte, einen neutralen Gesichtsausdruck aufzulegen. Jetzt nicht lachen, beschwor er sich.

Bernstein wartete am Dienstwagen auf Hansen.

»Wo bleibst du denn? Wir wollten um vierzehn Uhr losfahren.«

»Ja ja, die Besprechung mit Thorwald hat länger gedauert.«

»Wohin geht's?«

»Ist nicht weit, Langenhorn. Fahr' erstmal Richtung Flughafen. Ich lotse dich.«

Im Radio lief ein Beitrag über die Finanzkrise, die drohende Staatspleite Griechenlands und den befürchteten Domino-Effekt. Der Kommentator sprach von Milliardensummen, bei denen einem Normalverdiener schwindelig werden konnte.

»Wieso kommt mir das, was da gerade mit Griechenland und den immer höheren Garantiesummen abläuft, so bekannt vor?«, fragte Hansen und gab sich die Antwort gleich selbst. »Weil wir Hamburger die Elbphilharmonie haben.«

Bernstein lachte. »Schöner Vergleich, Harry. Mal im Ernst, machst du dir keine Sorgen um deine Rücklagen?«

»Ich bin ein bescheidener Mensch, Thomas. Ich gebe zu, mit den Jahren ein hübsches Sümmchen beiseite gelegt zu haben, weil meine Ausgaben lange Zeit niedriger als meine Einnahmen waren. Ich hätte mir kein zehn Jahre altes Auto kaufen müssen. Ein Neuwagen, bar bezahlt, wäre kein Problem gewesen. Da stellt sich nur eine Frage: Wozu? Ich brauche das alles nicht. Ich bin resistent gegen die Verlockungen der Konsumgesellschaft. Okay, mit Nadja und Mareike sieht die Sache anders aus. Ich möchte, dass es den beiden gut geht. Und wenn das ein paar Euro kostet, meinetwegen. Was ich selbst benötige, kostet nicht viel.«

»Na komm, du willst auch mal schön essen gehen, hättest gerne einen sauteuren Plattenspieler und wer weiß, was noch kommt, wenn du in Pension bist.«

»Du darfst mich alt und verknöchert nennen, Thomas. Wunschträume sind nett, aber nichts, was man wirklich braucht.«

»Harry, ich weiß nicht, ob mir deine neue asketische Ader gefällt. Du bist ohne die schon kompliziert genug.«

Harry lachte laut und ausgiebig. Plötzlich wurde er still.

»Was ist?«, fragte Bernstein.

»Ich denke darüber nach, wie es dir ergehen wird. Du bist dreißig Jahre jünger als ich. Meine Pension ist relativ sicher. Und da ich immer noch rauche, werde ich bestimmt keine hundert Jahre alt. Wie wird es dir im Alter ergehen? Bildest du Rücklagen? Machst du dir Sorgen wegen der Finanzkrise?«

Bernstein bremste vor einer auf rot springenden Ampel, drehte den Kopf und schaute Hansen an. »Meine Sorgen«, sagte er mit Nachdruck, »meine Sorgen sind ebenso gering wie mein Guthaben auf dem Bankkonto.«

»Das beruhigt mich«, erwiderte Hansen.

»Morgen ist die offizielle Trauerfeier für Lausen. Bist du dabei?«

»Nee, Thomas, solche Veranstaltungen sind nichts für mich. Da werden salbungsvolle Reden von Leuten gehalten, die Lausen noch weniger kannten als ich, alle sind bestürzt und betroffen und in Wahrheit trauern ausschließlich die Angehörigen. Heuchelei vertrage ich nur in kleinen Dosen. Bei diesen offiziellen Anlässen ist die Dosis zu hoch.«

Bernstein enthielt sich eines Kommentars.

Kurt Littmann bewohnte ein schmales Reihenhaus in der Einflugschneise des Fuhlsbüttler Flughafens. Er trug eine Bundfaltenhose, darüber einen stattlichen Bauch und ein gestreiftes, kurzärmeliges Hemd mit offenem

Kragenknopf. Sein dicklippiger Mund formte ein breites Grinsen. Die tiefliegenden Augen strahlten Freude aus.

»Mensch, Harry, schön, dich zu sehen.« Er umarmte Hansen, klopfte ihm herzlich auf die Schultern. »Wie lange ist das her?«

»Ich weiß nicht«, antwortete Hansen. »Auf jeden Fall zu lange.«

Er wusste es leider sehr genau. Er hatte Kurt Littmann zuletzt bei dessen Abschiedsfeier gesehen, vor sechs Jahren. Oder waren es schon sieben? Damals hatte er ihm versprochen, dass der Kontakt nicht abreißen würde, nur weil Kurti in Pension ging. Eines der zahlreichen Versprechen, die Hansen nie eingehalten hatte. Littmanns ungetrübte Herzlichkeit verursachte ihm Schuldgefühle.

Bernstein stand daneben und beobachtete die Szene skeptisch. Normalerweise ließ sein Chef kaum jemanden so dicht an sich heran.

Hansen befreite sich vorsichtig aus der Umklammerung Littmanns.

»Thomas, darf ich dir Kurt Littmann vorstellen. Kurti, das ist mein Kollege Thomas Bernstein.«

Littmann reichte Bernstein seine behaarte Pranke. »Sehr erfreut, Kollege. Darf ich Thomas sagen?«

Bernstein nickte freundlich.

»Schön, ich bin Kurti, alle nennen mich so. Kommt rein.«

Littmann ging voran. Zwischen Wohn- und Esszimmer gab es einen bogenförmigen Durchgang, der von Ziegelsteinimitat umrahmt war. Littmann führte sie zum Esstisch, auf dem Tassen, kleine Teller und eine Thermoskanne standen. Eine große Porzellanschüssel in der Mitte des Tisches beherbergte ungefähr ein Kilo Kekse. Der Raum war trotz der Tageszeit halb dunkel. Littmann schaltete eine Deckenlampe ein, die mittig über dem Tisch hing.

»Ich hab' da mal was vorbereitet«, sagte er, um gleich darauf zuzugeben, dass seine Frau den Tisch gedeckt und die Kekse gekauft hatte. Er zeigte auf eine Ecke des Tisches. Dort stapelten sich mehrere Aktenordner. »Die Akten habe ich selbst rausgesucht. Nehmt Platz.«

»Wie geht's deiner Frau?«, fragte Hansen.

Littmann blickte sich um wie jemand, der sich vergewissern will, dass es keine unliebsamen Zuhörer gibt.

»Versprich' mir, dass das unter uns bleibt.«

Hansen versprach es.

»Es geht ihr gar nicht gut. Brustkrebs.«

»Oh verdammt, das tut mir leid, für euch beide.«

»Ich habe mit ihrem Arzt gesprochen, die Heilungschancen sind gut. Das Problem liegt hier oben.« Er tippte mit dem Zeigefinger gegen die Stirn. »Sie sieht sich selbst schon unter der Erde.« Er schnaufte. »Nun ja, deswegen seid ihr nicht hier. Verschwenden wir keine Zeit.«

Hansen kratzte sich verlegen den Kopf. »Kurti, ich weiß nicht, was ich sagen soll.«

»Nix, Harry. Was willst du sagen? Wir schaffen das schon, sind ja ein eingespieltes Team, nach fast vierzig Ehejahren. So! Schluss mit den Sentimentalitäten. Was wollt ihr wissen? Ich bin vorbereitet. Oh, fast hätte ich den Kaffee vergessen.«

Littmann nahm die Thermoskanne und schenkte die Tassen voll. Hansen starrte auf die Oberfläche der schwarzen Flüssigkeit, auf der sich das Lampenlicht glitzernd spiegelte. Die wievielte Tasse ist das heute, fragte er sich. Die fünfte, die sechste? Lausen war seit gut achtundvierzig Stunden tot. Die Zeitspanne der wichtigen achtundvierzig Stunden nach der Tat, in denen die Ermittler eine Spur gefunden haben sollten – abgelaufen! Hatten sie die richtige Spur?

Littmann stupste Hansen an. »Harry? Wo bist du mit deinen Gedanken?«

Hansen hob den Kopf. »Alles klar, fangen wir an.«

Littmann zog sich den Ordnerstapel heran und klopfte mit der Hand darauf. »Das ist alles, was ich im Laufe der Zeit über meine Tätigkeit bei der ZERV archiviert habe. Wie kann ich euch helfen?«

»Wir haben ein Mordopfer, das früher für die Stasi gearbeitet hat. Der Mann war ein Agent und gehörte zu einem Netzwerk namens G 7.«

»Hier bei uns im Westen? Dann seid ihr bei mir an der falschen Adresse. Mein Gebiet war die Wirtschaftskriminalität, die im Zuge der Wiedervereinigung begangen wurde. Für die Geschichten der Hauptverwaltung Aufklärung waren andere Leute zuständig.«

»Das weiß ich, Kurti«, sagte Hansen. »Unser Mann ist 1991 mit einem Haufen Geld im Gepäck aus Südamerika eingereist. Wir vermuten, dass es sich dabei um Stasi-Gelder handelt. Deshalb sind wir bei dir.«

»G 7 sagt mir nichts. Wie heißt euer Mordopfer?«

»Eingereist ist er unter dem Namen Rudolf Friedemann, geboren wurde er als Johannes Zietlow.«

»Friedemann? Da klingelt's bei mir.« Littmann legte einen Zeigefinger an die Lippen und grübelte. »Ach Mann! Mein Gedächtnis lässt nach. Da war was, da war was!«

Er griff sich einen Aktenordner aus dem Stapel, setzte eine Lesebrille auf und blätterte eine Weile hektisch darin herum.

»Wusste ich es doch!«, rief er und klopfte mit den Knöcheln auf das aufgeschlagene Blatt. »Der war Schatzmeister bei dem Verein für ostdeutsches Kulturgut.«

Hansen wurde hellhörig. »Deswegen sind wir hier. Was weißt du über den Verein?«

Littmann blätterte weiter, überflog die selbstverfassten Zeilen.

»Ich muss meine Erinnerung auffrischen«, entschuldigte er sich. Eine Minute später verkündete er lapidar: »Sie ist wieder da. Meinem Team war dieser Verein aufgefallen, weil es Verbindungen zum ehemals staatlichen Handel mit Kunst und Antiquitäten gab. Wir vermuteten damals, dass die Vereinsmitglieder versteckte Stasi-Gelder reinwaschen wollten. Ihr müsst wissen: Ende der achtziger Jahre stand die DDR kurz vor der Staatspleite. Die Situation kann man durchaus mit dem heutigen Griechenland vergleichen. Die Stasi hingegen verfügte sehr wohl über große Geldmengen. Das MfS hatte die Kontrolle über Konten in Österreich, Liechtenstein und der Schweiz, die von Mittelsmännern oder Tarnfirmen eingerichtet worden waren. In den wirren Zeiten der Wende wurden über ausgeklügelte Wege hunderte Millionen beiseite geschafft und Sachwerte für den berühmten Appel und das Ei an verdiente Genossen oder vertrauenswürdige Treuhänder verscherbelt. Ein großer Teil dieser Gelder ist bis heute verschwunden.

Der Verein ist meiner Meinung nach eine Art Dachorganisation zum Zwecke der Bündelung von Interessen, Fachwissen und Beziehungen.

Außerdem diente er der Verwertung des Sachvermögens des staatlichen Kunst- und Antiquitätenhandels der DDR. Seit Mitte der siebziger Jahre war dieser Handel komplett in die KoKo integriert.«

»'tschuldigung, was ist die Koko?«, fragte Bernstein.

»Die Jungspunde und ihre dürftigen Geschichtskenntnisse«, sagte Littmann kopfschüttelnd. »Koko steht für Kommerzielle Koordinierung. Alexander Schalck-Golodkowski, schon mal gehört? Der leitete die Koko. Schalck war ein MfS-Offizier und als sogenannter OibE – Offizier im besonderen Einsatz – im Ministerium für Außenhandel tätig. Später wurde die KoKo direkt dem ZK des Politbüros unterstellt.

Im Grunde diente sie dem MfS als Beschaffungsorgan für Devisen und Embargo-Güter. Sie unterhielt ein ganzes Geflecht von Firmen in der DDR und im westlichen Ausland, oder, wie man drüben sagte, im NSW, dem nichtsozialistischen Wirtschaftsgebiet. Mithilfe der KoKo füllte das MfS diverse schwarze Kassen, auch die HV A besaß solche Kassen, von denen nicht mal die Finanzabteilung des MfS wusste. Versteht sich von selbst, dass diese Gelder nirgendwo buchhalterisch erfasst wurden.«

»Ich bin in Wirtschaftsfragen eine Niete«, gab Hansen zu. »Wie wurden die Kassen denn gefüllt?«

»Ganz einfach. Die Einnahmen der KoKo kamen aus vielfältigen Handelsgeschäften, legal und illegal, bis hin zum Waffenhandel. Wollte man Gelder abzweigen, benutzte man eine der eigenen Firmen im Westen, bestellte dort scheinbar Waren, überwies die Rechnungssumme auf das Firmenkonto und von dort wanderte das Geld über verzweigte Kanäle in die schwarzen Kassen, auf Nummernkonten in der Schweiz oder auf spezielle Konten der eigenen Sparkasse. Die Waren existierten natürlich nur auf dem Papier.«

»Okay, das habe ich verstanden. Nun wissen wir, woher das Geld stammt. Aber wie wurde es reingewaschen?«

»Tja«, seufzte Littmann, »da liegt das Problem. Es ging übrigens nicht nur um Geld, auch um Sachwerte. Die ZERV nahm ihre Arbeit 1991 auf, da waren riesige Vermögensbestände schon längst an hochrangige Stasi-Leute verteilt und die Unterlagen dazu vernichtet worden. Teilweise wurden die Konten einfach mittels Barabhebung geplündert, Mitarbeiter bekamen bei ihrem Ausscheiden Abfindungen und Sonderzahlungen, Immobilien aus Staatsbesitz wurden zu Schleuderpreisen an MfS-Leute verkauft und Firmen aus dem Eigentum des MfS auf vertrauenswürdige Personen oder eine neu gegründete GmbH übertragen. Wenn ich euch das nur ansatzweise schildern will, sitzen wir bis heute Abend hier. Ich weiß, ihr habt keine Zeit. Deshalb gebe ich euch nur ein Beispiel, damit ihr versteht, von welchen Größenordnungen wir reden. Einer der bekanntesten Fälle war die Novum Handelsgesellschaft, eine Firma unter dem Dach der Koko, die bei Geschäften von DDR-Betrieben mit Firmen aus dem westlichen Ausland fette Provisionen kassierte. Die Novum verfügte Ende 1989 über ein Vermögen von fast einer halben Milliarde Mark. Das Geld befand sich auf Konten in Österreich und der Schweiz. Um das Geld für den Staat sicherstellen zu können, musste vor Gericht der Beweis erbracht werden, dass die Novum eine getarnte Firma der SED war. Das Problem war, dass eine österreichische Geschäftsfrau namens Rudolfine Steindling behauptete, durch den Erwerb von Novum-Anteilen im Auftrag der Kommunistischen Partei Österreichs seit 1983 Alleingesellschafterin von Novum zu sein. Das Geld gehöre also der KPÖ. Nach einem jahrelangen Rechtsstreit konnte wenigstens ein Teil des Geldes zurückgeholt werden.

Im Vergleich dazu ist der VoK mit seinen Mitgliedern wahrscheinlich eine kleine Nummer. Der Verein selbst schien eine saubere Weste zu haben. Die Buchhaltung gab keinen Grund zur Beanstandung. Der Schwerpunkt der Aktivitäten der Mitglieder dürfte auf dem Handel mit unrechtmäßig erlangten Kunstwerken und Antiquitäten gelegen haben. Aber auch an Immobiliengeschäften waren Mitglieder des Vereins beteiligt. Außerdem fiel uns auf, dass Anfang der Neunziger erstaunlich viele Firmengründungen stattfanden, bei denen Vereinsmitglieder ihre Finger im Spiel hatten. Woher das Kapital kam, konnten wir leider nicht klären. Wenn du mich fragst: Es stammte aus schwarzen Kassen des MfS. In vielen Ermittlungsverfahren standen wir vor dem gleichen Problem, das im Novum-Fall von Bedeutung war. Wir mussten beweisen, dass es sich bei Barvermögen oder Immobilien um Staatseigentum der DDR gehandelt hatte und nicht um das Eigentum von Privatpersonen oder Unternehmen. Gar nicht so einfach, wenn derjenige, der die Veruntreuung begangen hat, Zugriff auf amtliche Dokumente hatte, die er vernichten oder fälschen konnte.«

»Ihr konntet den Mitgliedern des VoK nichts nachweisen, sonst wäre der Verein längst aufgelöst«, bemerkte Hansen.

»Tja, das stimmt. Wir sind gescheitert, an zu wenig Personal, an Zeitdruck, an einer Staatsanwaltschaft, die unsere Ermittlungen abwürgte und an Seilschaften, die in den Neunzigern immer noch viel Einfluss hatten. Ich glaube, die ZERV hat zeit ihres Bestehens nie mehr als achtzig Prozent des ursprünglich vorgesehenen Personalbestands erreicht. Und der war von Anfang an sehr knapp kalkuliert. Eine ernst gemeinte Unterstützung aus der Politik hat es nie gegeben.«

»Und nun?«, fragte Bernstein frustriert.

Littmann klappte den Aktenordner zu. »Wenn es bei eurem Mordopfer um die HV A geht, habt ihr mindestens ein zusätzliches Problem.«

»Spuck's aus«, forderte Hansen.

»Ihr werdet euch schwer tun, Dokumente über die Tätigkeit dieses Netzwerks zu finden. Einverstanden mit einer kleinen Unterrichtseinheit in deutscher Geschichte?«

Hansen wusste plötzlich wieder, warum er Kurti nach dessen Pensionierung nie besucht hatte. Wenn der Mann in Fahrt kam, konnte er stundenlange Vorträge über Themen halten, die aus Hansens Sicht selten interessant waren. Andererseits konnten Kurtis Informationen nützlich sein, um die Methoden des VoK zu verstehen.

Da musst du durch, sagte Hansens innere Stimme. Die äußere bat Littmann um eine Kurzfassung.

»Das Ministerium für Staatssicherheit war ein Moloch«, begann Littmann seinen Vortrag, »mit einer unersättlichen Gier auf Informationen. Ich möchte euch die Dimensionen vor Augen führen, damit ihr wenigstens ahnt, womit ihr es zu tun habt. 1989 hatte das MfS über neunzigtausend hauptamtliche Mitarbeiter. Lassen wir die geschätzt hundertsiebzigtausend IM, die inoffiziellen Mitarbeiter mal beiseite. Um einen fairen Vergleich zum heutigen Deutschland zu ziehen, müsste man den BND, den MAD und das BfV, also die drei existierenden deutschen Geheimdienste zusammenfassen. Dazu kämen die sechzehn Landesämter für

Verfassungsschutz. All diese Behörden kommen zusammen auf eine Personalstärke von weniger als zwanzig Prozent des MfS-Personals. Der Vergleich hinkt, weil das MfS zusätzlich polizeiliche und staatsanwaltschaftliche Befugnisse hatte, die so bei uns in einer Behörde gar nicht vorstellbar wären. Aber wir reden hier von höchstens zwanzigtausend Mitarbeitern bei einer Bevölkerung von achtzig Millionen gegenüber der fünffachen Menge bei einer Zahl von knapp siebzehn Millionen Einwohnern der DDR. Diese Dimensionen zeigen deutlich, wie intensiv dort überwacht und gesammelt wurde. Die Stasi-Leute haben Aktenberge angehäuft, das könnt ihr euch nicht vorstellen. Das meiste davon war banaler Mist. Und nun finde mal die relevanten Informationen, die du brauchst, in dem Riesenhaufen. Damit hatten wir bei der ZERV jeden Tag zu kämpfen. Euer Problem liegt in entgegengesetzter Richtung. Dummerweise gibt es einen Bereich, über den fast nichts zu finden ist. Und das ist die Abteilung Auslandsspionage, sprich HV A.«

»Wieso nicht?«, fragte Bernstein.

»Weil die Unterlagen der HV A größtenteils vor der Wiedervereinigung vernichtet wurden. Sagt euch der Begriff ›Runder Tisch‹ etwas?«

Mensch, Kurti, komm zu Potte, dachte Hansen.

»Ja, das war nach dem Mauerfall«, sagte er.

»Stimmt. Die damalige Regierung unter Hans Modrow musste dem Druck der Opposition nachgeben und sie an den Entscheidungsprozessen beteiligen. So verschieden diese Teilnehmer am Runden Tisch waren, in zwei Punkten wurden sie sich schnell einig. Das MfS sollte sofort aufgelöst werden und der Auslandsgeheimdienst der DDR, die HV A, bekam fatalerweise die Genehmigung zur Selbstauflösung. Die Hintergründe erspare ich euch. Jedenfalls liefen danach die Reißwölfe des MfS heiß. Ich fürchte, das wird ein Problem für dich, Harry. Es dürfte schwer werden, Unterlagen über diese G 7 zu finden.«

»Du machst uns Mut, Kurti. Wie ist es mit den Rosenholz-Dateien? Meinst du, wir könnten da fündig werden?«

Bernstein verlor den Anschluss. »Moment, was sind die Rosenholz-Dateien?«

Littmann erklärte es gern. »Die Rosenholz-Dateien sind mikroverfilmte Karteikarten der HV A, die auf ominöse Weise in der Wendezeit in die Hände des amerikanischen Geheimdienstes CIA gelangt sind. Die CIA hat die Dateien gründlich erforscht und sie erst 2003 an Deutschland ausgehändigt. Da könntet ihr vielleicht fündig werden. Wendet euch an die BStU, dort lagern die Dateien.«

»Wir sollten mit Vera Verbindung aufnehmen, die müsste inzwischen bei der BStU zugange sein«, sagte Hansen zu Bernstein.

»Geht klar, ich telefoniere mit ihr, wenn wir im Büro sind.«

»Eine Kollegin von euch? Ihr forscht schon in den Stasi-Akten?«, fragte Littmann.

»Ja, aber wegen einer anderen Sache«, antwortete Hansen. »Zurück zu unserer Geschichte. Was kannst du uns über Friedemann sagen?«

»Meiner Meinung nach war Friedemann nicht der führende Kopf der Gruppe. Aber er war ein genialer Finanzjongleur, sozusagen der Architekt der Transaktionen. Nach wochenlanger intensiver Ermittlungsarbeit hatten wir einen Haufen schwacher Indizien gesammelt, nur leider keine für ein Gerichtsverfahren ausreichenden Beweise. Wir hätten den Riegel knacken können, wenn einer der Beteiligten geredet hätte. Dann wäre das System der gegenseitigen Deckung zusammengebrochen. Wie bei einer Reihe Dominosteine, schubst du einen um, fallen auch die anderen. Wir haben es nicht geschafft, keiner hat den Mund aufgemacht. Die Staatsanwaltschaft verlor damals ziemlich schnell die Geduld mit uns und sah keine Erfolgsaussichten für das Ermittlungsverfahren. Das war das Ende vom Lied. Wir wurden angewiesen, uns um andere Fälle zu kümmern. Ob da Druck von oben ausgeübt wurde, bleibt dahingestellt.«

»Danke, Kurti. Du konntest uns ja doch einiges über die HV A erzählen.«

»Ach Harry, das ist nur Grundwissen. Über die Aktivitäten der Auslandsagenten auf bundesdeutschem Boden weiß ich leider nichts.«

»Okay, Kurti, wir müssen los.«

»Halt, halt!«, protestierte Littmann. »So schnell kommst du mir nicht davon. Ein Viertelstündchen für einen Klönschnack wirst du mir gönnen müssen.«

Blitzschnell füllte er die Tassen mit Kaffee. Hansen, der seinen Hintern schon gelupft hatte, resignierte und setzte sich wieder.

»Sag mal, wie alt bist du jetzt eigentlich, Harry?«, fragte Littmann. »Müsstest du nicht längst in Pension sein?«

»Ich werde zweiundsechzig«, gab Hansen zu.

»Und wieso bist du noch im Dienst? Für dich müsste die alte Grenze gelten, oder?«

»Ja, normalerweise wäre mit sechzig Schluss gewesen. Ich habe vor vier Jahren ein Abkommen mit dem damaligen Dienststellenleiter, Kriminaloberrat Jobst, geschlossen und meinen Dienst um zwei Jahre verlängert. Nach der Ryschkow-Affäre wäre das beinahe schief gegangen.«

Littmann zwinkerte ihm zu. »Ich kenne dich, Harry. Du hattest Angst, ohne deinen Job vor dem Nichts zu stehen, stimmt's?«

Hansen wand sich. »Können wir das Thema wechseln?«

Sie wechselten das Thema, sprachen über Alter, Krankheiten und fortschreitende Vereinsamung. Bernstein hielt sich aus den Themen raus. Nach zwanzig Minuten drängte Hansen zum Aufbruch.

Littmann begleitete sie an die Tür, umarmte Hansen und klopfte ihm auf die Schulter.

»Viel Erfolg euch beiden. Schnappt euch den Mörder von Lausen.«

Hansen schaute ihn verblüfft an. »Lausen hatte ich nicht erwähnt.«

»Denkst du, ich bin blöd? Die beiden Fälle hängen zusammen, das ist so klar wie Kloßbrühe. Ich habe immer noch meine Kontakte, Harry. Lass' von dir hören und warte nicht wieder sechs Jahre damit.«

»Versprochen, Kurti. Tschüss.«

Es regnete, ein leiser, feiner und warmer Sommerregen. Hansen zog die Schultern hoch und lief zum Auto. Littmann rief ihnen etwas nach, doch die Worte blieben ungehört. Der Lärm eines Flugzeuges, das vom nahegelegenen Flughafen Fuhlsbüttel gestartet war und in schrägem Winkel den Steigflug absolvierte, übertönte alles. Bernstein drückte den Knopf der Fernbedienung, der Dienst-Mercedes quittierte es mit Blinken. Bernstein ließ sich neben Hansen in den Fahrersitz fallen und knallte die Tür zu. Der Flugzeuglärm ebbte ab. Der Oberkommissar stöhnte.

»Uff! Da hätten wir Stunden sitzen können und dem Littmann wäre der Gesprächsstoff nicht ausgegangen.«

»Hmm«, antwortete Hansen.

»Du willst nicht reden? Okay.«

Hansen starrte durch die mit Regentropfen gesprenkelte Frontscheibe.

Das Bild war unklar. Die Straße, die parkenden Autos, die Vorgärten, alles wirkte verschwommen. Hansen dachte an sein Gespräch mit Thöner vom Vormittag. Das hinterließ bei ihm auch ein verschwommenes Bild.

Bernstein sagte irgendwas, Hansen schaltete auf Durchzug. Ein landendes Flugzeug half und übertönte Bernsteins Worte.

Thöner hatte auf die Frage nach der Stasi entrüstet reagiert, eine verständliche Reaktion, wenn man in Hohenschönhausen drangsaliert worden war. Trotzdem meldeten sich die Zwillingsbrüder Zweifel und Misstrauen in Hansen. An Thöners Aussage war etwas falsch, eine Dissonanz klang in Hansens Ohren nach.

Bernstein legte seine Hände auf das Lenkrad und wartete ab.

»Was erweckt bei dir den Verdacht, dass ein Mensch dir Lügen auftischt?«, fragte Hansen in das Schweigen hinein.

»Warum fragst du? Du hast da viel mehr Erfahrung als ich.«

»Sag' schon!«, forderte Hansen.

»Wie du willst. Das kann der Blick sein, unruhige Augen, ausweichen, die Körperhaltung, allgemeine Nervosität, Widersprüche in der Aussage, schwammige Ausdrucksweise. Oder eine Wortwahl, die nicht zur Situation oder Person des Befragten passt, zum Beispiel bei abgesprochenen Aussagen. Reicht das?«

»Danke, ich glaube, ich komme der Sache näher. Fahr' endlich los!«

»Sehr wohl, Chef.«

Bernstein startete den Motor und schaltete die Scheibenwischer ein. Die Welt hinter der Frontscheibe zeigte sich wieder auf gewohnte Weise und Hansens Gehirn wurde von einer Springflut klarer Gedanken überrollt.

»Mann, bin ich blöd!«, schimpfte er. »Manchmal wäre der berühmte Holzhammer angebracht.«

»Darf ich das übernehmen?«, bot Bernstein an.

»Hast du im übertragenen Sinne schon getan, als du von der unpassenden Wortwahl sprachst.«

»Es wäre sehr hilfreich, wenn du mich an deinen Gedankengängen teilhaben ließest, Harry Heimlich!«

Hansen schmunzelte. »Harry Heimlich, das ist ein schöner Spitzname! Gefällt mir besser als ›Dirty Harry‹. Im Ernst, ich grübelte die ganze Zeit über mein Gespräch mit Thöner nach. Ich fühlte mich schuldig, weil er so vehement protestierte, nachdem ich ihm Verbindungen zur Stasi unterstellt hatte. Während er mir die perfiden Methoden im Gefängnis Hohenschönhausen schilderte, dachte ich, ich hätte einen Fehler gemacht. Nee, der hat mich verarscht!«

»Wie kommst du darauf?«

»Das hätte mir sofort auffallen müssen. In seiner Schilderung der Zermürbungstaktik der Stasi benutzte Thöner wiederholt die Formulierung ›man‹. Er sagte nicht: Ich habe das erlebt, mir haben die das angetan, ich musste mich so und so verhalten, stattdessen redete er ständig von ›man‹. Man musste, man durfte nicht, man wurde. Unpersönlich eben.«

»Vorsicht, Harry. Das benutzen Leute auch, um sich von dem Erlebten abzugrenzen, um es nicht zu dicht an sich heranzulassen.«

»Richtig, das weiß ich. Aber Thöner war am Anfang seiner Erzählung sehr aufgebracht, da benutzte er das ›ich‹. Je mehr er ins Detail ging, desto neutraler wurde sein Bericht, auch im Tonfall. Ich glaube, er hat gar nicht erlebt, was er mir geschildert hat. Das war angelesen, einstudiert.«

»Und was machen wir daraus nun?«

»Wir setzen unsere gute Vera darauf an. Sie soll sich die Rosenholz-Dateien vornehmen und gezielt nach den Namen der Vereinsmitglieder suchen. Ganz oben auf der Liste steht Lothar Thöner.«

Hansen war wütend. Auf Thöner, den er verdächtigte, eine Show vorgespielt zu haben und auf sich selbst, weil er darauf reingefallen war. Hansen hasste es, wenn Opfer wie Täter behandelt wurden. Vor Gericht suchten Verteidiger gern nach einem Anteil Mitschuld des Opfers, zum Beispiel in Vergewaltigungsprozessen. Hansen fand solche Methoden widerlich. Er war mit Schuldgefühlen von Thöner weggegangen, weil er gedacht hatte, er hätte einem Opfer unterstellt, Täter zu sein.

Sie standen im Stau vor der Kreuzung Langenhorner Chaussee und Krohnstieg. Bernstein beäugte misstrauisch seinen Chef.

»Es könnte sein, dass du über's Ziel hinausschießt, Harry. Du hast keinen Beweis dafür, dass Thöner dich angelogen hat, du hast einzig dein Gefühl.«

»Ich traue meinem Bauchgefühl. Ich habe Erfahrung mit Lügnern. Mich ärgert nur, dass ich es nicht gleich gemerkt habe.«

Bernstein zog es vor zu schweigen. Diskussionen über Hansens Instinkt endeten meist mit einem Streit.

Kapitel 12

Die alten Holzdielen unter dem Rattan-Schaukelstuhl knarrten bei jeder Bewegung. Seit einer Stunde schaukelte Ulf Reisberg und starrte dabei auf den Fernseher, ohne das laufende Programm wahrzunehmen. Zwei Tage waren seit dem Schusswechsel vergangen. Er hatte versagt, eine jämmerliche Figur abgegeben, die überhaupt nicht zu seinem Selbstbild passte. Deshalb hatte Lausen sterben müssen. So sah er es, da konnte die schlaue Psychologin so viel quatschen wie sie wollte.

Er bekam das Bild des aus der Halswunde sprudelnden Blutes nicht mehr aus dem Kopf, es schwebte vor seinen Augen wie ein eingeblendetes Hologramm, egal was er tat, egal wo er sich aufhielt.

Wenn er zu schlafen versuchte, wähnte er sich im Stadtpark und hinter jedem Baum lauerte ein Schütze. Oder die Kollegen standen im Kreis um ihn herum, zeigten mit den Fingern auf ihn und brüllten im Chor: Memme! Blindschleiche! Versager!

Fast wie damals in der Schule, als er der kleinste und schmächtigste in der Klasse gewesen war und im Sportunterricht nichts auf die Reihe gekriegt hatte. Die Zeiten waren vorbei, er hatte ein Abo im Fitness-Studio, einmal pro Woche absolvierte er Kampfsporttraining und oft joggte er morgens. Er war fit, sah nicht schlecht aus, hatte einen sicheren Job und fand trotzdem keine Frau, die zu ihm passte. Mit den Selbstbewussten kam er nicht klar, die Schönen wollten nichts von ihm wissen und die anderen waren unter seinem Niveau – glaubte er.

Schwanitz rief an, wollte vorbeikommen und reden. Reisberg wimmelte ihn ab. Er befand sich in einem Zustand der Sprachlosigkeit, beherrscht von der Macht der Bilder in seinem Kopf.

Der Stadtpark, immer und immer wieder der Stadtpark. Schwanitz und er, sie hätten dichter an Lausen dran sein müssen, sie hätten die Gefahr früher erkennen müssen und er hätte treffen müssen. Wie oft hatte er geschossen? Dreimal oder viermal? Er erinnerte sich nicht. Er wusste nur, dass seine Schüsse ihr Ziel verfehlt hatten. Ausgerechnet er, der auf dem Schießstand regelmäßig zu den Besten gehörte, der als Sportschütze für seinen Verein Trophäen geholt hatte. Er glaubte, die hämischen Kommentare seiner Vereinskameraden zu hören: »Seht ihn euch an, den Helden! Auf Scheiben schießen kann er, im Ernstfall ist er eine Niete.«

Auf dem Tisch neben ihm stand der Teller mit den Resten des Mittagessens, das er lustlos zur Hälfte gegessen hatte, Nudeln mit Tomatensoße. Die Reste der Soße sahen aus wie getrocknetes Blut. Er wollte den Mund öffnen und schreien. Er schaffte nicht mal das.

Er musste raus aus dieser Zelle, deren Wände die Schuldgefühle reflektierten und auf ihn zurückwarfen. Raus, aktiv werden, handeln statt denken, bevor er durchdrehte. Es gab nur einen Weg, die Schande des Versagens wegzuwischen. Er musste die Schweine erwischen, die Lausen getötet hatten. Wenn ihm das gelänge, wäre alles davor vergeben und vergessen.

Er schaukelte nach vorn, nutzte den Schwung, sprang auf, rannte ins Bad, kniete sich vor die Toilette und kotzte die Nudeln aus. Er stützte die Unterarme auf den Rand des Toilettenbeckens, keuchte und fühlte den kalten Schweiß von der Stirn rinnen.

Er wusch sich das Gesicht, spülte den Mund aus, setzte sich auf den Klodeckel und starrte die tannengrünen Wandkacheln an. Nach zehn Minuten fasste er einen Entschluss. Im Flur legte er das Pistolenhalfter an, schlüpfte in seine Cowboystiefel und nahm die schwarze Lederjacke vom Garderobenhaken. Im Schlafzimmer öffnete er eine Schranktür. Dahinter befand sich sein Waffenschrank. Er schloss ihn auf, entnahm einen Smith & Wesson Revolver und eine Munitionsschachtel. Er steckte den Revolver in das Halfter, die Schachtel und ein Fernglas verstaute er in einer Umhängetasche. Er zögerte, bevor er zu dem Umschlag griff, der in einem Fach neben der Munition lag. Zweitausend Euro, sein mühsam angespartes Grundkapital für seinen Traum, die geplante USA-Reise im nächsten Jahr. Er seufzte, zählte tausend Euro ab und steckte sie gerollt in die Jeanstasche. Amerika rückte in die Ferne. Doch er würde Geld brauchen. Informationen bekam man in der Regel nicht gratis. Er kannte Kollegen, die ihm vom Stand der Ermittlungen berichten würden. Einen von denen würde er vor dem Präsidium abfangen und ihn auf ein Bier einladen. Für den Kollegen brauchte er das Geld nicht. Aber die kleinen, miesen Dealer auf der Straße und die Typen in den einschlägigen Locations, die hielten für jeden Furz die Hand auf.

Er würde sich das Geld zurückholen, irgendwie. Vorher würde er sich Lausens Mörder holen, irgendwie.

Nach knapp drei Stunden hatte Vera Becker von Wismar kommend die Karl-Liebknecht-Straße in Berlin-Mitte erreicht. Sie stand vor dem langgestreckten achtgeschossigen Gebäude und schaute an der grauen Fassade mit gelben Streifen hoch. Hier wurde die Hinterlassenschaft des Ministeriums für Staatssicherheit der DDR verwaltet. Sie hoffte, dass die Mitarbeiter der Behörde ihre gewünschte Akteneinsicht vorbereitet hatten. Staatsanwältin Dierscheidt hatte versprochen, für eine umfangreiche Unterstützung zu sorgen.

Becker wurde von einem Referatsleiter empfangen, der ihr jede mögliche Hilfe zusagte. In der Regel drehte sich die Arbeit der Behördenmitarbeiter um die Aufarbeitung der Vergangenheit. Eine Arbeit, die auch zwanzig Jahre nach der Wiedervereinigung noch wichtig und längst nicht abgeschlossen war, aber die aktuelle Suche nach einem Polizistenmörder – oder einer Mörderin? – hatte eine höhere Priorität.

Erika Stürmer, eine mütterlich wirkende Frau von etwa fünfzig Jahren, führte Becker in den Lesesaal. Der Allerweltsname Klaus Müller machte die Suche nach den richtigen Akten schwierig. Im Labyrinth der Stasidokumente fanden sich tausende Müllers, hauptamtliche Mitarbeiter, inoffizielle Mitarbeiter, und von diesen bespitzelte, verhaftete und verurteilte Müllers. Ohne die Angaben von Mettenbach zu Geburtsjahr und Tätigkeit des Klaus Müller hätte die Suche Tage in Anspruch nehmen können.

Becker lernte die Grundzüge des Karteikartensystems der Stasi kennen. Das System umfasste Millionen von Karteikarten unterschiedlicher Prägung, die sich gegenseitig ergänzten und erst zusammen den Weg zu den betreffenden Akten zeigten. Die F 16 genannten Karteikarten enthielten Namen und persönliche Daten und eine Registriernummer, unter der manchmal auch mehrere Personen geführt sein konnten. In den F 16 wurden keine Gründe für die Registrierung genannt. Rund neunzig Prozent der Karteikarten bezogen sich nicht auf Mitarbeiter der Stasi.

Informationen über die Kategorien, unter denen Personen geführt wurden, ergaben sich aus den Vorgangskarteien F 22. In diesen wurden aber keine Klarnamen genannt. Anhand der Registriernummer musste man die entsprechenden F 16 und F 22 zusammenbringen, um zu einer Identifizierung gesuchter Personen zu gelangen. Die F 22 wiesen den Weg zu den archivierten Akten und gaben Hinweise zu den sogenannten Vorgängen.

Becker wurde schnell klar, dass sie ohne die Hilfe der Mitarbeiter der BStU in diesem Irrgarten verloren gewesen wäre.

Schließlich lagen die Akten über den Hauptmann Klaus Müller der Hauptabteilung IX (Untersuchung) vor. Die Ermittlungen zu seinem Selbstmord am Neujahrsabend 1990 hatte die Staatssicherheit übernommen. Dies war in Fällen, in denen Mitarbeiter des Ministeriums betroffen waren, gängige Praxis. Die Stasi war eine Organisation kollektiven Misstrauens. Auf eigene Leute bezogene Untersuchungen der Volkspolizei passten nicht in das Schema. Becker stellte beim Studium der Akten fest, dass die Untersuchung sehr akribisch durchgeführt worden war. Die Ermittler bezweifelten am Anfang den selbst herbeigeführten Tod und taten alles, um einen möglichen anderen Tathergang mit Sicherheit ausschließen zu können. Becker vermutete, dass es ihnen schwergefallen war, den Freitod eines Kollegen und seine Gründe zu akzeptieren.

Doch die Sachlage war eindeutig. Neben dem Toten lag ein Abschiedsbrief, gerichtet an die Tochter. An der rechten Hand fanden sich Schmauchspuren, der Schuss in die Schläfe war aufgesetzt und die Ermittler der Stasi hatten ein ballistisches Gutachten anfertigen lassen, das als Tatwaffe eindeutig die Makarov-Dienstwaffe von Klaus Müller identifizierte, die der Tote in der Hand gehalten hatte.

Das Gutachten erfreute Becker. Jetzt hatte ihr Team ballistisches Vergleichsmaterial, obwohl es die Waffe nicht hatte. Auf ihre Bitte hin scannte Frau Stürmer, die ihr bei der Suche nach den richtigen Akten zur Seite stand, die Dokumente ein und schickte sie an die Hamburger Kriminaltechnik.

Weniger erfreulich war der Abschnitt im Protokoll, der schilderte, wie Klaus Müllers Tochter ihren toten Vater auf dem Dachboden des Elternhauses gefunden hatte. Das musste ein furchtbarer Schock für die damals Vierzehnjährige gewesen sein.

Beckers Handy klingelte. Sie erntete strafende Blicke von anderen im Lesesaal anwesenden Menschen. Flüsternd meldete sie sich und verließ den Raum. Der Anrufer war Thomas Bernstein.

»Was gibt's denn?«, fragte sie ungeduldig, auf dem Gang vor dem Lesesaal stehend.

»Ich wollte dich über die neuesten Entwicklungen informieren«, erklärte Bernstein.

»Schick mir eine E-Mail, ich kann jetzt nicht telefonieren.«

»Bitte, wie du willst.« Bernstein klang beleidigt und enttäuscht.

Da musste er durch. Mit einem kategorischen »Ruf' mich nicht an, ich rufe dich an.« beendete Vera Becker das Telefonat. Sie spürte das Jagdfieber, wie ein Bluthund, der eine Spur erschnüffelt hat. Ihr Magen meldete sich. Sie schaute auf die Uhr. Die Mittagszeit war längst vorbei. Okay, erst schnell den Magen zufriedenstellen und dann weitermachen. Sie verschlang ein belegtes Brötchen und trank dazu ein Glas Wasser. Dann las sie weiter.

Müllers Tochter Katharina war vierzehn Jahre alt, als sie den Leichnam ihres Vaters auf dem Dachboden fand. Becker dachte darüber nach, was dieses Erlebnis für die Tochter bedeutet haben musste. Irgendwo aus ihrem Hinterkopf kroch ein Gedanke hervor wie eine schemenhafte Gestalt im Nebel.

Sie startete ihren Laptop. Sie hatte etwas gelesen, in den Unterlagen, die Bernstein ihr am Morgen geschickt hatte. Sie las seinen Bericht über die Aussage des Zeugen Dickel, der von einer Frau und einem Mann entführt und gefoltert worden war. Die Frau wurde von ihrem Kompagnon ›Kati‹ genannt, die typische Kurzform für … Katharina!

Beckers Herzschlag beschleunigte sich. War es möglich, dass die Polizistenmörderin Kati und die Tochter des Stasi-Offiziers ein und dieselbe Person waren? Aber wie hätte die Tochter an die Waffe gelangen sollen, die ja von der Stasi sichergestellt und untersucht worden war? Becker blätterte hastig in den Akten hin und her. Über die Tochter, ihren Werdegang und ihren Verbleib wurden keine Angaben gemacht. Die Waffe wurde damals in die Asservatenkammer geschickt.

Becker schrieb eine E-Mail an Bernstein und bat ihn, Nachforschungen über Katharina Müller anzustellen.

Sie nahm sich die ersten Seiten der Akte noch einmal vor. Klaus Müllers Ehefrau hieß Gisela, geboren am 8. März 1952 in Ostberlin. Globalisierung und weltweite Vernetzung änderten kaum etwas daran: Die meisten Leute blieben in der Gegend hängen, in der sie aufgewachsen waren. Becker suchte im Internet nach Telefonnummern von Gisela Müller in Berlin. Sie fand sechsunddreißig Einträge. Frau Stürmer war behilflich und druckte ihr die Nummern aus. Sie ging erneut vor die Tür des Lesesaals, um zu telefonieren. Die neunte Nummer gehörte der Witwe von Klaus Müller. Sie wohnte im Stadtteil Marzahn und war ohne Zögern bereit, Vera Becker am Abend in ihrer Wohnung zu empfangen. Becker schien es, als würde sich Frau Müller über den angekündigten Besuch sogar freuen.

Sie rutschte unruhig auf dem Stuhl hin und her. Am liebsten wäre sie sofort zu Frau Müller gefahren.

Sie wählte die Nummer ihrer Dienststelle. Kommissar Förster meldete sich und teilte ihr mit, dass Bernstein und Hansen unterwegs seien. Becker berichtete von der Waffe und dem ballistischen Gutachten, und sie bat Förster, Nachforschungen über Katharina Müller zu betreiben. Dann kehrte sie an ihren Platz im Lesesaal zurück. Sie atmete tief durch und griff seufzend nach der nächsten Akte von dem Stapel vor ihr.

Eine halbe Stunde vor dem regulären Feierabend tauchten Hansen und Bernstein im Büro auf. Förster machte von seinem Schreibtisch aus wilde Handzeichen.

»Kommt mal her. Es gibt Neuigkeiten.«

Hansen und Bernstein traten näher.

»Gute oder schlechte?«, fragte Hansen.

»Sowohl als auch«, antwortete Förster. »Zuerst die gute: Die Soko hat mit Hilfe von Dickel den Ort gefunden, an dem er festgehalten und gefoltert wurde, eine alte, baufällige Schlachterei, zwei Kilometer hinter der Landesgrenze. Die zuständigen Pinneberger haben uns großzügig das Feld überlassen. Die Spusi ist vor Ort. Nach dem, was ich gehört habe, wurden die Räumlichkeiten von den Entführern gründlich gesäubert. Wird schwierig, dort verwertbare Spuren zu finden.«

»Wenn das die gute Nachricht ist, möchte ich die schlechte gar nicht hören«, stellte Hansen fest.

»Da hast du verloren, Harry, denn die schlechte betrifft dich. Du sollst die Staatsanwältin anrufen, dringend. Wenn du mich fragst, die klang so, als wäre sie sauer auf dich.«

»Kann ich mir denken. Ich rufe sie gleich an.«

»Und Thorwald will dich auch sehen.«

»Hast du noch mehr auf Lager?«

»Ja, Kollegin Becker hat sich gemeldet. Sie hat vielleicht eine richtig heiße Spur zur Makarov.«

»Darüber reden wir später. Teamsitzung in dreißig Minuten. Noch was?«

»Nee, das war's.«

»Danke! Die Dierscheidt und Thorwald! Ich hätte mich krankmelden und nach Hause fahren sollen.« Hansen trottete in sein Büro.

»Ist Harry krank?«, fragte Wolter, als Hansen außer Hörweite war.

»Nein, nur mies gelaunt«, antwortete Bernstein.

Hansen schleuderte die Jeansjacke in eine Ecke hinter dem Schreibtisch, griff nach dem Telefon und wählte die Nummer der Staatsanwältin.

»Herr Hauptkommissar, wie schön, von Ihnen zu hören«, sagte Frau Dr. Dierscheidt mit übertriebener Freundlichkeit.

»Ja, Frau Doktor Dierscheidt, ich wollte …«

»Herr Hansen, das hatten wir doch geklärt, ohne Titel bitte!«

»Ja, natürlich. Also, Frau Dierscheidt, ich wollte Sie natürlich längst angerufen haben, aber …«

»Wir hatten eine Vereinbarung, Herr Hansen. Es ging dabei um zeitnahe und vollständige Information, wenn mich meine Erinnerung nicht trügt. Was verstehen Sie unter ›zeitnah und vollständig‹, Herr Hansen?

Wann wollten Sie mich darüber in Kenntnis setzen, dass Sie des Zeugen Dickel habhaft geworden sind?«

»Die Ereignisse überschlugen sich heute, wir sind auf eine Reihe neuer Ermittlungsansätze gestoßen. Ich bin eben erst in mein Büro zurückgekehrt und hätte Sie sofort angerufen.«

»Kein Ausflüchte, Hansen. Den Zeugen Dickel haben Sie seit gestern in Gewahrsam.«

»Das ist korrekt.« Hansen schrumpfte gegen seinen Willen auf die mentale Größe eines Schuljungen und fühlte sich machtlos gegen die mit unglaublichem Charme in der Stimme vorgetragenen verbalen Ohrfeigen der Staatsanwältin. Zu allem Überfluss hatte sie in der Sache recht.

»Wie der letzte Depp …« Die Staatsanwältin stockte. »Gibt es eine weibliche Form von ›Depp‹? … Egal. Wie eine naive Anfängerin stand ich vor meinem Kollegen Rude, der mich über die Einzelheiten Ihrer Aktion aufklärte, über die er natürlich, wie es sich gehört, von Hauptkommissar Schneider unterrichtet worden war.«

Hansen hielt es für das Beste, zu Kreuze zu kriechen. »Frau Dierscheidt, es tut mir leid. Wird nicht wieder vorkommen.« Er wagte sich weit vor. »Kann ich Sie versöhnen, wenn ich Ihnen in Aussicht stelle, die Mörder von Friedemann und Lausen bald benennen zu können?«

»Nehmen Sie den Mund nicht zu voll, Herr Hansen. Ich werde gleich in den verdienten Feierabend gehen. Morgen früh habe ich am Landgericht zu tun. Gegen elf Uhr werde ich im Büro sein. Dann sollte ein ausführlicher Bericht mit all Ihren Erkenntnissen auf meinem Schreibtisch liegen, unabhängig davon, wie weit Ihre Ermittlungen gediehen sind. Wenn nicht …«, ihre Stimme bekam eine unangenehme Schärfe, »ziehe ich Ihnen die Hammelbeine lang!«

Sie legte auf. Hansen schnaufte und sackte in seinen Bürostuhl.

Super, Harry, schimpfte er still, das hast du toll hingekriegt. Jetzt stehst du richtig unter Druck. Na gut, wenn schon, denn schon. Hol' ich mir direkt den nächsten Rüffel ab.

Er stand auf und marschierte zu seinem Vorgesetzten. Kriminaloberrat Thorwald musterte Hansen besorgt.

»Sie sehen nicht gut aus. Alles in Ordnung?«

»Ich bin okay, hatte heute nur zu viel Kaffee.«

»Denken Sie an Ihr angeschlagenes Herz, Herr Hansen. Rauchen Sie eigentlich noch?«

»Weshalb wollten Sie mich sprechen, Herr Thorwald?«

Der Kriminaloberrat schmunzelte. »Typisch Hansen, schnelles Ausweichmanöver und direkter Gegenstoß. Das Thema trägt den Titel ›Lothar Thöner‹. Sie ahnen wahrscheinlich, was nun kommt.«

»Herr Thöner hat sich über mich beschwert.«

Thorwald drückte seinen Stuhl zurück, um Abstand zum Schreibtisch zu bekommen und schlug entspannt die Beine übereinander. Hansen wunderte sich. Das sah nicht wie der Auftakt zu einem Rüffel aus.

»Er fühlte sich zu Unrecht verdächtigt, so wurde es mir zugetragen«, erläuterte Thorwald. »Herr Thöner hat sich natürlich nicht bei mir gemeldet. Ich vermute, er hat den Innensenator angerufen, der hat den Polizeipräsidenten kontaktiert, der dann Kriminaldirektor Bergmann anrief, der sich an mich wandte. Sie wissen ja, wie das läuft.«

»Und was gefiel dem Herrn Thöner nicht? Aus meiner Sicht war es ein entspanntes und informatives Gespräch.«

»In dem Sie Herrn Thöner eine Tätigkeit für die Stasi unterstellt haben sollen.«

»Ich habe nichts unterstellt, ich habe bloß nach möglichen Verbindungen gefragt. Dann hat Thöner seine angebliche Leidensgeschichte heruntergebetet.«

»Angeblich? Heruntergebetet? Herr Hansen, das klingt für mich nicht nach einer objektiven Sichtweise.«

»Vergessen Sie's, ist nur meine persönliche Meinung. Es war eine Befragung, Punkt! Thöner ist der Vorsitzende des Vereins, in dem Friedemann Schatzmeister war. Ist doch logisch, dass ich ihn befragen musste.«

»Sie wissen schon, in welchen Kreisen Herr Thöner üblicherweise verkehrt, oder?«

Hansen zuckte mit den Achseln. »Das spielt in meinen Ermittlungen keine Rolle.«

Thorwald seufzte. »Grundsätzlich gebe ich Ihnen recht. Sie sollten aber wissen, dass Thöner exzellente Kontakte zum Senat und insbesondere zur

Innenbehörde hat. Viele seiner Aufträge kommen von dort. Ehrliche Antwort, Hansen: Ermitteln Sie gegen ihn?«

Hansen gab sich Mühe, einen erstaunten Gesichtsausdruck zu produzieren. »Bis jetzt nicht. Sollte ich?«

Thorwald verzichtete auf seine entspannte Haltung, robbte mit seinem Stuhl an den Tisch und schwenkte drohend einen Zeigefinger.

»Mein lieber Hansen, ich kenne Sie. Da ist was im Busch.«

»Wenn nichts dran ist, bleibt es im Busch.«

Thorwald faltete die Hände. »Wie auch immer, lassen Sie Vorsicht walten. Im Übrigen hat Thöner ein zweites Mal angerufen, diesmal direkt bei mir. Merkwürdige Geschichte. Er möchte Sie sehen, morgen früh. Er lädt Sie zum Frühstück ein, um neun Uhr im Hotel SIDE. Er meinte, er könnte Ihnen vielleicht bei den Ermittlungen behilflich sein. Es sei eine gute Gelegenheit, die Differenzen auszuräumen. Genießen Sie es, so ein Frühstück bekommen Sie nicht jeden Tag.«

Hansen grinste. »Fällt das womöglich in den Bereich ›Vorteilsnahme im Amt‹?«

»Ausnahmsweise nicht, Sie haben hiermit meine offizielle Genehmigung. Vorausgesetzt, Sie informieren mich über das Gespräch.«

Hansen stand auf. »Ich informiere Sie immer, Herr Thorwald. Die Frage ist nur, wann.«

Thorwald spielte das Spiel mit. »Sie geben Ihre Dienstmarke ab, Hansen. Die Frage ist nur, wann.«

Auf dem Weg in sein Büro musste Hansen sich eingestehen, dass er nur eine sehr vage Ahnung hatte, wo sich das Hotel SIDE befand. Hotels der höheren Kategorien gehörten nicht zu seinem normalen Lebensumfeld. Wie jeder Hamburger kannte er das Atlantic an der Außenalster mit seinem Dauergast Udo Lindenberg und das Vierjahreszeiten an der Binnenalster. Beruflich hatte er mit diesem Hotel bisher nicht zu tun gehabt. Hamburg war einfach zu groß, um jede Ecke zu kennen. Er beschloss, die genaue Adresse im Branchenbuch zu suchen und danach den Stadtplan zu studieren. Das Internet war noch immer nicht sein Ding, obwohl er es inzwischen viel häufiger nutzte.

Hansen hatte seinen Schreibtisch erreicht und beobachtete geistesabwesend die wandernden geometrischen Figuren des Bildschirmschoners. Facebook, Studi-VZ, Google und eBay, twittern, chatten und bloggen, für Hansen waren es Begriffe, die er oft gehört hatte, von denen er aber die meisten nicht mit Inhalt füllen konnte. Er kannte dieses Gefühl aus seiner lange zurückliegenden Schulzeit, aus dem Mathematikunterricht. Hansen begegnete den neuen Kommunikationsmöglichkeiten mit großem Misstrauen. Soziale Netzwerke im World-Wide-Web, was sollte das sein? Wenn sein Auto morgens nicht ansprang, könnte er dann bei einem Facebook-Freund klingeln und um Starthilfe bitten? Wenn er im Krankenhaus läge und sich nach Zuspruch sehnte, würde ihn dann jemand fürsorglich umtwittern?

Ein Räuspern riss ihn aus seinen Gedanken. Bernstein stand vor dem Tisch und betrachtete ihn verwundert von oben herab.

»Auf welcher einsamen Insel warst du gerade?«, fragte der Oberkommissar.

»Äh, keine Ahnung, weit weg.«

»Wenn du wieder im sommerlichen Hamburg gelandet bist, könnten wir die Gruppenrunde einläuten«, schlug Bernstein vor.

»Gute Idee. Wir haben einen Berg Probleme vor uns. Komm, wir setzen uns zu Förster und Wolter. So muss unser geschienter Kollege nicht den Gang entlang humpeln.«

Sie arrangierten sich um den Doppelschreibtisch herum und Hansen begann die Besprechung mit der Frage nach Beckers heißer Spur. Förster brachte die Kollegen auf den Stand der Dinge und äußerte am Ende die Vermutung, dass das Ergebnis des ballistischen Vergleichs in den nächsten Minuten eintreffen werde. Sein Telefon klingelte. Es war Vera Becker.

»Augenblick, Vera, ich stelle dich auf laut«, sagte Förster. »Wir sitzen hier alle zur Besprechung zusammen.«

»Hallo Kollegen, könnt ihr mich gut verstehen?«

Die vier Männer riefen ihr Grüße zu.

»Fein, dann hört mal zu. Mit den Akten über Klaus Müller bin ich durch. Da bin ich auf zwei interessante Vermerke gestoßen. Dieter Westphal wohnte in den Achtzigern in Potsdam, in der gleichen Straße wie die Müllers. Den Westphal müsst ihr unbedingt unter die Lupe nehmen.«

»Den Part hatten wir für dich vorgesehen, Vera«, meldete sich Hansen zu Wort. »Hast du Bernsteins E-Mail nicht bekommen?«

Es folgte ein Augenblick der Stille.

»Bekommen schon, aber nicht gelesen«, gab Becker kleinlaut zu.

Hansen wollte keine öffentliche Standpauke halten. »Dann tu' es jetzt«, sagte er. »Du sitzt an der Quelle. Außerdem bitte ich dich, auch über die anderen Vorstandsmitglieder des Vereins nachzuforschen, insbesondere über Lothar Thöner.«

»Och nee, Harry. Ich bin keine Aktenmaus. Und die schließen hier bald, das wird heute nichts mehr.«

»Vera, ich brauche Ergebnisse. Die Staatsanwältin macht Druck und Thöner lässt seine Beziehungen spielen.«

Becker schwieg einen Moment, im Hintergrund war eine zweite Frauenstimme zu hören.

»Wer ist bei dir?«, fragte Bernstein.

»Das ist Frau Stürmer, eine Mitarbeiterin der Behörde und ein Juwel. Sie hat mir zugeflüstert, dass sie eine Überstunde dranhängen und die Akten für mich raussuchen will.«

»Richte unseren Dank aus«, bat Hansen. »Bis morgen elf Uhr muss ich Material für die Staatsanwältin haben.«

Becker flüchtete sich in Galgenhumor, sie zitierte Freddy Frinton aus dem Kultstück ›Dinner for one‹: »I'll do my very best, Miss Sophie.«

»Cheerioo!«, rief Förster.

Becker lachte und fuhr fort. »Heute Abend fahre ich zu Müllers Witwe. Sie wohnt praktischerweise seit ein paar Jahren in Berlin. Mal schauen, was die Frau zu erzählen hat. Am Telefon wirkte sie sehr aufgeschlossen. Ach ja, beinahe hätte ich es vergessen. Klaus Müller hat 1975 einen Unfall untersucht, bei dem ein Westdeutscher namens Peter Moser getötet wurde. Ein LKW hatte den Mann überfahren, der wohl betrunken auf die Straße gelaufen war.«

»Was hat das mit unserem Fall zu tun?«

»In der F 22, der Vorgangskartei, gibt es eine Karte zu dem Fall, auf der ein kleiner Vermerk eingekreist ist: G 7. Der gleiche Vermerk findet sich auf Mosers F 16-Karte, ebenfalls eingekreist.«

»Vera, du bist klasse«, lobte Hansen. »Und du hast dir soeben zusätzliche Arbeit verschafft.«

»Ich weiß, wer gute Arbeit leistet, kriegt immer mehr aufgebrummt. Deshalb sage ich tschüss, Kollegen, bevor Harry weitere Ideen kommen.«

Nach Beckers Verabschiedung folgte eine Minute nachdenklicher Ruhe. Hansen schnipste mit den Fingern als wollte er die anderen wecken.

»Klar«, sagte er, «so macht das Sinn. Wann wurde Thöner aus der Stasi-Haft freigekauft? Wissen wir das?«

Da niemand antwortete, ergriff Wolter die Initiative. »Das sollte sich feststellen lassen.« Er wandte sich seinem Monitor zu und startete den Internet-Browser. »Gebt mir ein paar Minuten.«

»Worauf willst du hinaus?«, fragte Bernstein Hansen.

»Beim Lesen von Friedemanns Autobiographie fragte ich mich, wie Thöner in das Netzwerk der G 7 passt. 1970, als die Gruppe gegründet wurde, war er zu jung. Friedemann berichtete von sechs Männern zwischen dreißig und vierzig, die bei dem Treffen in der Stasizentrale dabei gewesen waren. Thöner war zu der Zeit erst zweiundzwanzig und wäre außerdem die Nummer acht der Gruppe gewesen. Das passte alles nicht zusammen. Ralf, wann siedelte Thöner in den Westen über?«

»Warte, ich schau nach.« Förster öffnete die Datei mit den Profilen der Vereinsmitglieder. »Das war 1971.«

»Ich fabuliere mal«, sagte Hansen. »Der junge Thöner wurde als Perspektiv-Agent in den Westen geschickt. Nach Mosers Tod brauchte die Stasi einen Ersatzmann. Da lag es nahe, jemanden zu nehmen, der schon im Westen aktiv war. Ich glaube, Thöner wurde Mitte der Siebziger als Ersatz für diesen tödlich verunglückten Moser in die G 7 aufgenommen, mit einer astreinen Legende als freigekaufter politischer Häftling.«

»Klingt plausibel«, meinte Wolter. »Thöner hat vor Jahren dem ›Hamburger Express‹ ein Interview gegeben und seinen Werdegang geschildert, beginnend mit seiner Übersiedlung in den Westen im Jahre 1971. Ab 1976, nach Beendigung seines Studiums, arbeitete er für verschiedene

Firmen im Bereich der Computertechnologie und machte Karriere. Anfang der Neunziger begann sein rasanter Aufstieg als Unternehmer.«

»Kein Wunder, mit Millionen aus verborgenen Stasirücklagen als Startkapital«, kommentierte Hansen.

»Dafür haben wir keine Beweise«, stellte Bernstein fest. »Das ist hochgradig spekulativ.«

»Richtig, Thomas. Doch du musst zugeben, es ist erstaunlich, wie gut die einzelnen Teile der Spekulation zueinanderpassen.«

Hansen bemerkte, dass Wolter zum wiederholten Male verstohlen auf seine Armbanduhr schaute.

»Machen wir weiter«, sagte er grinsend. »Der Christoph wird langsam unruhig. Wann findet das Blind Date denn statt?«

Wolter senkte schuldbewusst den Blick. »Um neunzehn Uhr in Eppendorf. Ich muss erst nach Hause, mich frisch machen und umziehen. Aber so wichtig ist das nicht! Ich kann länger bleiben, wenn es nötig ist.«

Früher hätte Hansen getobt und Wolter mangelhaftes Engagement und fehlende Ernsthaftigkeit vorgeworfen. Zwei Wochen vor der eigenen Pensionierung war er nicht mehr so verbissen.

»Wir sind bald durch. Du schaffst es rechtzeitig. Wenn Ralf einverstanden ist und die Recherche zu Dieter Westphal übernimmt.«

Förster nickte zustimmend. »Mach' ich. Wer übernimmt Katharina Müller?«

Hansen suchte Blickkontakt zu Bernstein.

»Jaja, ich übernehme das«, antwortete der.

»Im Gegenzug würde ich Pizza und Bier bestellen«, bot Hansen an. »Na, Christoph? Pizza und Bier oder unbekannte Frau?«

Wolter mimte den Unentschlossenen. »Schwere Frage. Ich glaube, ich wähle … die Frau! Bei Champagner und Kaviar käme ich ins Grübeln.«

Hansen wischte mit einer Hand durch die Luft als wollte er eine lästige Fliege vertreiben. »Du bist mir zu teuer. Mach' dich vom Acker.«

»Wirklich?«, fragte Wolter.

»Du hast drei Sekunden. Eins, … zwei, …«

»Danke, Kollegen, ihr habt was gut bei mir. Tschüss!«

Wolter sprang auf, griff nach seinem Sakko und stieß auf dem Gang fast mit Grunwald zusammen, der die verbliebene Runde der drei Kommissare mit einer Akte wedelnd begrüßte.

»Darauf seid ihr sicher neugierig!«

»Keine Spielchen, Grunwald«, forderte Hansen. »Was sagen unsere Waffenspezialisten?«

Grunwald strahlte über das ganze Gesicht. »Hundertprozentige Übereinstimmung! Doppelt abgesichert! Die Merkmale der Projektile und der Hülsen stimmen überein. Glückwunsch, ihr habt die Waffe, mit der Kamphausen und unser Kollege Lausen erschossen wurden. Jetzt müsst ihr nur noch diesen Klaus Müller erwischen.«

Förster stand auf und klopfte Grunwald auf die Schulter. »Schuster, bleib' bei deinen Leisten. Mein lieber Grunwald, das Kombinieren solltest du besser uns überlassen. Klaus Müller ist seit zwanzig Jahren tot.«

»Wieso tot? In dem Gutachten, das Vera uns geschickt hat, war der Name Klaus Müller genannt. Dem gehört die Makarov.«

Hansen schaltete sich ein. »Mensch, Grunwald, halt die Klappe! Mal abgesehen davon, dass du das gar nicht wissen dürftest, ist es so, dass Müller sich schon vor vielen Jahren mit der Waffe selbst das Lebenslicht ausgeblasen hat.«

»Oh, da habe ich wohl was missverstanden. Na denn, schönen Feierabend.« Grunwald entschwand.

Hansen rieb sich die Hände. »Auf geht's, an die Arbeit! Ist der Schneider noch im Haus?«

»Die Soko tagt im großen Besprechungsraum«, erklärte Förster.

»Gut, ich rede mit Schneider, wegen der Waffe und der Fahndung. Die können wir jetzt konkretisieren. Thomas, bestellst du Pizza und Bier?«

»Ja, aber du bezahlst, Harry!«

Becker hatte das Telefongespräch mit den Kollegen beendet und schaute Frau Stürmer mitleidig an. »Wollen Sie das wirklich tun? Es sind eine Menge Namen.«

Frau Stürmer streichelte Beckers Schulter. »Machen Sie sich keine Gedanken. Ich tue das gern, und zu Hause wartet niemand auf mich. Sie brauchen eine Pause. Kommen Sie morgen früh um acht Uhr her, dann wird alles für Sie bereitliegen.«

»Man sollte Sie in Gold aufwiegen, Frau Stürmer. Vor allem, weil Sie sich so gut auskennen. Ohne Sie hätte ich mich im Irrgarten der Stasi-Unterlagen nie zurechtgefunden. Sie arbeiten bestimmt schon viele Jahre hier.«

»Von Beginn an, genaugenommen sogar noch länger.«

»Wie geht das denn?«

Die unscheinbar gekleidete Frau reckte das Kinn und nahm Haltung an, wie ein Soldat beim Appell.

»Ihnen sage ich es, junge Frau. Ich mag Sie sehr und will nicht, dass Sie es von anderer Seite hören. Ich war selbst eine Mitarbeiterin der Staatssicherheit. Ich arbeitete in der Abteilung XII, also in der Archivabteilung. Nach der Wiedervereinigung brauchte man Leute, die sich auskannten. Ich gehörte dazu und bin bis heute geblieben. Klingt verrückt, oder? Ich mache praktisch dieselbe Arbeit, die ich vor der Wende gemacht habe, nur für einen anderen Dienstherrn und mit entgegengesetztem Ziel. Ich sage Ihnen, ich freue mich jeden Tag auf meine Arbeit, sie ist meine Art der Wiedergutmachung. Nun wollen Sie mich wohl nicht mehr in Gold aufwiegen, was?«

Becker brauchte einen Moment, um das Gehörte zu verdauen.

»Ach, Frau Stürmer«, sagte sie schließlich. »Ich bin zwar jung, aber meine Lebenserfahrung reicht zumindest für die Erkenntnis, dass es zwischen schwarz und weiß eine Menge Graustufen gibt. Sie sind sich Ihrer Schuld bewusst, das ist mehr als viele Menschen von sich behaupten können.«

Becker verabschiedete sich. Sie war müde und hungrig, ihre Augen brannten, der Kopf schmerzte. An ihr klebte der Geruch uralter Akten. Sie brauchte dringend eine Mahlzeit und eine Dusche, bevor sie Gisela Müller einen Besuch abstatten würde. Am Auto angekommen, stellte sie die Laptoptasche hinter den Fahrersitz, setzte sich hinter das Steuer und wollte den Motor starten. Mitten in der Bewegung verharrte sie. Vor lauter Arbeitseifer hatte sie vergessen, ein Hotelzimmer zu buchen. Leise vor sich hinfluchend öffnete sie den Internetbrowser ihres Smartphones und suchte nach Hotels in Berlin. Die bekannten teuren Namen übersprang sie. Von vier Hotels bekam sie Absagen, alles ausgebucht. Ferienzeit, Berlin war voller Touristen. Bei der fünften Adresse, einer Pension in der Gleimstraße hatte sie Glück. Für eine Nacht war ein Zimmer frei, da ein Gast vorzeitig abgereist war. Becker war erleichtert, zumal der Preis stimmte, die Pension ganz in der Nähe war und sie nur dreimal abbiegen müsste, um dorthin zu kommen. Sie freute sich auf die Dusche.

»Habt ihr über den Wilhelm Fritsche was rausgekriegt?« Hansen richtete seine Frage an Ralf Förster, bevor er sich das letzte Stück Salami-Pizza schnappte und verschlang.

Förster leckte sich die Finger sauber, griff zur Maus und öffnete ein Word-Dokument.

»Das hatte Christoph übernommen. Mal sehen, was er notiert hat … Na super, das stinkt ja zum Himmel! Hört euch das an. Wilhelm Fritsche, wohnhaft in Winsen/Luhe, ist 81 Jahre alt und war bis zur Rente Leiter einer Sparkassenfiliale. Er hat einen Sohn, Walter Fritsche, der lebt in Flensburg, und es gibt einen Enkel, Torben Fritsche, sechsunddreißig Jahre alt. Dreimal dürft ihr raten, wo der arbeitet.«

Bernstein verschluckte sich fast an dem Stück Pizzarinde, das er gerade wegknabberte.

»Ist ja geil!«, rief er, nachdem er unfallfrei geschluckt hatte. »Ein Rentner aus Winsen/Luhe an der Spitze einer liechtensteinischen Holding!«

»Und der Assistent von Thöner ist sein Enkel«, stellte Hansen fest. »Nun wissen wir, wem die Firma SSP wirklich gehört. Bei Wilhelm Fritsche dürfte es sich um einen astreinen Strohmann handeln. Das wäre geklärt.«

Förster öffnete sein zweites Bier. »Fährt einer von euch mich nach Hause? Auf Bus und Bahn habe ich echt keinen Bock mehr.«

»Wo wohnst du denn?«, fragte Bernstein.

»In Altona.«

»Nicht gerade meine Richtung. Ich mache es trotzdem.«

220

»Das ist nett von dir, Thomas. Ich verspreche, in deiner Gegenwart keine Schwulenwitze mehr zu erzählen.«

Bernstein winkte lässig ab. »Solange sie gut sind, habe ich damit kein Problem. Was macht eigentlich der Dickel jetzt?«

»Der sollte auf halbem Weg nach Barsinghausen sein. Die Kollegen aus Niedersachsen kümmern sich um ihn und die Familie.«

Hansen streckte die Beine aus und legte die Hände auf den Bauch. »Leute, mir reicht es für heute. Ich muss morgen früh in meine alte Wohnung, wegen der Sperrmüllabfuhr. Wundert euch also nicht, wenn ich später komme.« Er klatschte sich mit der flachen Hand gegen die Stirn. »Ach Mist, das geht ja gar nicht. Ich habe morgen früh einen Termin. Könnte einer von euch …?«

»Christoph und ich wollten zu der Trauerfeier für Lausen«, verkündete Förster.

»Ach ja, die Trauerfeier. Da müsst ihr hin, keine Frage. Thomas, was ist mit dir?«

»Einer sollte wohl oder übel im Büro die Stellung halten. Ich will in aller Ruhe Berichte tippen.«

»Verdammt! Es müsste nur jemand da sein, um die Tür zu öffnen. Alles andere machen die Leute von der Stadtreinigung.«

»Frag' Konrad Schwanitz«, schlug Bernstein vor. »Der ist krankgeschrieben und sitzt zu Hause rum.«

»Kommt Konrad nicht zur Trauerfeier?«, fragte Förster.

»Mir hat er gestern am Telefon gesagt, dass er nicht hingehen will. Er fühlt sich unwohl bei der Vorstellung, dort aufzutauchen.«

»Hmm, klingt nach Schuldgefühlen. Ich rufe ihn an«, sagte Hansen und griff nach dem Telefonhörer.

Kapitel 13

Lothar Thöner verließ das Speichergebäude um 18.20 Uhr. Er stieg in seinen Porsche und fuhr zum Sandtorkai. Er hätte den kurzen Weg auch zu Fuß zurücklegen können, hatte jedoch keine Lust nach einem guten Essen den Weg ein zweites Mal gehen zu müssen. Den altersschwachen Golf Diesel, der beim Gasgeben blauschwarze Wölkchen aus dem Auspuff blies und ihm folgte, bemerkte er nicht.

Dieter Westphal erwartete Thöner vor dem Eingang des Restaurants.

Sie begrüßten einander wortlos und steuerten den reservierten Tisch im hinteren Teil des Raumes an.

Das Restaurant präsentierte eine gelungene, teils gewagte Mischung aus historischer Bausubstanz und moderner Einrichtung. Am auffälligsten war die in der Mitte platzierte, durch indirektes Licht grün illuminierte Bar. Thöner fühlte sich hier wohl, Westphal fühlte sich fehl am Platz. Sie bestellten Getränke und Thöner studierte die Menükarte.

»Willst du nichts essen?«, fragte er Westphal.

»Nee, das ist nicht meine Kragenweite.«

»Alter Geizkragen! Ich lade dich ein.«

»Nein danke, Lothar. Dieser Laden ist nicht mein Ding. Können wir zur Sache kommen?«

Thöner verbarg sich hinter der Karte. »Wenn ich mein Menü bestellt habe. Entspann' dich.«

Westphals Stimme wurde lauter. »Wie kannst du so ruhig dasitzen? Hast du keine Nachrichten gehört? Dieser Dickel lebt!«

Thöner ließ die Karte sinken und legte einen Zeigefinger an die Lippen. »Psst! Sprich' bitte leiser.«

Westphal sprach nun leiser, doch seine Erregung war unverkennbar. »Die ›Katze‹ hat uns verarscht! Im Internet sind schon Phantombilder von den beiden. Wenn die Bullen die ›Katze‹ und ihren schwachsinnigen Kumpel erwischen, dann sind wir auch dran.«

»Wer hat die ›Katze‹ angeworben? Das warst du, wenn ich nicht irre. Im Übrigen sitzen wir ja hier zusammen, um das Problem zu lösen.«

Der Kellner kam an ihren Tisch und Thöner bestellte sich ein Vier-Gänge-Menü mit Krabbensuppe, Flusskrebsen, Kalbsfilet und einer Käse-auswahl. Westphal beließ es bei seinem Bier. Der Kellner entfernte sich und Westphal fragte gehässig: »Wie soll das gehen? Willst du behaupten, du hättest einen Plan?«

»Du hast es erfasst, Dieter. Deshalb leite ich das Unternehmen und du bist nur ein Angestellter. Zugegeben, mein Plan birgt ein gewisses Risiko, aber außergewöhnliche Situationen erfordern außergewöhnliche Maß-nahmen, wie man so schön sagt.«

»Dann lass’ mal hören, deinen genialen Plan«, forderte Westphal bis-sig.

»Um es in einem Satz zu sagen: Wir werfen die ›Katze‹ den Löwen zum Fraß vor.«

In Sichtweite zum Eingang des Restaurants parkte der alte Golf. Der Fah-rer riss die Verpackung eines Putensandwiches auf und biss in die pappi-ge Masse.

Schneller als erwartet verließ der Mann, mit dem Thöner sich getroffen hatte, das Restaurant wieder und stieg in seinen Toyota Landcruiser. Der Golffahrer entschied sich, dem Mann zu folgen und Thöner für heute in Ruhe zu lassen.

Der Landcruiser fuhr Richtung Osten, über die Amsinckstraße, die Eif-festraße und den Grevenweg zum Sievekingdamm. Die Zeit des hekti-schen Berufsverkehrs war vorbei, Ulf Reisberg hatte keine Mühe, dem Geländewagen zu folgen. Er war überrascht, als der Wagen vor dem Poli-zeikommissariat 41 am Sievekingdamm hielt. Der Fahrer betrat das Poli-zeirevier. Reisberg fragte sich, ob er dem falschen Mann gefolgt war. Es machte keinen Sinn, zum Sandtorkai zurückzufahren, er blieb in seinem Golf sitzen und wartete. Zwanzig Minuten später verließ der Mann das Gebäude, stieg in den Toyota und wendete. Reisberg folgte ihm in das Gewerbegebiet rund um die Kfz-Zulassungsstelle Süderstraße. Am Bul-lerdeich bog der Landcruiser auf den Parkplatz eines Bürogebäudes ein.

Reisberg hielt am Straßenrand gegenüber der Einfahrt an und löschte das Licht seines Golfs. Eine Tafel mit Schildern zeigte die im Gebäude ansässigen Firmen an. Reisbergs Augen suchten die Schriftzüge ab und fanden den der Firma SSP. Der Kollege aus der Soko, der ihn über den Stand der Ermittlungen informierte, hatte auch die Firma SSP erwähnt, die in enger Verbindung zu Thöners Firma stehen sollte. Jetzt war Reisberg klar, wem er folgte: Dieter Westphal. Also hatte er doch nicht auf das falsche Pferd gesetzt.

Ein weiteres Fahrzeug, ein älterer Range Rover, in dem zwei Männer saßen, fuhr auf den Parkplatz und stoppte neben dem Landcruiser. Aus dem Gebäude kam ein vierter Mann, der auf der Beifahrerseite den Landcruiser bestieg. Die Männer in den beiden Autos schienen sich durch die geöffneten Seitenfenster zu unterhalten, dann starteten sie die Motoren und fuhren los. Reisberg nahm die Verfolgung auf. Die Geländewagen bogen auf das Gelände einer Tankstelle ab. Die Fahrer betankten die Fahrzeuge, ein Beifahrer ging in den Verkaufsraum und deckte sich offensichtlich mit Proviant ein.

Reisberg überlegte. Wenn die sich mit Proviant versorgten, konnte es eine lange Nacht werden. Die Kerle kannten ihn nicht. Sie wussten nicht, dass er ein Polizist war. Kurz entschlossen parkte er seinen betagten Golf vor einer Dieselsäule und tankte ihn voll. Danach versorgte er sich mit zwei belegten Brötchen und einer Flasche Wasser. Er bezahlte die Rechnung und verließ den Verkaufsraum. Die beiden Geländewagen fuhren los, er musste sich beeilen. An der nächsten roten Ampel holte er sie ein. Die Fahrt führte auf die A 24 Richtung Berlin, zu seinem Glück mit mäßiger Geschwindigkeit, sonst hätte er mit seiner alten Kiste nicht mithalten können.

Das Tageslicht schwand und die Dunkelheit erleichterte Reisberg das unauffällige Hinterherfahren. Auf halber Strecke nach Berlin verließen die Wagen die A 24 und fuhren auf der A 14 weiter Richtung Schwerin. Was haben die vor?, fragte er sich.

Dank Navigationsgerät fand Becker die Adresse in Marzahn ohne Probleme. Eine Plattenbausiedlung hatte sie sich anders vorgestellt, trister, mit weniger Grün und mehr Grau. Sie stand vor einem großen Wohnblock, dessen renovierte Fassade mit freundlichen Farben aufwartete. Der Block war von großzügigen und gepflegten Grünflächen umgeben. Ein Fahrstuhl brachte sie in den sechsten Stock. Frau Müller erwartete sie an der Wohnungstür. Ihre achtundfünfzig Lebensjahre hatten tiefe Spuren hinterlassen und ihr Kleidungsstil war eigenwillig. Zu einem pinkfarbenen T-Shirt trug Gisela Müller einen grauen Rock mit Schottenmuster, schwarze Kniestrümpfe und weiße Gesundheitslatschen. Ihr blondes Haar hing schulterlang und strähnig herab, ein Pony bedeckte die Stirn. Das Gesicht war ungeschminkt, die Lippen blass und schmal.

Frau Müller bat Vera Becker in die Küche mit einer Kiefernholz-Sitzecke. Sie bot Rotwein an. Becker lehnte dankend ab und bat um einen Tee. Sie bekam einen Pfefferminzteebeutel und heißes Wasser in einem Becher mit Berliner Bär. Müller füllte ihr Rotweinglas und zündete sich eine Zigarette an.

»Wohnen Sie allein hier?«, fragte Becker.

»Ich lebe allein, seit meine Familie den Bach runter ging. Vor zwölf Jahren zog ich hierher, weg von Potsdam. Die alte Umgebung konnte ich nicht mehr ertragen, dachte, ein Ortswechsel würde mir guttun. Hat aber nix geändert. Warum sind Sie hergekommen? Sie sagten am Telefon, es hat mit dem Tod meines Mannes zu tun. Ich verstehe das nicht, sein Selbstmord ist lange her. Was soll da noch untersucht werden?«

»Der Selbstmord Ihres Mannes wird nicht erneut untersucht. Ich habe die Akten gelesen, und soweit ich das beurteilen kann, wurde damals eine sorgfältige Ermittlung durchgeführt. Es gibt keinen Anlass, daran zu zweifeln, dass Ihr Mann sich eigenhändig umgebracht hat.«

»Ich hatte nie Zweifel. War doch alles klar, er hatte einen Abschiedsbrief geschrieben. An seine Tochter, mich hat er mit keinem Wort erwähnt. Noch mal, warum sind Sie hier?«

»Frau Müller, können Sie sich erinnern, was damals mit der Waffe geschah, mit der Ihr Mann sich …«

»… das Gehirn weggeknallt hat«, beendete Müller den Satz von Becker in gleichmütigem Tonfall. »Sagen Sie es ruhig. Seine Kollegen von der Stasi haben die Waffe mitgenommen, ist doch klar.«

»Und später?«

»Was meinen Sie? Warum interessieren Sie sich für das alte Ding?«

»Mit dem alten Ding, wie Sie es nennen, wurde vor ein paar Tagen in Hamburg ein Kollege von mir erschossen.«

»Ein Polizist? Erschossen?« Gisela Müller legte eine Hand vor den Mund. »Oh nein, bitte nicht«, flüsterte sie kaum hörbar hinter der Hand. Sie nahm die Hand weg und sog nervös an der Zigarette.

»Sie haben meine Tochter in Verdacht.« Der Satz war eine Mischung aus Frage und Feststellung.

Becker war überrascht. Sie hatte sich dem kritischen Thema vorsichtig nähern wollen, doch diese Strategie war hinfällig. Um Zeit zu gewinnen, zog sie den Beutel aus dem Becher und legte ihn auf eine von Frau Müller bereitgestellte Untertasse. Sie nippte an der Flüssigkeit und verbrannte sich die Lippen.

»Wie kommen Sie darauf?«, fragte sie schließlich.

Müller schenkte sich leicht zitternd Rotwein nach. »Sie kennen die Lebensgeschichte meiner Tochter nicht. Deshalb können Sie meine Ängste nicht verstehen.«

»Erzählen Sie mir die Geschichte«, bat Becker freundlich. »Ich höre Ihnen zu.«

Gisela Müller drückte die Zigarette aus und stierte in den Aschenbecher. Nach einer Weile hob sie den Blick.

»Warum nicht«, sagte sie. »Ich sollte es ausnutzen, wenn schon jemand bei mir am Tisch sitzt und zuhören will. Kommt nicht oft vor.«

Sie trank einen Schluck Wein und zündete sich eine neue Zigarette an.

»Die Geschichte begann vor sechsunddreißig Jahren, bei einer Tanzveranstaltung. Da lernte ich Klaus kennen. Klaus sah unverschämt gut aus, müssen Sie wissen, groß, kräftig, mit welligem schwarzem Haar, ein bisschen wie ein Südländer, mit einer angenehmen, tiefen Stimme. Und er kam zu mir, an diesem Abend, forderte mich zum Tanz auf, und meine Freundinnen erblassten vor Neid.

Danach ging alles schnell, viel zu schnell, wenn Sie mich heute fragen. Drei Monate später war ich verheiratet und weitere zehn Monate später wurde Katharina geboren. Ja, das war die erste Krise in unserer Ehe.«

226

»Wollte Ihr Mann keine Kinder?«, fragte Becker.

»Oh doch, aber nur einen Jungen! Klaus war ein Mann … wie soll ich sagen … einer, für den Männlichkeit sehr wichtig war. Heute nennt man so was einen Macho. Er mochte das Heldenhafte, das Starke, das Rohe eines Menschen. Die kämpferischen Parolen der Sozialisten, die Bilder stolzer, Fahnen schwenkender Kämpfer gegen den Imperialismus, die siegreichen Revolutionäre wie Fidel Castro und Che Guevara, militärische Zeremonien und Rituale, das ganze lächerliche männliche Gehabe war seine Welt. Und ich dumme Kuh habe ihn dafür angehimmelt, war stolz, die Frau eines so vorbildlichen Kämpfers für die gerechte Sache zu sein. Als er ins Krankenhaus kam und von der Geburt seiner Tochter erfuhr … Sie hätten sein Gesicht sehen sollen. Er hätte mich genau so gut anspucken können. Eine Tochter entsprach nicht seinen Vorstellungen. Wie sollte man ein Mädchen in seine Männerwelt einführen? Ihr den notwendigen Drill beibringen? Wie sollte sie später Karriere machen? Das Ministerium für Staatssicherheit war eine Männerwelt. Von wegen Gleichberechtigung im sozialistischen Arbeiter- und Bauernstaat! Klaus kannte die Karrierechancen von Frauen. Im MfS dominierten die Männer. Aber …«, Gisela Müller lächelte plötzlich, »… erstens kommt es anders und zweitens als man denkt. Das kleine Wesen, das viel mehr von ihm als von mir geerbt hatte, umgarnte Klaus von der ersten Minute an, nachdem wir aus dem Krankenhaus gekommen waren. Sie fixierte ihn mit ihren dunklen, großen Augen, sie lachte, wenn er sich über sie beugte, sie grabschte nach seinem Finger und hielt ihn fest umklammert, und wenn er sie wiegte, schlief sie innerhalb weniger Minuten ein. Katharina hat alle Register der Verführung gezogen, als hätte dieses kleine Biest gewusst, dass sie viel tun musste, um ihren Vater für sich zu gewinnen. Nach zwei Monaten hatte sie ihn weichgekocht und Klaus begann auf einmal, darüber nachzudenken, dass auch Mädchen Autos reparieren, Fußball spielen und mit Waffen umgehen können. Das war mein Pech. Von da an wurde ich Stück für Stück ins Abseits geschoben, bis ich irgendwann nur noch die nützliche Hausarbeitskraft war. Wie soll man das erklären, was sich da zwischen den beiden entwickelte? Wissen Sie, was Klaus bei der Stasi hauptsächlich gemacht hat?«

»Nicht genau«, musste Becker zugeben. »Ich habe in den Akten gelesen, dass er in der Hauptabteilung IX tätig war.«

»Er war Vernehmer. Er war einer von denen, die in Hohenschönhausen die Häftlinge so lange bearbeiteten, bis die Stasi bekam, was sie wollte«, erklärte Frau Müller. »Er konnte Menschen manipulieren, das war sein täglich Brot. Es war so leicht, Katharina zu manipulieren. Sie verehrte ihn, seine Absichten stießen bei ihr auf fruchtbaren Boden. Sie war ja sowieso kein typisches Mädchen. Sie trug lieber Jungensachen als Mädchenklamotten und spielte Fußball anstatt sich hübsch zu machen. Ach, ich hoffte immer, wenn die Pubertät kommt und die Hormone, dann wird sich das ändern. Das Gegenteil war der Fall. In allem zählte nur noch Papa, von mir ließ sie sich gar nichts mehr sagen. Sie behandelte mich genau so herablassend wie er es tat.

Ja, und dann kam der schreckliche Tag, an dem ihr großer Held die Arschbacken zusammenkniff und sich für immer verpisste, weil er den Niedergang seiner Welt nicht ertrug. Sie war vierzehn. Können Sie sich vorstellen, was diese Tat in Katharina auslöste? Zumal sie es war, die ihn fand, mit dem Kopf im eigenen Blut. Katharina drehte völlig durch, sie kapselte sich ab, redete kein Wort mit mir, aß kaum noch was und fing an, sich selbst weh zu tun. Das wurde immer schlimmer. Mit Rasierklingen von Klaus hat sie sich in die Haut geschnitten. Können Sie sich das vorstellen?«

Becker nickte. »Sich ritzen nennt man das. Es ist eine Form von Autoaggression. Die Ursachen können vielfältig sein. Ihre Tochter war durch den Tod ihres Vaters traumatisiert, hatte vielleicht Schuldgefühle deswegen.«

»Kennen Sie sich damit aus?«, fragte Müller erstaunt.

»Auskennen wäre zuviel gesagt. Ich habe vier Semester Psychologie studiert, bevor ich zur Polizei ging. Frau Müller, Sie wirkten vorhin sehr erschreckt, als ich von der Waffe sprach. Können Sie mir sagen, warum?«

»Oh ja, das werden Sie gleich verstehen. Ich muss die Geschichte kurz zu Ende erzählen. Eines Tages hatte Katharina sich so schlimm verletzt, dass sie ins Krankenhaus gebracht werden musste. Sie wurde verarztet und in die Psychiatrie eingeliefert. Denken Sie von mir, was Sie wollen.

Ich war erleichtert! Ein Jahr blieb sie dort und als sie entlassen wurde, waren wir uns ein einziges Mal einig. Sie wollte nicht zu mir zurück und ich wollte sie nicht wiederhaben. Ein Nachbar von uns, der beste Freund meines Mannes, nahm sie bei sich auf.«

»Wie hieß der Mann?«

»Dieter Westphal.«

Becker hatte Mühe, sich zu beherrschen. Sie hätte gern einen Jubelschrei ausgestoßen. Sie hatte die Verbindung gefunden!

»Wie ging es weiter?«, stieß sie ungeduldig hervor.

Gisela Müller schaute sie unsicher an. »Naja, da gab es diesen Vorfall mit Dieter, damals, einige Wochen nach dem Tod meines Mannes. Die Untersuchungen waren abgeschlossen und Dieter kam eines Abends zu Besuch. Er hatte einen Schuhkarton bei sich, den er mir übergab, wie man ein Geburtstaggeschenk übergibt. In dem Karton lag die Dienstwaffe von Klaus, die mit der er …«

Frau Müller rang um Fassung. »Sagen Sie selbst, Frau Becker! Wie pervers ist das denn? Da bringt dieser Vollidiot mir die Waffe, als Erinnerungsstück, wie er sagte!«

»Was ist danach passiert?«, fragte Becker leise.

»Was soll passiert sein? Bepöbelt habe ich den Kerl, ich habe ihn rausgeschmissen und ihm verboten, je wieder bei mir aufzutauchen.«

Sie atmete kurz durch. »Ja, und dann kommen Sie hierher und erzählen von der Waffe und einem Mord an einem Polizisten, und da dachte ich, wenn Dieter nun sein Scheiß-Erinnerungsstück an meine Tochter weitergegeben hat, was ich ihm zutrauen würde, dann …«

Frau Müller sprang auf, lief zum Spülbecken und schüttete sich kaltes Wasser in ihr Gesicht, das sie danach in einem Geschirrtuch verbarg. Endlich ließ sie das Tuch sinken und schaute Becker an. »Da denkt man, man hat den Tiefpunkt seines Lebens erreicht und dann geht's doch immer noch weiter nach unten.«

Becker wusste nicht, was sie Tröstendes hätte sagen können.

Frau Müller setzte sich an den Tisch und schnäuzte in ein Papiertaschentuch. In ihren Augen schimmerte Hoffnung. »Es muss doch nicht Katharina gewesen sein. Vielleicht war Dieter der Mörder!«

Becker schüttelte bedauernd den Kopf. »Wir haben Indizien, die auf eine Frau deuten. Sie könnten uns helfen, Zweifel aus dem Weg zu räumen.«

»Ich? Wie denn?«

»Überlassen Sie mir Ihr Taschentuch. Durch einen DNA-Abgleich mit dem Material, das wir gefunden haben, könnten wir feststellen, ob die betreffende Person zu Ihrer Familie gehört.«

Frau Müller zögerte zunächst, dann stand sie abrupt auf, legte das Taschentuch auf den Tisch und drehte Becker den Rücken zu. »Nehmen Sie es. Ich weiß ja, was dabei rauskommen wird.«

Becker entleerte die Zigarettenschachtel von Frau Müller und steckte das Tuch hinein. Kein vorschriftsmäßiges Vorgehen, aber besser als nichts. Ein Plastiktütchen zur Beweissicherung hatte sie nicht dabei. »Warum glauben Sie, es zu wissen?«

»Katharina war ein einziges Mal nach ihrem Klinikaufenthalt bei mir. Ich fragte sie, wie es ihr geht, ob sie aufgehört hat, sich selbst weh zu tun. Ich bin geheilt, antwortete sie, ich tu' mir nichts mehr an. Ich mach' das lieber mit anderen, ist gesünder für mich. Dabei hat sie mich angesehen, so kalt, so triumphierend. Den Blick werde ich nie vergessen. Danach habe ich sie nie wieder gesehen. Sie zog weg, nach Berlin, glaube ich. Jedenfalls bekam ich zwei Jahre später aus Berlin eine Weihnachtskarte von ihr.«

»Sie wohnten damals noch in Potsdam?«

»Ja, Katharina war also gar nicht weit weg von mir. Keine Ahnung, warum sie die Karte geschrieben hat. War wohl eine sentimentale Anwandlung. Es ginge ihr gut, hat sie geschrieben. Sie wohnte in einer WG, hatte quasi eine Familie und einen Freund. ›Mein kleiner Bruder‹ hat sie ihn genannt.«

Becker horchte auf. »Hat sie einen Namen erwähnt?«

Frau Müller dachte nach. »Ronny hieß der. Warten Sie, ich habe die Karte noch.«

Die Suche dauerte fünf Minuten. Becker nahm die Karte angespannt entgegen und überflog hastig die krakelig geschriebenen Zeilen. Da stand es: ›Mein bester Freund heißt Ronny Schachtner. Er ist wie ein kleiner

Bruder für mich. Ich muss auf ihn aufpassen, denn er hat viel durchgemacht. Noch mehr als ich.‹

Becker legte den Kopf in den Nacken und stöhnte erleichtert. Sie hatte die Namen – endlich. Katharina Müller und Ronny Schachtner, die Entführer von Joachim Dickel und mit hoher Wahrscheinlichkeit die Mörder von Jörg Lausen.

»Das hilft uns, vielen Dank, Frau Müller.«

»Vielleicht wäre alles anders gekommen, wenn ich mutiger gewesen wäre«, sagte Müller leise. »Wenn Sie Katharina finden und mit ihr sprechen können, bitte richten Sie Grüße von mir aus. Sie bleibt meine Tochter, egal, was passiert ist.«

»Ich werde es versuchen«, versprach Becker.

Sie verspürte den Drang, sich möglichst schnell von Gisela Müller zu verabschieden, doch eine Frage bewegte sie noch.

»Warum haben Sie sich nicht scheiden lassen?«

Müller schaute Becker mit müden Augen an. »Da hätte Klaus niemals eingewilligt. Es hätte einen Knick in seiner Laufbahn bedeuten können. Die Stasi legte Wert auf geordnete Familienverhältnisse.«

»Die Stasi interessierte sich für die privaten Verhältnisse ihrer Mitarbeiter?«

»Die Stasi interessierte sich für alles, Frau Becker.«

Vor dem Wohnblock stehend wählte Becker die Nummer von Hansens Handy. Es war fast einundzwanzig Uhr. Hansen war soeben nach Hause gekommen, stand im Flur und wollte Nadja begrüßen, als Becker ihn erreichte. Er hatte dem Kollegen Schwanitz den Schlüssel zu seiner alten Wohnung gebracht und ein paar Worte mit ihm gewechselt. Schwanitz sorgte sich um Ulf Reisberg, der trotz mehrfacher Angebote jedes Gespräch ablehnte. Hansen hatte Schwanitz beruhigt und ihm vorgeschlagen, den Kollegen am nächsten Tag nach dem Sperrmülltermin zu besuchen. Er glaubte nicht an eine mögliche Kurzschlusshandlung.

Becker schilderte Hansen, was sie von Gisela Müller erfahren hatte.

»Super Arbeit, Vera«, lobte Hansen. »Aber da wir nicht wissen, wo die Müller und der Schachtner sich aufhalten, müssen wir heute Nacht nicht in Aktionismus verfallen. Um die Fahndung soll sich die Soko kümmern, die ist auch über Nacht besetzt. Ich leite deine Infos weiter. Und du fährst ins Hotel und ruhst dich aus, Anweisung vom Chef!«

»Harry, dieser Anweisung komme ich gerne nach. Gute Nacht.«

Reisbergs Verfolgungsfahrt wurde schwieriger. Die beiden Fahrzeuge vor ihm hatten die A 14 verlassen, bewegten sich nun auf der Bundesstraße 321 Richtung Osten. Bei Crivitz schwenkten sie nach Norden ab, dann wieder nach Osten. Die Straßen wurden schmaler, der Verkehr geringer. Das Risiko, von den Verfolgten bemerkt zu werden, stieg stetig an. Reisberg vergrößerte den Abstand zu den Geländewagen. In einem kleinen Dorf wurde ihm die Gefahr, entdeckt zu werden, zu groß. Er wagte ein Täuschungsmanöver, fuhr zunächst dichter auf die Fahrzeuge vor ihm auf, damit Westphal und Konsorten ihn auf jeden Fall bemerkten. Bei der nächsten Gelegenheit bog Reisberg in eine Seitenstraße ab. Er wendete, löschte das Licht und wartete ungeduldig, bis eine halbe Minute vergangen war. Dann machte er sich erneut an die Verfolgung, in der Hoffnung, dass die Verfolgten nun glaubten, ein anderes Fahrzeug würde hinter ihnen fahren. Außerdem hielt er den Abstand so groß wie möglich.

Er durchfuhr eine S-Kurve und dahinter waren die beiden Fahrzeuge plötzlich verschwunden. Dann entdeckte er die Lichtkegel in einiger Entfernung rechts von ihm. Die Kegel wippten auf und ab, wahrscheinlich handelte es sich um einen unebenen Feldweg. Reisberg gab Gas und bewegte sich auf der Landstraße bis hinter die nächste Biegung weiter. Er stoppte, wendete und ließ den Golf im Fahrradtempo rollen, bis er den Feldweg fand. Er schaltete das Abblendlicht aus und tastete sich im Schritttempo weiter. Der Mond lugte hinter einer Wolkenformation hervor und half ihm bei der Orientierung. Nach vierhundert Metern erreichte er eine Weggabelung. Reisberg hielt an, holte aus dem Handschuhfach eine Taschenlampe und öffnete die Fahrertür. Erst jetzt wurde ihm bewusst, wie laut das Motorengeräusch des alten Diesels in dieser stillen Einöde wirkte. In der flachen Landschaft konnte man ihn wahrscheinlich kilometerweit hören. Er schaltete die Zündung aus und lauschte. Außer dem Wind, dem Blätterrauschen und einem Uhu hörte er nichts. Mit der

Taschenlampe leuchtete er die Weggabelung aus. Am Nachmittag hatte es in der Region geregnet. In der durchgeweichten Erde zeichneten sich deutlich die Fahrspuren zweier Fahrzeuge ab. Eine Spur führte in den linken Abzweig, die andere in den rechten. Westphal und seine Kumpels hatten sich also getrennt. Reisberg stand unschlüssig an der Gabelung. Was sollte er tun?

Er entschied sich für eine Erkundung der Gegend zu Fuß. Der Golfmotor war zu laut. Im Licht der Taschenlampe untersuchte er das Gelände neben dem Feldweg und fand eine Stelle, deren Untergrund fest genug wirkte, um den Golf dort zu parken. Schieben funktionierte auf dem holperigen Weg nicht, also musste er den Motor noch einmal starten. Mit niedriger Drehzahl setzte er zurück und parkte den Golf halb hinter zwei Bäumen, die dicht beieinander standen. Er tarnte den Wagen notdürftig mit Tannenzweigen, die allenfalls in der Dunkelheit etwas verbergen konnten. Nervös überprüfte er das Vorhandensein des Smith & Wesson Revolvers, packte seinen Proviant und die Taschenlampe in seine Umhängetasche und trabte los. Er wählte den linken Abzweig, weil der Mond den besser ausleuchtete.

Kati und Ronny hockten bei Kerzenlicht auf harten Holzstühlen an einem ramponierten Tisch und spielten Backgammon. Die Küche, in der sie saßen, war spartanisch eingerichtet. Ein Geschirrschrank aus den Siebzigern, eine fleckige, kalkverkrustete Spüle, ein Elektroherd, dessen Kochplatten von Rost befallen waren und ein antik anmutender zweiter Herd, der sich mit Holz befeuern ließ, bildeten das Ensemble rund um den Küchentisch. Kati hatte eine Bierflasche vor sich stehen, Ronny trank Cola. Er würfelte und machte seinen letzten Spielzug.

»Gewonnen«, sagte er ohne Freude. »Ich mag das Haus nicht«, fügte er hinzu.

»Ich auch nicht. Hätte ich gewusst, dass es hier keinen Strom gibt, hätte ich uns ein anderes Versteck gesucht«, versicherte Kati.

»Ich will nach Hause«, jammerte Ronny.

»Das geht nicht. Wir haben einen Bullen umgelegt, wir können nicht wieder nach Hause.«

»Es ist langweilig.«

»Stimmt. Zwei oder drei Tage, hat Dieter gesagt. Morgen ist der dritte Tag. Mir geht das Warten auch auf den Geist.«

Kati kippte den Stuhl nach hinten und legte ihre Füße auf eine Tischecke. Sie trank einen Schluck Bier. Sie nahm ihr Ohrläppchen zwischen zwei Finger und rieb es, bis es heiß wurde. Das förderte die Durchblutung des Gehirns, glaubte sie. Auf jeden Fall half es ihr beim Nachdenken. Ronny schwieg und lauschte dem Lied, das der Wind in den Ritzen der Fenster produzierte. Kati kannte seinen Gesichtsausdruck, den Blick, der in unsichtbare Fernen abglitt, die zitternde Unterlippe. Es waren die Vorzeichen einer beginnenden depressiven Phase. Der ›kleine Bruder‹ brauchte dringend eine Aufmunterung.

»Ich weiß, was wir machen«, sagte Kati betont munter. » Wir machen morgen den Abflug und suchen uns was Schöneres. Wir schlafen aus, ich fahre nach Schwerin, hole unser Geld und bringe frische Brötchen mit. Dann machen wir ein richtig tolles Frühstück, packen unsere Sachen und verschwinden. Wie findest du das?«

Ronny schaute interessiert und verunsichert. »Wohin?«

»Wohin wir fahren? Ab über die Grenze, nach Polen. Wir besuchen Pavel. Erinnerst du dich an Pavel? Du mochtest ihn, damals in Berlin.«

Auf Ronnys Gesicht erschien ein Lächeln. »Pavel ist nett. Hat er genug Platz für uns?«

»Mit Sicherheit. Wir bleiben bei ihm und suchen uns in Ruhe ein eigenes Heim.«

»Das ist gut. Lass' uns losfahren.«

»Geduld, Ronny. Ich muss erst unser Geld holen. Es liegt auf der Bank. Die hat jetzt nicht mehr geöffnet. Nur diese eine Nacht noch, okay?«

Ronny fügte sich und Kati verlangte eine Revanche für das verlorene Backgammon-Spiel.

Dieter Westphal hätte ein schlechtes Gewissen haben müssen. Er war im Begriff, die Tochter seines toten Freundes zu verraten. Während der Fahrt hatte er für einen Moment an Klaus gedacht, den Gedanken aber schnell beiseite geschoben. Sentimentalitäten waren in dieser Situation nicht angebracht. Klaus hatte sich, ohne es zu merken, ein Monster herangezogen und sich feige verdrückt, als es eng wurde im Staate DDR. Kati war eine durchgeknallte Sadistin, eine Waffe, die man für die eigenen Zwecke benutzte, und die man verschwinden ließ, wenn es galt, Spuren zu verwischen. So funktionierte das zweitälteste Gewerbe der Welt, so und nicht anders.

Westphal beschäftigte viel mehr die Frage, ob Lothar Thöners Plan aufgehen würde. Lothar neigte in schwierigen Fällen zu radikalen Lösungen, die ein hohes Risiko bargen. Bisher hatte er damit immer richtig gelegen. In diesem Fall setzte Lothar auf die psychische Instabilität von Kati und Ronny, auf die daraus in extremer Lage folgende Schießwütigkeit und auf den unbedingten Willen eines Sondereinsatzkommandos, zwei Polizistenmörder auf keinen Fall entkommen zu lassen. Westphal hoffte, dass er auch heute recht behielte.

Er knipste für wenige Sekunden die Innenbeleuchtung des Toyotas an, um die Uhrzeit ablesen zu können. Sein Beifahrer war eingenickt. Westphal stieß ihn mit dem Ellenbogen an.

»Es wird Zeit, Mario. Denk' dran, du musst unbemerkt bleiben.«

Mario gähnte. »Bin ja nicht blöd. Bis gleich.«

Er griff in den Fußraum vor sich, klemmte sich eine schmale Tasche unter den Arm und stieg aus dem Wagen.

»Du hast was vergessen«, sagte Westphal und reichte Mario ein Nachtsichtgerät. Marios kräftige Gestalt verschwand in der Dunkelheit.

Ulf Reisbergs Gemütszustand pendelte zwischen von Adrenalin gepuschtem Vorwärtsdrang und angstvollem Fluchtreflex. Er schätzte, dass er zwei Kilometer zurückgelegt hatte und befand sich am Rande eines Maisfeldes, fünfzig Meter von einer Baumgruppe entfernt, der er sich sehr vorsichtig von der linken Seite genähert und schließlich die Silhouette des Toyotas entdeckt hatte. Er beobachtete, wie der Beifahrer den Wagen verließ und über einen Acker auf ein Waldstück zulief. Er traute sich nicht, dem Mann zu folgen, denn Dieter Westphal hinter dem Steuer des Toyotas hätte ihn beim Überqueren der freien Ackerfläche sicher be-

merkt. Er zog sich in das Maisfeld zurück und machte es sich so bequem
wie möglich. Die letzten Wolken verzogen sich. Der klare Nachthimmel
spendierte Reisberg ein faszinierendes Sternenbild und kühle Stunden.
Bis auf die Rückkehr von Westphals Beifahrer verlief die Nacht ereignis-
los.

Kapitel 14

Pünktlich um acht Uhr traf sich Becker mit Frau Stürmer in der Behörde für die Stasi-Unterlagen. Die Akten zu den Namen, die Becker genannt hatte, lagen sorgfältig gestapelt auf demselben Tisch, an dem sie am Tag zuvor gearbeitet hatte. Die geringe Ausbeute erstaunte Becker.

»Ist das alles?«, fragte sie Frau Stürmer.

Die ehemalige Mitarbeiterin des Ministeriums für Staatssicherheit machte ein betrübtes Gesicht. »Leider ja. Über den Westphal habe ich einiges gefunden, über die anderen nichts. Der Westphal war Hauptmann bei der Vopo.«

»Vopo?«

»Die Volkspolizei. Er war bei der Kriminalpolizei in Potsdam.«

»Wieso gibt es eine Akte über ihn?«

»Weil er auch als IM tätig war.« Frau Stürmer zeigte auf den flachen Aktenstapel. »Da drin finden Sie alles über ihn, was wir haben. Kaffee?«

»Sehr gern, danke.«

Becker las die Informationen über Westphal. Er hatte die eigenen Kollegen bespitzelt und in einem Fall den Mitarbeitern des MfS geholfen, Beweise zu fälschen. Darüber hinaus gaben die Akten nicht viel her. Nach einer halben Stunde hatte Becker das Material gesichtet und war enttäuscht. Keine Hinweise darauf, wie Westphal an die Dienstwaffe von Klaus Müller gekommen war. Viel schlimmer war allerdings, dass es überhaupt keine Unterlagen zu Thöner und den anderen Mitgliedern des Vereins für ostdeutsche Kultur gab. Auch die Suche nach Informationen über Peter Moser war erfolglos geblieben.

Frau Stürmer trat leise an sie heran. »Enttäuschend, oder?«

Becker nickte. »Ich hatte mir mehr erhofft, vor allem über Thöner, Moldenhauer und die anderen. Was ist mit den Rosenholz-Dateien? Könnte dort etwas zu finden sein?«

Frau Stürmer guckte betrübt. »Das wäre naheliegend, wenn es Auslandsagenten waren. Leider habe ich umsonst gesucht. Oh, fast hätte ich es vergessen, es gibt einen Bericht von Dr. Helmut Müller-Enbergs zu Rosenholz aus dem Jahr 2007. Den können Sie als PDF sogar im Internet auf unserer Seite finden.«

»Danke, aber darin werden wohl kaum Agenten enttarnt.«

»Nein, die Abhandlung nennt sich Quellenkritik. Ich dachte nur, vielleicht verstehen Sie das Problem dann besser.«

Frau Stürmer verschwand und Becker warf einen Blick auf ihre Armbanduhr. Sie hatte viel weniger Zeit gebraucht als angenommen. Aus Neugier und Langeweile rief sie die Seite der BStU auf und lud sich den Bericht herunter. Sie las das Inhaltsverzeichnis und stieß auf das Kapitel 4.16, ›Vollständigkeit der F 16‹. Aus reiner Neugier begann sie zu lesen und saß nach wenigen Zeilen mit offenem Mund vor ihrem Laptop.

Dr. Müller-Enbergs stellte 2007 fest:

»Die CIA hat sämtliche Karteikarten mit deutschen Bezügen an die Stasi-Unterlagen-Behörde aushändigen wollen. Sind welche nicht übergeben worden? Anhaltspunkte dafür gibt es. Im Ergebnis einer Untersuchung von 183 Vorgängen, die in den Jahren von 1969 bis 1989 zu den Spitzenlieferanten von Informationen an die HV A zu zählen sind, finden sich sieben, die nicht in »Rosenholz« verzeichnet sind und bei denen eher bundesdeutsche Themen im Mittelpunkt stehen. Ob die CIA nicht über diese Unterlagen verfügte, diese nicht an die Stasi-Unterlagen-Behörde zurückgab (weil es sich um ausländische Bürger handelt) oder ob diese Karteikarten aus anderen Gründen vorenthalten wurden (Staatsbürgerschaft nicht erkennbar), ist unbekannt.«

Sieben! Sieben Vorgänge oder sieben Agenten? Auf jeden Fall ging es um Spitzenlieferanten aus der Zeit von 1969 bis 1989. Das passte verdächtig genau auf das nebulöse Netzwerk der G 7, das Netzwerk der Greise, wie sie es im Stillen benannt hatte.

Die Bilanz fiel zwiespältig aus. Becker glaubte, ein Indiz für die Existenz des Netzwerks gefunden zu haben und gleichzeitig erhöhte sich die Wahrscheinlichkeit, dies nicht beweisen zu können. An Unterlagen, die

die CIA unter Verschluss hielt, würden deutsche Kriminalkommissare nie herankommen.

Sie packte ihre Sachen und verabschiedete sich von Frau Stürmer. Im Auto sitzend hörte sie das Protestgrummeln ihres Magens. Sie hatte am frühen Morgen nur eine Scheibe Toast mit Butter gegessen, der Körper verlangte Nachschub. Sie würde sich irgendwo in Ruhe ein zweites Frühstück einverleiben, mit den Kollegen telefonieren und sich danach auf den Heimweg machen.

Mit viel Glück fand Hansen einen Parkplatz im Valentinskamp. Bis zum Hotel SIDE in der Straße Drehbahn brauchte er gemütlich schleichend und rauchend fünf Minuten.

Thöner winkte ihm von einem Tisch an der Fensterfront aus zu. Hansen schlenderte durch die Tischreihen und bemerkte, dass auf drei unbesetzten benachbarten Tischen ›Reserviert‹-Schilder standen. Hatte Thöner das arrangiert, um ungestört reden zu können?

Der geschäftsmäßig gekleidete Unternehmer stand auf und streckte die Hand aus. »Guten Morgen, Herr Hansen. Ich bedanke mich für Ihr Kommen.«

Hansen behielt seine Hände demonstrativ in den Hosentaschen und antwortete mit einem grummeligen »Morgen.«

Thöner überging die Unhöflichkeit. »Ich schlage vor, wir wenden uns dem Büfett zu, bevor wir uns unterhalten.«

Hansen quittierte den Vorschlag mit einem knappen Nicken und beide Männer bedienten sich an dem reichhaltigen Büfett. Der Kommissar nahm zwei Brötchen, Lachs, Krabbensalat, Rührei mit Speck und Rostbratwürstchen. Wenn schon, denn schon, dachte er.

Sie saßen auf lindgrünen Sesseln ohne Lehnen an einem Tisch mit dunklem Holzfurnier. Thöner schenkte aus einer großen Thermoskanne den Kaffee selbst ein.

»Ich habe darum gebeten, ungestört zu bleiben«, erläuterte er.

»Wenn Sie es nötig haben«, antwortete Hansen.

Thöner schnaufte theatralisch. »Sie sind nicht gut auf mich zu sprechen, Herr Kommissar. Ich kann das sogar verstehen. Vielleicht trägt dieses Treffen dazu bei, unser Verhältnis zu verbessern.«

»Ich wüsste nicht, warum mir daran gelegen sein könnte.«

»Weil ich Ihnen helfen kann, Herr Hansen. Deshalb.«

Hansen hatte eine Brötchenhälfte mit Butter beschmiert, belegte sie mit Wildlachs und biss hinein. Der Lachs schmeckte hervorragend. In einer anderen Situation hätte er genussvoll gestöhnt. Stattdessen fragte er mit halbvollem Mund: »In Bezug auf was, Herr Thöner?«

»In Bezug auf die Mörder Ihres Kollegen. Das sollte Grund genug sein, ein annehmbares Frühstück mit mir zu verbringen, oder?«

»Ich kann kauen und zuhören gleichzeitig.«

Thöner trank einen Schluck Kaffee. »Okay, ich habe verstanden. Zu Beginn muss ich Ihnen ein Geständnis machen. Bei unserem letzten Gespräch habe ich Ihnen nicht die ganze Wahrheit gesagt. Ich hatte eine Ahnung, aber ich musste die Dinge erst verifizieren und – ehrlich gesagt – die eigenen Interessen schützen. Wenn Sie glauben, dass es bei der Ermordung Friedemanns um Belange des Vereins für ostdeutsche Kultur oder um sein Vermögen ging, liegen Sie falsch.«

»Ach ja? Worum ging es dann?«

»Um Spionage.«

Hansen glaubte, sich verhört zu haben. Wollte Thöner ein Geständnis ablegen?

»Das müssen Sie mir erklären«, forderte er.

»Natürlich. Meine Firma entwickelt zurzeit eine Software, die die Netzwerksicherheit signifikant erhöhen wird, wenn sie fehlerfrei läuft. Wir sind dicht an der praktischen Erprobung. Vor ein paar Wochen bemerkte einer meiner Mitarbeiter, dass es Versuche von außen gegeben hatte, in unser firmeneigenes Netzwerk einzudringen. Die Attacken waren nicht erfolgreich, aber wir konnten den Angreifer nicht identifizieren. Routinemäßig wurden all unsere Zugangscodes geändert und die Zugriffsrechte überprüft. Dabei trat ein Fehler zutage, der uns nicht hätte passieren dürfen. Friedemanns Laptop entstammte dem Firmeninventar. Er wurde ausgemustert und ich persönlich habe ihn Rudolf zur Verfügung gestellt. Das Ding funktionierte einwandfrei, es war nur für die Firmenbelange nicht mehr zeitgemäß. Leider hat der verantwortliche Mitarbeiter vergessen, die W-LAN-Zugangscodes zu löschen. Technisch gesehen ist die Angelegenheit recht kompliziert. Vereinfacht gesagt hatte man über Friedemanns Laptop weiterhin die Möglichkeit, sich in unser Netzwerk einzuloggen. Davon müssen Leute erfahren haben, die sehr an unserer neuen Software interessiert sind. Wer die sind, weiß ich nicht. Es können Chinesen, Iraner, Russen sein, keine Ahnung. Ich weiß auch nicht, ob Rudolf mit denen gemeinsame Sache gemacht hat oder nur ein Werkzeug war. Die Tatsache, dass er gefoltert wurde, spricht dafür, dass er es nicht freiwillig getan hat. Die Auftraggeber sind Leute, die lieber stehlen lassen als Millionen an Entwicklungskosten zu investieren oder Lizenzgebühren zu zahlen. Wie ich inzwischen erkennen musste, arbeiteten die Mörder von Friedemann und damit wohl auch die Mörder Ihres Kollegen für diese unbekannten Industriespione. Das Unangenehme an der Sache ist, dass es gewissermaßen Leute von uns sind.«

Hansen hatte bis dahin scheinbar ungerührt zugehört und sich um sein leibliches Wohl gekümmert. Nun hob er den Kopf und schaute Thöner an. »Tolle Geschichte«, sagte er und aß weiter.

Thöner hatte keinen Bissen seines Frühstücks angerührt. Er ließ sich nicht aus dem Konzept bringen.

»Wie Sie vielleicht wissen, kooperiert meine Firma mit dem Sicherheitsdienst SSP. Dessen Geschäftsführer Dieter Westphal gehört auch zum VoK.«

»Ja, wir kennen die engen Verbindungen zwischen Ihnen und Westphal.«

»Ich höre den ironischen Unterton sehr wohl, Herr Hansen. Doch was Sie denken, spielt keine Rolle. Westphal hat einen Fehler gemacht. Er hat die Leute eingestellt, die im Endeffekt versucht haben, meiner Firma die Entwicklungsergebnisse zu stehlen. Wie man so sagt: Er hat den Bock zum Gärtner gemacht.«

»Und so wurde der Täter zum Opfer«, bemerkte Hansen leise.

Thöner vergaß für einen Moment die guten Manieren und richtete sein Buttermesser gegen Hansen.

»Sie sind voreingenommen, Herr Kommissar. Sie mögen mich nicht, warum auch immer. Sie sollten professionell bleiben.«

»Ich bin so professionell wie immer.«

Thöner drückte den Rücken an die Lehne und legte die gefalteten Hände in den Schoß. »Im Grunde kann es mir egal sein, was Sie über mich denken. Wollen Sie wissen, wer Ihren Kollegen Lausen erschossen hat?«

»Katharina Müller und Ronny Schachtner«, antwortete Hansen so gelassen wie ein Auktionator im Fundbüro, der gerade den hundertfünfzigsten Regenschirm versteigert hat.

Thöner zog erstaunt die Augenbrauen hoch. »Sie kennen die Namen?« Er kombinierte schnell. »Aber Sie wissen nicht, wo die beiden sich aufhalten!«

»In der Tat, das weiß ich nicht.«

Der Unternehmer wähnte sich wieder im Vorteil. »Wir sollten das Beste aus der vertrackten Situation machen, Hansen. Ich gebe Ihnen die Polizistenmörder und im Gegenzug lassen Sie mich in Ruhe.«

»Was meinen Sie mit ›in Ruhe lassen‹?«

»Naja, Sie lassen eben die Hintergründe der zeitlichen Verzögerung außen vor. Mir ist klar, dass ich polizeiliche Ermittlungen behindert habe, weil ich Ihnen etwas verschwieg. Versetzen Sie sich bitte in meine Lage. Meine Firma steht für Sicherheit und lebt von dem Vertrauen, das die Kunden uns entgegenbringen. Wir arbeiten in hochsensiblen Bereichen, übrigens unter anderem auch für die Innenbehörde. Wenn bekannt würde, dass uns ein so kapitaler Fehler wie der mit Friedemanns Laptop unterlaufen ist, könnte ich den Laden dicht machen. Der Ruf der Firma wäre nachhaltig ruiniert, viele Menschen würden ihren Arbeitsplatz verlieren, Familien ins Unglück gestürzt und – nicht zu vergessen – Steuereinnahmen würden wegfallen.«

»Die Mitleidstour zieht bei mir nicht«, erwiderte Hansen, »mal abgesehen davon, dass ich Ihnen kein Wort von Ihrer schönen Software-Spionage-Geschichte glaube. Das einzig Wahre daran ist das Wort Spionage.«

»Was Sie glauben, ist unwichtig«, giftete Thöner. »Die Öffentlichkeit wird die Story schlucken. Schade, ich hatte gehofft, Sie würden wenigstens zum Schein darauf eingehen, um zu erfahren, wo sich die Mörder Ihres Kollegen befinden.«

Hansens Geduld war am Ende. Unter der Tischplatte ballten sich die Hände zu Fäusten. »Sie sind ein unglaublich dreistes, verlogenes Arschloch«, stieß er ebenso wütend wie leise hervor.

Thöner lachte frech. Das Lachen schwoll an, wurde immer lauter. Andere Gäste beäugten ihn misstrauisch. Plötzlich verstummte er, griff zu seiner Kaffeetasse, leerte sie und schenkte nach.

»Verhandeln wir?«, fragte er dreist.

»Worüber? Über den Preis für Ihre Informationen?«

»Ich würde es vorziehen, von einer Übereinkunft der Vernunft zu sprechen. Sie möchten die Mörder Ihres Kollegen fassen, ich möchte meinen tadellosen Ruf erhalten. Vor knapp zwei Stunden erhielt ich einen Anruf von Dieter, also Herrn Westphal. Ich hatte ihn dazu verdonnert, seinen Fehler auszubügeln, er sollte den Aufenthaltsort von Müller und Schachtner ermitteln. Er hat es geschafft. Frau Müller hat sich allerdings heute früh von dem Anwesen entfernt. Ich warte darauf, dass Dieter sich meldet, um Müllers Rückkehr zu bestätigen. Sie können dann Ihr Sondereinsatzkommando losschicken und die Leute einkassieren. Dass Ihre Leute wachsam sein sollten, wissen Sie selbst. Müller und Schachtner sind flink mit der Schusswaffe und anscheinend absolut skrupellos.«

Thöner beschmierte ein Croissant mit Butter und legte es auf seinem Teller ab. Er sah Hansen herausfordernd an.

»Sie können mir allenfalls Behinderung der Ermittlungen vorwerfen, Herr Hansen. Im Grunde eine Lappalie. Versprechen Sie mir, diesen Sachverhalt zu verschweigen und Sie bekommen, was Ihnen wirklich wichtig ist.«

Hansen wechselte das Thema. »Sie waren nie im Gefängnis Hohenschönhausen, oder?«

»Spielt das eine Rolle?«, fragte Thöner lächelnd.

»Für mich schon.«

»Ich war dort, vor vier oder fünf Jahren. Es ist jetzt eine Gedenkstätte, die man besichtigen kann.«

Hansen verschlug es die Sprache. Die Leichtigkeit, mit der sein Gegenüber Lügen eingestand und durch neue ersetzte, machte ihn ratlos.

Thöner plauderte munter weiter. »Meine Güte, Herr Kommissar! Sie sind ein lebenserfahrener Mensch. Ja, ich habe für die Stasi spioniert. Na und? Die BRD hatte auch ihre Spione in der DDR und sie hat Leute ausgeschleust, die dann Geheimnisverrat begangen haben, so wie Werner Stiller zum Beispiel, der berühmte Überläufer und der einzige echte Coup, den der Westen je gegen die Stasi landen konnte. Ich war übrigens nie ein Sozialist. Ideologien jeder Art dienen nur dazu, das Volk zu blenden und lenkbar zu machen. Ich habe den Spieß umgedreht und die Staatsorgane in meinem Sinne gelenkt. Die Mitarbeit bei der Stasi erwies sich als die beste Chance, legal die DDR zu verlassen und sich die Ausbildung im Westen finanzieren zu lassen. Was soll's, diese Geschichten sind Vergangenheit, vorbei und vergessen.«

»Die Vergangenheit ist nie wirklich vergangen. Sie ist das Fundament für Gegenwart und Zukunft.«

»Oh, ein Philosoph als Kommissar! Ich bleibe lieber pragmatisch. Das Strafgesetzbuch sieht für Spionagetätigkeit eine maximale Verjährungsfrist von zwanzig Jahren vor. Meine letzten Aktivitäten fanden im Jahr 1989 statt. Ich bin raus! Sie könnten mir nichts mehr anhaben, selbst wenn Sie Beweise hätten – was ich nicht glaube. Das Einzige, was Sie erreichen könnten, wäre die Zerstörung Ihrer eigenen Existenz. Legen Sie sich nicht mit mir an! Ich bin in der Lage, Ihnen alles zu nehmen, was Ihnen lieb und teuer ist.«

»Sie drohen mir?«

»Ich drohe nicht, ich zeige Konsequenzen auf.«

Thöners Handy klingelte. Er meldete sich, hörte dem Anrufer zu und antwortete einsilbig.

»Das war Dieter Westphal«, verkündete er, nachdem er das Telefonat beendet hatte. »Die Müller ist zurück. Ihre Leute könnten jetzt zuschlagen.«

Thöner sah Hansen fragend an. Die unausgesprochene Frage schwebte zwischen den beiden Männern. Moral oder Erfolg?

Hansen zögerte. Thöner schien sich seiner Sache sehr sicher zu sein. Und beim derzeitigen Stand der Dinge hatte er recht. Hansen konnte ihm rein gar nichts nachweisen. Er musste davon ausgehen, dass Müller und Schachtner wussten, wie man untertaucht. Es bestand die Gefahr, dass die beiden sich ins Ausland absetzen oder weitere Verbrechen begehen würden. Thöners Ruf zu schützen blieb das kleinere Übel. Und wenn Hansen die Gelegenheit bekäme, Müller und Schachtner zu verhören, ergäben sich womöglich neue Chancen.

»Diese Runde geht an Sie«, kapitulierte Hansen. »Ich mache Ihnen zwei Zugeständnisse. Dieses Gespräch bleibt unter uns. Außerdem verspreche ich, im öffentlichen Raum keine Äußerungen zu Ihrer Person zu machen, die ich nicht beweisen kann.«

»Mit der Aussage kann ich leben.«

Thöner zog einen Kugelschreiber und einen Notizzettel aus der Innentasche seines Jacketts. Er schrieb Hansen eine Adresse auf.

»Dort finden Sie die Leute, die für den Tod Ihres Kollegen verantwortlich sind. Ich bedaure, was passiert ist. Das können Sie mir glauben.«

Hansen rief Bernstein an, der im Büro die Stellung hielt, nannte ihm die Adresse und wies ihn an, die Angelegenheit an die Soko zu übergeben. Sollte Schneider die Festnahme in die Wege leiten und den Ruhm ernten, der Teil der Ermittlungen interessierte Hansen nicht. Bernsteins Frage nach der Informationsquelle beantwortete Hansen mit einem lapidaren »Denk' dir was aus«. Er legte auf. Thöner hatte begonnen zu frühstücken.

»Eine vernünftige Entscheidung, Herr Hansen. Nun können wir entspannt genießen. Wie ich hörte, gehen Sie in zwei Wochen in Pension. Da ist die Aufklärung dieses Falles doch ein schöner Abschluss. Wissen Sie, man muss loslassen können. Genießen Sie den Ruhestand. Ich könnte dazu beitragen. Was halten Sie von einem Beratervertrag? Leute mit Ihrer Erfahrung findet man nicht an jeder Straßenecke. Zwei Jahre Laufzeit, fünfundsiebzigtausend pro Jahr, bei höchstens zehn Arbeitsstunden im Monat. Was halten Sie davon?«

Hansen konzentrierte sich auf sein Brötchen mit Krabben und vermied es, Thöner anzusehen, der munter weiterredete.

»Mit dem Geld könnten Sie Ihrer kleinen Familie etwas Gutes tun, eine schöne Kreuzfahrt zum Beispiel, besondere Förderung für Ihre Stieftochter. Oder Sie gönnen sich selbst was, ein moderneres Auto, einen edlen Plattenspieler. Glauben Sie mir, Herr Hansen, das Leben bietet auch jenseits der Sechzig tolle Möglichkeiten, Spaß zu haben. Ich spreche aus Erfahrung, ich bin der gleiche Jahrgang wie Sie.«

Er schob eine Visitenkarte über den Tisch.

»Da ist außer meiner Handynummer auch meine private Festnetznummer drauf. Sie dürfen mich jederzeit anrufen, wenn Ihnen der Sinn danach steht.«

Der Kommissar schluckte den letzten Bissen und stand auf. Er zögerte, steckte die Karte aber schließlich ein.

»Mir reicht's für heute, ich gehe. Danke für das Frühstück. Ich hoffe, ich kann mich demnächst mit einer Einladung in unser schönes Polizeipräsidium revanchieren. Wir haben sehr gemütliche Verhörräume.«

Thöner erhob sich und stellte sich Hansen in den Weg.

»Überlegen Sie gut, was Sie tun, Hansen. Sie werden nirgendwo Unterstützung erhalten. Niemand hat ein Interesse daran, alte Geschichten auszugraben. Die Politik nicht, die Geheimdienste nicht und die Unternehmen, die damals von uns ausspioniert wurden, erst recht nicht. Im Übrigen gibt es eine natürliche Solidarität der Mächtigen, die Sie nicht unterschätzen sollten.«

»Lassen Sie mich vorbei«, zischte Hansen, schob Thöner zur Seite und stapfte davon.

Im Auto sitzend versuchte er, seine Wut in den Griff zu bekommen. »Wut ist kein guter Ratgeber«, sagte er laut zu sich selbst. Trotzdem blieb die Lust, zurückzugehen und dem Thöner eins auf's Maul zu hauen. Mit tiefen Atemzügen kämpfte er dagegen an. Er zündete sich eine Zigarette an, lehnte den Kopf an den Sitz und murmelte beschwörende Worte wie ein Pferdeflüsterer. Nach einer halben Zigarettenlänge hatte der Verstand die Oberhand gewonnen.

Hansen rätselte, was Thöner mit seinem Manöver bezweckte. Musste er nicht fürchten, dass Müller und Schachtner ihn belasten könnten, wenn sie verhaftet würden? Warum diese Kehrtwende? Um den eigenen Arsch zu retten? Oder gab es für Thöners Verhalten eine andere Erklärung? Zwei Äußerungen von Thöner brachten Hansen zusätzlich ins Grübeln. In dem Moment klingelte sein Handy. Auf dem Display stand ›Becker‹.

»Vera, dein Anruf kommt zur rechten Zeit. Hast du in den Stasi-Unterlagen etwas über Thöner gefunden?«

»Danke der Nachfrage, Chef! Mir geht es gut, ich sitze im Auto und bin schon auf dem Heimweg.«

»Entschuldige. Dein Anruf platzte mitten in einen Gedanken von mir. Das ist wichtig! Hat die Stasibehörde Unterlagen über Thöner?«

»Nein.«

»Scheiße!«

Becker berichtete von ihren Ergebnissen und dem Verdacht, dass die Informationen zur G 7 von der CIA aus den Rosenholz-Dateien entfernt worden sein könnten. Hansen verstand langsam, warum Thöner so arrogant und unverfroren aufgetreten war. Er erzählte Becker, dass Müller und Schachtner sich östlich von Schwerin versteckt hielten und ihre Verhaftung unmittelbar bevorstand.

»Super«, jubelte sie, »da hat sich meine Arbeit als Aktenmaus ja gelohnt. Gib’ mir die Adresse. Ich kann in einer Stunde dort sein.«

»Nein, Vera. Du fährst nicht dahin. Die Typen sind gefährlich. Die Festnahme überlassen wir den Kollegen vor Ort und dem SEK.«

»Harry, das ist unfair! Ich will dabei sein.«

»Du kommst auf direktem Weg nach Hamburg, Dienstanweisung.«

»Ups, ich glaube, ich bin in einem Funkloch. Falls Du mich hörst … tschüss, bis bald, Chef.«

»Vera, verarschen kann ich mich alleine. Ich will nicht … Vera? … Vera! … Die legt einfach auf. Wie will sie denn die Adresse herausfinden? … Über diesen Mettenbach, den Wismarer Kollegen … Verdammter Mist!«

Hansen kannte Mettenbachs Telefonnummer nicht. Bis er sie über Bernstein bekommen und gewählt hatte, war es zu spät. Die Nummer war besetzt und Hansen wusste genau, mit wem der Kollege gerade telefonierte. Vorläufig beugte er sich dem Starrsinn von Vera und fuhr ins Präsidium. Das letzte Wort in dieser Angelegenheit war nicht gesprochen!

Ulf Reisberg hatte eine ungemütliche Nacht hinter sich. In der Morgendämmerung schlich er sich zu seinem Golf, räumte die Tarnzweige weg und stieg ein. Er war müde und hungrig, die Kleidung klebte klamm an seinem Körper. Seine romantische Vorstellung vom freien Leben in der Prärie hatte Risse bekommen. Mit durchdrehenden Vorderrädern rangierte er den Golf aus dem Versteck auf den Feldweg und wendete an der Weggabelung. Die Heizung des Wagens stellte er auf volle Leistung. Er wollte die Gegend erkunden und herausfinden, wo der zweite Wagen der Westphal-Truppe abgeblieben war.

Er legte mehr als zehn Kilometer zurück, bevor er eine offene Tankstelle fand, an der er sich mit Kaffee und belegten Brötchen versorgen konnte. Dann fuhr er kreuz und quer die Gegend ab. Den Range Rover, der im Schutz eines Knicks geparkt war, hätte er fast übersehen.

Über einen asphaltierten einspurigen Weg erreichte Reisberg schließlich eine kleine Baumgruppe. Er kletterte auf einen Baum. Aus einer Höhe von vier Metern, mit einem Fernglas vor den Augen, erkundete er die Lage. Außer einem Bauernhof konnte er keine Gebäude in seinem Sichtfeld entdecken. Offensichtlich beobachteten Westphal und seine Leute diesen Hof. Den Landcruiser konnte Reisberg von seiner Position aus nicht sehen. Er musste sich hinter einem Waldstück nordwestlich des Hofes befinden. Der Range Rover stand südöstlich des Objektes.

Was hatten die Typen vor? Wer befand sich auf dem Hof?

Reisberg suchte nach der richtigen Sitzposition auf der Astgabel und wartete. Gegen acht Uhr fuhr eine Person auf einem Motorrad vom Hof und entfernte sich in westlicher Richtung. Reisberg krabbelte vom Baum herunter und ging pissen.

»Wo warst du und wieso kennst du plötzlich den Aufenthaltsort von Müller und Schachtner?«, fragte Bernstein, nachdem Hansen im Büro angekommen war.

»Kein Kommentar.«

»Hallo! Ich bin kein Presseheini, ich bin dein Partner!«

»Mitarbeiter! Nicht Partner!«

Bernsteins Verärgerung war nicht zu übersehen. »Harry, so kannst du mit mir nicht umspringen!«

»Tut mir leid, Thomas. In diesem speziellen Fall kann ich dir keine Antwort geben. Später vielleicht.«

Hansen setzte sich an Bernsteins Schreibtisch. Der Oberkommissar sah ihn verständnislos an.

Hansen stand wieder auf. »Komm' mit, wir gehen eine rauchen.«

»Was soll der Quatsch? Ich rauche nicht.«

»Mein Gott, Thomas! Komm' jetzt mit vor die Tür.«

»Ach so, sag' das doch gleich.«

Draußen vor dem Präsidium erzählte Hansen von seinem Treffen mit Thöner und den Bedingungen, auf die er sich eingelassen hatte.

»Da hast du aber einen mächtigen Satz über deinen Schatten gemacht«, kommentierte Bernstein.

»Glaub' ja nicht, ich könnte nicht wieder zurückspringen. Das letzte Wort in dieser Angelegenheit ist nicht gesprochen. Wenn wir Müller und Schachtner haben, werden die Karten neu gemischt.«

»Das wird trotzdem eine heikle Nummer.«

Hansen drückte seine Zigarette aus. »Gut möglich, wir werden sehen. Da sind zwei Dinge, die mir nicht aus dem Kopf wollen. Thöner erzählte von einem Überläufer namens Stiller.«

»Ha, das ist ja lustig!«

»Was ist daran lustig?«

Bernsteins Arme wurden unruhig. »Weil ich genau über den letzte Nacht was gelesen habe. Ich konnte nicht schlafen.« Leise fügte er hinzu: »Jan fehlt mir.«

Hansen tätschelte Bernstein die Schulter. »Wann kommt er denn endlich wieder?«, fragte er mitfühlend.

Bernstein strahlte. »Morgen. Mittags müsste er ankommen.«

»Na also. Und dann?«

»Ähm, ja. Nachdem ich mich zwei Stunden hin und her gewälzt hatte, kapitulierte ich und stand auf. Ich fuhr den PC hoch und bin erstmal bei Facebook rein. Eine Frau aus unserem Freundeskreis hat ihr erstes Kind zur Welt gebracht und Fotos hochgeladen. Ich habe ihr gratuliert und die anderen Kommentare gelesen. Aber dann war ich genervt. Warum müssen Frauen solche Kommentare posten? ›Oh, wie süß‹, mit drei ›o‹ und mindestens fünf ›ü‹. Mal ehrlich, Harry. Wer soll die denn ernst nehmen, wenn sie sich zum Beispiel auf eine Führungsposition bewerben?«

»Ich glaube nicht, dass Frauen, die sich auf eine Führungsposition bewerben, süß mit fünf ›ü‹ schreiben. Könntest du endlich zur Sache kommen?«

»Klar. Ich kam dann auf die Idee, die Spionage der Stasi im Westen zu googeln. Irgendwann stieß ich auf den Namen Werner Stiller und dachte: Ist ja merkwürdig, der gleiche Nachname wie in dem Roman von Max Frisch. Stiller war Oberleutnant der Stasi und in der HV A tätig. Bei seiner Flucht in den Westen nahm er einen Haufen Dokumente mit. Mit seiner Hilfe konnten diverse IM der Stasi enttarnt werden. Es gibt Quellen, die behaupten, dass die westlichen Geheimdienste erst durch Stiller das wahre Ausmaß der Spionagetätigkeit der Stasi im Westen erkannten.«

Hansen kraulte mal wieder seinen Bart. »Ich glaube, der Dickel hat seinen Vater falsch verstanden. Oder Friedemann hat ihm absichtlich eine falsche Geschichte zu dem Kennwort für das Bankschließfach aufgetischt, weil ›Stiller‹ für ihn ein Synonym für ›Verrat‹ war und er sich trotz allem für den Verrat an seinen Vereinskollegen schämte.«

»Schön und gut. Bringt uns das weiter?«

»Nein, aber ich merke, dass ich die Denkweise von Friedemann immer besser verstehe.«

»Dein zweites Ding?«

»Mein zweites Ding ist komplizierter. Der Kollege aus der Kriminaltechnik, der sich so gut mit Elektronik und Computern auskennt, du weißt schon, der mit dem Pickelgesicht, der uns beim Lippennäher-Fall geholfen hat. Wie hieß der Typ?«

»Du meinst Timo Engelhardt. Was ist mit dem?«

»Kannst du den diskret kontaktieren? Ich brauche ihn für eine inoffizielle Mission.«

»Das kannst du ebenso gut selbst machen. Wofür brauchst du ihn?«

Hansen wischte sich Schweißperlen von der Stirn. Die Sonne heizte kräftig ein, er suchte sich ein Plätzchen im Schatten unter dem Vordach.

»Thöner hat versucht, mich zu bestechen. Er hat mir einen gut dotierten Beratervertrag für zwei Jahre angeboten und mir vorgeschwärmt, was ich mir von dem Geld leisten könnte. Unter anderem sprach er von einem edlen Plattenspieler.«

»Und?«

»Findest du nicht, dass es ein merkwürdiger Zufall ist, dass Thöner über einen Plattenspieler spricht, über ein Teil, das heute kaum noch jemand nutzt, nur zwei Tage, nachdem ich dir in Friedemanns Wohnung von dem Thorens vorgeschwärmt habe?«

»Oh! Du glaubst …«

»Genau! Und ich hoffe, dass der Engelhardt die geeignete Technik hat, um das rauszufinden.«

Bernstein rief Engelhardt an und verabredete einen Termin für den Nachmittag.

In Schwerin hatte die ›Katze‹ eine fünfstellige Summe von ihrem Konto abgehoben, am Bahnhof aus einem Schließfach eine Reisetasche mit nützlichen Utensilien geholt und für das Frühstück eingekauft. Auf der Rückfahrt, in der Nähe des Bauernhofes, fühlte sie eine wachsende Unruhe, ohne dass es einen konkreten Grund dafür gegeben hätte. Wenn sie eine Tageszeitung gekauft, Seite fünf aufgeschlagen und die Fahndungsmeldung gelesen hätte, wäre ihr klar geworden, dass die Unruhe berechtigt war. Am liebsten wäre sie sofort nach Polen durchgestartet. Aber sie wollte Ronny nicht verunsichern. Sie steuerte das Motorrad zwischen Brennholzstapeln und ausrangierten Ackergeräten hindurch an die Rückseite des Wohnhauses.

Ronny lag im Bett, die Decke bis an das Kinn gezogen. Er blieb oft lange im Bett, wenn es möglich war. Kati vermutete, dass er sich dort geschützt fühlte. Sie weckte ihn und bat ihn, das Frühstück vorzubereiten. »Ich fange an zu packen«, sagte sie, sammelte die wichtigsten Dinge ein, brachte sie zum Motorrad und verstaute sie in den Satteltaschen. Die Reisetasche aus dem Schließfach befestigte sie mit Spanngurten oben auf. Skeptisch musterte sie den verbliebenen Platz für den Sozius auf der Sitzbank. Ronny würde es nicht bequem haben.

Dieter Westphal wies seine Mitarbeiter im Range Rover an, ihre Position zu verändern. Sie sollten sich einen Beobachtungsposten weiter östlich suchen und den bald erwarteten Polizeieinheiten aus dem Weg gehen. Der Beifahrer im Range Rover entdeckte einen Mann, der auf einem Baum hockte und mit einem Fernglas die Gegend absuchte.

»Was macht der da?«, fragte er. »Soll ich den abernten?«

»Das lässt du bleiben«, befahl der Fahrer. »Wir tun das, was der Chef sagt und gut is'.«

»Schade, wäre ein guter Platz für uns gewesen.«

»Zu dicht dran. Dieter hat extra betont, dass wir uns im Hintergrund halten sollen.«

»Was sollen wir dann hier?«, fragte der Beifahrer.

»Hast du nicht zugehört, oder was? Wir sind die Rückversicherung, falls die Bullen es verbocken.«

Ulf Reisberg hatte die Rückkehr des Motorrads beobachtet. Der Fahrer nahm den Helm ab und Reisberg konnte durch sein Fernglas die blonde Punkerfrisur erkennen. Fast wäre er vor Schreck vom Baum gefallen. Das war die Frau auf dem Phantombild, das der Kollege von der Soko ihm gezeigt hatte. Das war die Frau, die auf Jörg Lausen geschossen hatte! Reisberg griff nach seinem Revolver und überprüfte zum vierten Mal die Füllung der Trommel.

Später beobachtete er, dass der Range Rover seine Position verließ, ihm gefährlich nahe kam und sich Richtung Norden entfernte.

Vera Becker fand den Tross der Polizeifahrzeuge auf einem Parkplatz in der Nähe des Barniner Sees. Dirk Mettenbach begrüßte sie strahlend und stellte sie Hauptkommissar König vor, der das Team des Sondereinsatzkommandos leitete. Sie ließ ihren Dienst-Passat stehen und fuhr in einem SEK-Fahrzeug mit. Im Schutz eines Buchenwäldchens südlich des Bauernhofes hielten die Polizeifahrzeuge an. Sie hatten sich über einen Weg genähert, der in einer Entfernung von dreihundert Metern parallel zu der Straße verlief, die an dem Resthof entlang führte.

Hauptkommissar König lag bäuchlings am Rand des Wäldchens und sondierte die Lage. Becker und Mettenbach kauerten neben ihm. Die Sonne strahlte von einem wolkenlosen, makellos blauen Himmel auf die Landschaft vor ihnen und brachte die Luft zum Flimmern. König reichte Mettenbach sein Fernglas.

»Ein sogenannter Dreiseitenhof«, erklärte er. »Wir befinden uns im Süden, mit Blick auf die Einfahrt. Links, also westlich steht ein Stallgebäude. Relativ niedrig, ich schätze, das war mal ein Schweinestall. Rechts steht das Wohngebäude. Und hinten, also im Norden, bildet die Scheune den Abschluss. Sehen Sie die Natursteinmauern an der Straße, links und rechts der Einfahrt?«

Mettenbach nickte. »Dahinter könnten wir Deckung finden.«

»Solche Mauern gibt es auch im hinteren Bereich, zwischen Stall, Scheune und Wohnhaus. Die vorderen Mauern sind nur zirka 1,2 Meter hoch, die hinteren leider etwa zwei Meter. Wir werden uns dennoch auch von hinten nähern. Die Mauern müssen meine Leute eben überwinden. Wir bilden zwei Stoßtrupps. Der eine kommt aus Richtung Westen. Das ist unproblematisch. Da gibt es durch Bäume und Sträucher genügend Sichtschutz bis dicht an den Hof. In Stall und Scheune hält sich derzeit niemand auf, das haben wir gecheckt. Die beiden Zielpersonen sind im Wohnhaus. Der westliche Stoßtrupp teilt sich auf. Eine Gruppe wird die Mauer zwischen Stall und Scheune überwinden, die andere Gruppe wird sich über die Rückseite der Scheune nähern. Unser Hauptangriff erfolgt gewissermaßen von vorn, durch die Einfahrt, flankiert von Scharfschützen, die sich hinter den Mauern aufhalten werden. Blöd ist nur, dass wir die Rückfront des Wohnhauses nicht sofort abdecken können. Im Osten des Hofes schließt ein abgeerntetes Feld an, ungefähr dreihundert Meter ohne jegliche Deckung. Das kann ich nicht riskieren. Aber wir haben die Zufahrtsstraßen durch Streifenwagen abriegeln lassen. Da sollte niemand durchschlüpfen können. Für den Fall, dass es Verletzte gibt, steht ein Notarztwagen bereit.«

Vera Becker sagte »Darf ich mal« und nahm Mettenbach das Fernglas ab. »Nach meinen Informationen verfügen Müller und Schachtner über einen Audi und ein Motorrad. Den Audi sehe ich. Wo ist das Motorrad?«

König guckte erstaunt. »Der Audi gehört einem Sicherheitsdienst namens SSP und wurde gestern Abend in Hamburg als gestohlen gemeldet. Von einem Motorrad weiß ich nichts. Vielleicht steht es in der Scheune? Für unseren Zugriff sollte das keine Rolle spielen.«

»Ein Zeuge in Hamburg hat mitbekommen, dass die Frau Müller mit einem Motorrad unterwegs war«, antwortete Becker. »Ich dachte, das könnte wichtig sein.«

König verzog genervt das Gesicht. »Ja, danke. Ich glaube, wir kommen auch so klar, Frau Becker.«

Becker suchte mittels Blickkontakt Unterstützung bei Mettenbach, doch der wandte sich ab. König besprach sich mit seinen Leuten und startete den Countdown.

»Wann wollen wir denn los?«, fragte Ronny, während er sich das dritte Brötchen aufschnitt.

»Sobald du fertig bist«, antwortete Kati ungeduldig.

»Wann schlagen die denn zu?«, fragte Bernstein im Hamburger Polizeipräsidium.

»Müsste jeden Moment losgehen«, antwortete Hansen. »Ich glaube, Vera ist vor Ort.«

»Wie bitte? Warum hast du das nicht verhindert?«

»Weil sie einfach aufgelegt hat.«

»Miststück!«

»Genau. Stur wie ein Esel.«

»Ich sag's ja: ›Dirty Harry‹ in weiblich.«

»Halt die Klappe, Thomas.«

»Wann geht's denn los?«, fragte der Fahrer des Range Rover, der über sein Handy mit Westphal sprach.

»Kann nicht mehr lange dauern«, antwortete Westphal. »Das SEK bezieht Stellung.«

Es wurde ein heißer Tag – für alle Beteiligten.

Kapitel 15

»Sie wollen also ohne Vorwarnung zuschlagen?«, fragte Becker.

König stand auf und dehnte die Glieder. »Ja, wir nutzen den Überraschungseffekt. Nach dem, was ich über die Zielpersonen weiß, greifen die schnell zur Waffe. Es wäre besser, wenn sie keine Gelegenheit dazu hätten.«

»Wäre es nicht möglich, sie zur Aufgabe zu bewegen? Das Anwesen umstellen und Kontakt aufnehmen«, schlug Mettenbach vor.

»Nein. Laut meinen Informationen handelt es sich um labile Persönlichkeiten, die sich womöglich in aussichtsloser Lage selbst töten. Das will ich verhindern.«

»Hoffentlich gelingt es«, sagte Becker. »Mein Chef vermutet, dass die beiden im Auftrag gehandelt haben und würde sie gerne dazu befragen.«

»Wir tun unser Bestes«, antwortete der Einsatzleiter und schickte den ersten Teil seiner Truppe los, der von Nordwesten anrückend den längeren Weg bis zum Objekt hatte. Die zweite Gruppe fuhr einen Bogen, um von Osten her auf den Weg zu dem Resthof zu gelangen. Becker und Mettenbach begleiteten König und die Gruppe, die die Zufahrt aus westlicher Richtung abdecken sollte.

Der erste Trupp schlich durch ein Waldstück bis dicht an die Mauer des ehemaligen Viehstalls heran. Zwei SEK-Männer deckten den rückwärtigen Teil der Scheune ab. Die zwei anderen Gruppen rasten mit ihren dunklen BMW-Limousinen aus entgegengesetzten Richtungen auf die Einfahrt zum Hof zu und blockierten sie. Die Männer in schwarzer Schutzmontur mit Helmen auf den Köpfen sprangen aus den Fahrzeugen und verteilten sich. Zwei Scharfschützen postierten sich links und rechts der Einfahrt hinter den niedrigen Natursteinmauern. Mettenbach und Becker blieben zunächst an den Fahrzeugen stehen. Auch sie trugen schusssichere Westen.

Lothar Thöner tippte eilig Buchstaben auf der Tastatur seines Handys ein und drückte am Ende auf ›Senden‹. Danach entfernte er die einmalig benutzte SIM-Karte und zerbrach sie.

Katis Unruhe wuchs. Ronnys Behäbigkeit strapazierte ihre Geduld. Sie trieb ihn zur Eile an. Er maulte herum, denn er verstand ihre zunehmende Nervosität nicht. Ihr Handy gab zwei schrille Töne von sich – eine SMS, Sender unbekannt, Nummer unterdrückt. Die Nachricht war eindeutig: »Haut ab! Die Bullen sind auf dem Weg zu euch.« Kein Name.

Sekunden später hörte sie durch das offene Küchenfenster die Geräusche mehrerer Motoren, polternde Fahrwerke und blockierende Räder auf Sand.

Die ›Katze‹ reagierte blitzschnell. Sie sprang auf, griff nach Lederjacke und Helm und steckte das Handy ein.

Gleichzeitig schrie sie: »Die Bullen kommen! Wir müssen weg!«

Mit vor Schreck aufgerissenen Augen starrte Ronny sie an, wie ein wildes Tier, das von einem tödlichen Schuss getroffen wurde. In der einen Sekunde des Blickkontaktes konnte Kati in Ronnys Augen alles lesen. Seine Leiden, seine Ängste, seine Verweigerung, seinen Entschluss.

Er zog die Beretta aus dem Hosenbund. Mit zwei großen Schritten erreichte er den alten Geschirrschrank, öffnete eine Schublade und nahm eine tschechische CZ 85 heraus. Er hielt die Waffen in Kopfhöhe, die Mündungen zur Zimmerdecke gerichtet.

»Ich gehe in kein Gefängnis mehr, nie wieder!«, brüllte er. »Du haust ab, ich beschäftige die Bullen.«

Kati rannte auf den Flur, verharrte, flehte ihn an. »Komm jetzt, wir haben keine Zeit für Spielchen.«

Ronny folgte ihr, umarmte sie so heftig, dass sie befürchtete, er könnte ihr die Rippen brechen, küsste sie auf die Lippen, was er nie zuvor getan hatte und schubste sie weg.

»Geh' oder ich töte uns beide«, sagte er ganz ruhig und richtete die Läufe beider Pistolen auf sie.

Kati wollte bleiben, die ›Katze‹ wollte fliehen. Die ›Katze‹ in ihr gewann die Oberhand, setzte den Helm auf und verschwand durch die Hintertür.

Ronny riss beide Flügel der Haustür auf und stürmte in den Innenhof. Ohne zu zielen feuerte er aus beiden Waffen mehrere Schüsse ab. Die Männer des SEK, die sich einen Moment vorher auf den Hof geschlichen hatten, erwiderten das Feuer und suchten nach Deckung. Ronny rannte quer über den Platz auf den Stall zu. Eine Kugel drang in seinen rechten Unterschenkel ein. Er stolperte, fiel auf den sandigen Boden, Fontänen feiner Sandkörner wirbelten seitlich an seinem Körper hoch, ähnlich wie bei Hauptkommissar Lausen, als der im Stadtpark von einer Kugel aus Katis Waffe getroffen wurde. Der Unterschied war, dass Ronny sich abrollte, auf die Beine kam und humpelnd die morsche Stalltür erreichte, die er mit der Schulter rammte. Das altersschwache Holz der Tür gab nach und Ronny fiel mitsamt der Tür in den Stall. Sein Körper produzierte extreme Mengen Adrenalin und mobilisierte alle Kräfte. Ronny spürte keinen Schmerz, nur ein taubes Gefühl im rechten Bein. Ein Mensch mit Überlebenswillen hätte hinter den Mauern des Stalls Schutz gesucht. Nicht so Ronny. Er rappelte sich auf, stieß einen Schrei wie bei einer finalen Geburtswehe aus und stürmte erneut auf die freie Fläche des Innenhofes. Dabei schoss er aus beiden Waffen in alle Himmelsrichtungen. Die Leute vom SEK versuchten ihn zu stoppen. Ein Schuss traf Ronnys linken Oberschenkel. Sie wollten ihn lebend erwischen. Doch Ronny hatte andere Pläne. Er kannte die Methode aus amerikanischen Filmen. Die Amis nannten sie ›suicide by cop‹, Suizid durch Polizisten. Ronny merkte, dass er mehr tun musste, blind in die Luft zu schießen, reichte nicht. Er legte auf das nächstgelegene Ziel an, einen SEK-Mann, der keine Deckung gefunden hatte und schoss ihm in die Beine. Der Mann schrie auf und fiel auf den Bauch. Seine Kollegen hatten keine Wahl mehr. Einen Wimpernschlag später traf die Kugel eines Scharfschützen Ronny im Brustbereich, der Aufprallschock ließ ihn nach hinten sinken, seine Augen fingen das Bild des kitschig schönen, blauen Himmels ein, dann wechselte die Farbe zu schwarz.

Vera Becker hatte das Feuergefecht gebannt aus einer sicheren Position hinter der Begrenzungsmauer beobachtet. In dem kurzen Moment der Stille, nachdem Ronny in den Stall gestürzt war, hörte sie ein Geräusch, das wie ein Schlag klang, mit einem nachfolgenden Stöhnlaut. Einer der SEK-Männer hatte sich an der Mauer des Wohnhauses entlang zur östlichen Rückwand bewegt. Zwei Holzstapel und ein uralter Heuwagen versperrten ihr die Sicht. Sie war überzeugt, dass die Geräusche von der Rückfront des Wohnhauses kamen. Becker überwand die Steinmauer, zog ihre Dienstwaffe und schlich sich an. Sie musste sich vorsichtig bewegen, denn diverse alte Gerätschaften und herumliegender Müll erschwerten das Fortkommen. Die Waffe mit beiden Händen umklammert, drückte sie sich an die Hausmauer und spähte um die Ecke. Fünf Meter von ihr entfernt lag der SEK-Kollege auf dem Bauch und rührte sich nicht. Sie schaute sich um, konnte aber niemanden entdecken. Schritt für Schritt näherte sie sich dem Kollegen, angestrengt lauschend. Sie hatte fast seine Füße erreicht, als sie ein undefinierbares Geräusch hinter sich wahrnahm und sich umblickte. Die ›Katze‹ holte zum Schlag aus. Becker riss den linken Arm hoch und blockte den gegen ihren Hals geführten Handkantenschlag ab. Das linke Bein der ›Katze‹ schnellte hoch wie bei einer Kickboxerin und traf Becker oberhalb der Hüfte. Sie wollte den Schmerz hinausschreien. Ein Schlag auf das Brustbein, der ihr den Atem nahm, hinderte sie daran. Becker fiel rücklings in das hochgewachsene Gras, verlor dabei ihre Waffe und rang nach Luft. Mit einem Sprung war die ›Katze‹ über ihr, setzte ihr die Knie auf die Oberarme, legte Daumen und Zeigefinger der rechten Hand an Beckers Hals und drückte zu. Offenbar wusste das Raubtier genau, an welcher Stelle es Druck ausüben musste, um die Blutzufuhr zu Beckers Gehirn zu unterbrechen. Die Polizistin versuchte eine Gegenwehr, in dem sie ihr Knie in den Rücken der Gegnerin rammte, die den Stoß jedoch ohne sichtbare Reaktion wegsteckte und den Druck ihrer Finger auf Beckers Hals steigerte. Becker sah einen schwarzen Motorradhelm mit aufgeklapptem Visier und die unbarmherzige Entschlossenheit in den schwarzen Pupillen der Frau über ihr.

»Beim nächsten Mal töte ich dich«, hörte die Kommissarin, dann spürte sie die Konsequenzen der guten Kenntnisse ihrer Gegnerin über die

Halsschlagader und verlor wegen des Sauerstoffmangels im Gehirn das Bewusstsein.

Ein weiterer SEK-Mann kam aus Richtung Scheune um die Ecke und wollte seine Waffe auf die ›Katze‹ richten. Bevor er sein Ziel erfassen konnte, hatte sie sich zur Seite gerollt, ihre Waffe gezogen und ihm beide Kniescheiben zerschossen. Sie schwang sich auf das Motorrad, drückte den Knopf des E-Starters und gab Gas. Mit vollem Risiko raste sie, auf den Fußrasten stehend, über das abgeerntete Sommergerstefeld hinter dem Bauernhaus in Richtung Osten. Sie hörte das Knallen von Schüssen hinter sich, wusste nicht, ob die Schüsse ihr galten, beugte den Oberkörper tief über den Lenker der Enduro und erreichte unverletzt das Ende des Feldes und den angrenzenden Wald. Zweihundert Meter in Schlängellinien um die Bäume herum, dann hatte sie einen Waldweg erreicht, der nach Norden führte und konnte wieder schneller fahren. Ein leichter Anstieg, die ›Katze‹ drehte am Gashahn. Plötzlich kam ihr ein Geländewagen entgegen, ein Toyota Landcruiser. Sie kannte den Wagen, er gehörte Dieter Westphal. Für einen Moment glaubte sie, er sei vor Ort, um ihr zu helfen. Doch der Landcruiser beschleunigte und hielt auf sie zu. Der Fahrer wollte sie offenbar frontal rammen. Die ›Katze‹ bremste das Motorrad brutal ab und schaffte es, vor der Kollision nach rechts in den Wald abzubiegen. Sie hatte nicht bemerkt, dass hinter ihr ein Streifenwagen den Waldweg befuhr, der sich nun frontal auf den Toyota zu bewegte. Beide Autos bremsten und blockierten sich gegenseitig. Bis der Fahrer des Landcruiser nachgab und zurücksetzte, hatte die ›Katze‹ das Waldstück durchquert und ein Getreidefeld erreicht. Am Ende der Getreideanpflanzung tauchte ein Feldweg auf. Zwischen Feld und Weg verlief ein Graben. Den einzigen Zugang zum Weg versperrte ein hölzernes Gatter. Die ›Katze‹ stoppte das Motorrad zehn Meter vor dem altersschwach wirkenden Gatter. Sie wartete zehn Sekunden, konzentrierte sich, verlagerte das Körpergewicht nach hinten und drehte den Gashebel auf. Die BMW machte einen Satz nach vorn, das Vorderrad kam hoch und traf das Gatter im oberen Drittel. Die Holzlatten zersplitterten, das Gatter wurde aus seiner Verankerung gerissen und kippte um. Die ›Katze‹ überfuhr das Gatter und hätte nun im Neunzig-Grad-Winkel abbiegen müssen, um auf dem Feldweg weiterfahren zu können. Der Weg war zu schmal, das Motorrad zu schnell. Um nicht im gegenüberliegenden Graben zu landen, blieb nur eine Wahl. Die ›Katze‹ beugte ihren Oberkörper weit nach links, zwang die Maschine in eine Schräglage und provozierte so einen halbwegs kontrollierten Sturz. Das Motorrad schlitterte bis an den Rand des Grabens. Die ›Katze‹ rollte sich über den steinigen Boden ab, stand sofort wieder auf den Beinen, richtete die Maschine auf und setzte ihre Fahrt Richtung Norden fort.

Einen halben Kilometer weiter fiel der Weg in eine Senke ab und kreuzte eine asphaltierte Kreisstraße. Die ›Katze‹ sah einen Range Rover, der sich mit hohem Tempo der Kreuzung näherte und dem ein blauer VW Golf folgte. Sie suchte nach einer Ausweichmöglichkeit. Links und rechts des Weges Zäune und Gräben. Es wurde eng.

Ulf Reisberg hatte die Flucht der Motorradfahrerin von seinem Hochsitz im Baum aus mit dem Fernglas beobachten können und war sich sicher, Lausens Mörderin erkannt zu haben. Nun war er in seinem Element. Seit Jahren sehnte er sich nach einer Situation wie dieser, einer Verfolgungsjagd, bei der er seine Fähigkeiten beweisen konnte. Er verstand zwar nicht, warum Westphals Leute Lausens Mörderin jagten, aber sein Instinkt sagte ihm, dass die Sache zum Himmel stank. Außerdem wollte er diese Frau erwischen, deswegen war er hier. Den Triumph gönnte er der privaten Konkurrenz nicht. Kurz entschlossen drückte er das Gaspedal bis zum Anschlag durch, der Range Rover bremste vor der Kreuzung, Reisberg holte schnell auf, steuerte den Golf auf die linke Spur und riss das Lenkrad kurz nach rechts, als der rechte Kotflügel des VW auf Höhe des linken Hinterrads seines Gegners war. Das Resultat war beeindruckend. Der Rover verlor die Spurstabilität, das Heck rutschte seitlich weg und der Wagen vollführte zwei vollendete Pirouetten über die Kreuzung hinaus. Vor lauter Begeisterung hätte Reisberg fast das Gegenlenken vergessen. Mühsam brachte er den Golf in die Spur und bremste mit aller Kraft. Trotzdem konnte er eine leichte Kollision mit dem Rover nicht vermeiden. Hinter ihm rauschte das Motorrad, dem Feldweg folgend, quer über die Straße.

260

»Die gehört mir!«, schrie Reisberg, haute den Rückwärtsgang rein, setzte mit jaulenden Reifen zurück und bog in den Feldweg ein. Der Weg bestand aus zwei Sandspuren mit einem Grasstreifen in der Mitte und tiefen Schlaglöchern. Reisberg prügelte den alten Golf über den Weg und war doch chancenlos gegen das geländegängige Motorrad. Die nächste Rechtskurve wurde ihm zum Verhängnis. Es war eine sogenannte Hundekurve, die zum Ende hin stetig enger wurde. Er war zu schnell. Der Golf schob über die Vorderräder nach außen, Reisberg ging die Straße aus. Sein Wagen knallte linksseitig mit der Front gegen einen stabilen Baum. Scheinwerfer und Grill zersplitterten, die Motorhaube wölbte sich. Der fünfzehn Jahre alte Airbag funktionierte und fing Reisbergs Kopf auf, bevor der gegen das Lenkrad prallen konnte.

Der Kommissar spürte keine Schmerzen. Sein zerstörtes Auto interessierte ihn nicht. Berauscht von der eigenen Energie stieg er aus dem Wagen, holte seine Umhängetasche hinter dem Sitz hervor und setzte die Verfolgung zu Fuß fort.

Der alte Golf Diesel kommentierte das Verschwinden seines Besitzers mit einem »Pffft« und sonderte Kühlflüssigkeit ab. Über fünfzehn Jahre und Zweihunderteinundsechzigtausend Kilometer hatte er sich bemüht, seinen vier Besitzern ein gutes Gefährt zu sein. Er wusste, dass er am Ende seiner Reise angelangt war. Einige Teile von ihm würden in andere alte Golfs transplantiert werden und so einem guten Zweck dienen. Autos benötigten keine Organspendeausweise und das war gut so. Eine Zukunft als liebevoll gepflegter Oldtimer war für ihn offenbar nicht vorgesehen. Er hatte die umsorgten Alten, die den Winter meist geschützt in einer Garage verbringen durften, immer ein wenig beneidet. Sein Blech würde stattdessen vielleicht in den Teilen eines glänzenden neuen Golf wieder Verwendung finden – oder in einem Kochtopfset.

In der Dienststelle 41 des LKA herrschte eine nervöse Stille. Sowohl die Kollegen der Soko als auch Hansen und Bernstein konnten nur abwarten und auf gute Nachrichten von dem Schweriner Sondereinsatzkommando hoffen. Ein Teil der Kollegen befand sich auf der Trauerfeier für Jörg Lausen und wusste nichts von der Aktion, die östlich von Schwerin ablief.

Hansen hielt das Nichtstun nicht mehr aus und begann, seinen Schreibtisch aufzuräumen, indem er sinnlos Gegenstände von links nach rechts und zurück sortierte. Bernstein setzte sich an seinen Arbeitsplatz, surfte im Internet, studierte Datenbanken und führte ein halbes Dutzend Telefonate.

Nach einer Weile stand Hansen hinter ihm und schaute ihm über die Schulter. »Was machst du da eigentlich?«

»Ich sammle Informationen«, antwortete Bernstein gleichmütig.

»Über was oder wen?«

»Über Ronny Schachtner. Falls wir irgendwann die Gelegenheit bekommen, ihn zu verhören, kann es von Vorteil sein, möglichst viel von ihm zu wissen.«

»Wohl wahr. Aber was meinst du mit ›falls‹?«

»Mensch, Harry! Das sollte dir eigentlich klar sein. Erste Voraussetzung: Das SEK schnappt Schachtner. Zweite Voraussetzung: Sie kriegen ihn lebend. Wenn es soweit ist, geht die Rangelei erst los. Die Schweriner erheben Anspruch, weil sie ihn erwischt haben, die Wismarer, weil er den Kamphausen getötet haben könnte, unsere Soko, weil er an dem Mord an Lausen mitgewirkt hat, Staatsanwalt Rude, weil er karrieregeil ist, und so weiter. In drei Monaten oder so dürfen wir dann mal ran und ihn zum Mord an Friedemann befragen.«

»Leider muss ich zugeben, dass dein Szenario sehr realistisch klingt. Darüber sollte ich mit Thorwald reden. Das ist der Einzige, der in dem Tohuwabohu für Ordnung sorgen kann, weil er sachdienlich denkt und weiß, welche Strippen er ziehen muss.«

»Willst du wissen, was ich über Schachtner rausgefunden habe?«

»Klar will ich das. Moment.« Hansen holte seinen Kaffeebecher, zog sich einen Stuhl heran und nahm eine bequeme Haltung ein. »So, kann losgehen.«

Bernstein drückte mit dem Rücken die flexible Lehne seines Stuhls nach hinten, faltete die Hände am Hinterkopf und streckte die langen Beine aus.

»Wenn ich unter den gleichen Umständen aufgewachsen wäre wie der Schachtner, wäre ich vielleicht auch kriminell geworden«.

»Thomas, verschone mich mit Sozialromantik! Den Scheiß habe ich in Gerichtssälen schon viel zu oft gehört. Da wird stundenlang über die ach so schreckliche Kindheit des Täters palavert und über die Leiden der Opfer und ihrer Angehörigen redet kein Mensch.«

»Wart's ab, Harry. Ich bin kein Sozialromantiker, das weißt du genau. Es gibt Erlebnisse, die niemand ohne Schaden übersteht. Bis zum achten Lebensjahr lief bei Schachtner anscheinend alles normal. Ordentliches soziales Umfeld, solide Familie, in der Schule unauffällig mit durchschnittlichen Leistungen. Allerdings kamen seine Eltern wohl mit der von Staats wegen verordneten Gesinnung nicht gut klar. Sie wollten in den Westen fliehen. Die Pläne flogen auf und Ronnys Eltern wurden verhaftet. Die Behörden verfügten eine Trennung von Eltern und Kind. Ronny hat seine Eltern nach dem Tag ihrer Verhaftung nie wieder gesehen. Sie wurden wegen versuchter Republikflucht zu mehrjährigen Haftstrafen verurteilt. Der Vater hat später im Gefängnis Selbstmord verübt. Was mit der Mutter passiert ist, konnte ich nicht rauskriegen. Ronny kam für kurze Zeit in ein Heim und danach zu Pflegeeltern. In der DDR war die Zwangsadoption eine häufig angewendete Maßnahme bei versuchter Republikflucht und staatsfeindlicher Hetze. Toll, was? Falsche Meinung, Kind weg!«

Hansen wagte nicht, sich vorzustellen, wie er reagieren würde, wenn das Jugendamt der Stadt Hamburg beschließen würde, Nadja ihre Tochter Mareike wegzunehmen, weil Nadja den Staat kritisiert hätte.

»Erzähl weiter, Thomas.«

»Ronny muss sehr unter der Trennung von seinen Eltern gelitten haben. Er lehnte sich auf, mit allen Möglichkeiten, die so ein kleiner Junge hat. Die Pflegeeltern kapitulierten, und nach ihnen zwei weitere Familien. Ronny erlebte eine Odyssee von Pflegestelle zu Heim zu Pflegestelle. Er wurde als renitent und verhaltensgestört eingestuft und in ein Spezialheim für schwierige Kinder gebracht. Die Erziehung dort baute hauptsächlich auf strenge Regeln und harte Strafen. Ein Erzieher soll ihm erzählt haben, dass seine Eltern tot sind. Da hat er aufgehört zu sprechen. Das hat er konsequent durchgezogen, als wäre er wirklich stumm. Wahrscheinlich redet er sogar heute noch ausschließlich mit Katharina Müller.«

»Woher hast du in so kurzer Zeit so viel über Schachtner erfahren?«

»Ralf und Christoph hatten gestern schon versucht, Mitbewohner aus der Wohngemeinschaft in Berlin, in der Müller und Schachtner gemeldet waren, ausfindig zu machen. Ich habe daran weitergearbeitet und konnte jemanden auftreiben. Der Mann hatte ein gutes Verhältnis zu Katharina Müller, die ihm irgendwann die Geschichte hinter der Stummheit Schachtners erzählt hat. Die Erziehungsmethoden habe ich im Internet recherchiert.

Mit vierzehn landete der Junge im Geschlossenen Jugendwerkhof Torgau. Das muss die schlimmste aller Einrichtungen zur Umerziehung Jugendlicher gewesen sein. Wenn du liest, was die Betroffenen im Internet schildern, was die durchmachen mussten, dann fragst du dich, ob unsere Knäste Erholungsheime sind. Das ist echt schockierend. Wenn die Jugendlichen dort ankamen, mussten sie sich entkleiden, eine Leibesvisitation wurde vorgenommen, ihre Haare wurden kurz geschoren, sie wurden desinfiziert, bekamen Anstaltskleidung und wurden für drei Tage völlig isoliert in eine Zelle gesteckt, die sogenannte Zuführungszelle. Eine harte Holzpritsche und ein Kübel als Toilette, das war die ganze Einrichtung.

Das System basierte auf unerbittlichem Drill, Strafmaßnahmen und Psychoterror. Besonders mies finde ich den Gruppenzwang. Wenn einer aus der Gruppe ungenügende Leistungen erbrachte, wurden der ganzen Gruppe Vergünstigungen gestrichen. Du kannst dir vorstellen, welche Art von Gruppendynamik damit gefördert wurde. Das Kollektiv stand über allem. Sogar der Gang auf die Toilette musste gemeinschaftlich und zu festgelegten Zeiten absolviert werden.

Sport als Zwang bis zur völligen Erschöpfung war als Strafe bei den Erziehern besonders beliebt. Da gab's den ›Torgauer Dreier‹: Liegestütze, Hocke, Hockstrecksprung, solange, bis die Jugendlichen total platt waren. Es gibt auch Berichte über spezielle Zellen, die man ›Fuchsbau‹ nannte, verdunkelt und so klein, das man darin weder stehen noch ausgestreckt liegen konnte.«

Hansen hatte mit Entsetzen zugehört. »Ich ziehe meine Bemerkung über Sozialromantik zurück«, sagte er. »Wer als Jugendlicher so behandelt wurde, der muss ja einen psychischen Knacks haben.«

»Eben das meinte ich. Das war ein perfides System zur Brechung von Persönlichkeiten, Guantánamo in der jugendfreien Variante. Immerhin gibt es eine Gedenkstätte und auf der Internetseite dazu habe ich eine Menge Informationen gefunden.«

»Nichts gegen die Gedenkstätte, die ist bestimmt richtig und wichtig. Aber den Opfern hilft sie nur symbolisch, denn die müssen mit ihren Albträumen leben, jeden Tag. Das Schlimme auf unseren Fall bezogen ist, dass du nie weißt, wie eine so gebrochene Persönlichkeit in Stresssituationen reagiert.«

»Und Vera ist jetzt irgendwo bei Schwerin in der Nähe dieses Typen«, bemerkte Bernstein sorgenvoll.

Hansen zog es vor, diesen Aspekt zu verdrängen. »Hat dir der Mitbewohner auch was über die Müller erzählen können?«, fragte er.

»Nicht so viel. Die Müller war sehr verschlossen, was ihre eigene Lebensgeschichte anging. Die wenigen Informationen, die er hatte, kennen wir dank Veras Recherchen. Bis auf eine Sache: Der Typ verknallte sich in die Müller und landete eines Abends mit ihr im Bett. Mittendrin hat sie ihm klar gemacht, dass normaler Sex sie langweile und dass sie nur mit Männern etwas anfangen könne, die bereit seien, Schmerzen zu ertragen. Bevor sie ihn fesseln konnte, floh er aus dem Zimmer. Danach war das Verhältnis der beiden stark abgekühlt.«

Hansen dachte an die Grausamkeiten, die Friedemann und Dickel erlitten hatten. »Der Typ kann froh sein, dass er unversehrt davongekommen ist.«

Bernstein erriet seinen Gedankengang. »Ich glaube nicht, dass die Müller bei ihren freiwilligen Sexpartnern so weit gegangen ist wie bei Friedemann und Dickel. Weißt du, was mich an der Geschichte irritiert? Der Mann aus der WG hat mir erzählt, dass Müller und Schachtner unzertrennlich waren, nicht wie ein Liebespaar, eher wie zwei Geschwister, die sich abgöttisch lieben. Aber wenn man sich die Lebensläufe der beiden anguckt, stammen sie aus Familien, die gegensätzlicher kaum sein könnten. Es kann sogar sein, dass Müllers Vater den Vater von Schachtner verhaftet und verhört hat. Wieso haben die ein so inniges Verhältnis zueinander?«

Hansen schüttelte nachdenklich den Kopf. »Das werden wir vielleicht nie verstehen. Die menschliche Psyche funktioniert selten logisch. Eines haben die beiden auf jeden Fall gemeinsam. Sie sind schwer an der Seele verwundet. Das könnte die Basis für ihre Beziehung gewesen sein. Und ich wage zu bezweifeln, dass Schachtner weiß, für wen er arbeitet und die Kohlen aus dem Feuer holt. Denk' an das, was Dickel uns erzählt hat. Die Müller ist eindeutig die dominante Hälfte des Duos.«

Bernstein schaute nervös auf die Uhr an seinem Handgelenk. »Die Aktion des SEK müsste doch inzwischen beendet sein. Warum melden die sich nicht?«

Förster und Wolter betraten den Raum. Beide trugen schwarze Anzüge und weiße Hemden.

»Hallo«, grüßte Bernstein, »wie war die Trauerfeier?«

»Bewegend«, antwortete Wolter. »Auf die Ansprache unseres verehrten Herrn Kriminaldirektors Bergmann hätte man aber gut verzichten können.«

»Das war schon wichtig, daran teilzunehmen. Irgendwie braucht man so ein Ritual, um Abschied nehmen zu können«, ergänzte Förster.

»Ihr seht so angespannt aus«, stellte Wolter fest.

»Holt euch einen Kaffee und setzt euch zu uns«, schlug Hansen vor. »Dann erklären wir euch die Lage.«

Seit einer Stunde lief Ulf Reisberg durch die Landschaft Mecklenburg-Vorpommerns, getrieben von der Sehnsucht nach Wiedergutmachung. Er hatte keinen Plan, er wusste nicht, wo er war, er schritt einfach nur voran. Der gesunkene Adrenalinspiegel sorgte dafür, dass er die Schmerzen der Unfallfolgen spürte. Die Gesichtshaut brannte, die linke Schulter und die Rippen taten weh. Sein Drang zu laufen erlahmte. Die Sonne hatte die Luft schon auf fast dreißig Grad erwärmt. Reisberg wischte sich mit dem Unterärmel seines Flanellhemds den Schweiß von der Stirn. Seine Zunge klebte am Gaumen, der Vorrat an Wasser war aufgebraucht. Kann man mitten in Norddeutschland verdursten wie in der Wüste Nevadas?, fragte er sich, blieb stehen und schaute sich nach menschlichen Behausungen um. Der Hügel, auf dem er sich befand, bot einen schönen Ausblick auf die von Agrarflächen geprägte Landschaft und ein einsam gelegenes Gebäude. Ein Wohnhaus! Es lag in einer Senke, Reisberg sah nur das Dach und die obersten Fenster, einen halben Kilometer von seinem Standort entfernt. Dort würde er Wasser bekommen und vielleicht etwas zu essen. Der Gedanke, Lausens Mörderin fassen zu müssen, rückte in den Hintergrund. Reisberg raffte sich auf und rannte querfeldein auf das Haus zu. Nach dreihundert Metern hatte er bessere Sicht auf das halb hinter Bäumen und hochgewachsenen Sträuchern versteckte Anwesen und erreichte den Weg, der an einer Gruppe Birken entlang dorthin führte. Eine aufblitzende Reflektion des Sonnenlichts blendete ihn. Er suchte nach der Ursache. Die Reflektion kam aus dem Schatten zwischen den Birken. Reisberg machte drei Schritte in den Birkenwald hinein, blieb stehen und lauschte. Außer den Geräuschen der Natur und weit entfernten Polizeisirenen hörte er nichts. Er bewegte sich vor und zurück, richtete den Blick in verschiedene Richtungen und beugte die Knie, bis ihn der Lichtstrahl erneut traf. Er schirmte die Augen mit der Hand ab und folgte dem Strahl, bis er die Ursache fand, ein Stück eines verchromten Auspuffs, das unter dem Ast eines Strauches hervorragte und zu einem Motorrad gehörte. Sie war hier! Er hatte die Spur wieder aufgenommen. Versteckte sie sich in dem hundert Meter vor ihm liegenden Haus? Reisberg legte seine Tasche ab, zog den Revolver aus dem Halfter und schlich sich an das Haus heran. Auf einem Messingschild stand der Name ›Adamczik‹. Im Zeitlupentempo drückte er die Klinke der Haustür nieder. Die Tür war unverschlossen. Langsam einen Fuß vor den anderen setzend, betrat Reisberg einen Windfang, an den sich ein Flur mit einer Treppe zum Obergeschoss anschloss. Reisberg verharrte und horchte nach oben. Ein dumpfes Geräusch erreichte seine Ohren. Die Quelle musste rechts von ihm sein. Durch einen Türrahmen fiel Tageslicht in den halbdunklen Flur. Mit der Waffe voran sprang er in den Raum hinein, eine geräumige Wohnküche mit Esstisch und Sitzecke, aber ohne Menschen. Das Geräusch war jetzt besser zu hören, es klang wie das Scharren von Schuhsohlen auf Holzdielen. Reisberg entdeckte eine geschlossene Tür am Ende der linksseitigen Wand. In der rechten Hand hielt er den Smith & Wesson, mit der linken wollte er die Tür aufreißen. Doch die Tür ließ sich nicht öffnen. Das Scharren dahinter wurde hektisch. Der Schlüssel steckte. Er schloss auf, öffnete die Tür mit einem Ruck und streckte den Lauf der Waffe vor. Am Boden des winzigen Raumes, der offenbar als Abstellkammer diente, saß eine Frau, den Rücken an die Wand gelehnt, die Beine an den Körper gezogen, gefesselt und geknebelt. Sie sah ihn mit weit aufgerissenen Augen an und gab, von dem Knebel gedämpfte, jämmerliche Laute von sich. Reisberg erschrak, blickte sich um, stellte fest, dass niemand hinter ihm war, steckte die Waffe ein und legte der Frau beruhigend eine Hand auf das Knie.

»Keine Angst, ich bin von der Polizei.«

Er entfernte den Knebel, ein gewickeltes Geschirrtuch.

»Ist noch jemand im Haus?«, fragte er leise.

Die Frau schüttelte den Kopf. »Ich glaube nicht«, flüsterte sie schluchzend. »Ich konnte hören, wie der Motor meines Autos gestartet wurde.«

»Wann war das?«

»Keine Ahnung, ist länger her, eine halbe Stunde vielleicht.«

Reisberg befreite Frau Adamczik von den Fesseln, half ihr hoch und führte sie zu einem Stuhl. Er füllte Leitungswasser in ein Glas, gab ihr zu trinken, füllte ein zweites Glas und trank es gierig leer.

Frau Adamczik heulte. Reisberg reichte ihr ein Blatt Küchenpapier und setzte sich neben sie.

»Was für ein Auto fahren Sie?«

»Einen Peugeot 205, rot. Die Farbe ist verblasst, so komisch milchig, ich verstehe gar nicht …«

»Ich muss kurz telefonieren. Danach reden wir in Ruhe miteinander, okay?«

Frau Adamczik nickte und schniefte.

»Oh, wo sind wir hier?«

Sie nannte ihm die Adresse.

Über den Notruf 110 informierte er die mecklenburgischen Kollegen.

»Die Frau stand plötzlich in meiner Küche, mit einer Pistole in der Hand!«, schrie Frau Adamczik.

Reisberg streichelte beruhigend ihren Oberarm.

»Blond, so eine strubbelige Frisur, schwarze Lederklamotten?«

»Ob sie blond war, kann ich nicht sagen. Sie trug einen Motorradhelm und hatte dieses Dings hochgeklappt …«

»Das Visier?«

»Ja, und da habe ich ihre Augen gesehen, ganz dunkel waren die, hart waren die, und erst an der Stimme habe ich gemerkt, dass das eine Frau war.«

»Was geschah dann?«

Frau Adamczik griff nach dem Küchenpapier, wischte sich die Augen trocken und putzte sich die Nase. Sie atmete tief und hörbar ein.

»Zuerst fragt sie, ob ich allein bin. Ja, sach ich, die Kinder sind in der Schule und mein Mann ist zur Arbeit. Gut, sacht sie, tun Sie, was ich verlange, dann geschieht Ihnen nichts. Ach ja, und sie fragt, wo der Autoschlüssel is'. Und mittendrin hören wir beide ein Motorgeräusch und ein Polizeiwagen hält vor dem Haus. Zwei Polizisten steigen aus und kommen aufs Haus zu. Da fuchtelt sie mit der Waffe rum und sacht: »Wimmel' die Bullen ab, sonst bist du schuld, wenn die sterben müssen. Ich knall' die ab und dich dazu!« Ich dann zur Tür und sie versteckt sich hinter dem Mauervorsprung an der Treppe. Die Polizisten fragen, ob ich ein Motorrad gesehen hab' und ob außer mir noch jemand im Haus is'. Ich sach natürlich nein. Was hätte ich denn tun sollen?«

Reisberg klopfte der verstörten Frau unbeholfen auf die Schulter. »Sie haben völlig richtig gehandelt. Die Frau hätte ihre Drohung wahr gemacht. Sie haben sich selbst und den Kollegen das Leben gerettet.«

Ein Lächeln huschte über Frau Adamcziks Gesicht. »Meinen Sie?«

»Ja, ich bin mir sicher.«

»Soll ich uns einen Tee machen?«

»Gern. Die Polizisten sind also wieder gegangen?«

Frau Adamczik stand auf und füllte den Wasserkessel.

»Ja, und diese Verbrecherin … also, ich muss sagen, das konnte ich in den Augen lesen, die hätte mich eiskalt erschossen, wenn ich an der Tür zu den Polizisten was Falsches gesacht hätte! Die hat mich gefesselt und in die Kammer gesperrt. Sie is' aber noch 'ne Weile geblieben, ich hab' Geräusche gehört. Das Haus is' alt und ziemlich hellhörig, wissen Sie. Ich glaub', die war im Badezimmer und hat da irgendwie rumhantiert. Tja, und dann is' sie weggefahren, mit meinem Peugeot. Wie kriege ich nun mein Auto wieder?«

Timo Engelhardt galt als Ausnahmetalent innerhalb der Abteilung Kriminaltechnik. Alle Abteilungen des LKA schätzten seine Kenntnisse und Fähigkeiten im Bereich EDV und Telekommunikation. Er grüßte die Anwesenden mit erhobener Hand und einem in die Runde geworfenen »Hallo«.

Er wandte sich an Hansen. »Sie wollten mich sprechen?«

»Ja, kommen Sie bitte mit in mein Büro.«

Hansen schritt voran. Er hätte Engelhardt fast nicht wiedererkannt. Vor zwei Jahren hatte er ihn das letzte Mal gesehen. Der junge Mann schien sein Akneproblem überwunden zu haben, nur einige Narben auf den Wangen zeugten von der Vergangenheit. Die ehemals wuselig lockige, schwarze Haarpracht hatte einem modernen Kurzhaarschnitt Platz gemacht. Insgesamt machte der Mann einen erwachseneren Eindruck auf Hansen. Nachdem sie sich an seinen Schreibtisch gesetzt hatten, kam der Hauptkommissar zur Sache.

»Kennen Sie sich mit Wanzen und Überwachungskameras aus?«

»Geht so, ist nicht gerade mein Spezialgebiet.«

»Könnten Sie solche Geräte aufspüren?«

»Mit der geeigneten Technik, ich denke schon.«

»Wären Sie bereit, an einer inoffiziellen Aktion teilzunehmen?«

»Kein Problem, wenn Sie die leiten.«

Hansen stutzte. Das Gespräch verlief zu geradlinig.

»Ohne zu wissen, worum es geht?«, fragte er misstrauisch.

»Ja, denn ich weiß, was Sie vor zwei Jahren getan haben. Sie sind ein cooler Typ.«

Hansen bemühte sich sehr, seine Freude über das Kompliment Engelhardts zu verbergen, dennoch huschte ein Lächeln über sein Gesicht.

»Haben Sie heute Abend schon was vor?«

Engelhardt erwiderte das Lächeln. »Da geht es mir wie Ihnen, tippe ich mal.«

Hansen erklärte seinen Plan, sie vereinbarten den Treffpunkt und verabschiedeten sich mit einem festen und langen Händedruck, wie zwei Politiker, die einen bedeutsamen Vertrag unterzeichnet hatten. Engelhardt öffnete Hansens Bürotür und stieß beinahe mit Hauptkommissar Schneider zusammen, der ihn unhöflich grüßte und aus dem Weg schob.

»Wir müssen reden, Hansen«, sagte Schneider und knallte die Tür zu.

»Gern, Herr Kollege, kommen Sie doch herein«, erwiderte Hansen süffisant. »Bitte, setzen Sie sich.«

Schneider war zu aufgebracht, um zu sitzen. Im Stehen plapperte er los. »Das Schweriner SEK hat sich gemeldet. Die Aktion war ein Desaster! Die Müller ist entkommen, der Schachtner halbtot, drei SEK-Leute verletzt und Ihre Kollegin Becker hat auch was abbekommen.«

»Was ist mit Vera?«, fragte Hansen entsetzt.

»Sie müssen sich keine Sorgen machen, nichts Ernstes. Sie hat wohl versucht, Müllers Flucht zu verhindern und die Müller ging als Siegerin vom Platz. Der Mettenbach sagt, sie sei in Ordnung.«

Hansen seufzte erleichtert und sank in seinen Bürostuhl.

»Ich wäre dankbar für eine ausführliche Erklärung.«

»Sollen Sie kriegen«, antwortete Schneider und blieb stehen. »Aber ich will dann auch wissen, was der Kollege Reisberg da zu suchen hatte!«

»Wer, bitte? Reisberg?«

»Jawohl! Kommissar Ulf Reisberg, der weder im Dienst ist noch an diesem Fall mitarbeiten dürfte. Was haben Sie da inszeniert, Hansen?«

»Herr Schneider, noch eine Unterstellung dieser Art und ich schmeiße Sie eigenhändig aus meinem Büro! Ich habe keine Ahnung, wieso sich Reisberg dort herumtreibt.«

Schneider brauchte einen Moment, um sich neu zu orientieren. Er war davon ausgegangen, dass Hansen Reisberg mit einem Auftrag versehen hatte. Hansens Entrüstung belehrte ihn eines Besseren.

»Ähm, dann muss ich mich bei Ihnen entschuldigen. Ich dachte … also hat der Reisberg auf eigene Faust gehandelt?«

»Was auch immer er getan hat, meinen Segen hatte er nicht.«

Schneider glaubte Hansen und beruhigte sich. Er berichtete von Müllers Flucht, von Reisbergs Unfall und von Frau Adamczik, die von Reisberg gefesselt in ihrem Haus gefunden worden war, der sofort die Schweriner Kollegen informiert hatte.

»Die Müller ist wahrscheinlich mit dem roten Peugeot 205 von Frau Adamczik unterwegs. Die Großfahndung läuft«, beendete Schneider seine Ausführungen. »Wenn ich Neuigkeiten habe, lasse ich Sie informieren«, ergänzte er und verließ Hansens Büro.

Hansen schlurfte müde und enttäuscht hinüber zu seinem Team und verkündete die schlechten Nachrichten. Bevor die Kommissare eine Diskussion über die neue Lage beginnen konnten, klingelte Bernsteins Telefon. Der Anrufer war Dirk Mettenbach. Bernstein stellte auf Lautsprecher um, damit die Kollegen mithören konnten. Mettenbach erzählte, dass Vera auf dem Weg in ein Krankenhaus sei, um sicherheitshalber durchgecheckt zu werden. Er hatte sie überredet, das Wochenende bei ihm in Wismar zu verbringen und würde sich um sie kümmern. An der Stelle verdrehte Bernstein die Augen. Vera beabsichtige, am Montagmorgen ihren Dienst im Polizeipräsidium wieder aufzunehmen, sofern keine gesundheitlichen Probleme auftauchten, womit aber nicht zu rechnen sei. Sie habe ein Taschentuch mit der DNA von Gisela Müller an die Hamburger Kriminaltechnik geschickt, damit ein Abgleich mit dem blondierten Haar aus Friedemanns Wohnung erfolgen könne. Sie grüße alle Kollegen und wünsche ein schönes Wochenende. Mettenbach wünschte das Gleiche und legte auf.

»Warum ruft Vera nicht selbst hier an? Geht's ihr so schlecht oder ist der Mettenbach jetzt ihr Sprachrohr?«, fragte Bernstein.

»Reg' dich ab, Thomas«, verlangte Hansen. »Hauptsache, sie hat keine ernsthaften Blessuren davongetragen. Ansonsten ist die Lage beschissen genug. Wir können weder Schachtner noch Müller zu den Hintergründen der Tat befragen. Das hatte ich mir anders vorgestellt.«

»Wie gewonnen, so zerronnen«, steuerte Förster wie üblich eine Redensart bei.

»Was können wir jetzt tun?«, fragte Wolter.

Hansen zuckte mit den Schultern. »Die Fahndung nach der Müller läuft. Die Kollegen von der Soko und die Zielfahnder kümmern sich darum. Leute, ich schlage vor, ihr erledigt euren Papierkram, danach beginnt das Wochenende. Aber bleibt erreichbar, falls sich neue Aspekte ergeben.«

Bernstein bat um Aufmerksamkeit. »Ich habe soeben eine Mail von Grunwald bekommen. Die ersten Ergebnisse der DNA-Analyse von dem Taschentuch, das Becker ihm geschickt hat, liegen vor.«

»Nanu, Grunwald kommt nicht persönlich, um seine Erkenntnisse zu verkünden?«, wunderte sich Hansen.

»Ja, das ist erstaunlich. Er schreibt, dass die Untersuchungen nicht abgeschlossen seien, aber es stünde bereits fest, dass die Person, der das Taschentuch gehörte, in einem engen Verwandtschaftsverhältnis zu der Person steht, die das blondierte Haar in Friedemanns Wohnung verloren hat.«

Hansen freute sich. »Wenigstens eine gute Nachricht. Dank Veras Einsatz werden wir der Tochter von Gisela Müller nachweisen können, dass sie bei Friedemann in der Wohnung war. Jetzt müssen wir Katharina Müller nur noch erwischen, um sie in einem Verhör damit konfrontieren zu können.«

»Eine Frage der Zeit«, kommentierte Förster.

Eine Stunde vor Feierabend kam eine Meldung herein. Die Schweriner Kollegen hatten bei der Durchsuchung des Bauernhofes einen Laptop gefunden, der im Schweinestall versteckt worden war. Eine Überprüfung der Seriennummer ergab, dass es sich um den verschwundenen Laptop von Friedemann handelte. Das Gerät wurde auf schnellstem Weg zur Kriminaltechnik nach Hamburg geschickt.

Kapitel 16

Am frühen Freitagabend stand Lothar Thöner an der ehemaligen Ladeluke des Speicherhauses und schaute neun Meter tief auf die graubraune Wasseroberfläche des Fleets unter ihm. Abrupt drehte er sich zu seinem Gesprächspartner um.

»Das hatte ich mir anders vorgestellt«, sagte er mit geballter Faust.

»Diesmal war dein Plan nicht so genial«, stellte Dieter Westphal fest. »Erfolgsquote fünfundvierzig Prozent, würde ich sagen.«

Sie waren allein auf der Etage. Die Angestellten der Firma ›Safety Systems Thöner‹ hatten sich vor zwei Stunden ins Wochenende verabschiedet. Sie genossen das Sommerwetter, spazierten an der Alster entlang, schlenderten über den Jungfernstieg, kauften Grillfleisch ein oder spielten mit ihren Kindern im Garten.

»Wie kommst du auf diese Zahl?«, fragte Thöner.

»Naja, wenn in dem Feuergefecht Ronny und die ›Katze‹ draufgegangen wären, lägen wir bei hundert Prozent. Die ›Katze‹ ist verschwunden und Ronny ist nicht ganz tot, also fünfundvierzig Prozent.«

Thöners Augen verengten sich.

»Ich dachte, das SEK würde kompromissloser vorgehen. Aber wenn du, Dieter, mit deinen Leuten umgesetzt hättest, was wir abgesprochen hatten, wären wir bei fünfundneunzig Prozent. Besser, du hältst dich mit Kritik zurück.«

Westphal stemmte die Hände in die Hüften. »Wir haben getan, was wir konnten. Dass ich auf dem Waldweg nicht voll durchziehen konnte, weil hinter der ›Katze‹ ein Streifenwagen auftauchte, war einfach Pech. Meine Leute im zweiten Wagen hätten die ›Katze‹ erwischt, wenn dieser blöde Golffahrer nicht dazwischen gekommen wäre. Wer ist der Typ und wieso hat der sich eingemischt?«

Thöner schaute seitlich aus dem Fenster. »Ein Bulle namens Reisberg, der gehörte zu Lausens Team.«

»Oh, ich verstehe. Der wollte die Beute für sich.« Westphal stutzte. »Woher weißt du das? Und wie hat dieser Reisberg den Bauernhof gefunden?«

»Zur ersten Frage: Ich lese die Berichte der Ermittler. Mehr sage ich dazu nicht. Deine zweite Frage kann ich nicht beantworten.«

Westphal zog sich einen Stuhl heran und fragte: »Hast du zufällig Bier im Büro?«

Thöner zeigte mit einer Kopfbewegung Richtung Bürotür.

»Am Ende des Ganges, im Pausenraum steht ein Kühlschrank. Bring’ mir eins mit.«

Westphal, der sich schon halb gesetzt hatte, erhob sich und marschierte los. Er kehrte zurück, brachte zwei geöffnete Flaschen mit und reichte Thöner eine davon. Sie stießen an und tranken. Damit wurde die Diskussion um Schuld und Versagen stillschweigend für beendet erklärt.

»Wir müssen die ›Katze‹ vor den Bullen erwischen und zum Schweigen bringen«, richtete Thöner den Blick nach vorn.

»Ganz deiner Meinung. Fragt sich nur, wo wir sie suchen sollen. Und was unternehmen wir wegen Ronny?«

»Den sehe ich nicht als Problem. Wenn wir Glück haben, stirbt er an seinen Verletzungen. Wenn nicht, ist das auch nicht dramatisch. Ronny redet nicht, schon gar nicht mit der Polizei. Außerdem kennt er die Hintergründe der Geschichte nicht. Er könnte höchstens die eigenen Taten zugeben.«

»Du meinst, die ›Katze‹ hat ihm nie was erzählt?«

»Ich meine nicht bloß, ich weiß es. Er hätte nie akzeptiert, für unseren Verein zu arbeiten, wenn er gewusst hätte, wer wir sind. Das eigentliche Problem ist die ›Katze‹. Mein Täuschungsmanöver mit der Warnung per SMS war nutzlos, weil du erfolglos versucht hast, sie zu überfahren.«

»Jaja, es ging daneben. Was sollte ich denn machen?«

»Kein Vorwurf, nur eine Feststellung. Wir sollten die Sache positiv sehen, denn immerhin wissen wir jetzt, wo wir nach ihr suchen müssen.«

»Da komme ich nicht mit, Lothar. Wie meinst du das?«

»Denk’ nach, Dieter. Wenn du die ›Katze‹ wärst und kapiert hättest, dass du verraten worden bist, was würdest du tun?«

»Mich rächen.«

»Genau! Und wohin müsstest du dich dafür begeben?«

»Klar, hierher, nach Hamburg!«

»Na also, geht doch! Setz' alles in Bewegung, was Beine hat. Sie braucht bestimmt neue Drogen. Konzentriert euch auf die Dealer und auf die Leute aus der linken Szene. Da hat sie Verbindungen. Ihr müsst sie schnell finden.«

Westphal kapierte. »Sie wird Jagd auf uns machen.«

»So ist es. Und wir auf sie. Das wird spannend.« Thöner grinste.

Harald Hansen quälte sich genervt durch den zähen Freitagnachmittagverkehr nach Hause. Bei schönem Wetter schienen mehr Leute unterwegs zu sein als sonst. Andererseits schien es bei schlechtem Wetter genauso zu sein. Möglicherweise lag die Ursache in der individuellen Wahrnehmung und der Verkehr war so lebhaft wie jeden Freitagnachmittag.

Er begrüßte Nadja flüchtig, teilte ihr mit, dass er seine Ruhe brauche, schloss die Zimmertür hinter sich und legte sich angezogen auf das Bett. Nur die Schuhe streifte er ab.

Nadja kannte Harry gut genug, um zu wissen, dass ein Protest gegen sein Verhalten keinen Sinn machte. Wenn er tief in einem Fall steckte, der Probleme bereitete, schottete er sich ab, fokussiert auf die Fakten. Das Klügste war, ihn in Ruhe zu lassen.

Es ist sein letzter Fall, sagte sie sich. In zwei Wochen beginnt das normale Leben.

Hansen schloss die Augen und versuchte, wenigstens den Körper zu entspannen, wenn schon der Kopf nicht mitmachte. Vera und diesen Reisberg würde er sich am Montag wegen ihres eigenmächtigen Vorgehens vorknöpfen.

Warum hatte Thöner die Mörder von Lausen auf dem Silbertablett präsentiert? Wollte er nur den eigenen Kopf aus der Schlinge ziehen oder steckte mehr dahinter? Was würde Katharina Müller tun? Sich absetzen? Würde Ronny Schachtner seine Schussverletzungen überleben? Alle Fragen in seinem Kopf führten in ein Ödland ohne Antworten. Er sah sich selbst wandern, über plattes Land, ohne Bäume, Sträucher und menschliche Behausungen. Darüber schlief er ein.

Nadja weckte ihn anderthalb Stunden später.

»Es gibt gleich Abendbrot. Willst du vorher einen Kaffee?«

Er schreckte hoch. »Wie spät ist es?«

»Viertel vor sechs.«

»Ich nehme einen Kaffee und eine Stulle. In einer halben Stunde muss ich los.«

»Kaffee und Stulle, ja klar! Und ich frage selbstverständlich nicht, was du heute noch vorhast.«

»Danke für dein Verständnis.«

Nadja machte sich fassungslos auf den Weg in die Küche. Harry hatte ihren ironischen Tonfall glatt ignoriert.

Um 18.55 Uhr stand Hansen vor Friedemanns Haus in Harvestehude, rauchte und hielt nach Engelhardt Ausschau. Der Kriminaltechniker erschien zwei Minuten vor neunzehn Uhr mit einem Alukoffer in der linken Hand. Die rechte reichte er dem Hauptkommissar.

»Guten Abend, Herr Hansen.« Er schaute an der Fassade des Hauses hoch. »Echt stilvoll. Und irgendwie cool. Ich war noch nie Teil einer Verschwörung.«

»Das ist keine Verschwörung, sondern eine verdeckte Ermittlung.«

»Undercover-Einsatz, cool!«

»Wir sollten anfangen.«

Hansen ging voran. An der Wohnungstür holte er den Schlüssel heraus und setzte ihn am Siegel an.

»Dürfen wir das?«, fragte Engelhardt.

»Sie nicht, ich schon«, antwortete Hansen und trennte mit dem Bart des Schlüssels das Siegel auf. Dann wollte er die Tür aufschließen. Engelhardt berührte seinen Oberarm.

»Für den Fall, dass die Dinger noch aktiv sind, sollten wir nicht reden, sondern uns mit Zeichensprache verständigen.«

Hansen beruhigte den übereifrigen Kollegen. »Die Wohnung wurde seit Tagen von keinem Menschen betreten. Ich glaube nicht, dass irgendjemand eine leere Wohnung überwacht.«

Er öffnete die Tür und führte Engelhardt durch die Zimmer.

»Wichtig sind das Arbeitszimmer, die Bibliothek und das Wohnzimmer.«

»Okay, ich beginne im kleinsten Raum, dem Arbeitszimmer.«

Engelhardt stellte seinen Alukoffer auf Friedemanns Schreibtisch, klappte ihn auf und entnahm ihm ein rechteckiges Gerät mit Stummelantenne. Mit dem Gerät in beiden Händen bewegte er sich durch den Raum. Nach wenigen Sekunden vermeldete er: »Sie hatten recht. Nummer eins dürfte am Deckenstrahler versteckt sein. Gibt's hier eine Leiter?«

»Moment.« Hansen lief den Flur entlang in die Küche, suchte in der Abstellkammer und kehrte mit einer Leiter zurück. Engelhardt stellte sie unter die Deckenlampe, stieg hinauf und wurde fündig.

»Ich habe sie. Soll ich sie demontieren?«

»Ja, zeigen Sie mir das Ding.«

Engelhardt präsentierte zwischen Daumen und Zeigefinger ein würfelförmiges Etwas mit Drähten. Die Kamera war viel kleiner, als Hansen sie sich vorgestellt hatte.

»Das ist alles? Inklusive Mikrofon?«, fragte er.

»Moderne Technik, Mikroelektronik, Herr Hansen. Ich bin kein Experte für diese Spionagetechnik, aber ich denke, wir haben es mit einem Exemplar zu tun, das Sie nicht in jedem Elektronik-Markt kaufen können.«

»Und wie funktioniert die Übertragung?«

»Auf jeden Fall drahtlos, möglicherweise über W-LAN oder UMTS. Sender und Stromversorgung dürften im Lampensockel versteckt sein.«

»Okay, machen wir im Wohnzimmer weiter.«

Dort wurde Engelhardt zweimal fündig. Eine Kamera war sehr geschickt in den massiven Bilderrahmen eines großen Ölgemäldes montiert worden, wofür der Installateur ein passgenaues Loch in den Rahmen gebohrt hatte. Die andere steckte in einem angestaubten Trockenblumenstrauß.

Engelhardt wanderte mit seinem elektronischen Spürhund durch die Bibliothek. Nach einigen Minuten ließ er ratlos das Gerät sinken.

»Hier ist nichts. Kein aktiver Sender.«

»Das kann nicht sein«, widersprach Hansen. »Friedemann hat sich oft in der Bibliothek aufgehalten. Der Raum ist mit Sicherheit überwacht worden.«

»Wie ich schon sagte: kein aktiver Sender. Das heißt nicht, dass kein Sender vorhanden ist, sondern nur, dass zurzeit keiner sendet.« Engelhardt deutete auf die Markierungen der Spurensicherung. »Dieser Raum ist der Tatort, oder? Vielleicht wurde die Kamera deaktiviert, um nicht die eigene Tat aufzuzeichnen.«

»Eine plausible Erklärung. Wie finden wir das Ding nun?«

»Mit der manuellen Methode. Wir suchen, wie die Kinder zu Ostern.«

Hansen betrachtete die riesigen Bücherregale. »Das kann dauern.«

Sie knipsten alle Lichtquellen an, teilten den Raum untereinander auf und untersuchten systematisch ein Bücherregal nach dem anderen. Nach einer Weile verlor Hansen die Lust, setzte sich in einen Sessel und zündete sich eine Zigarette an.

»Eigentlich ist es egal, ob wir die letzte Kamera finden oder nicht. Wir wissen, dass die Wohnung ausspioniert wurde. Darum ging es mir.«

Engelhardt stand auf einer Leiter und musterte die Buchrücken in zweieinhalb Meter Höhe. Er streckte den Arm aus und griff nach einem dicken Wälzer mit dunkelbraunem Einband.

»Soll ich aufhören oder Ihnen mein Fundstück zeigen?«, fragte er grinsend.

Hansen sprang auf. »Her damit!«

Engelhardt stieg von der Leiter, präsentierte ihm den Buchrücken und deutete mit dem Finger auf eine Stelle im unteren Bereich.

»Da! Sauber eingelocht, mit leichter Schrägung, damit der Blickwinkel passt.« Er klappte das Buch auf. Mit einem scharfen Messer hatte jemand eine Art Fach in die Seiten geschnitten, in dem Sender und Akku lagen. Mit spitzen Fingern pulte er Kamera und Zubehör aus dem Buch, das er auf dem Tisch ablegte.

»Hoffentlich war das keine wertvolle Antiquität. Da lässt sich nichts mehr reparieren.«

Er untersuchte die Kamera, hielt sich das kleine Teil unter die Nase und schnupperte. Dann reichte er die Kamera an Hansen weiter.

»Riechen Sie mal.«

Hansens berühmte Nase hatte keine Mühe, den Geruch zu analysieren.

»Verschmort. Jetzt verstehe ich. Wahrscheinlich war die Kamera schon kaputt, als Dickel mit seinem Vater sprach. Deshalb wusste niemand, was an dem Abend besprochen wurde. Thöner befürchtete das Schlimmste und schickte seine Leute los.«

»Thöner? Sprechen Sie von Lothar Thöner, dem Inhaber der Firma SST?«

»Hatte ich das nicht erwähnt? Wir vermuten, dass Thöner hinter der ganzen Sache steckt.«

Engelhardt wedelte mit einer Hand als hätte er soeben eine heiße Herdplatte berührt. »Uiih, das ist aber eine krasse Nummer!«

Hansen hielt die Reaktion für übertrieben. »Wo ist das Problem? Unsere Gesetze gelten auch für die Leute der Oberschicht.«

»Logo, so soll es sein. Aber bei Thöner wird es ziemlich brisant.«

»Reden Sie Klartext, Engelhardt. Was wissen Sie, das ich offenbar nicht weiß?«

»Die Firma ›Safety Systems Thöner‹ hat vor zwei Jahren das gesamte Netzwerk im Polizeipräsidium erneuert und ist heute für Sicherheit und Service zuständig. Thöners Leute gehen bei uns ständig ein und aus. Wenn Thöner mit dem Ausspionieren eines Mordopfers in Verbindung gebracht wird und die Presse davon erfährt, werden die Politiker im Rathaus rotieren. Das gibt voll den Skandal.«

Hansen musste der Analyse des jungen Kriminaltechnikers zustimmen. Die Konstellation war in der Tat brisant, selbst wenn Thöner mit dem Mord nichts zu tun hätte. Im Rathaus würden Köpfe rollen, in der Polizeiführung möglicherweise auch, und die Firma SST wäre in kürzester Zeit reif für die Insolvenz.

Der Hauptkommissar legte einen Finger an die Lippen. »Deshalb ist es sehr, sehr wichtig, über den heutigen Abend zu schweigen. Noch habe ich keinen Beweis, dass Thöner hinter der Aktion steckt. Kann ich mich auf Sie verlassen?«

»Wenn Sie das nicht könnten, wäre ich gar nicht hier, Herr Hansen.«

»Richtig! … Whisky?«

»Wie bitte?«

»Der alte Friedemann hatte einen guten Geschmack. Er wird den Whisky nicht vermissen, den ich im Wohnzimmer gesehen habe.«

»Na gut, einen kleinen Schluck kann ich vertragen. Ich trinke normalerweise keine harten Sachen.«

Hansen schenkte ein und stieß mit Engelhardt an. Sie machten es sich in den breiten Ledersesseln gemütlich.

»Auf das Schweigen!«

»Echt schade«, sagte Engelhardt. »So eine geile Story und ich darf sie keiner Sau erzählen!«

»Das Leben ist hart, aber ungerecht.«

Sie genossen den Whisky, still und nachdenklich.

Hansen streckte die Beine aus und schloss die Augen. Sein Gehirn warf ein Bild auf die innere Netzhaut, eine Szene aus einem Comic. Er sah sich selbst als gezeichnete Figur mit einer leeren Sprechblase über sich. Im nächsten Bild schwebte eine leuchtende Glühbirne über ihm und in der Sprechblase stand ein Wort: »Pling!«. Sein Gehirn produzierte neue Ideen manchmal auf eine merkwürdige Art.

»Wenn ein Computer angegriffen wird, spricht man allgemein von Viren, richtig?«

»Ja«, antwortete Engelhardt, »oder von Trojanern, Spyware und so weiter.«

»Man könnte sagen, der Computer sei verseucht.«

»Korrekt.«

»Und wenn jemand sagt, das Präsidium sei verseucht, dann könnte er damit unser Netzwerk meinen.«

»Ja, aber … Wollen Sie damit andeuten, dass Thöner unser Netzwerk manipuliert hat?«

»Der Friedemann sprach von einer Verseuchung des Präsidiums. Wäre das möglich?«

»Möglich ist fast alles. Denken Sie an ein Backdoor-Programm?«

»Was ist das?«

»Vereinfacht gesagt eine Hintertür, durch die man unbemerkt in unser Netzwerk eindringen kann.«

»An so was denke ich, an so eine Art Guckloch, durch das er unsere Arbeit ausspionieren kann.«

»Nee, ich kann mir nicht vorstellen, dass SST so eine Nummer abzieht.«

»Könnten Sie es rausfinden?«

Engelhardt stellte sein Glas ab und stand auf. »Das geht zu weit, Herr Hansen. Das können Sie von mir nicht verlangen! Mal abgesehen davon, dass es ziemlich schwierig wäre, so eine Manipulation zu entdecken, würde ich meine Kompetenzen meilenweit überschreiten.«

Was ist mit der jungen Generation los?, fragte sich Hansen. Kompetenzen waren mir in dem Alter scheißegal. Ich muss mehr aufbieten, um Engelhardt zu überzeugen. Im Internet werden täglich tausend Behauptungen aufgestellt, die einen Tag später als Wahrheit durch die virtuelle Welt reisen. Was die Jungen können, kann ich auch. Und ich verkünde bloß eine Wahrheit, die ich nicht beweisen kann. Pastoren machen das jeden Sonntag.

»Thöner war bis 1989 ein Agent der Staatssicherheit der DDR und viele Fakten sprechen dafür, dass er sein Spionagegeschäft weiterhin betreibt, nur nicht mehr für die DDR, sondern für den eigenen Vorteil.«

Engelhardt starrte ihn ungläubig an und fiel in den Sessel zurück.

»Ist das wahr?«

»Er hat es quasi zugegeben, in einem Vier-Augen-Gespräch.«

»Könnte ich noch einen Whisky bekommen?«

Hansen holte die Karaffe.

Katharina Müller hatte es geschafft. Mit viel Geschick, einem veränderten Aussehen und einer Portion Glück war sie entkommen, auch dank des Fahrers im blauen Golf, der den Range Rover aus der Spur gebracht hatte. Sie rätselte, wer der aus dem Nichts aufgetauchte Helfer gewesen war.

Im Badezimmer von Frau Adamczik hatte sie ihr Aussehen verändert.

Die braunhaarige Perücke, die sie in Dickels Hotel benutzt hatte, ein dezentes Make-up, kombiniert mit kräftig roten Lippen, und ein dunkelblauer Hosenanzug, den sie im Kleiderschrank von Frau Adamczik gefunden hatte – das einzige halbwegs moderne Kleidungsstück – machten aus der blonden ›Katze‹ mit Punker-Outfit eine solide Geschäftsfrau – oder zumindest eine Sekretärin. Ihre Sachen einschließlich des Waffenarsenals aus der Reisetasche hatte sie in einen Rollkoffer gepackt, den sie im Schlafzimmer gefunden hatte.

Am Anfang ihrer Flucht plante sie, sich nach Polen durchzuschlagen. Doch nach wenigen Kilometern wechselte sie die Richtung, stellte den Peugeot am Ortsrand von Güstrow ab und stieg am Bahnhof in den nächsten Zug nach Schwerin. Sie suchte sich ein Mittelklasse-Hotel und checkte unter dem Namen Michaela Adamczik für eine Nacht ein. Sie zahlte bar im Voraus, der Mann an der Rezeption verlangte keinen Ausweis. Nun saß sie in ihrem Zimmer auf der Bettkante und überdachte das weitere Vorgehen.

Der Moment, in dem Westphal mit seinem Toyota versucht hatte, sie auf die Hörner zu nehmen, hatte ihr die Augen geöffnet. Von Thöners SMS ließ sie sich nicht täuschen. Der Verein hatte sie fallen lassen, anders war Westphals Attacke nicht zu erklären.

Sie dachte an Ronny, an die Waffen in seinen Händen, an die ausweglose Wut in seinem Gesicht, an das Echo der zahlreichen Schüsse. Er hatte sie beschützt, so wie ihr Vater sie hätte schützen sollen, anstatt in Selbstmitleid zu sterben. Alles war falsch gelaufen, alles verkehrt herum. Kati hatte versagt und Ronny geopfert. Die ›Katze‹ leckte sich salzige Tränen von den Lippen und sortierte die Reihenfolge der Todesurteile, die zu vollstrecken waren.

Sie nahm das letzte Tütchen Koks, sog sich eine Linie in die Nase und ging in das Badezimmer, um sich die blonden Haare abzurasieren.

Nadja saß im Schlafanzug vor dem Fernseher, als er nach Hause kam.

Sie unterhielten sich eine Viertelstunde über Belanglosigkeiten. Hansen war froh, nicht über den Fall reden zu müssen. Sie gab ihm einen Kuss und stand auf.

»Ich muss ins Bett. Um fünf Uhr klingelt der Wecker.«

»Du hast Dienst? Morgen ist Samstag!«

»Sonntag habe ich frei. Du musst den Wochenendeinkauf machen. Der Einkaufszettel liegt in der Küche. Gute Nacht.«

Hansen grunzte verärgert. Er hasste den Einkauf am Wochenende. Er holte sich das letzte Bier aus dem Kühlschrank, ging in sein Zimmer, legte die CD ›Tomorrow's Blues‹ von ›Colosseum‹ auf und lauschte der Musik über Kopfhörer. Die Mischung aus Jazz, Blues und Rock passte hervorragend zu seiner Stimmung. Die CD stammte aus dem Jahr 2003, die letzte CD, bei der der Saxophonist Dick Heckstall-Smith mitwirkte, der die außergewöhnliche Fähigkeit besaß, zweistimmige Soli zu spielen, indem er in ein Tenor- und ein Sopransaxophon gleichzeitig blies. 2004 verlor Heckstall-Smith den Kampf gegen den Krebs. Um dreiundzwanzig Uhr krabbelte Hansen zu Nadja ins Bett und schlief bald ein.

Jemand rüttelte heftig an seiner Schulter. Er hörte von weit her Nadjas Stimme: »Wach' auf, Harry! Es klingelt an der Tür!«

»Dann mach' doch auf«, murmelte Hansen.

»Es ist halb drei in der Nacht! Da gehe ich bestimmt nicht an die Tür. Nun steh' schon auf!«

»Halb drei? Wer zum Teufel … Okay, ich sehe nach.«

Er mühte sich aus dem Bett, tappte barfüßig und leicht schwankend den Flur entlang und lugte durch den Türspion. Das Treppenhauslicht spiegelte sich in der Glatze des kleinen Rentners, der über ihnen wohnte. Der Name fiel Hansen nicht ein. Alle nannten ihn nur den Aufpasser, weil er ein Mensch war, der die Ordnung liebte und der darauf achtete, dass sich jeder Bewohner des Hauses einfügte.

Der Rentner klopfte gegen die Tür und rief: »Frau Kunze! Herr Hansen! Machen Sie auf!«

Hansen öffnete. »Was ist denn los?«

Der Rentner machte zwei Schritte Richtung Treppe. »Kommen Sie schnell! Ihr Auto brennt!«

»Mein Auto?«

»Ja! Ihnen gehört doch der silberne Astra Kombi?«

»Ähm, ja.«

»Na dann los! Vielleicht können wir noch was retten. Die Feuerwehr habe ich schon alarmiert.«

Hansen zog seine Schuhe an und folgte dem Mann. Vor dem Haus angekommen, wurde ihm schnell klar, dass es nichts mehr zu retten gab. Die Front des Astra brannte hell und einzelne Flammen leckten bereits in den Innenraum wie gespaltene Schlangenzungen. Aus der Ferne hörte er die Sirenen der Feuerwehr. Ein anderer Nachbar, dessen Auto direkt neben seinem stand, stürmte in Hausschuhen und Schlafanzug an ihm und dem Rentner vorbei, öffnete mit der Funkfernbedienung den Hyundai und klemmte sich wagemutig hinter das Steuer. Mit aufheulendem Motor raste er rückwärts, um seinen Wagen in Sicherheit zu bringen. Leider übertrieb er die Eile und krachte nach sieben Metern auf der anderen Straßenseite in das Heck eines Ford. Mit der Nachtruhe war es endgültig vorbei.

Die Feuerwehr löschte den Brand und die Besatzungen von zwei Streifenwagen protokollierten den Schaden.

»Nummer sechsundvierzig«, kommentierte der Polizist, der Hansens Personalien aufnahm. »Die Tendenz zeigt nach oben. Wenn das so weitergeht, schaffen die Idioten noch die Hundertermarke.«

»Das wird langsam zum Volkssport«, antwortete Hansen. »Allerdings könnte dieser Brand einen anderen Hintergrund haben.«

»Was meinen Sie damit?«

»Dazu darf ich nichts sagen, laufende Ermittlungen«, behauptete Hansen, der sich dem uniformierten Kollegen gegenüber ausgewiesen hatte.

Die Männer der Feuerwehr und drei Abschleppwagen beseitigten die gröbsten Spuren und in der Siedlung kehrte wieder Ruhe ein.

Bei Hansen war das nicht der Fall. Seine Wut blockierte klare Gedanken. In die Wohnung zurückgekehrt, drängelte er sich an Nadja vorbei, wühlte ungeduldig in den Taschen seiner Jacke und fand endlich die Visitenkarte von Thöner. Er rannte zum Telefon und wählte um 4.10 Uhr Thöners Festnetznummer. Dessen Stimme klang ebenso verschlafen wie genervt, als er sich meldete.

»Thöner! Wenn das nicht wirklich wichtig ist, dann …«

»Hauptkommissar Hansen. Es ist wichtig! Wenn Sie Ihre Schergen noch ein einziges Mal in die Nähe meiner Familie schicken, werde ich Ihre Eier in einen Schraubstock klemmen und sehr langsam Rührei daraus machen. Kapiert?«

Thöner war sogar in schlaftrunkenem Zustand erstaunlich schlagfertig.

»Die Botschaft hör' ich wohl, allein mir fehlt der Sinn«, zitierte er leicht abgewandelt aus Goethes Faust. »Wovon sprechen Sie?«

»Von meinem Auto, dass Sie heute Nacht in Brand setzen ließen. Wenn Sie glauben, damit Druck auf mich ausüben zu können, haben Sie sich geschnitten! Jetzt werde ich mich erst recht an Ihre Fersen heften.«

»Herr Hansen, verstehe ich das richtig? Ihr Auto ging heute Nacht in Flammen auf und Sie glauben, dass ich dahinterstecke? Sie sollten sich auf Ihren Geisteszustand untersuchen lassen. Da läuft irgendwas verkehrt in Ihrem Oberstübchen.«

»Behaupten Sie etwa, dass Sie mich nicht damit einschüchtern wollten?«

»Das behaupte ich nicht nur, das ist eine Tatsache. Meine Güte, Hansen! Was glauben Sie denn? Autos abfackeln! Das ist was für neiderfüllte Versager, für armselige Schwachköpfe, die in ihrem Leben nichts auf die Reihe kriegen. Wenn ich Ihnen drohen wollte, würde ich gewiss effektiver vorgehen. Aber ich habe das gar nicht nötig.«

Hansen hatte Thöner zweimal getroffen und war zweimal dreist belogen worden. Trotzdem wirkte die Empörung glaubwürdig. Seine Wut legte sich und allmählich gewann die Erkenntnis Überhand, einen kapitalen Fehler begangen zu haben. Plötzlich sehnte er sich nach einer Rückspultaste für das reale Leben.

»Effektiver, ja, das stimmt«, sagte er und trennte die Verbindung. Danach schrie er sich selbst an. »Verdammter Mist! Ich bin so blöd!«

Am Samstagmorgen frühstückte Hansen mit Mareike. Nadjas Tochter wollte nicht mit zum Einkaufen kommen. Nach zähen Verhandlungen über die Anzahl der Ü-Eier, die Hansen ihr als Lohn für die Mühe zahlen sollte, einigte man sich auf zwei Stück. Da er seit letzter Nacht kein Auto mehr besaß, fuhren sie mit dem Bus zum Supermarkt. Der Rückweg mit vier prall gefüllten Tüten – Mareike trug ihre Ü-Eier – wurde beschwerlich und Hansens Zorn auf den unbekannten Brandstifter wuchs. Immerhin hatte er vom Schadensservice seiner Versicherung erfahren, dass der Brandschaden durch die Teilkasko-Versicherung abgedeckt war.

Nach getaner Arbeit gönnte sich Hansen einen Kaffee mit Tageszeitung auf dem Balkon. Das Vergnügen war von kurzer Dauer, weil Kriminaloberrat Thorwald anrief. Der Leiter der Dienststelle LKA 41 verzichtete auf Höflichkeitsfloskeln und kam ohne Umschweife zur Sache.

»Herr Hansen, hatten Sie in der vergangenen Nacht ein Telefongespräch mit Lothar Thöner?«

Die Reaktion auf seinen dummen Anruf kam schneller als Hansen es erwartet hatte.

»Ja.«

»Haben Sie in diesem Gespräch Herrn Thöner beschuldigt, einen Brandanschlag auf Ihr Auto inszeniert zu haben?«

»Ja.«

»Haben Sie irgendwelche Beweise für Ihre Behauptung?«

»Nein.«

»Mensch, Hansen! Sind Sie denn von allen guten Geistern verlassen? Wenigstens geben Sie es zu. Leugnen hätte übrigens Ihre Lage nur verschlimmert. Thöner hatte das Gespräch aufgezeichnet.«

»Das ist nicht legal«, protestierte Hansen.

»Ob das legal ist oder nicht, spielt derzeit keine Rolle. Er will, dass Sie von dem Fall abgezogen werden. Er meint, Sie hätten sich aus unerfindlichen Gründen auf ihn eingeschossen und würden die Ermittlungen nicht objektiv betreiben können. Kriminaldirektor Bergmann ruft mich nie am Wochenende an. Diesmal hat er es getan. Da kommt mächtig Ärger auf Sie zu.«

»Tut mir wirklich leid, Herr Thorwald. Ja, ich habe Mist gebaut. Aber Sie kennen die Hintergründe nicht.«

Hansen schilderte das Treffen mit Thöner und den kaum verhohlenen Bestechungsversuch. Er berichtete auch von dem Spionageverdacht und erklärte, dass er auf einer Spur sei, die zu einem großen Skandal führen könne.

»Sie bitten mich also um Rückendeckung?«

»Ich bitte Sie um Zeit, Herr Kriminaloberrat.«

Thorwald stutzte. Hansen sprach ihn fast nie mit dem Titel ›Kriminaloberrat‹ an und der bettelnde Tonfall passte nicht zum üblichen Auftreten des Hauptkommissars.

»Na schön, ich werde versuchen, die Wogen zu glätten. Es wäre hilfreich, wenn Sie sich bei Thöner entschuldigen.«

»Ich weiß nicht, ob ich das fertigbringe.«

»Alternativ treten Sie Montag Ihren Resturlaub an und sind endgültig außer Dienst.«

»Okay, okay, ich rufe Thöner an.«

»Fein. Und eines sollte Ihnen klar sein: Sie haben sich in eine sehr schwierige Position gebracht. Jeder Verdacht, den Sie in Zukunft gegen Thöner äußern, muss doppelt und dreifach begründet sein. Ansonsten wird man Ihnen unterstellen, einen Privatkrieg gegen den Mann zu führen.«

»Ich weiß. Sie können mir glauben, dass ich derjenige bin, der sich am meisten über den Anruf ärgert. Ich hatte das Gefühl, dass Thöner mit dem Brand indirekt eine Drohung gegen meine Familie aussprechen wollte. Da bin ich ausgerastet. Inzwischen ist mir klar, dass er nichts damit zu tun hat.«

»Rufen Sie ihn an. Entschuldigen Sie sich bei ihm und wahren Sie den Schein.«

»Mach’ ich. Danke, Herr Thorwald.«

Hansen erledigte den Anruf bei Thöner sofort. Er wollte die unangenehme Pflicht möglichst schnell hinter sich bringen. Die Reaktion des Unternehmers bestand aus einem einzigen Satz: »Ich nehme Ihre Entschuldigung zur Kenntnis«, sagte er und legte auf.

Zumindest konnte Hansen nun sicher sein, dass Thöner ihm kein zweites unmoralisches Angebot machen würde.

Mittags kochte er Spaghetti Bolognese, eines der wenigen Gerichte, die er beherrschte. Zwiebeln schneiden und andünsten, Hack anbraten. Passierte Tomaten, Creme Fraiche, ein paar Kräuter, die Zwiebeln und das Hack in einem Topf erwärmen, mit Gewürzen abschmecken, die Spaghetti al dente kochen, fertig!

Mareike freute sich und verteilte beim Essen die Soße über den halben Tisch. Für Nadja blieb eine reichhaltige Portion übrig, die Hansen ihr nach Dienstschluss am Nachmittag in der Mikrowelle aufwärmte.

Sie redeten kaum miteinander. Nadja hatte wegen des Brandes in der Nacht zu wenig Schlaf bekommen und legte sich nach dem Essen für eine Stunde ins Bett.

Hansen räumte das benutzte Geschirr in den Geschirrspüler und setzte sich mit einem Becher Kaffee auf den Balkon. Kaum saß er, klingelte drinnen sein Handy. Er fluchte. Jedes Mal, wenn er auf dem Balkon ein wenig entspannen wollte, wurde er gestört. Er lief ins Wohnzimmer und suchte nach dem Handy. Er fand es, bevor Engelhardt auflegte.

»Was gibt's denn?«, fragte Hansen.

»Ich habe das System gecheckt, soweit mir das möglich war und zunächst nichts Ungewöhnliches gefunden«, erklärte der Kriminaltechniker.

»Seit wann arbeiten Sie daran?«

»Heute Morgen um acht Uhr habe ich angefangen, ich bin also seit acht Stunden dabei. Diese Arbeit kann ich nur am Wochenende machen, sind kaum Kollegen da, das ist besser.«

»Sind Sie sicher, dass da nichts ist?«

»Sie haben mich falsch verstanden. Ich sagte, dass ich zunächst nichts finden konnte. Fündig wurde ich erst, als ich mir den Virenscanner vornahm und im Regelwerk eine Ausnahme für ein Programm entdeckte, das ich nicht kannte. Kurz und einfach ausgedrückt: Jemand hat uns eine Spyware untergeschoben und gleichzeitig die Regeln des Virenscanners und der Firewall so angepasst, dass es keinen Alarm geben konnte. Die abgegriffenen Daten wurden ins Internet übertragen. Wohin genau, kann ich leider nicht sagen.«

»Herr Engelhardt, ich habe nur die Hälfte verstanden. Wir wurden also ausspioniert?«

»Definitiv. Wie es aussieht, betrifft es ausschließlich unsere Dienststelle. Da hat jemand nach ganz speziellen Informationen Ausschau gehalten.«

»Können Sie feststellen, wohin die Daten gesendet wurden?«

»Ich werde es versuchen. Sie sollten sich keine großen Hoffnungen machen. Wenn unser Spion nicht völlig blöde ist, lief das alles über ausländische Server.«

»Warum hat unsere EDV-Abteilung nichts davon gemerkt?«, wollte Hansen wissen.

»Weil der Admin …«

»Welcher Armin?«

»Nicht Armin, sondern Admin. Das ist der Administrator«, erklärte Engelhardt. »Der überprüft nicht jeden Tag die Einstellungen der Antiviren-Software. Muss er normalerweise auch nicht. Soll ich das Loch stopfen? Ich müsste nur die Regeln ändern.«

Hansen überlegte. »Nein, lassen Sie alles, wie es ist. Ich kann auch Spionage. Die wissen nicht, dass wir wissen, was sie wissen. Das könnte uns von Nutzen sein.«

Engelhardt war begeistert. »Cool. Streuen wir falsche Informationen? Haben Sie schon eine Idee?«

»Das ist eine Option, Herr Engelhardt, mehr nicht. Vielen Dank und schönes Wochenende.«

Am Sonntag gab der Erste Bürgermeister der Hansestadt Hamburg bei einer Pressekonferenz seinen Rücktritt bekannt. Hansen hörte die Nachricht im Radio und glaubte für einen Moment an einen Zusammenhang mit dem Verdacht gegen Thöner, der enge Beziehungen zu Politikern pflegte. Doch er verwarf den Gedanken schnell wieder. Der Bürgermeister galt seit Längerem als amtsmüde und begründete seinen Rückzug schlicht damit, dass es für ihn der richtige Zeitpunkt sei.

Eigentlich schade, dachte Hansen. Hätten meine Ermittlungen zum Rücktritt des Bürgermeisters geführt, wäre ich in die Annalen der Hamburgischen Geschichte eingegangen. Er lachte und erntete einen erstaunten Blick von Nadja.

»Was ist so witzig am Rücktritt des Bürgermeisters?«, fragte sie.

»Nichts«, antwortete Hansen, »ich hatte nur einen Anfall von Größenwahn.«

Nadja unterdrückte den Drang des Nachfragens und setzte im Internet ihre Suche nach einem Kombi für die Familie fort.

Die ›Katze‹ war am Sonntagmorgen mit der Bahn nach Kiel gefahren. Geduldig streifte sie durch die Straßen in Bahnhofsnähe, bis sie fand, wonach sie suchte. Die 1100er Kawasaki gefiel ihr auf Anhieb. Sie brauchte zwei Minuten, um das Motorrad in ihren Besitz zu bringen. Sie fuhr in den Stadtteil Düsternbrook und musste zweieinhalb Stunden warten, bevor ihr Zielobjekt auftauchte.

Hugo Moldenhauer zog die Tür der Achtzimmerbacksteinvilla nahe der Kieler Förde zu und stieg langsam die fünf Treppenstufen zum Vorgarten hinab. Schwankend durchquerte er den Garten und nahm Kurs auf die Garage. Der unsichere Gang gründete sich nicht auf Trunkenheit oder Schwindelgefühle. Sein Gewicht ließ keine andere Gangart zu. Er musste den Oberkörper leicht nach links wiegen, um den rechten Fuß vorsetzen zu können, und dann nach rechts, um den linken Fuß nach vorn zu bewegen. Sein Gang erinnerte an eine wankende Boje im leichten Wellengang auf der Ostsee. Sein Leibesumfang machte es schwierig, sich nach dem Griff zu bücken. Er schnaufte, während er das Garagentor hievte. Zum Glück hatte er die Garage extra breit bauen lassen, sonst wäre es für ihn unmöglich gewesen, in den Wagen einzusteigen.

Wie jeden Sonntag um die Mittagszeit fuhr er zu seinem Lieblingskonditor, um vier Stück Kuchen einzukaufen, ein Stück für die Ehefrau, den Rest für sich. Er wählte das klassische Trio, wie er es nannte: Schwarzwälder Kirsch, Marzipan-Nuss und Käse-Sahne. Heidelinde bevorzugte Obstkuchen in allen Varianten. Heute sollte sie Erdbeertorte bekommen.

Vorsichtig stellte er das Kuchenpaket auf der Sitzfläche des Beifahrersitzes ab, umrundete den Audi A8 und bugsierte seinen mächtigen Bauch hinter das Lenkrad. Bevor er den Schlüssel in das Zündschloss stecken konnte, erschreckte ihn ein lauter Knall von rechts. Das Beifahrerfenster zerbarst, hunderte kleine Glasschnipsel flogen ins Innere, regneten auf den Sitz und den Kuchen nieder. Moldenhauer drehte den Kopf und sah durch die Fensteröffnung den unteren Teil der Silhouette eines Menschen in schwarzer Ledermontur auf einem Motorrad, der zunächst eine Eisenstange weg und danach einen eiförmigen, olivfarbenen Gegenstand in den Fußraum vor den Beifahrersitz warf. Moldenhauer wusste, wie Handgranaten aussehen. Dass es sich um ein russisches Modell mit Schlagzünder und einem Verzögerungssatz von drei Sekunden handelte, konnte er nicht erkennen.

Die ›Katze‹ kannte die Funktionsweise der Granate genau. Unmittelbar nach dem Wurf drehte sie am Gashebel des Motorrads und raste auf dem Gehweg davon.

Einundzwanzig, zweiundzwanzig, dreiundzwanzig.

Mit geringerer Leibesfülle wäre dem Physikprofessor im Ruhestand vielleicht eine winzige Chance geblieben, die Granate rechtzeitig zu erreichen und aus dem Auto zu werfen. So aber streckte er seinen Arm vergebens aus. Die Bombe im handlichen Format entfaltete im Innenraum des Audi eine beeindruckende Wirkung. Die vier Reifen verloren kurzfristig den Bodenkontakt, das Dach wölbte sich, Glassplitter stoben in alle Richtungen, Sahnekuchen und menschliches Gewebe vermengten sich. Der Lärm ebbte ab und überließ einer furchtbaren Stille den Raum.

Kapitel 17

Auf Kriminaloberrat Thorwald wartete eine Menge Arbeit. Deshalb stand er schon um 7.15 Uhr am Montagmorgen im Polizeipräsidium vor der Fahrstuhltür, die schwarzen Haare wohlgeordnet, das weiße Hemd perfekt gebügelt, der anthrazitfarbene Anzug tadellos sitzend. Die schwarzen Lederslipper glänzten wie Speckschwarten.

Der Innensenator und der Polizeipräsident erwarteten seinen Bericht. Die Soko Lausen sollte verkleinert, oder besser gesagt aufgelöst werden, denn die nun anstehende Ermittlungsarbeit konnte ebenso gut von einem standardmäßig besetzten Team erledigt werden. Der Fall Friedemann erschien von der Beweislage her weniger klar und es galt, die Wellen zu glätten – nach Hansens Eskapaden und Beschuldigungen in Bezug auf Lothar Thöner. Außerdem musste Thorwald ein unangenehmes Gespräch mit Kommissar Ulf Reisberg führen, dessen eigenmächtiges Handeln die Einleitung eines Disziplinarverfahrens unumgänglich machte. Schlechter konnte eine Woche kaum beginnen.

Harry Hansen stellte sich leise neben den in Gedanken versunkenen Kriminaloberrat.

»Moin.«

Thorwald schaute überrascht auf. »Guten Morgen, Herr Hansen! So früh schon unterwegs? Senile Bettflucht?«

»Die Antwort darauf verkneife ich mir, weil Sie mein Vorgesetzter sind.«

»Sorry, Herr Hansen. Ich bin heute Morgen leicht gereizt. Zu viele Probleme für einen Montag. Trotzdem, was treibt Sie so früh hierher?«

»Ich möchte in Ruhe die Fakten zum Fall Friedemann durchgehen, bevor die Kollegen kommen. Da meine Lebensgefährtin heute Spätdienst hat und ich somit kein Kind zur Schule bringen muss, habe ich die Gelegenheit genutzt«, erklärte Hansen. Nach einer Pause fügte er hinzu: »Hätte ich mir vor drei Jahren auch nicht träumen lassen, so einen Satz zu sagen.«

»Das Leben ist voller Überraschungen«, kommentierte Thorwald.

Die Türen des Fahrstuhls glitten beiseite, Thorwald und Hansen traten ein. Sie waren allein.

»Wenn nur die Hälfte von dem stimmt, was Sie mir über Thöner erzählt haben, löst das in Hamburg ein mittleres politisches Erdbeben aus«, sagte Thorwald nachdenklich. »Befindet sich in Ihrem Inneren so eine Art Seismograph für skandalöse Fälle?«

»Ich kann nichts dafür. Sie haben mich quasi aus dem Ruhestand zurückgeholt«, bemerkte Hansen.

»Touché, Monsieur. Es dürfte allerdings schwierig werden, diesen Mann festzunageln. Wie Sie sicher wissen, hat er hervorragende Beziehungen zu den Zirkeln der Macht.«

»Das hat er mir sehr deutlich zu verstehen gegeben. Aber vielleicht ändern sich die Verhältnisse, nachdem unser Bürgermeister gestern seinen Rücktritt erklärt hat.«

Sie hatten mittlerweile den Fahrstuhl verlassen und Thorwalds Büro erreicht.

»Da machen Sie sich falsche Hoffnungen, Hansen. Erstens hat unser Erster Bürgermeister seinen Rücktritt nur angekündigt, er bleibt noch einen Monat im Amt. Und zweitens orientiert sich das Machtgefüge in dieser Stadt nicht an der Hierarchie im Rathaus. Wie auch immer, wenn Sie Thöner an den Karren fahren wollen, müssen Ihre Beweise absolut hieb- und stichfest sein. Bis dahin sollten Sie unbedingt den Deckel draufhalten.«

»Ich kann sehr gut im Stillen jagen und sammeln«, antwortete Hansen, drehte sich um und ging den Gang zurück Richtung eigenes Büro.

Er hatte sich gut vorbereitet. Eine Thermoskanne voll Kaffee, zwei lecker belegte Brötchen und eine Schachtel Zigaretten – mehr brauchte er nicht. Der Kampf konnte beginnen.

Er sichtete die Ergebnisse der Wochenendarbeit der Kollegen. Die Soko hatte die Fleißarbeit erledigt und konnte Erfolge verbuchen. Sie hatte die alte Schlachterei gefunden, in der Dickel gefoltert worden war und diverse Spuren gesichert, unter anderem Fingerabdrücke, die Katharina Müller zugeordnet werden konnten, weil sie vor sechs Jahren nach gewalttätigen Maikrawallen in Berlin erkennungsdienstlich behandelt worden war. Wenn man alle Indizien logisch zusammenfügte, konnte man Schachtner und Müller mindestens die Entführung und Folterung Dickels nachweisen. Und mit dessen Zeugenaussage ließe sich auch die Tötung Lausens aufklären. Ob diese juristisch als Mord gewertet werden konnte, musste später ein Gericht entscheiden – wenn es denn gelang, die Müller zu verhaften. Offen blieb, wer Friedemann getötet hatte. Schachtner oder Müller? Offen blieb auch das Motiv und der mögliche Auftraggeber. Schachtner konnte dazu keine Aussage machen, er lag im künstlichen Koma. Sein Zustand gab Anlass zur Hoffnung, ihn irgendwann verhören zu können. Würde er reden? Müller war verschwunden und an konkreten Beweisen gegen Thöner fehlte es. Ein Motiv wäre hilfreich gewesen.

Friedemann – Hansen konnte sich an den echten Namen Zietlow nicht gewöhnen – wollte seine Memoiren veröffentlichen und damit das alte Agentennetzwerk der G 7 enttarnen. Dieser Akt hätte seine Spionage-Kollegen in Verlegenheit gebracht. Aber wie Thöner richtig bemerkt hatte: Die Taten waren verjährt. Allenfalls hätte man die Mitglieder des Vereins für ostdeutsche Kultur wegen Veruntreuung von Staatsgeldern und illegalem Kunsthandel anklagen können. Das hätte finanzielle Einbußen und wahrscheinlich gering bemessene Strafen bedeutet. Grund genug für einen Mord?

Hansen stützte den linken Ellenbogen auf die Tischplatte, legte sein Kinn im Handteller ab und die Stirn in Falten.

Das Konstrukt überzeugte ihn nicht. Er hatte in seinem langen Berufsleben des Öfteren die Erfahrung gemacht, dass man Tatmotive relativ betrachten musste. Viel zu häufig mussten Menschen aufgrund banaler Vorkommnisse sterben. Manchmal reichte der Hinweis auf ein Rauchverbot oder die Bitte, in der Bahn die Füße vom Sitz zu nehmen, um das Gegenüber so zu provozieren, dass es zu einem Tötungsdelikt kam. Totaler Irrsinn, objektiv betrachtet. Erst die genaue Analyse der Lebensrealität des Täters ermöglichte zumindest ein begrenztes Verständnis für die überzogene Reaktion in einer belanglosen Situation. Hansen hatte gelernt, dass Aktion und Reaktion von Emotionalität, Bildungsstand, sozialer Intelligenz und prägendem Umfeld beeinflusst wurden. Wenn es schlecht lief, stand am Ende der Tatbestand des Totschlags. Im Fall Friedemann konnte er Totschlag ausschließen. Niemand schleppte eine Garotte mit sich herum, nur so, für alle Fälle. Friedemann war geplant ermordet worden. Und wenn Thöner der Auftraggeber war, musste es ein gewichtiges Motiv geben. Der Mann war zu intelligent, zu kalt und zu berechnend, um nicht genau abzuwägen, welches Risiko er mit so einem Auftrag einging. Die G 7, die unterschlagenen Stasi-Gelder, der Kunstdiebstahl – all das hätte Thöner nicht so in Bedrängnis bringen können, dass er einen Mord riskiert hätte. Er hätte Geld verloren, sein Ruf wäre ruiniert worden, aber er hätte wahrscheinlich kein einziges Jahr im Gefängnis verbracht. Thöner war nicht der Typ Mann, der eine Verzweiflungstat beging, weil sein Ruf in Gefahr geriete oder die Hälfte seines Vermögens konfisziert würde. Von Friedemann drohte ihm eine andere Gefahr. Aber welche?

Bernstein öffnete die Bürotür einen Spalt und steckte den Kopf hinein. »Morgen, Harry«, grüßte er. »Schon gehört? Der Bürgermeister …«

»Hat seinen Rücktritt angekündigt. Ja, ich weiß.« Hansen musterte den Oberkommissar. »Du siehst heute Morgen leicht lädiert aus.«

Bernstein lächelte verlegen. »Jan ist gestern aus Köln zurückgekehrt. Wir haben das Wiedersehen gefeiert.«

»Glückwunsch. Ist Vera schon da?«

»Bis jetzt nicht.«

»Schick' sie zu mir, wenn sie eintrifft – und zwar sofort!«

»Wird gemacht.«

Bernstein zog sich eilig zurück.

Fünf Minuten später stand Vera Becker vor Hansens Schreibtisch.

»Guten Morgen, Harry. Du wolltest mich sprechen?«

»Setz' dich.«

Becker gehorchte. Der Tonfall ihres Chefs ließ Ungemach ahnen.

»Was ist denn los? Hast du schlechte Laune?«, fragte sie gespielt arglos und merkte sofort, dass sie den falschen Weg gewählt hatte.

Hansen haute mit der Faust auf den Tisch. Er wurde sehr laut.

»Was hast du dir dabei gedacht? Konntest du den Zugriff nicht den Leuten überlassen, die dafür ausgebildet sind? Du solltest dich im Hintergrund halten, bei der Aktion gegen Schachtner und Müller! Was verstehst du unter ›Hintergrund‹? Die Müller ist gefährlich, du hättest sterben können!«

»Ich …«

»Komm’ mir nicht mit Ausreden! Beim nächsten Mal verhältst du dich gefälligst klüger! Und jetzt mach’ dich vom Acker. Zisch ab!«

Becker zog den Kopf ein und machte sich verstört von dannen. Hansen schaute ihr nach. Er seufzte leise und ein flüchtiges Grinsen vertrieb die Wut aus seinem Gesicht. Becker erinnerte ihn an den jungen Hansen, und der alte Hansen wollte verhindern, dass sie die gleichen Fehler machte, die ihn so manches Mal in Gefahr gebracht hatten.

Er widmete sich dem Bericht von Engelhardt, der Friedemanns Laptop unter die Lupe genommen hatte. Wie zu erwarten, war die Festplatte bis in den letzten Winkel des Betriebssystems gesäubert worden. Hansen war überzeugt, dass Thöners Leute das Gerät im Schweinestall versteckt hatten, um Müller und Schachtner zu belasten.

Ralf Förster erschien um zehn Uhr. Er hatte am Morgen einen Arzttermin gehabt, die Beinschiene war entfernt worden. Noch humpelnd, aber sehr eilig bewegte er sich den Gang entlang, grüßte die Kollegen flüchtig und betrat Hansens Büro – erregt eine Zeitung schwenkend.

»Das musst du lesen, Chef! Hier, sieh dir das an!«

Er hatte die Zeitung so gefaltet, dass ein Artikel auf Seite fünf zu sehen war und klopfte mit dem Zeigefinger mehrmals auf die Schlagzeile, bevor er Hansen die Zeitung reichte.

Dem Hauptkommissar war nicht nach Hektik zumute und die Ergüsse der Boulevard-Journalisten interessierten ihn nur selten. Er schaute Förster herausfordernd an.

»Wie wäre es für den Anfang mit einem ordentlichen ›Guten Morgen‹? Bist du die Schiene los?«

Förster schnappte nach Luft. »Was? Ja, Entschuldigung. Guten Morgen. Ich bin die Schiene los. Und nun lies bitte den Artikel!«

Hansen schüttelte verständnislos den Kopf. Was sollte an einem Zeitungsartikel so brennend wichtig sein? Er senkte den Blick auf das gefaltete Papier vor ihm. Die Schlagzeile lautete:

»Autobombe in Kiel!«

Der Text dazu:

»Am frühen Sonntagnachmittag erschreckte ein lauter Knall die Bewohner des beschaulichen Kieler Stadtteils Düsternbrook. Vor einem beliebten Café explodierte eine Bombe, die einen Audi A8 zerfetzte und mehrere Fensterscheiben in der Nähe zerbersten ließ. In dem Audi starb der Fahrer des Wagens, einige Passanten wurden durch umherfliegende Glassplitter leicht verletzt. Nach Polizeiangaben handelt es sich bei dem Opfer wahrscheinlich um den Eigentümer des Audi, Hugo M., einen Physikprofessor im Ruhestand. Über die Hintergründe der Tat wurde bis Redaktionsschluss nichts bekannt.«

»Moldenhauer«, sagte Hansen leise. »Hugo Moldenhauer.«

»Es kann sich nur um Moldenhauer handeln«, behauptete Förster.

Hansen nahm sein privates Telefonbuch zur Hand, suchte eine Nummer und wählte.

»Kriminalhauptkommissar Hansen vom LKA 41 in Hamburg«, meldete er sich förmlich. »Könnte ich Hauptkommissar Marquardt sprechen? Es ist dringend.«

Förster setzte sich auf den Stuhl vor Hansens Schreibtisch und lauschte gespannt.

»Bernd? Harry Hansen hier. Kommissar Förster sitzt bei mir. Ich stelle dich mal auf laut.«

»Mensch, Harry. Lang ist's her. Wie geht es dir? Gehst du nicht bald in Pension?«

»Ende des Monats. Aber das Private müssen wir auf später verschieben. Bearbeitest du den Fall mit der Autobombe in Düsternbrook?«

»Typisch Harry! Kommt ohne Umschweife auf den Punkt. Ja, ich leite die Ermittlung. Warum fragst du?«

»Weil … wir sind durch einen Zeitungsartikel darauf gestoßen. Heißt das Opfer zufällig Moldenhauer?«

»Er heißt Moldenhauer, aber das ist sicher kein Zufall. Es hängt wohl mit seinen Eltern zusammen.«

Hansen sah die Szene vor seinem geistigen Auge, Bernd Marquardts fröhliches Grinsen unter seinem markanten Walrossbart mit den stattlichen Zwirbeln, die er wahrscheinlich gerade genüsslich durch Daumen und Zeigefinger gleiten ließ.

»Könnten wir uns auf der ernsten Ebene unterhalten, Bernd? Die Späße holen wir später nach.«

»Natürlich, Harry. Was ist mit Moldenhauer? Hast du mit dem zu tun?«

»Und wie. Er gehört zum Kreis der Verdächtigen in zwei Mordfällen. Einer davon ist der Mord an unserem Kollegen Lausen.«

»Oh! Ich habe von der Sache gehört. Mein Beileid. Ist immer furchtbar, wenn einer aus den eigenen Reihen das Opfer ist. Verdächtigt ihr wirklich Moldenhauer?«

»Ja, als Beteiligten, nicht als Ausführenden. Kannst du mich an deinen Ergebnissen teilhaben lassen?«

»Klar. Viel haben wir leider nicht. Die Explosion wurde mittels einer Handgranate herbeigeführt. Zeugen haben gesehen, wie ein Motorrad neben Moldenhauers Audi hielt. Der Fahrer schlug die Seitenscheibe ein – mit einem Metallrohr, das wir am Tatort fanden – und warf die Granate in den Innenraum. Den Rest kannst du dir denken. Sei froh, dass es nicht dein Fall ist. War echt ’ne Schweinerei, vor der wir da gestern standen. Ziemlich unappetitlich.«

»Kann ich mir vorstellen. Habt ihr was Greifbares?«

»Bis jetzt nicht. Wir stehen noch am Anfang. Anscheinend weißt du mehr über das Opfer als ich.«

»Gut möglich. Ich schlage einen unbürokratischen Austausch unserer Erkenntnisse vor. Ich schicke dir eine Mail mit den wichtigsten Fakten und du informierst mich, wenn ihr Fortschritte macht. Einverstanden?«

»Klingt vernünftig. Wann kriege ich deine Mail?«

»In einer halben Stunde. Danke, Bernd.«

»Wir sollten uns möglichst bald mal treffen, Harry. Ganz entspannt beim Griechen oder so. Ich habe Neuigkeiten, die dich interessieren werden. Also, tschüß, bis dann.«

Hansen wandte sich an Förster. »Übernimmst du bitte die Mail mit den Infos für Marquardt? Und sag' den anderen Bescheid. Wir treffen uns in zehn Minuten im Besprechungsraum. Wäre gut, wenn der Kollege Schneider auch dabei sein kann.«

»Dürfen wir das? Einfach die Infos über unseren Fall nach Kiel schicken? Müssten wir nicht vorher Thorwald und die Staatsanwaltschaft …«

Hansen schnitt Förster das Wort ab. »Wir nehmen den kurzen Dienstweg. Das geht auf meine Kappe. Nun humpel schon los!«

Förster verließ das Büro und Wolter kam herein. Den ruhigen Vormittag konnte Hansen vergessen.

»Was gibt's?«, fragte er ungeduldig.

»Anruf aus dem Krankenhaus in Schwerin. Schachtner ist vor zwanzig Minuten verstorben, Herzstillstand.«

Hansen fluchte und unterrichtete Wolter von Moldenhauers gewaltsamen Tod. Bernstein, der von Förster informiert worden war, stürmte ins Büro.

»Es kommt noch dicker, Harry. Die Kollegen von der Mordbereitschaft 4 haben gerade angerufen. Walter Grabow ist tot!«

»Grassiert hier eine Seuche, oder was? Wie ist Grabow gestorben?«

Bernsteins Arme flatterten unruhig durch die Luft. »Wir können von Glück sagen, dass wir so schnell von seinem Tod erfahren haben. Seine Frau fand ihn heute Morgen leblos in seinem Bett. Die beiden schlafen seit Jahren getrennt, weil Grabow wegen seiner Lungenkrankheit nachts oft Hustenanfälle kriegt. Die Frau rief den Hausarzt, damit er den Totenschein ausstellt. Normaler Vorgang bei einem schwerkranken Mann.«

»Thomas, komm' auf den Punkt«, flehte Hansen.

»Ja, also, der Hausarzt hat zum Glück genau hingesehen und Petechien bei Grabow entdeckt, das sind sehr kleine Blutungen aus den Kapillaren, die …«

»Mensch, ich weiß, was Petechien sind! Grabow wurde also erstickt?«

»Ja, wahrscheinlich mit seinem eigenen Kopfkissen, vermutet Doktor Peters. Die Kollegen haben Einbruchsspuren an der Terrassentür des Hauses festgestellt. Der Täter oder die Täterin hat mit einem Werkzeug die Tür aufgehebelt, ist in den ersten Stock in Grabows Schlafzimmer geschlichen und hat ihm vermutlich das eigene Kissen auf das Gesicht gedrückt. Der alte Mann dürfte kaum in der Lage gewesen sein, sich zu wehren. Der Täter hat das Kissen dann wieder ordentlich unter Grabows Kopf gelegt, so dass seine Frau dachte, er wäre in der Nacht eines natürlichen Todes gestorben.«

»Da tobt sich jemand an den Mitgliedern des VoK aus«, stellte Wolter fest. »Kann eigentlich nur die Müller sein, oder? Die läuft Amok.«

»Mir fällt spontan außer ihr niemand ein«, pflichtete Hansen ihm bei. »Ich vermute, sie fühlt sich verraten. Einen Amoklauf würde ich das nicht nennen. Die Frau geht sehr überlegt vor. Wir müssen Thöner, Westphal und Rogowski warnen und ihnen Polizeischutz anbieten. Übernimmst du das, Thomas?«

»Ich setz' mich sofort ans Telefon.«

»Gut, ich muss erstmal eine rauchen, danach besprechen wir uns.«

»Vielleicht sollten wir die Müller einfach machen lassen, nimmt uns eine Menge Arbeit ab«, murmelte Wolter.

Hansen war der Gedanke auch gekommen, doch so durften sie weder denken noch handeln.

»Diesen Satz will ich nicht gehört haben!«, sagte er bemüht böse.

Drei Tote! Die Diskussion mit Hauptkommissar Schneider und seinem Team zog sich quälend in die Länge. Zwei der drei gefährdeten Personen lehnten den Polizeischutz ab. Westphal vertraute lieber den eigenen Leuten und Thöner vertraute Westphal. Hansen mutmaßte, dass den Männern die Vorstellung missfiel, ständig unter Beobachtung der Polizei zu stehen. Einzig Axel Rogowski willigte ein. Seinen Schutz übernahmen die Wismarer Kollegen. Schneider hielt es nicht für nötig, die beiden anderen Männer wenigstens diskret zu beobachten. Er wollte sich auch mit dem Fall Grabow nicht befassen. Er meinte, er habe auch ohne eine Aussage von Schachtner genug in der Hand, um Katharina Müller den Mord an

Lausen beweisen zu können. Seine Aufgabe sei es gewesen, den Tod des Kollegen aufzuklären und das sei ihm mit seinem Team gelungen. Jetzt ginge es nur noch darum, die Müller festzunehmen und den Fall damit abzuschließen. Für alles andere, was mit diesem komischen Verein zusammenhinge, sei Hansens Team zuständig.

»Das ist nun Ihr Problem, Hansen«, sagte Schneider schließlich, stand auf, öffnete die Tür des Besprechungsraums und gab seinen Leuten ein Zeichen, die daraufhin den Raum verließen. »Viel Glück«, ergänzte er und versuchte, ein hämisches Grinsen in sein Mopsgesicht zu zaubern. Heraus kam eine merkwürdige Grimasse. Schneider ging.

Hansen war sauer. Da wollte er mal kooperieren, wie man es ständig von ihm verlangt hatte und prompt verweigerte ihm der Kollege die Unterstützung, die er dringend gebraucht hätte. Eine Beobachtung aller drei Kandidaten für den nächsten Mordanschlag konnte Hansens Team personell nicht abdecken. An Kriminaloberrat Thorwald wollte er sich nicht wenden, weil die Aktion dann offiziellen Charakter bekäme, was die Geheimhaltung erschweren würde.

Hansen bemerkte, dass seine Leute ihn erwartungsvoll ansahen. Er drehte den Kopf und warf einen Blick auf die Tür in seinem Rücken, um sich zu vergewissern, dass Schneider sie ordentlich zugezogen hatte.

»Wen wird sich die Müller als nächsten vornehmen?«, fragte er in die Runde.

»Rogowski«, antwortete Becker ohne Zögern.

»Warum den?«

»Weil es logisch ist«, antwortete die Kommissarin. »Die Müller hat mit den beiden schwächsten Gliedern der Kette begonnen. Thöner wird sie sich für den krönenden Schluss aufbewahren. Ich weiß, das klingt jetzt nach Actionfilm-Klischee, da muss immer der Oberschurke am Ende dran glauben. Aber aus Müllers Sicht kann es nur so ablaufen. Thöner ist derjenige im Verein, ohne dessen Einverständnis nichts läuft. Sie wird denken, dass er sie verraten hat. Wie hätten wir sie denn sonst so schnell auf diesem abgelegenen Bauernhof finden sollen?«

»Er hat sie ja wirklich verraten«, warf Bernstein ein.

»Ja, klar, aber im Grunde spielt die Wahrheit dabei eine untergeordnete Rolle«, erklärte Becker. »Müller sieht in Thöner den Hauptschuldigen am Tod ihres geliebten Gefährten, ihres kleinen Bruders, wie sie ihn genannt hat. Und der Mann soll sein Schicksal auf sich zukommen sehen, er soll ins Schwitzen geraten. Westphal ist der engste Vertraute von Thöner und wie wir durch die Aussage von Ulf Reisberg wissen, hat er versucht, die Flucht der Müller zu verhindern. Dass Westphal mit seinen Bodyguards Thöner schützen wird, ist Müller bewusst. Sie arbeitet sich Schritt für Schritt an ihr großes Ziel heran. Der nächste logische Zwischenschritt ist Rogowski.«

»Aber der wird von den Wismarer Kollegen geschützt«, sagte Förster.

»Ich bezweifle, dass das gegen eine Frau wie die Müller reicht. Die ist eine Killerin«, antwortete Becker. »Ich habe erlebt, wie sie in Sekunden zwei SEK-Männer und mich selbst außer Gefecht gesetzt hat. Und dabei ist sie noch vergleichsweise human vorgegangen und hat niemanden getötet.«

»Ich denke, Vera hat recht«, sagte Hansen. »Das bedeutet allerdings, dass der nächste Anschlag in Wismar stattfindet, außerhalb unserer Zuständigkeit. Ich hätte eine Idee, aber für die Umsetzung bräuchten wir das Einverständnis der Wismarer. Ich gehe mal kurz telefonieren.«

Fünf Minuten später tauchte Hansen verärgert wieder auf.

»Der Chef der Wismarer Kripo, ein gewisser Pohlmann, spielt nicht mit. Er glaubt, seine Maßnahmen würden ausreichen, um die Müller abzuschrecken. Der Ahnungslose!«

Hansens Stimme bekam plötzlich einen lieblichen Klang. »Vera, du hast doch neuerdings gute Beziehungen zur Wismarer Kripo, nicht wahr?«

Becker zog die Augenbrauen hoch. »Was willst du von mir, Harry?«

»Dass du ein vertrauliches Gespräch mit diesem Mettenbach führst.«

Thomas Bernstein ahnte, welcher Plan seinem Chef vorschwebte. »Du willst Rogowski als Lämmchen am Pflock benutzen, das die Wölfin anlocken soll.«

»So ähnlich«, gab Hansen zu.

»Das kannst du von mir nicht verlangen«, protestierte Becker. »Ich
würde Dirk in ein echtes Dilemma bringen. Nein, das geht zu weit!«
Zwanzig Minuten später wählte sie Mettenbachs Nummer.

Kapitel 18

Bei Grabow war es leicht gewesen. Für die Terrassentür hatte ein stabiler Schraubenzieher genügt. Die Versuche des alten Mannes, sich zu wehren, waren von Kraftlosigkeit geprägt. Überrascht war sie, wie lange man ein Kissen auf ein Gesicht pressen musste, bis man sicher sein konnte, dass der Mensch unter dem Kissen tot war.

Die ›Katze‹ wusste, dass der dritte Teil ihrer Mission deutlich schwieriger zu bewältigen sein würde. Die Feinde waren gewarnt und die Polizei würde Stellung beziehen. Aber sie war vorbereitet. Nachdem sie Grabow getötet hatte, war sie nach Wismar gefahren. Im Morgengrauen hatte sie die Gegend um Rogowskis Haus erkundet und Pläne geschmiedet. Sie hatte in Erwägung gezogen, den Angriff sofort zu wagen. Doch Rogowskis Haus war besser geschützt als das von Grabow und während sie nach dem leichtesten Zugang Ausschau gehalten hatte, war überraschend in der Küche das Licht eingeschaltet worden. Die ›Katze‹ hatte sich daraufhin zurückgezogen. Manchmal war es besser, gut vorbereitet einen schwierigen Weg zu beschreiten als schlecht vorbereitet den leichten zu nehmen.

Rogowskis Haus lag an einer Wohnstraße ohne Durchgangsverkehr. Am Ende seines großen Grundstücks, etwa fünfzig Meter vom Haus entfernt, verlief eine Bahnstrecke. Auf der anderen Seite der Gleise befanden sich Felder und Wiesen. Verlockende Möglichkeiten, um sich unbemerkt der Rückseite zu nähern.

Das gemietete Wohnmobil stand hundert Meter von Rogowskis Haus entfernt am Rande der Baustelle für ein neues Einfamilienhaus. Fahrer- und Beifahrersitz waren unbesetzt. Hansen saß mit Bernstein und Becker im hinteren Teil des Fahrzeugs auf gepolsterten Sitzbänken an einem schmalen Tisch. Der Innenraum wurde nur spärlich vom Restlicht der Straßenlampen beleuchtet, das die zugezogenen Vorhänge durchließen.

Wolter und Förster waren in Hamburg geblieben. Wolter hatte bereits genügend Eintragungen in seiner Personalakte. Eine weitere hätte ihn den Job gekostet. Und Förster war für diesen Einsatz nicht fit genug.

»Sollten wir nicht langsam unsere Posten beziehen?«, fragte Bernstein im Flüsterton.

Hansen knipste für einen Moment seine Taschenlampe an und richtete den Lichtstrahl auf seine Armbanduhr.

»Zu früh«, stellte er ebenso leise fest. »Vor Mitternacht wird die Müller nicht auftauchen. Wenn sie schlau ist, versucht sie es zwischen zwei und drei Uhr, eine Zeit, in der es für die Wismarer Kollegen schwer wird, sich wach zu halten.«

»Puuh, das heißt, wir sitzen hier noch mindestens zwei Stunden rum.«

»Anderthalb. Gegen ein Uhr sollten wir uns auf unsere Positionen schleichen.«

»Ehrlich gesagt, ich bezweifle den Sinn unserer Aktion«, bekannte Becker. »Was ist, wenn die Müller nicht auftaucht?«

»Dann sind wir morgen wieder hier«, antwortete Hansen gelassen. »Keine Sorge, sie wird kommen. Der Fahndungsdruck ist groß. Wenn sie ihr Vorhaben in die Tat umsetzen will, muss sie schnell handeln, denn mit jedem Tag steigt das Risiko, dass sie aufgegriffen und verhaftet wird.«

»Trotzdem sind wir im Grunde nur Zuschauer. Wir haben keinerlei Legitimation.«

»Richtig, wir greifen nur im Notfall ein. Niemand außer Mettenbach weiß, dass wir hier sind. Bedauerlich, dass sein Chef unser Angebot der Unterstützung so vehement abgelehnt hat. Die Wismarer unterschätzen die Fähigkeiten der Müller.«

»Vier Leute sind nicht gerade üppig für den Schutz Rogowskis«, stimmte Bernstein zu. »Zwei vorn an der Straße, zwei hinten im weitläufigen Garten. Da gibt es für die Müller einige Lücken, durch die sie schlüpfen kann.«

»Naja, vier Leute mal drei Schichten ergeben zwölf Beamte pro Tag. Das ist für den Wismarer Kripochef bestimmt nicht leicht«, zeigte Hansen Verständnis.

»Dann hätte er unsere Hilfe annehmen sollen.«

»Stimmt. So, ich mach' ein Nickerchen. Weckt mich um eins.«

Axel Rogowski hatte seine Frau zu ihrem Bruder geschickt. Sie hätte ihm eh nur im Weg gestanden. Dem Polizeischutz hatte er zugestimmt, aber es gab Grenzen. Er duldete keine Bullen in seinem Haus, die ihm auf den Füßen rum standen und womöglich verhinderten, dass er der ›Katze‹ eine Ladung Schrot ins Gesicht jagte. Sollten sie ruhig da draußen für diese durchgeknallte Emanze als Kanonenfutter dienen.

Rogowski lud seine doppelläufige Schrotflinte, setzte sich mit der Flinte quer über den Oberschenkeln auf das braune Sofa und wartete.

Um 0.50 Uhr stupste Vera Becker Hansen an.

»Aufwachen«, flüsterte sie. »Wir müssen uns fertig machen.«

Hansen gähnte. »Na, dann wollen wir mal.«

Sie befestigten Funkgeräte an ihren Gürteln und legten die Headsets mit diskreten Ohrhörern und Mikrofonen an. Die Verbindung zwischen den Headsets und den Funkgeräten wurde über Bluetooth hergestellt, sodass sie keine weitere Verkabelung benötigten. Die Ausrüstung hatte Engelhardt besorgt.

»Vera, du bleibst im Wohnmobil, wie besprochen«, erklärte Hansen. »Die Müller kennt dich vom Bauernhof, das Risiko ist mir zu groß.«

Becker verzog genervt das Gesicht. »Ja, Chef, das hast du jetzt zum dritten Mal gesagt. Ich hab's verstanden.«

»Und Thomas, denk' dran, der Mettenbach kann unseren Funk nicht hören. Hast du seine Handynummer gespeichert?«

Bernstein warf Becker einen vielsagenden Blick zu.

»Ja, Chef«, antwortete er Hansen. »Auch das hast du schon dreimal gesagt. Bist du nervös oder ist das Demenz?«

Hansen deutete eine Ohrfeige an. »Abmarsch. Auf deinen Posten.«

Sie schlichen über die Straße und verschwanden hinter der Hecke eines Vorgartens. Becker beobachtete durch einen Spalt zwischen den Vorhängen die Straße. Die Bewohner der Straße schlummerten friedlich. Kein Lichtschein drang aus den Häusern. Die Hamburger Kommissare bewegten sich an der Rückseite der Nachbargrundstücke bis zu Rogowskis Garten. Bernstein versteckte sich mehr schlecht als recht hinter dem Stamm eines Apfelbaums in der hinteren linken Ecke des Gartens. Hansen lief weiter zum Nachbargrundstück auf der rechten Seite. Dort entdeckte er einen Geräteschuppen mit Flachdach und einladend angelehnter Leiter. Hansen kletterte auf das Dach, legte sich so flach wie möglich auf den Bauch. Von hier aus hatte er eine gute Aussicht auf den Garten und die Terrasse Rogowskis. Im Schein der Wohnzimmerbeleuchtung sah er die zwei Wismarer Kollegen, die die Rückfront des Hauses bewachten. Sie saßen bequem auf gepolsterten Gartenmöbeln vor einer breiten Fensterfront. Ihre Silhouetten zeichneten sich als scharfe Schatten vor der grellen Wohnzimmerbeleuchtung im Hintergrund ab.

Die sitzen da wie auf dem Präsentierteller, dachte Hansen. Was hatte Mettenbachs Chef gesagt? »Wir zeigen Präsenz. Das wird die Müller abschrecken.« Da konnte man geteilter Meinung sein.

Die Anwesenheit eines zusätzlichen Beamten im Haus hatte Rogowski abgelehnt. Im hellen Licht des Kronleuchters konnte Hansen erkennen, dass Rogowski auf einer braunen Couch lag, den Kopf auf die Armlehne gebettet, ein Gewehr eng umschlingend. Offenbar gedachte der von der Polizei geschützte Mann, sich notfalls selbst zu verteidigen. Hansen machte es sich mit gekreuzten Armen auf dem Schuppendach bequem, reckte das Kinn und legte es auf den Unterarmen ab. Der schwierigste Teil der Mission hatte begonnen. Warten, in die Dunkelheit starren, zum Nichtstun gezwungen – und dabei nicht einschlafen.

Die ›Katze‹ hatte das gestohlene Motorrad am westlichen Ende der Straße abgestellt, war dann in einem großen Bogen am nördlich gelegenen Bahndamm entlang an Rogowskis Grundstück vorbei wieder zur Straße gelaufen. Ohne es zu wissen, hatte sie damit vermieden, das Wohnmobil der Hamburger Kommissare zu passieren. Die im Auto vor Rogowskis Haus sitzenden Wismarer Polizisten entdeckte sie sofort. Sie wählte eine Entfernung von dreißig Metern zu den Beamten, um ihre Bombe zu platzieren. Das Auto stand gut erreichbar in einem Carport. Die ›Katze‹ legte sich neben ein Hinterrad auf den Boden und robbte unter das Fahrzeug. Mithilfe eines kräftigen Magneten befestigte sie ihr Paket am Unterboden in der Nähe des Tanks. Sie kroch unter dem Auto hervor, ging in die Hocke und freute sich. Vier schlecht ausgebildete Polizisten würden sie nicht davon abhalten können, den alten Rogowski zu töten. Ob sich im Haus weitere Beamte aufhielten, wusste sie nicht. Sie würde mit ihnen fertig werden und die Bombe würde als Ablenkungsmanöver ihre Wirkung nicht verfehlen.

Mit einfachen Mitteln hatte sie eine kleine Teufelskiste gebastelt. Als Zutaten genügten ihr die zweite und letzte Handgranate aus ihrem Arsenal, ein paar handelsübliche Teile, die man in jedem Modellbaufachgeschäft kaufen konnte, eine Keksdose aus Blech und ein Haufen Stahlnägel.

Irgendwann – Hansen hatte das Zeitgefühl verloren – hörte er ein leises Knacken aus dem hinteren Teil des Gartens. Es war das vierte oder fünfte Knacken, seit er auf der Lauer lag und er vermutete, dass wieder eine Katze, ein Igel oder was auch immer durch das Gelände schlich. Trotzdem fragte er bei Bernstein nach:

»Thomas? Alles in Ordnung?«

Der Oberkommissar lehnte mit einer Schulter am Stamm des Apfelbaums. Auch er hatte das Knacken gehört. Seine Augen suchten die Gegend ab, so gut es in der Dunkelheit eben ging. Das Licht des halben Mondes sorgte dafür, dass er wenigstens Schemen des Geländes erkennen konnte.

»Ja«, flüsterte er. »Ich sehe nichts.«

Seine letzten Worte, danach sah er wirklich nichts mehr.

Diesmal folgte dem Knacken ein anderes Geräusch, wie ein dumpfer Schlag gegen etwas, das nicht allzu hart war. War da nicht auch ein leises Stöhnen zu hören gewesen? Hansen hielt den Atem an und horchte. Er flüsterte in sein Mikro.

»Thomas? Was war das?«

Keine Antwort.

»Thomas, hörst du mich?«

Eine unangenehme Ahnung breitete sich in ihm aus wie ein schnell wirkendes Schlangengift. Von einer Sekunde zur anderen wurde ihm heiß.

»Vera, bist du da?«

»Ja, aber ich höre Thomas auch nicht. Da stimmt was nicht.«

»Halt die Augen offen, ich sehe nach Thomas.«

»Okay.«

Hansen wollte sich erheben, um von dem Dach zu klettern. Die alten Knochen protestierten. Das stundenlange Liegen auf der rauen Teerpappe war ihnen nicht gut bekommen. Knie- und Hüftgelenke gaben ihre Kommentare in Form von Schmerzen ab.

Die ›Katze‹ wusste nun, dass die Polizei weitere Beamte versteckt positioniert hatte. Der eine am Apfelbaum würde ihr nicht mehr in die Quere kommen. Auf der Seite des Nachbargrundstücks schlich sie an der Hecke entlang, bis sie das knapp über dem Boden befindliche Loch erreicht hatte, das sie sich einundzwanzig Stunden zuvor mit einer Gartenschere geschnitten hatte. Sie zog eine handliche Fernsteuerung unter der halb geöffneten Lederjacke hervor, schaltete sie ein und betätigte ohne Zögern den Hebel, der das Signal auslöste, das den kleinen Servomotor in der Keksdose dazu veranlasste, eine Bewegung auszuführen, die den Sicherungsstift aus der Handgranate zog. Von da an dauerte es drei Sekunden. Die Granate explodierte, die Keksdose zerriss, die Stahlnägel bohrten sich durch die Kunststoffwand des Tanks, das darin befindliche Benzin entzündete sich und verstärkte die Wirkung der Granate. Meterhohe Flammen schlugen aus dem Heck des Wagens und setzten das Dach des hölzernen Carports in Brand.

Ein gewaltiger Explosionsknall ließ Hansen zusammenzucken. Unwillkürlich zog er den Kopf ein, realisierte aber rasch, dass die Explosion auf der anderen Seite des Hauses, an der Straße stattgefunden hatte. Er richtete den Oberkörper auf. Seine Augen suchten den Garten ab. Die Wismarer waren von ihren Stühlen aufgesprungen und liefen mit gezogenen Waffen seitlich am Haus entlang Richtung Straße.

Verdammt! Warum bleiben die nicht auf ihrem Posten? Hansens Augen suchten angestrengt das Halbdunkel des Gartens ab. Da war eine Bewegung, am Boden, vor der gegenüberliegenden Hecke. Er funkte Becker an.

»Vera, gib Mettenbach Bescheid! Der Angriff erfolgt von hinten!«

Hansen griff nach seiner Dienstwaffe und richtete sich auf. Die schwarz gekleidete Gestalt bewegte sich sehr schnell und geschmeidig. Sie hatte schon fast die Terrasse erreicht.

Axel Rogowski war eingenickt. Der Lärm der Explosion weckte ihn, fast wäre er vom Sofa gefallen. Mit weit aufgerissenen Augen sprang er auf, umrundete den Tisch und starrte durch das Panoramafenster zur Terrasse. Die Polizisten, die dort gesessen hatten, waren verschwunden und eine schwarz gekleidete Person rannte durch den Garten auf ihn zu. Rogowski legte den Gewehrschaft an die Schulter, spannte den Hahn und feuerte – durch die Fensterscheibe zielend – die erste mit Schrot gefüllte Patrone ab.

Leider hatte er nicht bedacht, dass er vor vier Jahren, nachdem in sein Haus eingebrochen worden war, die bei dem Einbruch zerstörte große Fensterscheibe durch Verbundsicherheitsglas hatte ersetzen lassen, bei dem eine zwischen zwei Lagen Flachglas eingeklebte strapazierfähige Folie das Durchstoßen der Scheibe verhindern sollte. Rogowski hatte eine teure und gute Variante mit extra dicker Folie gewählt, die nun dafür sorgte, dass seine Schrotladung im Hause blieb. Fassungslos glotzte er die Fensterscheibe an. Die schwarze Gestalt hatte mit einem Hechtsprung Deckung hinter einem Blumenkübel gesucht. Schreiend vor Wut lief der Ex-Soldat und leidenschaftliche Jäger zur Terrassentür, öffnete sie, trat hinaus und legte zum zweiten Schuss an.

Durch den scharfen Kontrast zwischen hell beleuchteter Terrasse und der Dunkelheit in dem Raum zwischen Blumenkübel und Hecke konnte Hansen kaum etwas erkennen. Er rief »Polizei! Werfen Sie die Waffen weg!« und gab einen Warnschuss in die Luft ab.

Die ›Katze‹ hatte gesehen, wie Rogowski durch die Fensterscheibe auf sie zielte und sich mit einem Sprung zur Seite in Sicherheit gebracht. Sie hörte Hansens Ruf, schaute nach links hinter sich und sah die Silhouette eines Mannes auf dem Schuppendach des Nachbarn. Sie wandte den Blick nach vorn und sah Rogowski vor der Terrassentür, der – offenbar irritiert von dem Ruf und dem Warnschuss – nach dem richtigen Ziel suchte. Sie erkannte ihre Chance. Sie richtete den Lauf ihrer modernen Automatikpistole, die sie bei diesem Einsatz der betagten Makarov ihres Vaters vorgezogen hatte, auf Rogowski und gab in schneller Folge drei Schüsse ab. Der erste verfehlte sein Ziel, der zweite und dritte trafen den alten Jäger in Bauch und Brust. Rogowski wankte zwei Schritte rückwärts, drehte sich um neunzig Grad und fiel durch die Türöffnung auf den Teppich des Wohnzimmers.

Die ›Katze‹ sprang auf und rannte dicht an der Hecke zu dem herausgeschnittenen Durchschlupf.

Hansen gab zwei Schüsse auf sie ab ohne zu treffen. Er war nie ein besonders guter Schütze gewesen. Über Funk warnte er Becker.

»Achtung, Vera! Die Müller flieht Richtung Westen. Kann sein, dass sie bei dir auftaucht.«

Becker beschränkte ihre Antwort auf ein »Verstanden«, kletterte in das Fahrerhaus des Wohnmobils und beobachtete die Straße samt Vorgärten.

Dirk Mettenbach und sein Kollege hatten den Schreck nach der Explosion schnell überwunden, waren aus dem Dienstwagen ausgestiegen und zu dem brennenden Carport gelaufen. Sie hielten Abstand, denn sie befürchteten weitere Explosionen. Vera rief an und übermittelte Hansens Nachricht. Zeitgleich hörte Mettenbach Schritte hinter sich. Die beiden Polizisten, die die Rückfront des Hauses bewachen sollten, liefen auf ihn zu.

»Was ist passiert?«, fragte der eine.

Aus Rogowskis Garten waren die Schüsse zu hören.

»Ihr Idioten!«, schrie Mettenbach. »Zurück auf euren Posten! Das hier ist bloß ein Ablenkungsmanöver.«

Die Polizisten machten auf dem Absatz kehrt und rannten zurück. Mettenbach schickte seinen Kollegen, der mit ihm im Auto gesessen hatte, hinterher und blieb allein mitten auf der Straße stehen. Er forderte Verstärkung und die Feuerwehr an.

Die ›Katze‹ bewegte sich zum Bahndamm hin, passierte im Laufschritt drei Grundstücke und bog nach links ab. Sie schlich sich an einem Haus entlang bis in den Vorgarten und ging hinter einem Jägerzaun in die Hocke. Vorsichtig streckte sie den Kopf vor und prüfte nach links und rechts schauend die Situation auf der Straße. Vor Rogowskis Haus stand ein einzelner Polizist, der aber nicht in ihre Richtung blickte. Etwas weiter entfernt brannte der Carport. Sie ballte die Fäuste. Sie hatte es fast geschafft. Es fehlten maximal hundertzwanzig Meter bis zum Motorrad. Ihre Bestzeit für einen Hundert-Meter-Lauf lag bei zwölfeinhalb Sekunden.

Ihr blieb keine Zeit, sie musste das Risiko eingehen. Bis auf den Polizisten, der immerhin vier Grundstücke entfernt war, sah sie keinen Menschen, der ihr in die Quere kommen konnte. Sie sprang über den Zaun und rannte los. Wenn sie es bis hinter das Wohnmobil schaffte, ohne gesehen zu werden, war alles gut.

Die Fahrertür des Wohnmobils wurde mit Schwung aufgestoßen und traf die ›Katze‹ an der linken Schulter. Der Schlag brachte sie aus dem Gleichgewicht, sie strauchelte, fiel vornüber, machte den Rücken krumm, traf seitlich auf den Asphalt, rollte sich über den Rücken ab, nutzte den Schwung, stand wieder auf ihren Füßen und sah die Polizistin.

Vera Becker hatte die Tür aufgestoßen, war vom Fahrersitz aus auf die Straße gesprungen und hatte ihre Dienstwaffe gezogen. Bevor sie den Lauf der Waffe auf Müller richten und »Hände hinter den Kopf« rufen konnte, war diese mit einem Ausfallschritt bei ihr. Die rechte Stiefelspitze traf Beckers Handgelenk und die Dienstwaffe flog meterweit davon. Dann setzte ein Stakkato von Schlägen gegen Beckers Kopf und Leib ein. Die Kommissarin konnte nicht alle Angriffe abblocken, Müllers Schlagfrequenz war zu hoch. Verzweifelt suchte sie nach einer Lücke für den wirkungsvollen Gegenschlag. Ein heftiger Tritt gegen den linken Unterschenkel brachte Becker ins Wanken, sie musste einen Schlag auf das linke Jochbein einstecken, kam in Rücklage, knallte mit dem Hinterkopf gegen die offen stehende Wohnmobiltür und stürzte zu Boden.

Im Nu kniete die ›Katze‹ über ihr, legte eine Hand an ihren Hals und drückte zu, für Becker ein Déjà-vu der unangenehmsten Art. Die Hand an ihrem Hals fühlte sich unmenschlich an, kalt, hart und kräftig wie eine Roboterhand aus Stahl.

Die dunklen Augen dicht vor ihrem Gesicht verengten sich zu Schlitzen. Der Mund spie Spucke und Worte aus.

»Ich hatte dich gewarnt! Ein zweites Mal überlebst du nicht!«

Mettenbach hörte die Kampfgeräusche und sah die Umrisse von zwei Körpern auf dem Asphalt neben dem Wohnmobil. Er rannte los, erkannte nun eine Gestalt in schwarzer Lederkombi und den roten Haarschopf von Becker.

Er schrie: »Sofort loslassen oder ich schieße.«

Im Laufen gab er einen Warnschuss in die Luft ab. Der Kopf der ›Katze‹ ruckte hoch, die Hand zog sich von Beckers Hals zurück und die ›Katze‹ sprintete die Straße hinab. Mettenbach erreichte das Wohnmobil, warf einen flüchtigen Blick auf Becker, die einen Daumen in die Höhe reckte. Er konzentrierte sich auf die ›Katze‹, die im Laufen den rechten Arm nach hinten streckte und einen ungezielten Schuss abgab. Mettenbach zielte auf ihre Beine und feuerte einmal, danach senkte er den Lauf der Waffe, beobachtete, wie die Frau taumelte, sich an einem parkenden Auto abstützte und ihre Flucht fortsetzte. Sekunden später hörte er das Startgeräusch eines Motors und das anschwellende Kreischen des brutalen Beschleunigens. Mettenbach schüttelte den Kopf, sicherte seine Waffe und steckte sie in das Holster. Er hätte nicht gedacht, dass er je auf einen fliehenden Menschen schießen würde.

Er kniete sich neben Vera Becker, die flach auf der Straße lag und schwer atmete. Er schob seinen linken Unterarm unter ihren Hals, richtete ihren Oberkörper vorsichtig auf und drehte sie ein wenig, um sie mit dem Rücken an die Seitenwand des Wohnmobils lehnen zu können.

Becker rang sich ein Lächeln ab. »Danke, Dirk. Dein Timing wird immer besser.«

»Wird das zu einer schlechten Angewohnheit von dir?«, raunzte er sie freundlich an. »Lässt dich ein bisschen würgen und der Dirk darf den Helden spielen und dich retten.«

Becker lachte, um gleich darauf vor Schmerz zu stöhnen. Ihre Hand fuhr an die linke Wange.

»Au, tut das weh!«

Mettenbach zog sanft ihre Hand weg und betrachtete das Jochbein.

»Oha, das schwillt schon an. Du wirst bald ziemlich bunt aussehen.«

»Ja toll! Du hast auf die Müller geschossen?«

»Einen Schuss habe ich abgegeben. Ich glaub', ich habe sie getroffen. Sie ist einfach weitergelaufen.«

Aus dem gegenüberliegenden Vorgarten tauchte Hansen auf, der sich damit abmühte, einen stark schwankenden Oberkommissar Bernstein auf Kurs zu halten, was angesichts des Größenunterschiedes der beiden besonders schwierig war. Bernstein hatte eine Hand an den Hinterkopf gelegt, sein Haar war blutverschmiert.

»Ihr müsst schnellstens weg hier«, bestimmte Mettenbach. »Gleich kommt die Verstärkung und die Kollegen sollten euch besser nicht zu Gesicht bekommen.«

Leider hatte er den Kollegen nicht bemerkt, der zehn Meter hinter ihm stand.

»Was ist hier los? Was sind das für Leute?«, fragte er, die Hand an der Waffe.

Mettenbach drehte sich ruckartig um.

»Hier ist niemand und du hast nichts gesehen! Klar? Ich erkläre dir das später.«

Der Kollege entspannte sich und antwortete mit einem gedehnten »Okay.«

Der anschwellende Klang von Signalhörnern sorgte für allgemeine Betriebsamkeit. Feuerwehr und Verstärkung rückten aus der Innenstadt, also von Westen her an. Eine halbe Minute später saßen Bernstein und Becker auf den Sitzbänken und Hansen auf dem Fahrersitz des Wohnmobils.

Durch das offene Seitenfenster reichte er Mettenbach die Hand.

»Vielen Dank. Wir besprechen die Folgen der Katastrophe in ein paar Stunden am Telefon.«

»Ist klar, gute Fahrt. Keine Sorge, ich räume hier auf.«

Mettenbach winkte und Hansen steuerte das Wohnmobil die Straße hinauf, Richtung Osten, vorschriftsmäßig langsam und unauffällig, wie es sich in einem Wohngebiet gehörte. Vor dem brennenden Carport stand eine Gruppe von Menschen, die fassungslos in die Flammen schaute und dem vorbeigleitenden Wohnmobil keine Beachtung schenkte.

Auf der Rückfahrt nach Hamburg verarztete Becker notdürftig Bernsteins Hinterkopfwunde und kühlte das eigene Jochbein mit einer Mineralwasserflasche aus dem Kühlschrank. Die lädierte Truppe zog eine Bilanz der Nacht, die frustrierend schlecht ausfiel. Bernstein hatte zu der Unterhaltung wenig beizutragen, da er nach dem Schlag auf den Hinterkopf minutenlang bewusstlos neben einem Apfelbaum gelegen hatte. Zum zweiten Mal endete eine Polizeiaktion, die zur Verhaftung von Katharina Müller führen sollte, im Desaster. Hansen musste zugeben, dass diese Frau außergewöhnliche Fähigkeiten besaß.

»Mein Kopf platzt gleich«, jammerte Bernstein.

Hansen reichte eine Blisterpackung Tabletten nach hinten.

»Nimm ein oder zwei davon, sind Schmerztabletten.«

»Wieso schleppst du Schmerztabletten mit dir rum?«, fragte Becker.

»Weil ich ab und zu Schmerzen habe, in meinem Alter ist das normal.«

Sie erreichten Hamburg bei Sonnenaufgang. Hansen wollte seine Mitarbeiter in ein Krankenhaus bringen, beide weigerten sich. Bernstein erklärte sich immerhin bereit, am Vormittag seinen Hausarzt zu konsultieren. Becker meinte, dass sie sich lächerlich vorkäme, wegen eines blauen Auges zum Arzt zu gehen.

Hansen setzte Bernstein vor dessen Wohnung in Barmbek ab, fuhr dann mit Becker nach St. Pauli, um endlich um 6.35 Uhr zu Hause in Rahlstedt anzukommen.

Er fand Nadja im Bad unter der Dusche, zog die Schuhe aus, stellte sich vor sie unter den Wasserstrahl, so wie er war, mit Hose und T-Shirt.

Er umarmte die nackte und nasse Nadja, legte seinen Kopf auf ihre Schulter. Sie erwiderte die Umarmung, drückte ihren Körper an seinen.

»Harry, was ist passiert?«, fragte sie nach etwa fünfzig Litern Wasser.

»Alles schief gegangen«, antwortete er leise.

»Ich bin zu alt für diesen Scheiß!«, fügte er laut hinzu.

Er duschte ein zweites Mal, diesmal ohne Bekleidung, putzte die Zähne, kämmte die Haare, zog sich frische Sachen an und frühstückte mit einem plötzlich erwachten Heißhunger. Um viertel vor acht – Hansen stand auf dem Balkon und rauchte eine Zigarette – rief Kriminaloberrat Thorwald an und bat Hansen, sofort ins Präsidium zu kommen. Wieso war der Dienststellenleiter so früh schon im Büro? Das verhieß nichts Gutes.

Kapitel 19

Hansen saß vor dem Schreibtisch und suchte erfolglos nach einer entspannten Haltung.

»Sie sehen müde aus«, stellte Thorwald fest und setzte sich.

»Schlecht geschlafen«, murmelte Hansen.

»Soso.«

Thorwald griff nach seiner Krawatte, knapp unter dem Knoten, und strich mit den Fingern über den feinen Stoff.

»Ist es nicht eher so, dass Sie letzte Nacht gar keinen Schlaf bekommen haben?«

Hansen zuckte stumm mit den Schultern.

Der Kriminaloberrat trank einen Schluck Kaffee.

»Rogowski ist tot. Er wurde letzte Nacht trotz Polizeischutz niedergeschossen und starb auf dem Weg ins Krankenhaus.«

»Wenn das so weitergeht, ist bald niemand mehr da, den wir verhaften könnten«, stellte Hansen sarkastisch fest.

»Sie sind näher an der Wahrheit als Sie glauben«, antwortete Thorwald. »Heute Früh, gegen 5.30 Uhr, wurde Katharina Müller gefunden. Tot, in Meiendorf, in einem Straßengraben an der B 75.«

»Tot? Das ist schlecht. Wie ist sie gestorben?«

»Sie ist verblutet. Eine Schussverletzung, die sie sich wahrscheinlich eingefangen hat, nachdem sie in Wismar Axel Rogowski getötet hat. Die Verletzung an sich wäre nicht lebensgefährlich gewesen, sagt Doktor Peters. Sie hätte nur rechtzeitig operiert werden müssen, um die Blutung zu stoppen. Unglücklicherweise hat sie es vorgezogen, mit einem gestohlenen Motorrad von Wismar nach Hamburg zu fahren. Peters vermutet, dass sie dann auf der B 75 einen Schwächeanfall bekam. Wie es aussieht, kam sie nach rechts von der Straße ab und stürzte in den Graben, wo sie geraume Zeit lag, bevor ein Radfahrer sie entdeckte. Da war es zu spät.«

Hansen senkte den Blick, starrte auf seine in den Schoß gelegten, ineinander verkrampften Finger.

»Alles Mist!«, fluchte er. »Wir hätten ihre Aussage gebraucht. Ohne sie kann ich Thöner nichts nachweisen.«

»Das ist nicht Ihr einziges Problem, Herr Hansen.«

Der Hauptkommissar hob den Kopf. »Was meinen Sie damit?«

»Ich bekam sehr früh am Morgen einen Anruf aus Wismar von Herrn Pohlmann, dem dortigen Chef der Kripo. Ihm sind bei den anlaufenden Untersuchungen zum Todesfall Rogowski mehrere Ungereimtheiten aufgefallen, die darauf schließen lassen, dass an dem Vorfall außer den vier eingesetzten Beamten, Müller und Rogowski weitere Personen beteiligt waren. Fällt Ihnen dazu etwas ein?«

Hansen war müde, unendlich frustriert und er fühlte sich auf eine diffuse Art mitschuldig an Rogowskis und Müllers Tod. Er hätte nach Ausflüchten suchen können, er hätte alles abstreiten oder sich dumm stellen können. Aber er wollte sich und Thorwald diese Peinlichkeit ersparen. Er schilderte die Ereignisse der Nacht. Er betonte dabei, dass die Hamburger Kommissare nur als unterstützende Beobachter fungieren wollten und er die volle Verantwortung übernähme.

»Na los, sagen Sie es schon!«, forderte er am Ende ungeduldig. »Tun Sie, was Sie tun müssen. Suspendieren Sie mich.«

Thorwald streichelte seine Krawatte, entdeckte einen Fussel, schnipste ihn weg, beugte sich vor und fixierte Hansen.

»So funktioniert das nicht, mein Lieber. Die Blamage haben wir so oder so. Bei der Konstellation bleibt uns nur die Wahl zwischen zwei Übeln. Das kleinere Übel ist, dass Sie mit Ihrer Eigenmächtigkeit ungestraft davonkommen. Der Pohlmann hat mir gegenüber zugegeben, dass Sie ihm gestern am Tage Ihre Hilfe angeboten haben, ganz offiziell gewissermaßen.«

Hansen nickte.

»Sehen Sie, da liegt das Dilemma. Er hat nicht geglaubt, dass Frau Müller einen Angriff auf eine Person wagen würde, die von vier Polizisten geschützt wird. Eine Fehleinschätzung, wie wir wissen. Peinlich genug, dass die Müller es trotzdem geschafft hat, Rogowski zu töten. Wenn die Presse erfährt, dass sogar sieben Polizisten vor Ort waren und es nicht schafften, den Mord zu verhindern, wird die Peinlichkeit zur Katastrophe. Kurz und bündig, der Kollege und ich sind übereingekommen, über gewisse Details der Geschehnisse den Mantel des Schweigens zu decken. Damit ist allen gedient. Sorgen Sie dafür, dass die Kollegen aus Ihrem Team die Klappe halten. Einwände?«

»Keine. Und danke für Ihre …«

»Den Dank können Sie sich sparen. Das tue ich nicht für Sie. Wir werden die Fälle Lausen und Friedemann jetzt zügig abschließen. Die Täterfrage dürfte hinreichend geklärt sein und die Schuldigen sind nicht mehr zu belangen, da beide tot sind. Ob wir der Müller post mortem auch den Mord an Grabow nachweisen können, wird sich zeigen.«

Hansens Kampfgeist tauchte aus der Versenkung auf wie Phoenix aus der Asche.

»Ich würde die Ermittlungen im Fall Friedemann gern fortsetzen. Die Müller hatte kein Motiv, den alten Mann zu töten. Sie wurde beauftragt.«

Thorwald seufzte. »Sie wollen unbedingt dem Thöner auf die Füße treten, stimmt's? Um es klar zu sagen: Ich sehe da keinen Ansatz, Herr Hansen.«

»Wurde Müllers Tod veröffentlicht? Sind Berichte davon in unserem Netz?«

»Mit Sicherheit nicht. Die Kollegen von der Streife glaubten an einen Verkehrsunfall, bis der Notarzt die Schusswunde entdeckte. Die Identifizierung erfolgte spät, die Müller hatte ihr Aussehen verändert. Unsere Leute sind noch vor Ort, sichern die Spuren und suchen nach Zeugen.«

Hansen rieb sich die Hände. »Das ist gut.«

»Worauf wollen Sie hinaus, Hansen?«

Der Hauptkommissar erzählte von der Manipulation im Netzwerk des Präsidiums und dem naheliegenden Verdacht, dass Thöner mit seinem IT-Unternehmen dahintersteckte. Thorwald war geschockt. Er griff zum Telefonhörer, um Maßnahmen gegen die Bespitzelung einzuleiten. Hansen hielt ihn davon ab, indem er ihm den Hörer aus der Hand nahm.

»Einen Moment bitte, Herr Thorwald. Hören Sie mir zu.«

Der Kriminaloberrat schaute misstrauisch. »Was haben Sie vor, Hansen? Ihr Gesichtsausdruck gefällt mir nicht.«

»Ich brauche nur zwei Stunden. Zwei Stunden, in denen kein Wort von Müllers Tod nach außen dringt oder in unserem Netzwerk erwähnt wird. Ich will Thöner verhören und Druck auf ihn ausüben. Er soll erfahren, dass Rogowski trotz Polizeischutz das Zeitliche gesegnet hat. Er soll denken, dass Westphal der letzte ist, der zwischen ihm und dieser Tötungsmaschine steht, die offenbar niemand aufhalten kann.«

»Hm, na gut, versuchen Sie's. Kein offizielles Verhör hier bei uns. Dafür haben wir zu wenig in der Hand. Sie fahren zu ihm und befragen ihn als Zeugen. Er war mit Rogowski gut bekannt, das ist Anlass genug für eine Befragung.«

Hansen verabschiedete sich mit einem Wink und rauschte hinaus. Auf dem Gang trat Ralf Förster in seinen Weg.

»Morgen, Harry. Ich wüsste gern, …«

»Es gibt vieles, was ich auch gern wüsste, leider fehlt mir die Zeit.«

Hansen umkurvte Förster und entfernte sich.

In der Speicherstadt bestieg er den Fahrstuhl und fuhr in das oberste Stockwerk. Die Türen glitten fast geräuschlos zur Seite und gaben den Blick auf einen zweibeinigen Schrank frei, der Hansen um anderthalb Köpfe überragte. Der Schrank trug schwarze Jeans, ein schwarzes T-Shirt und ein – hervorragend dazu passendes – schwarzes Sakko. Seine rechte Hand steckte halb unter dem Stoff des Sakkos, diskret am Griff einer Pistole.

»Was kann ich für Sie tun?«, fragte der Schrank überraschend höflich.

»Hauptkommissar Hansen, ich muss dringend Herrn Thöner sprechen.«

»Ausweis?«

Hansen hielt dem Schrank seinen Dienstausweis unter die Nase, der daraufhin wie in Zeitlupe mit dem Kopf nickte, denselben nach links drehte und den Mund öffnete.

»Mario! Ein Kommissar Hansen will den Boss sprechen.«

»Moment!«, hörte Hansen vom Ende des Flurs und sah einen zweiten, etwas kleineren Schrank, der die Tür zu Thöners Büro einen Spalt öffnete, den Kopf hindurch steckte, einige Worte sagte, den Kopf zurückzog, sich umdrehte und rief: »In Ordnung, kann kommen.«

Der größere Schrank nickte Hansen zu.

»Sind Sie von der Sicherheitsfirma von Herrn Westphal?«, fragte der Kommissar.

»Genau. SSP. Security, Safety and Protection. Wir sind die Besten.«

»Sie kennen Katharina Müller nicht. Naja, noch nicht.«

Der Schrank schaute ihn verwundert an. Hansen ließ ihn stehen und legte in gemütlichem Tempo die zehn Meter bis zu Thöners Bürotür zurück. Die Büros hinter den gläsernen Wänden waren leer. Der Firmenchef erwartete ihn mit ausgebreiteten Armen und einem übertriebenen Lächeln.

»Kommissar Hansen! Nett, dass Sie vorbeikommen. Mit guten Nachrichten, hoffe ich. Haben Sie Frau Müller verhaftet?«

Hansen stand vor ihm, die Hände in den Hosentaschen und antwortete nicht.

»Kaffee?«, fragte Thöner, rief »Zwei Kaffee, bitte!« durch die offene Tür, schloss dieselbe, schlenderte zur ledernen Sitzgruppe und deutete auf die zweisitzige Couch. »Nehmen Sie Platz. Ich habe Zeit, kein Problem.«

Hansen setzte sich, griff in die Brusttasche seiner zehn Jahre alten Jeansjacke und zog eine Schachtel Zigaretten heraus.

»Was dagegen?«, fragte er.

Der Aschenbecher mit dem wellenförmigen Rand stand auf dem Tisch – als hätte der Spion Hansens Besuch erwartet.

Thöner vollführte eine großzügige Geste. »Bitte, tun Sie sich keinen Zwang an.«

Er durchschritt den großen Raum und öffnete die Schiebetür der ehemaligen Ladeluke des Speichers. Er sog hörbar die Luft durch die Nase ein.

»Gut, dass es nicht mehr so heiß ist. So ist die Luft gleich frischer.«

Es klopfte. Mario servierte den Kaffee, verließ den Raum und schloss die Tür. Hansen stellte sich vor, wie er im Gang Stellung bezog. Breitbeinig, die kräftigen Arme übereinandergelegt, entschlossen dreinblickend und sich wie in einem Hollywood-Film fühlend.

»Ist Herr Fritsche gar nicht da?«, fragte er und hielt die Flamme seines Feuerzeugs an die Zigarette.

»Nein, und auch kein anderer Mitarbeiter, wie Sie sicher bemerkt haben. Wir machen Betriebsferien.«

»Vernünftig, wenn man bedenkt, dass jeden Moment eine überaus fähige Killerin auftauchen könnte.«

Thöner ging zum Schreibtisch, klappte den Deckel einer Schachtel aus edlem Tropenholz auf, entnahm ihr einen Zigarillo und zündete ihn an.

»Ihrer Äußerung entnehme ich, dass Sie die Müller bisher nicht erwischen konnten.«

»So ist es. Sagen Sie, wo ist eigentlich Herr Westphal? Ich habe auf dem Weg hierher versucht, ihn zu erreichen. Weder im Büro seiner Firma noch bei ihm zu Hause geht jemand ran.«

Thöner setzte sich in einen Sessel über Eck zu Hansen und blies Rauch in Richtung Zimmerdecke.

»Dieter ist weniger nervenstark als ich dachte. Er zog es vor, einen spontanen Urlaub im Ausland anzutreten, in Island, glaube ich. Ich könnte mir schönere Plätze für einen Urlaub vorstellen. Er denkt wohl, in der Einöde sei er sicher.«

Hansen verbarg seine Freude. Durch Westphals Verschwinden konnte er den Druck auf Thöner erhöhen.

»Sicher ist ein gutes Stichwort. Wenn Westphal zur Zeit quasi unerreichbar ist, sollten Sie um Ihre Sicherheit besorgt sein.«

Thöner rauchte und lächelte versonnen. »Wegen der Müller? Dieter hat seine besten Leute herbeordert. Die Frau hat keine Chance, an mich heranzukommen.«

Hansen neigte den Kopf zur Seite und betrachtete Thöner wie eine seltene Spezies.

»Da wäre ich an Ihrer Stelle vorsichtig. Letzte Nacht wurde Ihr Vereinsgenosse Axel Rogowski erschossen – obwohl er von vier Polizisten bewacht wurde.«

Thöners Kinn schien nach vorn zu wachsen, seine Kiefermuskeln arbeiteten schwer. Die Augen verengten sich.

»Ist das wahr? Axel ist tot?«, fragte er mit einer erstaunlich gleichgültig klingenden Stimme. Trotz der unwillkürlichen Reaktionen der Gesichtsmuskulatur, seine Selbstbeherrschung war beeindruckend.

»Ja. Ich muss leider zugeben, dass die Wismarer Kollegen nicht in der Lage waren, ihn vor Frau Müller zu schützen. Moldenhauer, Grabow, Rogowski. Der Vorstand Ihres Vereins ist arg dezimiert. Die Müller scheint ziemlich sauer auf Sie und Ihren Verein zu sein. Keine Kunst, sich auszurechnen, wer der Nächste ist, wenn sich Herr Westphal außer Reichweite befindet.«

»Wollen Sie mir Angst machen?«

»Nein, ein Angebot. Sie erzählen mir, warum Friedemann sterben musste und ich sorge für Ihren Schutz.«

»Fragen Sie doch die Müller, warum sie Rudolf umgebracht hat. Woher soll ich das wissen?«

Hansen drückte seine Zigarette aus und trank Kaffee, bevor er den nächsten Angriff startete.

»Herr Thöner, Frau Müller war in Ihrem Auftrag bei Friedemann. Sie hat ihn gefoltert, bis er alles preisgegeben hat. Welchen Grund hätte sie gehabt, ihn zu töten, wenn nicht den, dass Sie ihr den Befehl dazu gaben?«

Thöner legte den Zigarillo im Aschenbecher ab und richtete sich auf.

»Sie können nicht beweisen, dass ich so einen Auftrag erteilt habe. Sie haben nicht den kleinsten Anhaltspunkt für ein Motiv.«

Hansen piekste weiter und hoffte auf einen Fehler Thöners.

»Friedemann wollte auspacken, über Ihre gemeinsame Vergangenheit, über die krummen Geschäfte und über Ihre Tätigkeit für die Stasi. Ich finde, das sind eine Menge Gründe.«

Für einen Moment bröckelte die Fassade der Gleichgültigkeit in Thöners Gesicht.

»Ach, hören Sie doch auf, Hansen! Sie wiederholen sich. Das Gequatsche über die Stasi und die Spionage berührt mich nicht. Ich dachte, das Thema hätten wir neulich beim Frühstück erschöpfend behandelt. Meine

Handlungen im Rahmen der Tätigkeit für die Stasi sind verjährt. Sie wollen mich erpressen? Die Sache an die Öffentlichkeit bringen? Bitte! Tun Sie sich keinen Zwang an. Gehen Sie zur Presse, breiten Sie alles aus. Das interessiert mich nicht. Mein Ruf ist mir egal. Der kalte Krieg, der Kampf der Systeme, die Ideologien – nichts davon hat mich je tangiert. Damals hat jeder gegen jeden spioniert. Geheimdienstleute sind Paranoiker. Man kann sich ihnen anpassen oder die richtigen Knöpfe zum eigenen Vorteil drücken. Ich habe Letzteres getan. Diese lächerlichen Stasi-Typen mit ihrer grenzenlosen Borniertheit sind mir ebenso auf den Leim gegangen wie die eitlen westdeutschen Manager mit ihrer Gier. Ich habe ihre Schwächen erkannt und sie ausgenutzt. Kann man mir das vorwerfen? Wohl kaum. Ich sitze hier und kann ruhigen Gewissens sagen: Ich habe ausgesorgt. Das Grundprinzip der Evolution, der Anpassungsfähigere und Klügere setzt sich durch. Mir kann keiner an den Karren fahren, auch Sie nicht, Hansen!«

Er grinste siegessicher, breitete die Arme aus und präsentierte die Innenflächen seiner Hände, wie jemand, der seine Unschuld beteuert.

»Man könnte mich einen Spion ohne Vaterland nennen. Ich wäre der perfekte Doppelagent gewesen. Schade eigentlich. Der BND wurde nie auf mich aufmerksam.«

Hansen begriff, dass der Mann, der vor ihm saß, nach rund vierzig Jahren erfolgreich gelebter falscher Identitäten und vorgetäuschter Gesinnungen so felsenfest von der eigenen Unverwundbarkeit überzeugt war, dass er die Gefahr, die von einer rachsüchtigen Katharina Müller für ihn ausging, einfach ignorierte. Die Vorstellung, von einer einzelnen Frau bezwungen werden zu können, passte nicht in sein Weltbild. Dieser Umstand machte es nahezu unmöglich, Thöner durch Angst zu einer Aussage zu bewegen. Hansen wagte einen letzten Versuch.

»Sie sind vom Thema abgekommen. Katharina Müller schleicht vielleicht genau jetzt um Ihr Haus herum und sucht nach einer Möglichkeit, Ihnen beizukommen.«

Thöner zündete den erloschenen Zigarillo an und zielte mit dem glühenden Ende auf Hansen.

»Vergessen Sie's, Herr Kommissar. Ihre Strategie ist leicht zu durchschauen. Sie schaffen es nicht, mir Angst zu machen. Zugegeben, die ›Katze‹ hat außergewöhnliche Fähigkeiten. Haben Sie die Frau mal in Aktion gesehen? Der Spitzname passt wirklich gut zu ihr. Sie beherrscht einen unglaublich eleganten und gleichzeitig effektiven Bewegungsablauf, wie eine Raubkatze.«

Thöner machte eine Pause, sog an der Tabakstange, blies Rauchkringel aus und nahm eine entspannte Haltung ein.

»Es gibt drei Möglichkeiten«, dozierte er. »Erste Variante: Der Polizei gelingt es, die Müller zu verhaften. Um die eigene Haut zu retten, macht sie eine Aussage, in der sie mich bezichtigt, den Mord an Rudolf in Auftrag gegeben zu haben. Dann werde ich zugeben, sie über Westphal beauftragt zu haben, den Spionageangriff gegen meine Firma zu verhindern, natürlich im Rahmen geltender Gesetze. Dürfte schwierig werden, mich zu widerlegen.

Zweite Variante: Die Jungs, die da draußen vor der Tür stehen, erledigen die Müller, bevor sie an mich herankommt. Fazit: Problem gelöst.

Dritte Variante: Sie schafft es tatsächlich, mich zu erwischen. Ich kenne die Frau. Sie ist eine leidenschaftliche Sadistin. Ihr Charakter wird sie daran hindern, mich ohne Vorspiel zu töten. Sie wird mich leiden sehen wollen, sie wird den Akt genießen wollen. Dann kommt mein Auftritt.«

Thöner griff in seine Hosentasche und zeigte Hansen einen unscheinbaren USB-Stick.

»Was ist da drauf?«, fragte der Kommissar.

»Eine Audio-Datei mit ein paar äußerst interessanten Sätzen von Dieter Westphal, die belegen, dass er die Müller auf eigene Faust verraten hat. Ich werde beteuern, wie leid es mir tut, dass ihr geliebter Ronny sterben musste und ihr selbstverständlich jegliche Unterstützung zusagen. Für ihre Flucht und auch gegen Westphal. Sie wird mir glauben. Ich kann sehr überzeugend sein.«

»Diese Audio-Datei, ist die authentisch?«

Thöner antwortete nicht, er zwinkerte Hansen fröhlich zu.

Dem alten Hauptkommissar war die Munition ausgegangen. Er fügte sich in die Niederlage. Thöners Offenheit in Bezug auf die Absicht,

Westphal die Schuld in die Schuhe zu schieben, ließ nur einen Schluss zu. Dieter Westphal war nicht mehr in der Lage, Thöners Darstellung zu widersprechen. Er weilte nicht in Island, sondern moderte irgendwo vor sich hin. Damit war niemand mehr am Leben, der Thöner hätte belasten können.

Hansen stand auf und verließ ohne ein Wort den Raum. Hinter sich hörte er die Stimme des Spions ohne Vaterland:

»So ist das Leben, Hansen. Mal gewinnt man, mal verliert man. Gegen mich verliert man in der Regel.«

Auf der Rückfahrt tauchten in Hansens Kopf immer wieder die gleichen Worte auf: Niederlage! Versagen! Blamage!

Sollte seine Laufbahn so enden?

Er pendelte hilflos zwischen Wut und Depression, fuhr halb abwesend im Routinemodus durch die Stadt, suchte ohne Erfolg nach einer genialen Idee und musste sich eingestehen, dass Thöner ihn eiskalt ausgezählt hatte, wie einen am Boden liegenden Boxer, für den sich nach einer vernichtenden Niederlage kein Schwein mehr interessiert, während die Massen dem alten und neuen Champion zujubeln.

Einen positiven Aspekt fand er doch, nach zwei Zigaretten auf dem Hof vor dem Präsidium und minutenlangem, rastlosen Auf- und Abmarschierens. Er hatte endgültig die Lust an seinem Beruf verloren. Der bevorstehende Abschied würde ihm leichtfallen. Jetzt galt es, die letzten Formalitäten zu erledigen, den Schreibtisch auszuräumen und das neue Leben anzunehmen.

Er schlich den Gang zu seinem Büro entlang, ein alter gebeugter Mann, der Mühe hatte, die Füße anzuheben. Fehlte nur der Rollator. Er trug seinen Gemütszustand für jeden sichtbar vor sich her. Niemand traute sich, ihn anzusprechen.

Er fiel in seinen Schreibtischstuhl, bedeckte das Gesicht mit den Händen und schloss die Augen. Minutenlang verharrte er in dieser Stellung und beschränkte sich auf die lebenserhaltenden Funktionen.

Einatmen, innehalten, ausatmen. Und von vorn: einatmen, …

»Bist du in Ordnung?«, hörte er Beckers Stimme und erschrak.

Er legte die Handflächen auf die Tischplatte und öffnete die Augen. Vera Becker musterte ihn mit einer Mischung aus Misstrauen und Besorgnis. Ihr Gesicht hatte eine asymmetrische Form, die rechte Seite normal, die linke bläulich verfärbt mit einer stattlichen Beule unter dem Auge.

»Meine Güte, du siehst ja schlimm aus«, sagte er ohne nachzudenken.

»Danke für das Kompliment, Harry! Was ist los mit dir?«

»Entschuldige, ich wollte nicht … Wärest du nicht zu Hause besser aufgehoben?«

»Was soll ich da? In den Spiegel gucken und mich bemitleiden? Ich habe dir eine Frage gestellt. Was ist los?«

Hansen erkannte, dass der Tagesordnungspunkt ›die letzten Formalitäten erledigen‹ gekommen war. Er atmete tief ein, stieß die Luft mit einem Seufzer aus und sagte: »Okay, hol' Wolter und Förster rein. Ich habe euch etwas zu sagen.«

Er schilderte seinem Team den gescheiterten Versuch, Thöner zu einem Geständnis zu bewegen, bügelte alle wohlgemeinten Einwände ab und verfügte, dass die Ermittlungen damit beendet seien. Es kostete ihn Überwindung, von Thöners Arroganz und höhnischem Triumphgehabe zu erzählen, aber es tat auch gut, die gleiche Wut, die er verspürte, in den Gesichtern seiner Mitarbeiter zu sehen. Um quälende und sinnlose Diskussionen zu vermeiden, scheuchte er sie an ihre Arbeitsplätze, sie sollten die Abschlussberichte schreiben.

Die zweite Schilderung bei Thorwald fiel ihm etwas leichter. Er suchte nicht ständig nach den richtigen Worten, verkürzte den Bericht und ließ die aus seiner Sicht peinlichsten Passagen unter den Tisch fallen. Thorwald reagierte mit professioneller Gelassenheit. Er hatte von vornherein wenig Zutrauen zu Hansens Plan gehabt.

Die dritte Auflage seines Berichts erhielt die Staatsanwältin Frau Dr. Dierscheidt per Telefon. Da hatte er schon eine gewisse Routine im Eingestehen einer Niederlage. Hansen erlebte, was es bedeutet, sich etwas von der Seele zu reden. Mit jeder Wiederholung wurde die Schmach der Niederlage ein wenig kleiner. Außerdem registrierte er, dass der erotisch verlockende Unterton in Frau Dierscheidts Stimme verschwunden war. Sie schien erfolglose Männer nicht zu mögen. Es war beruhigend, zu wissen, dass ihm das in Zukunft egal sein konnte.

Um 16.30 Uhr schaltete Hansen den Computer aus, warf sich die Jacke über die Schulter und meldete sich bei seinen Mitarbeitern ab.

»Ich verschwinde jetzt. Morgen nehme ich mir frei, Thorwald weiß Bescheid. Schönen Feierabend.«

Wolter wartete, bis Hansen außer Hörweite war, bevor er fragte: »Seit wann macht unser Chef auf die Minute genau Feierabend?«

»Ist doch klar! Der ist schwer gefrustet, weil er den Thöner nicht dran gekriegt hat«, stellte Förster fest.

»Ich kann ihn gut verstehen«, äußerte Becker.

Nadja schaute überrascht auf, als Hansen plötzlich in der Küche stand. Sie hatte ihn nicht kommen hören, weil die Musik aus dem Radio alles übertönte – außer ihrem schrägen Gesang.

»Du bist aber früh da«, stellte sie fest.

»Hmm«, brummte er, holte sich ein Bier aus dem Kühlschrank und verschwand. Seine Stimmung befand sich offensichtlich im Untergeschoss. Nadja nahm es gelassen und trällerte weiter den Hit von Donna Summer: »Love to love you baby.«

Später erzählte er ihr in abgehackten Sätzen, was sich am Tag ereignet hatte. Er redete in monotoner Stimmlage, jedes Wort schien ihn anzustrengen, Nachfragen blockte er ab. Jetzt machte sie sich Sorgen. Das war nicht der Harry, den sie kannte. Verschlossen gab er sich öfter. Frustriert war er, wenn es nicht voranging. Wütend, wenn sein Sinn für Gerechtigkeit mit Füßen getreten wurde. Aber so resigniert hatte sie ihn bisher nie erlebt.

Um zweiundzwanzig Uhr gab er ihr einen nachlässig hingehauchten Kuss auf die Wange, ging in sein Zimmer und legte sich schlafen.

Nadja kannte ihren Harry. Ihre rote Alarmleuchte blinkte hektisch. Sie rief Vera Becker an.

Am nächsten Tag kümmerte sich Hansen darum, dass Mareike in die Schule kam, guckte sich zwei gebrauchte Kombis an, die ihm beide nicht gefielen und verbrachte die meiste Zeit mit sinnlosen Tätigkeiten. Eine Weile zappte er durch alle Fernsehprogramme, so schnell, dass er nur Halbsätze der Protagonisten mitbekam. Diese Form des Fernsehkonsums passte hervorragend zu dem, was sein Gehirn veranstaltete. Es produzierte unentwegt halbe Gedanken, die in abgestorbenen Verästelungen endeten, um für die nächste Assoziation Platz zu machen. Nichts führte irgendwohin. Sein eigener Zustand nervte ihn. In seinem Bauch, unbestimmt zwischen Leber, Milz, Prostata und den Windungen der Gedärme, lag ein Stein, rund und schwer, hart wie Granit. Hansen suchte verzweifelt nach dem Sprengstoff, mit dem er es schaffen könnte, diesen Stein in kleine, leicht abzutransportierende Teile zu zerlegen. Er versuchte es mit Musik. Lee Claytons ›I ride alone‹ half auch nicht. Vielleicht hätte er ›Tequila is addictive‹ wählen sollen.

Er hörte Nadjas Schlüssel im Schloss. Endlich Ablenkung! Er sprang aus dem Sessel hoch und lief ihr entgegen. Sie stand allein auf dem Flur.

»Du wolltest Mareike abholen! Hast du sie vergessen?«, rief er empört.

Nadja warf ihm einen bösen Blick zu. »Glaubst du, ich vergesse mein Kind? Sie übernachtet heute bei ihrer Freundin. Alles geregelt. Denn wir beide, mein Lieber, gehen essen und machen uns einen schönen Abend. Den hast du dringend nötig!«

Hansen verzog das Gesicht. »Ich habe eigentlich keine Lust, aus dem Haus zu gehen.«

»Du hast die Wahl. Entweder nimmst du meine Einladung zum Griechen an oder du hast mindestens drei Tage lang eine extrem schlecht gelaunte Lebensgefährtin am Hals.«

Nadjas Worte hätte man für eine humorvolle Äußerung halten können, wenn die Stimme nicht diesen kompromisslosen Klang gehabt hätte.

»Grieche«, sagte Hansen kleinlaut.

Sie drängte ihn, sich frisch zu machen und das labberige Sweatshirt gegen ein Hemd zu tauschen. Um 18.30 Uhr wartete ein vorbestelltes Taxi vor der Tür. Nadja nannte dem Fahrer eine Adresse in Barmbek.

Hansen schwante Böses.

»Was soll der Aufwand?«, fragte er. »Es muss ja nicht ein Grieche sein. Wir hätten doch zu Fuß zum Chinesen gehen können.«

»Mir ist heute nicht nach Chinese.«

»Hast du vielleicht das Datum verwechselt? Mein Geburtstag ist erst nächste Woche.«

»Hör' mit dem Rummosern auf, Harry. Ich will einen netten Abend mit dir verbringen.«

Sie erreichten das Restaurant, Nadja bezahlte das Taxi, stieg aus und schritt voran. Hansen trabte missmutig hinterher. Sie grüßte den Wirt, passierte den Tresen und blieb vor einer zweiteiligen Schiebetür stehen. Sie öffnete den Durchgang zum nächsten Raum, packte Hansen am Unterarm und zog ihn hinein. Acht Menschen erhoben sich von ihren Stühlen, trommelten rhythmisch mit den Handflächen auf die Tischplatten und riefen: »Harry! Harry! Harry!«

Hansen guckte fassungslos in die fröhlichen Gesichter. Sie waren alle gekommen. Becker natürlich, Bernstein mit Kopfverband, Förster und Wolter, Schwanitz und sogar Reisberg, der verrückte Idiot. Am rechten Rand der Gruppe entdeckte Hansen den Glatzkopf von Heinrich Peters, dem Rechtsmediziner und langjährigem Freund, den er in letzter Zeit viel zu selten gesehen hatte. Neben Peters stand ein kräftig gebauter Mann, mit widerspenstigen, schwarzgrauen Haaren, buschigen Augenbrauen und einem markanten Schnauzbart mit gezwirbelten Enden. Es war unverkennbar Bernd Marquardt, der Hauptkommissar aus Kiel.

»Was? … Ihr seid ja verrückt … Ich weiß nicht …«, stammelte Hansen.

Mit einer energischen Armbewegung brachte Becker die Truppe zur Ruhe.

»Mein lieber Chef«, begann sie ihre Ansprache. »Dies ist keine Abschiedsparty. Wie du am besten weißt, gibt es in unserem Team ein Ritual, das nach jedem abgeschlossenen Fall zelebriert wird. Ich nenne es mal ›Bilanz ziehen bei Bier und Korn‹. Ich gebe zu, daran musste ich mich erst gewöhnen. Inzwischen weiß ich, dass es hilft, die eigenen Erlebnisse zu verdauen. Der Mordfall Friedemann ist gelöst, so weit es die Umstände zuließen und wir können dieses Ritual bei deinem letzten Fall vor dem Ruhestand nicht ausfallen lassen.«

»Der Fall ist nicht gelöst«, murmelte Hansen so leise, dass es nur die neben ihm stehende Nadja hören konnte, die ihm daraufhin einen Knuff in die Seite verpasste.

»Wir haben allerdings zwei Änderungen vorgenommen«, erklärte Becker. »Zum einen ist der Kreis der Teilnehmer erweitert worden, zum anderen gibt's heute Ouzo statt Korn. Bevor wir das Gelage eröffnen, möchte unser Kieler Gast dir etwas sagen.«

Hansen stand verlegen in der Mitte des Raumes, merkte, dass er nervös seine Finger knetete und versteckte sie hinter dem Rücken.

Marquardt wartete ab, bis der Applaus für Becker verklang, räusperte sich und trat einen Schritt vor.

»Tja, Harry, wir kennen uns mittlerweile fast drei Jahre. Die Nacht mit dir und dem Kollegen Bernstein auf einer einsamen Landstraße bei Schnee und Eis werde ich sicher nie vergessen. Damals habe ich dich als einen außergewöhnlich engagierten Kollegen kennengelernt. Umso mehr ist es mir heute eine Ehre, dir mitteilen zu dürfen, dass ich deine Nachfolge antreten werde.«

Hansens Unterkiefer verlor seine Spannkraft und gehorchte dem Gesetz der Schwerkraft.

»Ja, du hast richtig gehört, Harry. Ich wechsle hierher nach Hamburg und werde dein wunderbares Team übernehmen.«

Marquardt ging zu Hansen und umarmte ihn.

»Ich hoffe, du bist einverstanden.«

»Mehr als das, ich finde es toll! Du bist genau der Richtige für diese Chaotentruppe.«

»War das nun ein Kompliment oder eine Beleidigung?«

»Das klären wir nach dem Essen.«

Sie aßen, tranken, fachsimpelten, diskutierten und lachten. Zu vorgerückter Stunde erzählte Bernstein begeistert von Werner Stiller, dem legendären Überläufer. Marquardt hörte interessiert zu. Hansen saß zwischen den beiden, den Blick auf das leere Bierglas vor sich gerichtet, als wollte er es durch Hypnose zwingen, sich wieder zu füllen.

»Der Stiller wäre ja um ein Haar von seinen Kollegen der Stasi erwischt worden, wie später bekannt wurde« erzählte Bernstein. »Der BND hatte zu der Zeit bereits diverse Fehler gemacht und Stiller damit in Gefahr gebracht. Der Stasi-Mann traute den Plänen des westdeutschen Geheimdienstes nicht mehr. Wahrscheinlich ist er nur deshalb heil in den Westen entkommen, weil er eigenmächtig einen anderen Fluchtweg nahm und nicht mit dem Zug fuhr, den der BND für ihn vorgesehen hatte.«

»Klingt echt spannend, ich werde die Geschichte beizeiten mal nachlesen«, beschloss Marquardt.

»Ich glaube, ich bin ein Hornochse«, sagte Hansen.

Bernstein und Marquardt guckten irritiert.

»Ist hier noch jemand nüchtern? Kann noch jemand fahren?«, rief Hansen in die Runde.

Die beiden verblüfften Kommissare nickten unisono. Bernstein hatte alkoholfreies Bier getrunken, um seinen lädierten Kopf zu schonen. Marquardt hatte ebenfalls auf Alkohol verzichtet, weil er mit dem Auto zurück nach Kiel fahren musste.

»Na dann los«, forderte Hansen und erhob sich mit den schwerfälligen Bewegungen eines Menschen, dessen Promillegehalt im Blut eine Eins vor dem Komma aufweist.

Nadja, die am anderen Ende des Tisches saß, führte ein angeregtes Gespräch mit Becker. Die versierte Mutter einer quirligen Achtjährigen konnte in zwei Richtungen gleichzeitig lauschen. Blitzschnell umrundete sie den Tisch, legte Hansen von hinten die Hände auf die Schultern und drückte ihn auf die Sitzfläche zurück.

»Wo willst du hin?«

»Ich muss eine Kleinigkeit erledigen, hat mit dem Fall zu tun«, nuschelte Hansen.

»Harry, du hast einen im Tee. Heute Abend wird nichts Dienstliches mehr erledigt«, bestimmte Nadja.

»Vera!«, krakelte Hansen viel zu laut für die geringe Entfernung, die er überbrücken musste. »Ist der Wohnungsschlüssel von Friedemann noch bei uns?«

»Der müsste bei den Asservaten liegen.«

»Harry, du kriegst gleich Ärger mit mir«, warnte Nadja.

Hansen streichelte beruhigend ihre Hand auf seiner Schulter. »Alles gut, mein Schatz. Ich bin brav. Vera?«

»Ja, Chef!«

»Besorgst du morgen früh den Schlüssel und holst mich ab, so gegen neun?«

Becker schaute genervt an die Zimmerdecke. »Oh Mann! Ja, wenn's sein muss.«

»Zehn Uhr langt völlig«, meinte Nadja. »So, mein Dicker, du bekommst jetzt ein letztes Bier und dann geht's ab nach Hause.«

Hansen nickte zufrieden.

Nadja sprach mit dem Wirt, der außer den Polizisten keine Gäste mehr hatte und auf einen baldigen Feierabend hoffte.

»Bitte ein Bier für den grauhaarigen Herrn, ein alkoholfreies, das ist besser für ihn. Und dann können Sie mir die Rechnung bringen.«

»Gerne. Eine Runde Ouzo auf's Haus?«

»Ja, danke.«

Becker war pünktlich. Nadja öffnete die Tür.

»Morgen, Vera.«

»Moin, Nadja. Wie geht's ihm?«

»Leicht verkatert, aber ansonsten okay. Er sitzt in der Küche beim Frühstück.«

Hansen hockte mit kleinen, geröteten Augen vor einem Becher Kaffee und einem halben Käsebrötchen, von dem er nur einmal abgebissen hatte.

»Alles klar, Chef? Können wir los?«, fragte Vera.

»Hast du den Schlüssel für die Wohnung?«

»Hab' ich. Kannst du mir erklären, was du dort willst?«

»Später.« Er schlürfte den letzten Schluck Kaffee, schob verächtlich das Käsebrötchen weg und verabschiedete sich von Nadja.

»Wenn ich mit meiner Vermutung daneben liege, bin ich in spätestens zwei Stunden wieder da. Oder ich rufe an. Tschüss.«

Becker schloss die Wohnung auf, Hansen drängte sich an ihr vorbei und eilte in die Bibliothek. Vor einem der großen Bücherregale blieb er mit suchenden Augen stehen. Becker trat neben ihn.

»Wenn du mir endlich sagst, wonach du suchst, kann ich helfen.«

Hansen machte einen Schritt nach links und einen nach vorn.

»Ich glaube, ich habe es schon«, sagte er und zog ein Buch aus dem Regal, eine gebundene Erstausgabe des Romans ›Stiller‹ von Max Frisch aus dem Jahr 1954.

»Wir fahren extra hierher, damit du dir ein Buch aus Friedemanns Sammlung greifen kannst?«, fragte Becker provokativ, in der Hoffnung, dass ihr Chef sie endlich in seine Gedanken einweihen würde.

Hansen ließ die Seiten durch die Finger gleiten, betastete ungeduldig Vorder- und Rückseite des Einbands, schüttelte das Buch und knetete es unsanft.

»Da ist nichts! Ich verstehe das nicht.«

Becker nahm ihm das Buch aus der Hand, untersuchte es ebenfalls.

»Was suchen wir denn?«

»Ich war gestern während unserer Feier auf die Idee gekommen, dass Friedemann seinem Sohn mit dem Kennwort für das Bankschließfach und dem Hinweis auf den Roman einen Fingerzeig geben wollte. Ich kann nicht glauben, dass dieser Mann, der zum Beispiel die Geldwäsche des Vereins so gut geplant hatte, bei seiner für ihn bestimmt bedeutungsvollen Lebensbeichte keine Rückversicherung für die Informationen geschaffen hat. Wo ist der zweite Teil seiner Beichte? Hatte er den wirklich nur auf dem Laptop, den Thöners Leute fein gesäubert haben? Ich dachte, er hätte vielleicht eine CD oder einen anderen Speicher in dem Buch versteckt. War wohl ein Schuss in den Ofen.«

Becker legte das Buch weg, wandte sich dem Regal zu und griff nach kurzer Suche zu einem abgegriffenen Suhrkamp-Taschenbuch in blauer Farbgebung.

»Es gibt ein zweites Exemplar des Romans«, verkündete sie.

In der Mitte des Buches erfühlte sie eine ungewöhnliche Steifigkeit. Sie reichte das Buch an Hansen weiter.

»Guck dir das mal an.«

Zwei Seiten klebten aneinander. Zwischen ihnen konnte Hansen eine feste, runde Scheibe ertasten. Aufgeregt pulte er an den Ecken der Seiten herum, um sie schließlich ungeduldig aufzureißen. Er zog eine CD hervor und rief begeistert: »Ja! Das muss es sein!«

»Komm, wir fahren ins Präsidium und gucken nach, was drauf ist«, schlug Becker vor.

»Ins Präsidium? Lieber nicht. Ich weiß nicht, ob Thorwald schon das Loch in unserem Netzwerk hat stopfen lassen.«

Becker streichelte Hansens Wange und spielte die lüsterne Barbekanntschaft.

»Na gut, gehen wir zu dir oder zu mir?«

»Zu dir, das ist dichter.«

Eine halbe Stunde später starrten vier Augen gebannt auf den Bildschirm von Beckers Computer. Sie fanden vier Dateien auf der CD. Eine PDF-Datei war mit ›Eidesstattliche Versicherung‹ betitelt und enthielt ein gescanntes Dokument mit dem Briefkopf eines Notars, in dem Friedemann versicherte, alle Angaben zu den Ereignissen im Jahr 1986 nach bestem Wissen und Gewissen wahrheitsgemäß gemacht zu haben, so wie er sie erlebt habe oder sie ihm berichtet worden seien.

Drei Word-Dateien trugen die Namen ›Mein falsches Leben, Teil 1‹, ›Mein falsches Leben, Teil 2‹ und ›Der 15. April 1986‹.

»Öffne die bitte«, sagte Hansen und zeigte auf die Datei mit dem Datum.

Die Kommissarin klickte das Word-Dokument an, das Fenster öffnete sich, Becker und Hansen verstummten.

Kapitel 20

»Ich möchte Thöner verhören«, fiel Hansen mit der Tür ins Haus.

Kriminaloberrat Thorwald, der an seinem Schreibtisch saß und einen unsinnigen Erlass des Innensenators zur Kostenreduzierung las, schaute überrascht auf.

»Hansen, was machen Sie in meinem Büro? Sie bummeln Ihren Resturlaub ab und ab Ende nächster Woche genießen Sie Ihren Ruhestand.«

»Wie soll ich meinen Ruhestand genießen, wenn mir mein letzter Fall keine Ruhe lässt? Ich brauche dieses Verhör!«

Thorwald legte seinen Montblanc aus der Hand. Er blähte die Wangen auf wie ein Blechbläser.

»Auch mein Geduldsfaden hat ein Ende, Hansen. Ich dachte, wir wären uns einig geworden. Thöner wird nur attackiert, wenn die Beweise hieb- und stichfest sind, weil wir uns sonst bestenfalls selbst ins Knie schießen. Warum können Sie jetzt nicht ohne großes Theater in Pension gehen?«

»Früher haben Sie meine Hartnäckigkeit gelobt.«

»Ja, früher. Wollen Sie Thöner verhören oder nur befragen?«

»Verhören. Hier in unserem schönen Verhörraum, ganz offiziell, mit allem drum und dran.«

»Was haben Sie?«

Hansen berichtete. Thorwald hörte mit wachsendem Interesse zu. Am Ende hatten sie einen Deal.

Der letzte Montag im Juli 2010, 9.10 Uhr.

Kriminalhauptkommissar Harald Hansen betrat den Verhörraum, in dem außer einem Tisch und zwei Stühlen kein Mobiliar vorhanden war. Lothar Thöner saß auf dem einen Stuhl. Er trug Freizeitkleidung, ein leichtes Sakko, Button-Down-Hemd ohne Krawatte und eine beigefarbene Chino-Hose. Hansen nahm ihm gegenüber Platz. Der Kommissar hatte eine Mappe mitgebracht, die er lässig vor sich auf den Tisch warf. Auf dem Tisch standen zwei Mikrofone, auf Hansen und Thöner ausgerichtet, und ein Aschenbecher. Vera Becker brachte zwei Becher Kaffee und verließ sofort den Raum.

»Sehr beeindruckend, Herr Hansen«, sagte Thöner. »Und ebenso sinnlos. Ohne meinen Anwalt werde ich kein Wort sagen.«

»Wollen Sie nicht wissen, warum Sie hier sind?«

»Nein, denn Sie veranstalten hier ja doch nur großes Theater ohne Substanz.«

Hansen streichelte seinen Bart. »Ungewöhnlich. Die meisten Menschen, die hier sitzen, wollen genau das unbedingt wissen.«

»Ich bin nicht wie die meisten Menschen, das sollten Sie inzwischen verstanden haben. Ich lasse mich nicht einschüchtern.«

Hansen trank Kaffee. »Das ist mir aufgefallen, in der Tat. Bei Ihnen weiß man nie, wo die Lüge aufhört und die Wahrheit anfängt.«

»Sie langweilen mich, Herr Kommissar. Haben Sie mir etwas Konkretes vorzuwerfen? Nein? Dann kann ich ja wieder gehen.«

»Genau das können Sie nicht, Herr Thöner, denn Sie sind vorläufig festgenommen. Sie können die Aussage verweigern, klar. Sie können darauf bestehen, zu warten, bis Ihr Anwalt eingetroffen ist, richtig. Der hat sich übrigens gerade gemeldet. Er kommt in etwa einer Stunde. Dies ist keine unverbindliche Befragung, sondern eine Vernehmung. Da steht es einem nicht frei, zu entscheiden, wann man geht. Haben meine Kollegen Sie über Ihre Rechte informiert?«

»Jaja, ich kenne meine Rechte. Machen Sie, was Sie wollen. Jagen Sie Ihrer fixen Idee nach. Ich werde schweigen.«

»Der Vorschlag hätte von mir stammen können. Wir wollen beide nicht ewig hier rumhängen. Um Zeit zu sparen, werde ich beginnen. Ich erzähle Ihnen eine Geschichte und Sie hören zu. Später können Sie alles mit Ihrem Anwalt durchsprechen.«

»Ihr Vorgehen wird Konsequenzen haben, Herr Hansen.«

»Davon gehe ich aus, Herr Thöner. Ach ja, Sie sollten wissen, dass dieses Gespräch aufgezeichnet wird, Bild und Ton. Ihr Anwalt kann sich das natürlich ansehen.«

Thöner tippte mit einem Finger auf seine Armbanduhr. »Kommen Sie zur Sache, meine Zeit ist kostbar.«

Hansen öffnete die vor ihm liegende Mappe und setzte die Lesebrille auf. »Richtig. Legen wir los. Die Ereignisse, die ich Ihnen schildern möchte, fanden in der Nacht vom 15. auf den 16. April 1986 statt, also vor rund vierundzwanzig Jahren. Seit Mitte der siebziger Jahre bemühte sich die Regierung der DDR verstärkt darum, das Handelsembargo auf dem Gebiet der Computertechnologie zu durchbrechen, um endlich Anschluss an den westlichen Standard zu bekommen. Der Staatsratsvorsitzende Erich Honecker selbst hatte dem Vorhaben höchste Priorität eingeräumt, weil er – durchaus mit Weitblick – überzeugt war, dass der Kampf der gesellschaftlichen Systeme auf diesem Gebiet entschieden werden könnte. Das ehrgeizige Ziel in den Achtzigern war die Produktion eines eigenen Ein-Megabit-Chips. Damit wollte man sich technologisch als Weltmacht etablieren. Leider fehlten fast alle technischen Voraussetzungen für so eine Produktion, und das Know-how sowieso. Da blieb nur der übliche Weg, die illegale Beschaffung.«

Thöner unterbrach Hansens Vortrag, indem er aufstand. »Da Ihre Geschichte länger zu dauern scheint, werde ich es mir bequem machen«, sagte er, zog sich das Sakko aus, hängte es sorgfältig über die Stuhllehne, öffnete den obersten Knopf seines kurzärmeligen Hemdes, rückte den Stuhl vom Tisch ab und setzte sich, die Beine breit gestellt, die Hände auf den Oberschenkeln ruhend.

»Kann ich weitermachen?«, fragte Hansen.

»Ich bitte darum«, antwortete Thöner übertrieben höflich.

Hansen schob die herabgerutschte Lesebrille auf die richtige Position. »Das MfS hatte über viele Jahre einen Agenten im Westen aufgebaut, einen IT-Fachmann, der unter dem Decknamen ›Seeadler‹ geführt wurde. Der damals achtunddreißigjährige Mann besaß Zugang zu Konstruktionsunterlagen für einen Ein-Megabit-Chip und dessen Produktion. Mit Kopien dieser Unterlagen machte er sich am Sonntag, den 15. April 1986 abends auf den Weg von Hamburg in das östliche Niedersachsen. Sein Ziel war der Elm, ein Höhenzug südlich von Königslutter, ein kaum besiedeltes Gebiet mit dem größten Buchenwald Deutschlands und nahe des damaligen Grenzübergangs Helmstedt/Marienborn gelegen – ideal für ein Treffen mit einem Kurier, der die brisanten Unterlagen in die DDR bringen sollte.

Für ›Seeadler‹ war es die Gelegenheit, um sich endgültig bei der Stasi als Spitzenagent zu profilieren. Doch wie so oft im Leben wurde ein kleines Problem zu einer großen Gefahr für die monatelang geplante Operation.

Es muss kurz vor Mitternacht gewesen sein, ›Seeadler‹ befuhr die L 652, die mitten durch das Waldgebiet des Elm führt. Einer Streifenwagenbesatzung, die hinter ihm fuhr, fiel das kaputte rechte Rücklicht am Alfa Romeo des ›Seeadlers‹ auf. Sie überholten den Alfa und lotsten ihn auf den nächsten Parkplatz an der Landstraße. Das Gebiet dort war praktisch unbewohnt. Das Wetter war typisch für den April, kräftige Winde und Dauerregen. Es ist anzunehmen, dass in dieser Sonntagnacht auf der L 652 kaum Fahrzeuge unterwegs waren. Eine kritische Situation für alle Beteiligten. Mitten in der Nacht, menschenleere Gegend, der Parkplatz ausschließlich von den Scheinwerfern der Fahrzeuge beleuchtet. Ich kann mir gut vorstellen, unter welcher Anspannung die Polizeibeamten und der Agent standen. Die spätere Rekonstruktion des Tathergangs durch die Beamten der damaligen Mordkommission ergab folgendes:

Das Polizeifahrzeug stand hinter dem Alfa Romeo. Der erfahrene Polizeikommissar Günter Brauer näherte sich dem Alfa auf der Fahrerseite. Sein junger Kollege Hamann blieb am Streifenwagen stehen, um ihn abzusichern. Wahrscheinlich hat Brauer den Fahrer aufgefordert, den Motor abzustellen, eine allgemeine Fahrzeugkontrolle angekündigt und um die Papiere gebeten. Was dann passierte, darüber konnte die Mordkommission nur spekulieren. Aus irgendeinem Grund muss Kommissar Brauer misstrauisch geworden sein. Ich nehme an, er wollte das Fahrzeug näher in Augenschein nehmen. Vielleicht machte der Fahrer einen ungewöhnlich nervösen Eindruck. Auf jeden Fall eskalierte die Situation. Der ›Seeadler‹ zog plötzlich eine Waffe und schoss zweimal auf Brauer. Eine der Kugeln traf Brauer in den Kopf. Er war sofort tot. Bevor der unerfahrene Hamann seine Waffe ziehen konnte, wurde auch er von zwei Kugeln getroffen. Der ›Seeadler‹ zerrte den toten Brauer ein paar Meter in den Wald hinein, der an den Parkplatz grenzte. Dann tat er das Gleiche mit Hamann. Doch Hamann lebte noch. Er hätte sich besser tot gestellt. Stattdessen wehrte er sich und versuchte vielleicht, die eigene Waffe zu ziehen oder dem ›Seeadler‹ seine zu entreißen. Der junge Polizist hatte einen starken Überlebenswillen, er muss sich heftig gewehrt haben. Während des Kampfes fügte er dem Agenten mit seinen Fingernägeln Wunden am Hals zu. Aber am Ende siegte der Agent. Er erwürgte Hamann. Er bedeckte die Leichen der beiden Polizisten notdürftig mit Laub, den Streifenwagen rangierte er in eine Senke, die von der Straße aus nicht einsehbar war.

Nach dem Doppelmord bewies der ›Seeadler‹ eine erstaunliche Kaltblütigkeit. Er setzte seinen ursprünglich geplanten Weg fort und übergab dem Kurier am vereinbarten Treffpunkt die Unterlagen. Danach muss er sich irgendwo eine Telefonzelle gesucht haben, Handys gab es damals ja nicht. Er rief seinen Freund und Mitstreiter in der G 7 an, den Mann, der uns beiden als Rudolf Friedemann bekannt ist, der als Johannes Zietlow geboren wurde und sich zu der Zeit Karl-Heinz Tiedke nannte. Ich bleibe in meiner Erzählung bei dem Namen Friedemann, das verwirrt sonst nur.«

Hansen hatte sich bewusst auf seinen Vortrag konzentriert und es vermieden, Thöner anzusehen. Er hatte nur ab und an Thöners Hände beobachtet, die sich in die Oberschenkel verkrallten. Er wollte eine nonverbale Kommunikation unterbinden und seinen Kontrahenten mit den eigenen Gedanken allein lassen.

Der Kommissar kramte in seinen Hosentaschen, zog eine Packung Zigaretten heraus und bot Thöner eine an. Der Unternehmer lehnte ab, verschränkte die Arme und versteckte so die unruhigen Hände mit den weiß gewordenen Knöcheln. Er versuchte, mit seinen Lippen das für ihn typische herablassende Grinsen zu formen, doch die Muskulatur gehorchte nicht. Hansen zündete sich eine Zigarette an, sog zweimal schnell hintereinander daran und blies langsam den Rauch aus.

»Eigentlich ist hier Rauchen verboten. Aber was sollen die denn machen? Mir ein Bußgeld aufdrücken? In vier Tagen bin ich Rentner und dank meiner Überstunden müsste ich gar nicht mehr arbeiten. Ja, die Aussicht auf viele freie Tage ist was Feines.«

Thöner schwieg.

Hansen lachte. »Was rede ich bloß für ein Zeug! Machen wir weiter. Jaa, wo waren wir? Ah, der Friedemann, genau. Friedemann wohnte damals in Hannover und der ›Falke‹ erklärte sich bereit, dem ›Seeadler‹ zu helfen. Es muss zwischen zwei und drei Uhr gewesen sein, als der ›Seeadler‹ in Hannover Friedemanns Wohnung erreichte. Friedemann stellte ihm saubere Kleidung zur Verfügung, das war kein Problem, denn beide Männer hatten annähernd die gleiche Figur. Er verarztete die Wunde am Hals des ›Seeadlers‹ und entsorgte die blutige und verdreckte Kleidung. Für alle Fälle sprachen sie ein Alibi ab. Friedemann würde aussagen, dass sein Freund den ganzen Abend mit ihm verbracht habe, falls die Polizei je auftauchen und danach fragen sollte. Sie nahmen noch einen Drink und legten sich schlafen. Am nächsten Vormittag fuhr der ›Seeadler‹ zurück nach Hamburg. An den folgenden Tagen trug er wahrscheinlich immer Rollkragenpullis, um die Spuren am Hals zu verbergen. Ein Alibi brauchte er nie. Der Doppelmord an den Polizisten ist bis heute unaufgeklärt. Ein sinnloser Tod, wenn man bedenkt, wie es weiterging. Gut drei Jahre später brach das sozialistische System zusammen und die DDR hatte keinen einzigen Schritt ihres Rückstands in der Computertechnologie aufgeholt.

So war das. So hat Friedemann es notiert und er hat vor einem Notar an Eides statt versichert, die Wahrheit geschildert zu haben, so wie er sie erlebt hat, beziehungsweise wie sie ihm vom ›Seeadler‹ erzählt worden war. Er hat auch den Klarnamen des Agenten ›Seeadler‹ genannt. Sie, Herr Thöner, kennen die offensichtliche Pointe der Geschichte.«

Hansens Kontrahent reagierte mit schlecht gespielter Erleichterung.

»Ist das alles, Herr Hauptkommissar? Das wirre Phantasiegebilde eines todkranken Greises, der unter dem Einfluss starker Schmerzmittel stand? Wahrscheinlich hat er die Polizisten getötet und will mir nun von der Hölle aus, in der er hoffentlich weilt, die Schuld zuschieben. Mein Anwalt wird sich freuen. So leicht hat er es selten, sein Geld zu verdienen.«

»Wunderbar, Herr Thöner. Wenn Sie es so locker sehen, dann haben Sie bestimmt nichts gegen eine DNA-Probe einzuwenden.«

»Eine DNA-Probe? Wozu soll das gut sein? Nein, das dürfen Sie ohne mein Einverständnis nicht.«

Hansen zeigte Thöner ein Formular.

»Mit einem richterlichen Beschluss wie diesem hier schon. Meine Kollegin Becker kommt gleich mit einem Wattestäbchen. Sie müssen nur brav den Mund öffnen.«

Thöners arrogantes Grinsen erwachte und er wedelte mit dem Zeigefinger vor Hansens Gesicht hin und her. »Sie bluffen, Hansen. Sie wollen mich zu einem Geständnis verführen, ohne den Hauch eines Beweises in der Hand zu haben. Nach vierundzwanzig Jahren, was wollen Sie da noch untersuchen?«

»Ihre DNA, wie ich bereits sagte. Die Hautpartikel und Blutreste, die damals unter den Fingernägeln des Polizisten Hamann gefunden wurden, hat unser Labor schon analysiert. Erstaunlich, was die heutige Analyse-Technik zu leisten imstande ist, wenn das Material richtig gelagert wurde. Fehlt nur noch der Vergleich mit einer Probe von Ihnen. Gibt es keine Übereinstimmung, können Sie nach Hause gehen. Andernfalls bleiben Sie sehr lange in staatlicher Obhut.«

Hansen klopfte dem Agenten, dessen Körper jede Spannkraft verloren hatte, freundlich auf die Schulter. »Wenn ich Ihre eigenen Worte zitieren darf: Mal gewinnt man, mal verliert man. Gegen mich verliert man meistens, Herr Thöner.«

Vor dem Verhörraum traf Hansen auf Kriminaloberrat Thorwald und Staatsanwältin Dierscheidt, die ihm beide diskret applaudierten.

»Glückwunsch, Herr Hansen. Der krönende Abschluss eines beeindruckenden Berufslebens«, lobte Thorwald.

Hansen winkte ab. »Ich bin froh, dass es vorbei ist. Zu viele Tote. Die Stasi wurde vor zwanzig Jahren aufgelöst, aber die Auswirkungen ihrer Taten wirken bis heute nach. Vor allem Jörg Lausen bekam sie zu spüren – und seine Familie. Nehmen Sie es mir nicht übel, ich möchte nach Hause. Die Fleißarbeit können die Kollegen erledigen. Ich empfehle mich.«

Er schüttelte Frau Doktor Dierscheidt die Hand. »Lassen Sie den Kerl vor Gericht nicht davonkommen! Hat mich gefreut, Sie kennenzulernen.«

»Ganz meinerseits, Herr Hansen. Vielleicht trinken wir mal einen Cappuccino zusammen?«

Da war sie wieder, die Verlockung in der Stimme. Hansens Abgang ähnelte einer Flucht vor der Versuchung.

Der Freitag wurde für den Hauptkommissar Harald Hansen zum Horrortrip. Er stand im Mittelpunkt, er musste hundert Hände schütteln, ein Dutzend Abschiedsgeschenke entgegennehmen, deren Qualität von unsinnig bis liebevoll reichte, mit Leuten anstoßen, deren Namen er nicht kannte. Sein Büro wurde zum Blumenladen, und er brauchte viel Geduld für all die Reden, die zu seinen Ehren gehalten wurden, die meisten so langweilig wie die Personen, die sie hielten. Am Ende fühlte er sich leicht schwummerig vom Sekt und hungrig, weil er von dem selbst spendierten kalten Büfett nur eine trockene Scheibe Brot abbekommen hatte.

Thomas Bernstein brachte ihn mitsamt den Geschenken und Blumen nach Hause. Auf dem Weg gönnten sie sich einen Zwischenstopp an einem Imbiss. Currywurst mit Pommes, danach fühlte Hansen sich besser.

Nadja suchte nach Vasen für die Blumen, der pensionierte Kommissar zog sich in sein Zimmer zurück. Zehn Tote, wenn man die Morde aus der Vergangenheit mitzählte, ebenso viele schlaflose Nächte und mindestens hundert Liter Kaffee, zu viel für einen Mann seines Alters. Fünf Minuten später war er voll bekleidet auf dem Bett eingeschlafen.

Am Abend war Familienkuscheln auf der Couch angesagt. Nadja und Hansen hatten Mareike in die Mitte genommen.

»Wie fühlst du dich?«, fragte Nadja.

»Erschöpft«, antwortete Hansen.

Sie strich ihm mit den Fingern durch die Haare. »Ab heute kannst du dich erholen. Hast du schon Pläne?«

»Harry will mit mir ins Wunderland«, rief Mareike fröhlich.

»Ins Wunderland?«

»Sie meint das Miniatur-Wunderland, die riesige Modellbahnanlage in der Speicherstadt«, erklärte Hansen.

»Ist doch egal, wie die heißt. Hauptsache, du gehst mit mir dahin.«

»Klar, habe ich doch versprochen.«

»Und darüber hinaus?«, hakte Nadja nach.

»Außer, dass ich das Leben mit euch genießen will, habe ich vorerst keinen Plan. Und das ist auch gut so.«

Ende

Viele ehemalige West-Agenten der Stasi sind bis heute nicht enttarnt worden und der Verbleib großer Teile des Vermögens des Ministeriums für Staatssicherheit ist weiterhin ungeklärt.

Glossar

(in der Reihenfolge der Nennung im Roman)

Stasi	Umgangssprachlich für Staatssicherheit bzw. Ministerium für Staatssicherheit
BWB	Bundesamt für Wehrtechnik und Beschaffung
NVA	Nationale Volksarmee der DDR
SED	Sozialistische Einheitspartei Deutschlands, die allein regierende Staatspartei der DDR
SBZ	Sowjetische Besatzungszone, eine der vier Zonen, in die Deutschland nach Ende des 2. Weltkrieges von den alliierten Siegermächten aufgeteilt wurde, späteres Staatsgebiet der DDR
FDJ	Freie deutsche Jugend, die Jugendorganisation der DDR
MfS	Ministerium für Staatssicherheit
NSW	Nichtsozialistisches Wirtschaftsgebiet
HV A	Hauptverwaltung Aufklärung, die Abteilung für Auslandsspionage des MfS
Perspektivagent	„Ein Perspektivagent ist ein inoffizieller Mitarbeiter eines Nachrichtendienstes, der eine berufliche Karriere anstrebt. Dieser Agent arbeitet u. U. mehrere Jahre lang im normalen Erwerbsleben, ist jedoch für eine Einschleusung in ein nachrichtendienstliches Zielobjekt vorgesehen." (Zitat von der Internetseite: www.verfassungsschutz-mv.de, Lexikon)
Hauptabteilung IX	Untersuchungsorgan des MfS, verantwortlich für Ermittlungsverfahren zu Spionage, politischer Untergrundtätigkeit, unrechtmäßigen Verlassens der DDR etc.

BStU	Bundesbeauftragter für die Unterlagen des Staatssicherheitsdienstes der ehemaligen Deutschen Demokratischen Republik, diese Behörde ist für die Akten und Dokumente des MfS zuständig
ZERV	Zentrale Ermittlungsgruppe für Regierungs- und Vereinigungskriminalität
KoKo	Kommerzielle Koordinierung, Abteilung des Ministeriums für Außenhandel der DDR, mit der Hauptaufgabe, Devisen zu beschaffen
ZK	Zentralkomitee, das höchste Parteiorgan der SED
IM	Inoffizieller Mitarbeiter (des MfS)
BND	Bundesnachrichtendienst
MAD	Militärischer Abschirmdienst
BfV	Bundesamt für Verfassungsschutz
Rosenholz-Dateien	381 CD-ROMs mit Daten der HV A (in der Hauptsache mikroverfilmte Karteien), die nach einem langjährigen Verbleib in den USA (bei der CIA) im Jahr 2003 an die Bundesrepublik Deutschland zurückgegeben wurden.
Vopo	Deutsche Volkspolizei (die Polizei der DDR), bzw. Volkspolizist

Hansens Musik

Heinz Rudolf Kunze – „Bestandsaufnahme"
von dem Vinyl-Album „Die Städte sehen aus wie schlafende Hunde"
(Live)
WEA Musik GmbH, 1984

Extrabreit – „Polizisten"
von dem Vinyl-Album „Welch ein Land – was für Männer"
Metronome Musik GmbH, 1981

Audioslave – „I am the highway"
von der CD „Audioslave"
Sony Music, 2002

Colosseum – „Tomorrow's Blues"
von der CD „Tomorrow's Blues"
Castle Music, 2003

Lee Clayton – „I ride alone"
von dem Vinyl-Album „Naked child"
Capitol Records, 1979
und „Tequila is addictive"
von dem Vinyl-Album „Border affair"
Capitol Records, 1978

Literaturliste

„Die unterwanderte Republik – Stasi im Westen" von Hubertus Knabe, erschienen im Propyläen Verlag, Berlin, 1999

„Die Stasi-Geheimnisse – Methoden und Technik der DDR-Spionage" von Kristie Macrakis, erschienen im Herbig Verlag, München, 2009

„Vertuschte Verbrechen – Kriminalität in der Stasi" von Klaus Behling und Jan Eik, erschienen im Militzke Verlag, Leipzig, 2007

„Meine zwei Halbzeiten – Ein Leben in Ost und West" von Jörg Berger, erschienen im Rowohlt Taschenbuch Verlag, Reinbek, 2009

Zitat Dr. Helmut Müller-Enbergs
Helmut Müller-Enbergs: »Rosenholz« – Eine Quellenkritik unter Mitarbeit von Sabine Fiebig, Günter Finck, Georg Herbstritt, Stephan Konopatzky, erschienen in der Reihe BF informiert, 28 (2007), Die Bundesbeauftragte für die Unterlagen des Staatssicherheitsdienstes der ehemaligen Deutschen Demokratischen Republik, Abteilung Bildung und Forschung.

Der Autor

Andreas Behm, Jahrgang 1957, studierte einige Semester Philosophie und Literaturwissenschaften, bevor er den Weg vieler Geisteswissenschaftler beschritt und Taxiunternehmer wurde.
Später arbeitete er als Einzelhandelskaufmann. Bis 2008 war er als selbstständiger Modellbahnhändler tätig.